night + *day*

Maria Antonietta Capasso

Inferno

City of Woe Series – vol. 1

Prima edizione in "Night + Day" giugno 2025

Stampa Grafica Veneta S.p.A. di Trebaseleghe – PD

ISBN 978-88-93907-45-3

FSC
www.fsc.org
MISTO
Carta | A sostegno della gestione forestale responsabile
FSC® C021883

GRAFICA VENETA
GV CARBON NEUTRAL

Questo libro è stampato da Grafica Veneta S.p.A.
con un processo di stampa e rilegatura certificato 100% carbon neutral
in accordo con PAS 2060 BSI

Questo romanzo è un'opera di fantasia, rivisitazione in chiave moderna della *Divina Commedia* di Dante Alighieri. Personaggi, eventi e situazioni narrate sono frutto dell'ingegno dell'autrice e hanno lo scopo di conferire veridicità.

Trigger warning: rappresentazioni realistiche di violenza fisica e psicologica, sesso esplicito anche dub-con e non-con, uso di armi, di droghe e morte. La lettura è destinata a un pubblico adulto e consapevole.

INFERNO

Dark Wood

Prologo

Le note della marcia nuziale di Wagner riempirono l'aria e si fusero con l'aroma di incenso. I luoghi di culto, specie se imponenti come la cattedrale, avevano sempre avuto su di me il salvifico effetto di annullare la percezione del mondo attorno.

Sarebbe stato meglio se fosse stata vuota, ma il sacro vincolo che ci apprestavamo a celebrare era troppo importante per aspirare a un briciolo di intimo raccoglimento davanti a Dio. Tanto bastò a farmi sembrare quel posto selva oscura, da cui non saremmo usciti senza perderci prima nei suoi intricati percorsi.

Lo sposo aveva le mani dietro la schiena e l'aria un po' nervosa ma, quando la sposa attraversò la navata, un'espressione trionfale gli si dipinse sul viso. Una ragazza così sarebbe stata un sogno a occhi aperti per chiunque. Giovane, bella, ricca.

Una donna di Cosa Nostra.

Gli uomini d'onore presenti avrebbero dato metà del loro patrimonio pur di essere al posto dello sposo.

"I nostri sono già pronti. Auguriamoci che questa deviazione non porti conseguenze."

Dante mi guardò in tralice. "Te l'ho già detto, fratellone. Non posso partire senza chiudere i conti con questa città."

La sposa arrivò all'altare e tentennò un istante, il bel volto oscurato da un'ombra. Provai a mettermi nei suoi panni, all'idea di essere costretta a donarsi anima e corpo a uno sconosciuto, ma nonostante un matrimonio senza amore fosse assolutamente contrario a ogni principio cristiano e religioso, non ci riuscii.

Nel nostro mondo, era così che si ragionava: nessuno spazio ai sentimenti. L'amore è una debolezza assai pericolosa per quelli come noi.

Per la testa di mio fratello dovettero passare gli stessi pensieri. Boccheggiò e si allentò il nodo della cravatta, come se fosse in debito d'ossigeno. Sperai che non si trattasse di una delle sue solite crisi, non sarebbe stato il momento appropriato.

"Tutto bene?"

Fece cenno di sì col capo, ma il suo pallore rese evidente il tormento che lo attanagliava.

Diedi una rapida occhiata nei dintorni. I nostri uomini circondavano il perimetro, rendendo la cattedrale impenetrabile.

Sarebbe andato tutto come doveva.

Mi persi la prima parte del rito nuziale, concentrato com'ero sullo stato d'animo di mio fratello.

Il sacerdote si riprese la mia attenzione. "Vuoi unire la tua vita alla mia, nel Signore che ci ha creati e redenti?"

La sposa smise di respirare e schiuse le labbra in un'espressione di tentennamento. "Io…"

Una folata smosse l'aria accanto a me.

Mi voltai di scatto e scorsi Dante mentre, rapido come un fulmine, si precipitava verso il sagrato.

No. Proprio adesso, no. Non posso permetterlo.

"Dante!"

Il rombo dei proiettili, la polvere da sparo nell'aria.

Le urla di mio fratello mi ghiacciarono il sangue. Il tempo si fermò.

L'abito candido di Beatrice si levò da terra come una nuvola tetra agitata dal vento. Come i petali di un giglio.

Macchiato di sangue.

1. Circles of Hell

Dante

ANTINFERNO
Nel mezzo del cammin di nostra vita
mi ritrovai per una selva oscura,
ché la diritta via era smarrita.

"Chi me lo dice che, una volta finiti gli studi, non te ne tornerai in America e mi lascerai qua da sola?"

Poggiai il capo sulla mano e mi attorcigliai una ciocca dei suoi boccoli corvini attorno al dito. Era sempre così bella dopo aver fatto sesso. "Non ci metterò più piede," le assicurai, lasciandole andare i capelli per passare il dito sui segni rossi che le avevo lasciato attorno al collo. "E comunque sia, mai senza di te. Finirei col servire hamburger e patatine in qualche fast-food della Grande Mela."

"E perché mai dovresti? Già ti vedo attorniato da giornalisti adoranti, in fila per la tua ennesima presentazione letteraria. Scriverai tonnellate di poesie, quando non sarai troppo impegnato in cattedra, naturalmente. Professor Santacroce!"

La sua risata adamantina mi scaldò il petto e mi contagiò.

"Ha un suono orribile," ridacchiai storcendo il naso. "Sono sicuro che perderei qualsiasi ispirazione nello scrivere, se dovessi fare a meno della mia bellissima musa."

Fu lei a inarcare un sopracciglio, ma con aria canzonatoria. "Potresti avere tutto ciò che vuoi, Dante. Anche scrivere solo per hobby, se ti riappacificassi con la tua famiglia. Soldi, lusso, potere e donne bellissime. Se soltanto provassi a parlare con..."

"Sono soldi sporchi. Non mi interessano." Mi rigirai con la schiena sul letto e incrociai le braccia dietro la testa, gli occhi al soffitto. "E non mi interessano nemmeno le altre donne, Gemma. Non hai ancora capito che voglio stare con te?"

Si sollevò a sedere per potermi guardare, le pupille erano ancora languide. Mi passò una mano tra i capelli che ricadevano sulla fronte, come se volesse carpire i miei pensieri più nascosti.

"Chissà da cosa stai scappando, amore mio. Magari un giorno me lo dirai."

Mi sedetti anch'io e sfuggii al suo tono indagatorio abbracciandola. Le baciai i lividi sul collo e quelli lasciati dai miei morsi.

Ridacchiò. "Vuoi farlo di nuovo?"

"Perché no?"

Mi sfuggì con un sorriso sbarazzino e scese dal letto. Si infilò solo gli slip e si allontanò, con la falcata simile a quella di una gazzella.

"Dove vai?"

Mi scoccò un'occhiata da sopra la spalla, con un sorrisetto impertinente. "Non vuoi farmi compagnia?"

Sul tavolino c'erano altre tre strisce residue, tutte storte.

La guardai di sbieco. "Non esagerare con quella roba."

Scrollò le spalle e tornò a dedicarsi alle sue intenzioni originali. Si abbassò a terra, proprio davanti a me, e mi guardò maliziosa, come se mi si fosse inginocchiata tra le gambe.

"Oh, Dante... sei davvero un musone! La vita è più bella se sai che durerà poco, no? E poi tutti i grandi artisti sono stati dipendenti da qualcosa."

Sbuffai divertito e mi lasciai cadere di nuovo sul materasso, mentre lei tirava su le strisce lentamente, per gustarsele fino alla fine. "Per me basta così. Te le lascio."

"Sono le ultime," si lamentò, adagiandosi piano sul pavimento. Rotolò sulla schiena e finì a pancia sotto. Mi scrutò, col mento poggiato sulle mani. "Se facessi pace con la tua famiglia, potresti..."

"Ho detto di no," chiusi la questione. "La vita in Italia, il lavoro, te. Si tratta del mio futuro, e non voglio che mio padre lo influenzi più del necessario. Se tornassi a New York sarei costretto a riprendere il mio posto e non ne ho alcuna intenzione. Nemmeno in cambio di tutta la droga del mondo."

Al mio tono seccato, Gemma si alzò e si avvicinò di nuovo. Poggiando un ginocchio sul materasso, mi salì sopra. Con le mani sul cuscino ai lati della mia testa, era una visione celestiale.

O demoniaca.

Le accarezzai i seni generosi e tentai di morderli, ma sfuggì alle mie labbra con un risolino, stuzzicandomi fino al limite.

"E va bene, allora," sussurrò, sfregando il bacino contro il mio. "Facciamo come vuoi tu, professor Santacroce."

Un brivido involontario mi attraversò la schiena quando mi resi conto di essermi chiuso di nuovo nello stesso ricordo.

Io e Gemma, persi nella passione e nell'incoscienza data da quelle maledette strisce di polvere bianca.

Calcolai che mancavo da Manhattan da circa sette anni. Poco dopo il diploma, mi ero accorto che assecondare senza fare storie la mia inclinazione agli studi umanistici rappresentava, per mio padre, un'occasione imperdibile.

Mi aveva spedito a frequentare l'Università in Italia e aveva preso due piccioni con una fava: assicurarsi che almeno uno dei suoi figli, quello bravo a scuola, vivesse per un po' a Firenze e allo stesso tempo tenermi a debita distanza da mio fratello.

Il suo preferito.

Firenze era una città splendida, brulicante di cultura, arti, musica e di menti bellissime, aperte. Gente lontana dallo schifo che i Santacroce avevano creato in America, gettando fango sulle proprie origini. Avevo trovato la mia dimensione. Senza contare che, in Italia, c'era lei.

La mia Gemma.

"Signore," Maria si schiarì la voce e mi riportò al presente. Richiusi con un gesto brusco il libro che in realtà mi stavo limitando a fissare, senza leggerlo davvero. "La attendono nello studio."

Alzai gli occhi sul suo volto, segnato da qualche ruga d'espressione, e la domestica abbassò i suoi. Una reazione che ero abituato a causare fin da ragazzino e che mi avevano insegnato essere giusta, naturale, quasi come se il mettere in soggezione la gente fosse un'altra caratteristica genetica comune agli uomini della mia famiglia, come il colore della pelle o degli occhi.

Un effetto, per me, involontario. Per lo meno la maggior parte delle volte.

"Avvisa mio padre che arriverò tra cinque minuti esatti."

Maria assentì ma indugiò nell'andarsene. "Se posso permettermi, signore," l'accenno di un sorriso le arcuò le labbra, "sono contenta che lei sia tornato."

Nonostante fosse al servizio della mia famiglia da che ne avevo memoria, non notai ombra di falsità o retorica nelle sue parole.

Tuttavia non ero felice quanto lei per cui, con un cenno del capo, mi limitai a imporle di congedarsi. Maria chinò lo sguardo e si affrettò a dileguarsi.

A ben pensarci, era una delle poche domestiche storiche che mio padre continuava a tenere. Quelle che si era portato a letto le aveva licenziate tutte, o almeno così mi era parso. La maggior parte delle persone lì mi era sconosciuta perché, dopotutto, ero poco più che uno straniero in casa mia.

Una villa sontuosa ma costruita sul sangue, sul bisogno e sulla disperazione altrui.

Attraversai il lungo corridoio a passi misurati. Evitai di indugiare di nuovo davanti al grande ritratto di mia madre, che campeggiava su una consolle di marmo nero, e sollevai una mano per bussare alla porta. La fermai a mezz'aria.

"Non si bussa in casa propria," ripeteva sempre mio padre, col risultato che più di una volta l'avevamo colto in attività tutt'altro che onorevoli.

Però le abitudini, specie quelle acquisite lontano da villa Santacroce, erano dure a morire.

"Avanti!" il suo tono piccato e secco fu una prova lampante di dissenso.

"Buonasera. Chiedo scusa per il ritardo."

Elia Santacroce era seduto a capotavola con i gomiti appoggiati sul piano e un sigaro spento tra le dita inanellate. L'uomo attempato che era con lui non fece neppure il gesto di voltarsi nella mia direzione, come se non esistessi.

Rivolsi lo sguardo a Virgil, che alzò il mento con la sua solita aria di sufficienza, a dirmi di lasciar correre la palese mancanza di rispetto.

Era sempre impeccabile, le mani dietro la schiena, alla sinistra di nostro padre. Come si conveniva in circostanze simili a quella. Soltanto quando presi posto al tavolo, però, si accomodò anche lui.

"Samael?" L'uomo finalmente mi degnò di attenzione e mi godetti lo sconcerto nei suoi occhi, una cosa frequente da quando ero tornato in città. E piuttosto soddisfacente, a dirla tutta.

"Lui è Dante," lasciai che mio padre precisasse al posto mio, per analizzare la sua espressione. Un misto di rabbia, dolore, rammarico e lieve disgusto che trovai parecchio divertente, ma dovetti reprimere il sogghigno.

Del resto se mi trovavo lì, col culo sulla sedia che secondo lui spettava al mio gemello, mica era colpa mia. Come non era mia la colpa del fatto che l'avesse ripudiato e cacciato di casa.

L'uomo assottigliò lo sguardo. "Mi ricordo di te, hai frequentato la stessa scuola di mia nipote."

Lo misi meglio a fuoco, ma la sua faccia non mi diceva niente.

"Credevo fossi a studiare all'estero."

Sorrisi. "Gli studi sono finiti ed è tempo di prendere il mio posto a questo tavolo per essere aggiornato sugli affari. Don...?"

Lasciai cadere la frase, perché per me lui era un galoppino come tanti e non mi interessava sapere quale decina comandasse, né a quale dei suoi rampolli si stesse riferendo. Io e Samael avevamo frequentato le scuole con una miriade di figli di boss, legittimi e non. Virgil era uno di questi ultimi, dopotutto.

"Oh, io non sono..." L'imbarazzo che gli imporporò le guance butterate fu palese ma inaspettato.

"Vito non è un Don," completò Virgil per lui e mi alzò addosso due occhi freddi come il ghiaccio. Un ciuffo biondo gli sfuggì dalla coda e ricadde sullo zigomo, a evidenziare il mezzo ghigno che gli era apparso sulle labbra. "Non ancora, almeno. Dico bene?"

Il labbro inferiore dell'uomo tremò, mentre gocce di sudore freddo gli imperlavano la fronte.

"Sono qui per fare il mio dovere di soldato, Virgil, null'altro. Non mi interessano i ruoli, soltanto il bene della famiglia." Tirò fuori un fazzoletto per darsi un minimo di contegno.

Mi ero a lungo disinteressato a quel genere di dinamiche, ma non ero del tutto ingenuo. Era chiaramente venuto a chiederci un favore importante. Che però doveva costargli tantissimo.

"Vito è il fratello di Michele Accardi," mio padre agitò la mano nell'aria a scacciare qualcosa di immaginario, senza nascondere uno sbuffo.

Era evidente che ritenesse la visita una scocciatura, così come il dovermi fare un riassunto della situazione. Se ci fosse stato Samael al mio posto, sarebbe stato tutto più semplice per lui.

Ritenne comunque superfluo andare oltre nelle presentazioni ma, per sua sfortuna, ricordavo bene gli Accardi e il loro ruolo nell'organigramma. E, grazie all'accenno alle scuole, ricordai anche lei.

Triss.

"Davvero non hai lasciato nessun cuore spezzato dietro di te?" Le pupille di Gemma erano così larghe da rendere le iridi quasi nere. "Secondo me tantissimi. Sono certa che eri così corteggiato da non avere né tempo né voglia di fermarti a una ragazza soltanto."

Ridacchiai. Non poteva essere più lontana dalla verità, ma una lama invisibile mi attraversò le costole al ricordo che le sue parole mi avevano suscitato senza volere. Perché l'unico cuore spezzato era stato il mio.

"Mio fratello era molto più popolare di me. Le ragazzine del primo anno gli morivano dietro. Sai, il fascino dei ragazzi più grandi..."

"Mentre tu pensavi solo a studiare, vero?" mi derise. "Proprio come nel mio disegno. A proposito, ti piace?"

Guardai lo schizzo che aveva fatto con la sanguigna su un foglio di carta spessa. Un mio ritratto, con gli occhiali da lettura calati sul naso e le sopracciglia corrucciate.

"Quando l'hai fatto?"

Sbuffò. "Non ti saresti mai messo in posa per me, così ti ho scattato una foto di nascosto e l'ho disegnato durante Storia medievale. Credo di essere riuscita a cogliere la tua vera essenza. La tua anima."

Mi misi a ridere. "La mia anima?"

Mi diede un buffetto. "Sì. Sarete anche gemelli, ma non credo tu sia come tuo fratello" ammiccò. "E io non sono come la compagna di scuola che ti ha spezzato il cuore."

"Cosa possiamo fare per lei, Don Vito?"

Non so se il suo stupore derivasse dal titolo di Don che gli avevo dato comunque o dal fatto che avessi preso la questione di petto.

Mio padre replicò alla sua occhiata obliqua roteando la mano. "Puoi parlare in libertà, Vito. Mio figlio Dante è qui proprio perché," si prese una breve pausa per deglutire la bile che doveva traboccargli in gola, "deve cominciare a farsi le ossa sul serio."

Stavolta non nascosi un sorriso.

Vecchio stronzo, non ce la fai proprio a dire a chiare lettere ai tuoi uomini che sono io, il nuovo vicecapo della famiglia?

Vito Accardi si mosse sulla sedia come se scottasse e si tormentò le dita delle mani. "Mio fratello vuole fottere la famiglia Santacroce," sbottò infine.

Mio padre inarcò le sopracciglia mentre Virgil restò impassibile. Nessuno dei due parve particolarmente colpito dalla cosa, e in effetti era scontato che non si muovesse foglia nel regno di Elia Santacroce senza che lui e il suo consigliere ne venissero a conoscenza.

"Michele Accardi è caporegime da quando ero solo un bambino," aggrottai le sopracciglia per fingere di scavare nei ricordi. "Gestisce ancora il racket dell'Upper East Side?"

Cercavo il punto debole dove affondare gli artigli e Vito, forse per la pressione che sentiva sulle spalle, non si fece pregare più di tanto a sputare il rospo.

"Ha incontrato i messicani. Più volte e a porte chiuse."

Mio padre, nonostante ne fosse probabilmente già a conoscenza, deglutì ancora. Chissà quanto sangue amaro gli stava causando quella situazione.

Virgil alzò lo sguardo su di me. "Come comprenderai anche tu, Dante, non possiamo risolvere il problema come faremmo di solito."

"Ma darebbe un segnale forte agli altri," contestai le sue parole per metterlo apposta in difficoltà.

Il mio fratellastro sollevò un sopracciglio. "Uccidere un caporegime?"

"No. Dare il suo ruolo al fratello minore."

Alla prospettiva, lo sguardo di Vito brillò, dandomi la conferma che era quello il suo fine ultimo.

"Una volta declassato, non si tratterà più di uccidere un caporegime," conclusi.

Tecnicamente.

Mio padre mi restituì un ghigno spietato. "Soluzione rapida, la tua, figlio. Ma irruente e semplicistica."

Trasalii per il suono metallico che ebbe la sua voce e mi parve di vedere interdetto anche Virgil: doveva essere una variazione fuori programma pure per lui.

Il tono di Vito, invece, tentennò di nuovo. "Don Elia, sono certo che lei saprà trovare una soluzione che eviterà inutili spargimenti di sangue."

Gli scoccai un'occhiata truce.

Hai appena venduto tuo fratello per prenderti ciò che è suo. Mi hai dimostrato che non sono l'unico pezzo di merda che passerebbe sul sangue del proprio sangue se servisse a ottenere quello che desidera… e adesso temi di aver fatto il passo più lungo della gamba? Vigliacco.

I miei pensieri furono interrotti dal pugno di Elia che si abbatté sul tavolo. "Non voglio il sangue di Michele sulle mani."

Serrai la mascella. L'astio innato provato verso mio padre riemerse tutto insieme e mi bruciò la gola.

Elia si alzò in piedi e incrociò le mani dietro la schiena. "Non voglio nemmeno togliergli la carica," riprese, dopo essersi assicurato di aver creato abbastanza tensione tutt'attorno. "Non potrei giustificare la cosa in alcun modo agli occhi della Commissione e, se anche ci riuscissi, metteremmo Michele in allerta. Voglio fargli terra bruciata intorno, prima."

Iniziai a capire il vero nocciolo della questione quando Vito tirò fuori dal taschino una bustina piena di polvere, con uno strano colore rosato. La poggiò sul tavolo. "È questa."

La nuova droga per cui Michele Accardi si stava giocando la vita.

Finii in una specie di trance da cui mi scossero solo lo sguardo bruciante di Virgil e il ghigno derisorio di mio padre, quando mi tolse la bustina da sotto al naso. Ci infilò dentro il mignolo e se lo portò alle narici, tenendo gli occhi fissi nei miei.

Allargò un sorriso crudele, di certo a causa della frustrazione che non riuscivo a nascondere o semplicemente perché sapeva che provavo da tempo a non tirare, senza successo. La cosa doveva divertirlo parecchio.

"È molto buona," commentò soddisfatto, come un ricco panciuto e ingordo che mangia una fetta di torta davanti a un povero diavolo che muore di stenti. Fece schioccare la lingua contro il palato e agitò l'indice davanti a Vito. "La voglio nelle mie piazze. Vedi tu come fare."

"Ma Don Elia, io non…"

"È deciso. Voglio la stessa droga di Michele e sarai tu, suo fratello, a fare in modo di toglierla a lui per darla a me. Nel frattempo mi occuperò di metterlo in ginocchio senza far uscire il tuo nome. Soltanto quando sarà senza potere economico e sociale, be'… gli taglierò la testa. E provvederò a ricompensare te come meriti." A dispetto di quanto detto prima, fu chiaro a tutti che non si trattava di una metafora dall'ennesimo sorrisetto che gli increspò le labbra. "Ma, prima, lo colpirò proprio dove gli fa più male."

Dove gli fa più male.

Al cuore.

"Non respira, cazzo. Non. Respira. Respira, Gemma. Ti prego, torna a respirare."

I segni che il sesso le lasciava sempre attorno al collo stavolta non erano rossi, ma viola. E neri. Perché?

"Cristo santo, hai fatto proprio un bel casino, fratellino, eh?"

La frase di Virgil provenne dalla mia testa e dai ricordi, ma mi tirò del tutto fuori dalla nera spirale in cui la sola visione di quella maledetta bustina di coca mi aveva gettato.

Serrai un pugno davanti alle labbra per riprendere il controllo del mio corpo e giocherellai con uno degli anelli al fine di allentare la tensione.

"Cosa mi racconta di sua nipote, invece?" chiesi, calmo e in modo così apparentemente fuori contesto da riuscire a causare un guizzo di confusione sul volto di Vito. "La figlia di Michele. Non la vedo dai tempi delle superiori."

"B-Beatrice?" il balbettio lo tradì. Nessuno di loro era abituato a chiamare Triss col suo nome e anche a noi era sempre sembrato troppo da grandi. "Sta bene. Domenica suo padre darà una festa per il suo ventunesimo compleanno."

"Oh. Devo essermi perso l'invito? Se è così, mi dispiace," non rinunciai al piacere di metterlo in imbarazzo, ma la risatina divertita di Virgil mi impose di tornare nei binari. "Oltre a compiere gli anni, cosa fa di bello nella vita?"

Rimase basito e la ragione era che le donne di Cosa Nostra non fanno niente di bello nella loro miserabile vita, eccetto studiare quanto basta, imparare le buone maniere, organizzare ricevimenti, dare sfoggio della propria avvenenza facendo venire l'acquolina in bocca a chi non potrà mai averle e, spesso, attendere che si decida il matrimonio più conveniente per loro. O per i *propri* genitori. Al fine, possibilmente, di mettere al mondo degli eredi maschi e legittimi. Proprio come era accaduto a mia madre, una bambina che aveva la metà degli anni del vecchio puttaniere schifoso a cui era stata venduta.

"Cosa ti interessa? Beatrice Accardi è fidanzata con Simon De Gregorio da svariati anni!"

Fu di nuovo mio padre a parlare per Vito e la puntualizzazione mi accartocciò lo stomaco. Triss era fidanzata, ossia venduta, al figlio di un caporegime. Da svariati anni.

La reazione gelida che ebbi alla notizia stupì persino me.

"Non voglio di certo sposarla, papà." Ero già costretto a

prendermi gli avanzi del mio gemello negli affari di famiglia, non me li sarei mai portati anche a letto. "Ma hai appena detto che vuoi colpire Michele dove gli farà più male. Non è così?"

Non solo il vecchio non poté rimangiarsi quanto affermato, ma giurai di scorgere persino una scintilla di perversa curiosità nelle sue iridi cerulee.

"Dante," la voce di Vito assunse una nota preoccupata "mia nipote non è come le sue coetanee moderne o le ragazze disinibite che di sicuro hai frequentato in Italia. Mio fratello l'ha cresciuta con dei sani valori, principi molto rigidi, consoni ai dettami della famiglia. È una brava ragazza. Ed è ancora..."

Non riuscii a soffocare un sorrisetto di scherno. Dovetti però sedare la tentazione di scardinare l'immagine verginale della dolce e bellissima Triss Accardi agli occhi del suo viscido zio, raccontandogli un paio di dettagli dei tempi della scuola. Non lo feci soltanto perché non mi era sfuggita l'aria lurida che gli aveva distorto l'espressione mentre ne parlava.

"Non voglio sposarla, né importunarla prima che vada in sposa a De Gregorio," sbuffai. "Stavo solo cercando di capire se ha gli stessi interessi di un tempo, ricordo che era brava a scuola, potrei aiutarla a trovare un lavoro. Ma deduco che non si possa parlare d'affari eccetto quelli che riguardino strettamente la famiglia. Sarà meglio discuterne con la diretta interessata."

Stavolta non mi gustai gli occhi spalancati dei tre uomini nella stanza oltre me, perché mi alzai in piedi e voltai loro le spalle.

"Dante?!" mi richiamò mio padre, forse più per il mio gesto che per ciò che avevo detto. "Che diavolo ti sei messo in testa?"

Mi fermai con la mano sul pomello, voltai il capo e li guardai oltre la spalla.

"Ciò che fa più male a Michele Accardi è l'orgoglio. Ciò che distruggerebbe il suo orgoglio è perdere potere economico e, di conseguenza, onore ai nostri occhi, tanto da dover accettare l'idea che la sua piccola principessa sia costretta a lavorare per vivere. A Vito conviene che Michele non scopra il suo tradimento, tu vuoi tenere gli Accardi in pugno. E io ho voglia di fare due chiacchiere con una vecchia compagna di liceo. Ognuno di noi potrebbe ottenere ciò che desidera senza spargimenti di sangue, se la smettiamo di comportarci tutti come dei bruti senza cervello e ci fermiamo per un istante a ragionare."

"Suo padre non le concederà mai il permesso di lavorare, chiacchierare o fare qualsiasi altra cosa, per giunta con i Santacroce!"

Alla replica piccata di Vito mi voltai e gli piantai gli occhi in faccia.

"Come dicevo poc'anzi, dal momento che presto Michele verserà in una situazione di difficoltà economica e morale davvero ingente, sono sicuro che si creerà l'occasione propizia per valutare quanto è cresciuta la signorina Accardi. Non sarà certo un problema ottenere il permesso di suo padre. Vero, Don Vito?"

Per quello che me ne frega, puoi anche trascinarmela qua in catene, figlio di puttana. Dovevi pensarci prima.

"La f-festa di compleanno," balbettò, come se avesse avuto un'idea geniale e non gliel'avessi in realtà servita su un piatto d'argento.

"Bene," chiusi, compiaciuto. "Eviteremo, tra l'altro, di trovarci nella spiacevole impasse di non essere stati invitati a una festa importante. Credo sia proprio il caso che vi partecipi almeno un Santacroce."

Scoccai un'occhiata d'intesa a Virgil, che rispose con un'alzata di spalle e un risolino sarcastico.

Mio padre non replicò. Sapevo che toccare quel tasto avrebbe spazzato via ogni rimostranza e mi feci bastare il suo sguardo enigmatico, come se a un certo punto della sua vita avesse abbandonato le speranze di aver generato un pezzo di merda uguale a lui. E invece se lo stava trovando davanti, e per giunta migliore di Samael.

Spezzò la tensione alzandosi in piedi. "Se non c'è altro, Vito, possiamo sciogliere la riunione e aggiornarci non appena saremo operativi, a partire dal prossimo carico."

Accardi abbassò la testa, riempiendomi di puerile soddisfazione. "G-Grazie, Don Santacroce."

Don Santacroce. Non era riferito a me, non ancora almeno.

Ma, dannazione, quello sì che aveva un bel suono.

2. Every Evil

Dante

"Cristo santo, hai fatto proprio un bel casino, fratellino, eh?"

La voce di Virgil mi arrivò ovattata e lontana, come le ombre sfocate e le luci danzanti che mi offuscavano la vista. Distinguevo bene però gli occhi di Gemma girati verso l'alto e qualcosa di schiumoso che le colava dalle labbra.

"Portate Dante in un posto sicuro. E ripulite questo schifo."

L'auto dai vetri oscurati, le luci simili a puntini bianchi intermittenti, il freddo che mi faceva venire la pelle d'oca.

E il fuoco.

Fiamme che avvolgevano il letto, le lenzuola dove avevamo fatto l'amore quella notte e tutte le altre, i suoi disegni, i miei libri. La casa intera.

Gemma.

"Hai combinato un altro dei tuoi casini."

Strinsi le palpebre un paio di volte e scossi il capo. Slacciai i primi bottoni della camicia nella speranza di riprendere aria: la sensazione di soffocamento era la stessa di quella notte.

"L'ho uccisa."

"Tua madre? Ancora con questa storia?" Virgil poggiò il tumbler sul tavolino e il tenue rumore provocato dai due vetri che si toccavano sfumò la visione del cadavere di Gemma per sostituirla al ritratto di mia madre che mi ero fermato a contemplare, di nuovo, quando ci eravamo seduti nella sala per il solito drink.

Avevo immaginato il profumo e la morbidezza del suo abbraccio per tutta la vita, limitandomi a darvi forma nella fantasia solo da quella immagine. Mi piaceva credere di aver ereditato le sue stesse iridi azzurre, anche se sapevo bene di essere la copia sputata di mio padre. Purtroppo.

Si trattava di un'opera d'arte un po' kitsch, a volerla studiare in modo distaccato. Era stata ritratta vestita di una tunica bianca e ali d'angelo appena pennellate, i capelli scuri cadevano sciolti e ondulati sul corpo ancora acerbo di una ventenne che custodiva in grembo due vite.

Due gemelli che non avrebbe mai abbracciato, perché uno dei due l'aveva uccisa venendo al mondo.

"Chissà da cosa stai scappando, amore mio. Magari un giorno me lo dirai."

Mi ero sempre chiesto se mia madre avesse mai temuto il destino infausto che le era toccato, se se lo fosse mai sentito in qualche modo.

Da donna di Cosa Nostra quale era, doveva essere abituata alla rassegnazione fin da quando era stata data in moglie a un uomo potente, con troppi vizi da nascondere.

Credo ancora adesso che la morte di parto sia stata una misericordiosa benedizione per lei. Immaginarla sul serio in paradiso come un angelo dalle ali candide mi aiutava a sentirmi meno in colpa e, forse, mi piaceva l'idea di averla liberata dai tradimenti, dal sangue, dalle violenze e le torture inflitte dal marito.

Che arma terrificante possono essere le fantasie e i sensi di colpa di un bambino. Quasi quanto quelli di un uomo adulto.

Avevo liberato anche Gemma? E da cosa? Dalla droga o dalla coltre mafiosa che mi portavo dietro fin da ragazzino e che prima o poi l'avrebbe avviluppata?

In realtà, aveva sempre avuto ragione. Anche la mia essenza, proprio come quella di mia madre, era stata imprigionata in un ritratto. Peccato la sua fosse ancora là, viva e vibrante, mentre il disegno di Gemma era finito in cenere, divorato dalle fiamme con lei.

Le avevo uccise entrambe.

Virgil emise uno sbuffo davanti al mio silenzio. "Mi riferivo a quanto accaduto nello studio con Accardi e a ciò che gli hai detto. Non prevedo nulla di buono."

Cercai di rilassare le spalle, ma non ci riuscii. Afferrai il bicchiere intonso e lo bevvi d'un fiato, nell'inutile speranza di allentare la morsa che il ricordo della morte di Gemma mi aveva causato. Erano passati soltanto tre mesi, ma non riuscivo ancora a visualizzare le immagini nitide di quello che era successo. E la speranza che, col tempo, la situazione migliorasse, iniziava a svanire.

Sapevo soltanto che era colpa mia.

Appoggiai la schiena alla poltrona e gettai il capo all'indietro con un profondo sospiro. "Ho chiesto notizie della sua adorata nipotina e ho espresso il desiderio di essere invitato alla sua festa di compleanno. Che male c'è? Un po' di vita mondana farebbe bene anche a te, lasciatelo dire."

Gli scoccai un'occhiata allusiva, mentre lui mi restituì due sopracciglia aggrottate. "E quindi cosa c'è di meglio di una bella rimpatriata scolastica con la ragazza per cui tu e tuo fratello vi siete quasi uccisi di botte?"

"Ti ricordo che è anche tuo fratello. Pardon, fratellastro."

Virgil serrò la mascella e mi bruciò con lo sguardo. "Lo sai che detesto quella parola."

E sapevo bene anche che il mio atteggiamento da sbruffone gli stava sul cazzo, perché mi rendeva troppo simile a Sam. Ma non riuscivo a farne a meno.

"Ti facevo più intelligente e maturo di lui" sbuffò infatti, lasciandosi andare sullo schienale della poltrona con aria sconsolata. "E sarà meglio che corra ai ripari per evitare il crollo di tutto."

"Guarda che potrei sul serio aiutarla a trovare un lavoro, se si dimostrerà brava," sogghignai. "Non crollerà un bel niente solo perché voglio rivedere la figlia di Michele Accardi. Né avrò bisogno dell'intervento del mio adorato fratellone babysitter... a meno che tu non voglia unirti a noi, s'intende."

La risatina amara con cui chiusi la frase per versarmi il secondo scotch gli causò un altro scuotimento di capo. Mi guardò come se fossi sul serio un bambino viziato e forse per lui lo ero sempre stato, dall'alto dei quindici anni che ci separavano. Se c'era una cosa di cui mai avrei dubitato, però, era il suo affetto per me.

Punzecchiarlo e oppormi a lui, in realtà, era soltanto un modo stupido per allentare la nube letale che mi stava soffocando fin da quando avevo rimesso piede in quella casa. E a New York.

"Non si tratta di un'altra predica, Dante."

Un po' difficile da credere, ma sul momento non ribattei.

"E non mi sto riferendo a Triss Accardi. Non più. Fin da

quando sei tornato a casa non ti sto parlando nemmeno da fratello, ma da consigliere."

Il sorso di liquore stavolta bruciò più del precedente. "Se vuoi sapere come la penso davvero, il posto di vicecapo dovrebbe essere tuo."

Un angolo delle sue labbra si arcuò con sarcasmo. "Sai bene che Elia non mi lascerebbe mai il comando in sua vece, nemmeno se fossi l'ultimo uomo sulla faccia della terra col suo sangue nelle vene."

Non lo chiamava nemmeno papà e, da che mi ricordassi, non l'aveva mai fatto.

"Non è colpa tua se non ha mai saputo tenersi il cazzo nei pantaloni e ha messo incinta una domestica, quarant'anni fa."

Il suo sogghigno divenne amaro. "Mi sono ritrovato addosso il cognome Santacroce a quattordici anni, e soltanto perché gli sono morte ben due mogli senza dargli eredi legittimi," indicò il ritratto di mia madre con un cenno del mento. "Prima di lei, che gliene ha dati addirittura due."

Un conato acido mi ritornò su per la gola, e non si trattava dello scotch. "A maggior ragione dovresti succedergli tu che sei il primogenito" obiettai.

"Non mi interessa comandare la famiglia. Ci sto bene nei panni del consigliere e uomo di fiducia. Meno responsabilità dirette e, allo stesso tempo, mi assicuro che la barca non coli a picco per una qualsiasi delle vostre stupidaggini."

"Fingerò di credere al fatto che occupi il posto per tua volontà e non perché papà ti ha bruciato qualsiasi possibilità di entrare in seminario, per controllarti e manovrarti a suo piacimento qualora gli servisse."

L'appunto aprì una crepa nella sua maschera d'acciaio e una luce sinistra gli baluginò nello sguardo, mentre con le dita tormentava il piccolo crocifisso d'oro che portava al collo. "Non sarei stato un buon prete, in ogni caso."

Le sue iridi s'incupirono e si velarono di qualcosa di sporco e perverso quando incrociarono di nuovo le mie. Gli risposi con un mezzo sorriso.

Virgil c'era sempre stato nei momenti bui. Persino in Italia me l'ero trovato accanto come una specie di angelo custode, giunto a salvarmi dalla dannazione della droga. Per gettarmi, ormai mi era chiaro, in un inferno ancor peggiore.

Peccato che i cupi gironi di potere, lussuria, denaro, violenza, perversione e coercizione tipici della malavita, però, iniziassero a piacermi.

"Per rispondere di nuovo alle tue poco velate accuse, fratellone," staccai un dito dal bicchiere per puntarglielo contro, "non hai nulla da temere. L'impero della nostra famiglia è in mani solide e sicure. Quelle di papà."

La sua espressione tornò fredda e impenetrabile. "Ah, Dante. Non hai la minima idea di ciò che è accaduto in quello stramaledetto studio, credimi."

Evitai di vomitare l'ennesima frecciata su quanto sarebbe stato più adatto Sam al mio posto e finii il bicchiere. "Illuminami, allora."

Virgil afferrò la bottiglia e la allontanò per impedirmi di versare il terzo, gli occhi piantati nei miei.

"Elia è diventato capofamiglia da quando hanno ammazzato il suo vecchio, per forza di cose. Aveva solo ventidue anni e nessuno di fidato intorno."

Di quella che era passata alla storia come "la congiura dei tre" per uccidere Francesco Santacroce sapevano tutti, e io non avevo bisogno che mi si rinfrescasse la memoria a riguardo, ma non lo interruppi.

"Proprio perché suo padre è stato ucciso da quelli che erano i suoi più stretti collaboratori, Elia ha deciso di tenersi vicini solo due dei capi storici, da lui stesso nominati, ossia Accardi e De Gregorio, in modo che assieme a lui costituissero la triade alla guida dell'intera famiglia."

Non l'avevo mai vista in quel modo. "Lussuria, superbia e cupidigia?"

Virgil aggrottò la fronte. "Direi piuttosto un'enorme belva a tre teste, ma il senso è il medesimo," gli sfuggì un sospiro. "Fatto sta che, stasera, la triade è stata messa in crisi."

Serrai la mascella. "Secondo te, Accardi e De Gregorio non hanno stabilito il matrimonio tra i loro figli per ottenere più potere ai danni di papà, vero?"

"Non necessariamente lo otterrebbero. Il capofamiglia resta Elia e loro dei sottoposti."

Sogghignai. "Oh, perdona il mio cinismo. Sono davvero sicuro che Triss e Simon si siano follemente innamorati anche se fatico a capire il perché. Me lo ricordo bene, lui, e giurerei che il suo orientamento sessuale sia il medesimo di allora. Ma, dopotutto, l'amore è cieco, no?"

La mia ironia velenosa lo punse sul vivo, perché non fu pronto nel ribattere come avrebbe fatto di solito.

"Se anche fosse così, ciò che è successo stasera sarà un altro chiodo sulla bara. Elia si prenderà gli affari e il patrimonio di Accardi con tutti i mezzi a sua disposizione, lo umilierà e lo metterà in ginocchio davanti alla Commissione. E stai pur certo che De Gregorio non resterà a guardare."

Mi sporsi in avanti e poggiai i gomiti sulle ginocchia, stringendo gli occhi per inquadrarlo meglio nel mio campo visivo già annebbiato dall'alcol. "E cosa pretendi che faccia per evitare la distruzione dell'impero a cui, secondo te, avrei dato il colpo di grazia stasera?"

Virgil si prese alcuni secondi prima di rispondermi, come se si fosse perso in pensieri lontani e, forse, slegati tra loro, ma che dovevano pesargli sul cuore per chissà quale oscuro motivo.

"Oh, ma io non voglio che tu lo impedisca. La leadership di Elia Santacroce è vetusta, traballante e marcia dalle fondamenta. Perché nata e cresciuta sul tradimento," tornò a puntarmi lo sguardo addosso. Stavolta lo sentii insinuarsi, sottile come un ago acuminato, fin dentro il cervello. "E, se fosse per me, il suo impero sarebbe già ridotto in un cumulo di cenere. Mi interessa il tuo regno. Quello che nascerà sulle macerie."

Stavolta fui io a non ribattere prontamente, perché non riuscivo a capire cosa intendesse. Virgil stava cercando, in modo subdolo, di far sì che mi rivoltassi contro nostro padre? Perché?

"Puoi fare tutto quello che vuoi con la piccola Accardi," si riprese la mia attenzione, con un ghigno che lasciava pochissimo spazio alle interpretazioni. "Ma con moderazione. Ti ho già parato il culo una volta, e lei non era importante quanto la figlia di un caporegime. Non vorrei trovarmi nella stessa situazione."

Il ricordo di Gemma mi sferzò di nuovo. Lei era importante per me. "Nessuno te l'ha chiesto. Mi sarei assunto le mie responsabilità, com'era giusto che fosse."

"E passare il resto dei tuoi giorni in carcere per un piccolo incidente?" Il suo sorriso si allargò e assunse sfumature crudeli. "Nemmeno per sogno. La tua ex faceva uso di cocaina e l'epilogo della faccenda era prevedibile. Non ti permetterò di rovinarti la vita. Per cui, te lo ripeto per la seconda volta, vacci piano con la piccola Triss."

La gola mi si chiuse tanto che dovetti inumidirmi le labbra

per poter replicare con lo stesso tono sarcastico avuto fino a quel momento. “Sia mai che l’unico Santacroce legittimo rimasto in città getti fango sull’intera famiglia e sul nostro onore! Stai tranquillo, fratello. Non farò niente che tu non faresti.”

Sorrise di nuovo alla provocazione, ma stavolta era davvero divertito. “Sarò il tuo mentore a trecentosessanta gradi, se serve.”

“Credo di sapere ancora come si approccia una donna senza bisogno di un tutorial.”

“Lo immagino,” la sua divenne una risata. “Ma non sai ancora come si comporta un capofamiglia degno. Per tua fortuna, io ne affianco uno pessimo da molti anni e ho maturato una discreta esperienza. Un alleato come me ti serve, specie se vuoi essere migliore del tuo gemello.”

Gli lanciai un’occhiata di sbieco.

“Dai, non fare quella faccia,” mi rimbeccò e chiuse l’argomento. “Sarà un viaggio divertente, il nostro.”

3. Lady of Virtue

Triss

"Questo le sta bene, dai! Non trovi anche tu?"

Rachel storse il naso. "Vuoi davvero che dica quello che penso, oppure passiamo al prossimo?"

Lucy sbuffò. Si strinse la radice del naso tra pollice e indice e, già a guardarla così, facevo una fatica enorme a restare seria. "Vai. Spara."

"Sembra una meringa. Le mancano giusto quei confettini argentati che, se li prendi sotto i denti, rischi seriamente che te li spacchino."

Scoppiai a ridere e persino Lucy non riuscì a mantenere a lungo l'espressione corrucciata.

Mi guardai di nuovo allo specchio. In effetti quel vestito da prima comunione non piaceva nemmeno a me, ma di sicuro per i miei genitori sarebbe stato perfetto: appariscente e mortificante al punto giusto, per chiarire a tutti che, secondo lei, ero ancora una bambina senza un briciolo di forme e, secondo lui, l'intoccabile principessa Accardi.

"Hai un'idea migliore?"

"Sì. Cambiare negozio. Ho capito che si tratta di una festa in maschera, ma non deve mica conciarsi come un pasticcino!"

Le guardai da sopra la spalla. "Facciamo che mi presento in jeans e maglietta così la chiudiamo qua?"

"Molto divertente." Rachel ridacchiò. "Forse non hai capito il punto, cuginetta. La festa sarà la tua. Dovrai. Essere. Uno. Schianto!"

Anche a Lucy spuntò un sorrisetto malizioso. "Avrai tutti gli occhi addosso, Triss. Soprattutto quelli dei ragazzi."

E quelli dei vecchi viscidi con cui mio padre lavora da anni.

Fin da bambina avevo sempre mal tollerato le feste e ogni volta speravo durassero il meno possibile. Crescendo, la mia presenza agli eventi mondani era diventata indispensabile e non potevo usare più la scusa di giocare con le mie cugine per svignarmela.

Anche perché col passare del tempo Rachel e Lucy avevano iniziato a sfruttare quelle occasioni per conoscere ragazzi di buona famiglia e civettare un po'. Altra cosa che, se anche avessi voluto, non mi sarebbe mai stata permessa. Mio padre aveva già deciso tutto, imponendomi il fidanzamento con Simon.

A dire di mia madre era bello, intelligente, esperto e mi avrebbe trattata come una regina. Poco importava il fatto che lo conoscessi appena. L'importante era che fosse l'unico figlio di Giuseppe De Gregorio, braccio destro del suo capo insieme a mio padre.

Ciononostante, il mio essere già promessa a qualcuno non aveva impedito ai colleghi di papà e a tutti gli uomini che frequentavano casa di guardarmi in modo strano e farmi sentire a disagio.

Mi incupii. "Non voglio attirare l'attenzione di tutti."

"Sì, ma sei la festeggiata. Il tuo obiettivo deve essere attirare l'attenzione di un solo uomo, ossia il tuo. E devi fargielo venire duro solo a guardarti!" Rachel mi diede di gomito con un risolino, facendomi avvampare. "Forza, togliti di dosso questo coso. Io e Lucy facciamo un giro nella collezione estiva, magari troviamo qualcosa di più sexy. Stavolta scelgo io. I gusti di Lucy sono terribili!"

Mi forzai a sorridere e tornai nel camerino, approfittando dei pochi istanti di solitudine per togliere quell'abito tremendo e indossare di nuovo la maschera della ragazza felice.

Felice di organizzare il proprio compleanno, di avere qualcuno con cui farlo e gioire di un pomeriggio di shopping. Di avere un ottimo partito come fidanzato, prossimo a entrare negli affari di famiglia, e di non avere nessun altro pensiero se non quello di decidere se optare per il college o girare il mondo. Prima di sposarsi e mettere su famiglia.

Peccato fossi tutt'altro che felice e il senso di nausea che provavo all'idea della vita che mi aspettava stesse diventando una costante. Un po' invidiavo le mie cugine, anche se portavano il mio stesso cognome, su di loro non c'era mai stata l'aspettativa che sentivo addosso io.

Mi sentii soffocare e strattonai l'abito tanto che si bloccò. Imprecai sottovoce, ma non abbastanza da non farmi sentire.
"Tutto bene, Triss?"
No. "Mi si è solo incastrata la cerniera, faccio subito."
Lucy scostò la tenda del camerino e fece capolino con il solito sorriso che tanto valorizzava la sua naturale aria sbarazzina. "Ti aiuto. Rachel ha trovato un vestito che adorerai."
Cercai di ricacciare indietro le lacrime, non volevo spegnere il loro entusiasmo.
L'abito che avevano scelto era in taffetà acquamarina, svasato, con balze di tulle che scendevano a sfiorare il ginocchio e una spalla scoperta. Piccolissimi cristalli rilucevano in modo discreto a ogni movimento. Sembrava cucito apposta per me. Era bellissimo.
"Ha lo stesso colore dei tuoi occhi," considerò Rachel compiaciuta, "ed è seducente al punto giusto, senza strafare. Proprio come piace a te."
Volteggiai sulla punta del piede e le balze mi svolazzarono attorno come avrebbero fatto le ali di una farfalla.
Anche i capelli mi si sparpagliarono sulle spalle e Lucy raccolse le ciocche ramate per sollevarle in uno chignon improvvisato. "Con la giusta acconciatura e dei sandali con un bel tacco alto, sembrerai la regina delle fate!" mi lesse nel pensiero.
Sorrisi al mio riflesso. "Aggiudicato."
Lucy saltellò, contenta, e anche Rachel non nascose il sollievo per la ricerca andata a buon fine. "Nemmeno quando c'è stato il ballo di fine anno abbiamo penato tanto!"
"La differenza è che, allora, non avevamo come sponsor papà." Con un cinguettio Lucy estrasse la carta di credito dal portafogli, rigorosamente in tinta con la borsetta firmata.
"Zio Vito ti ha dato accesso alla sua carta?" esagerai lo stupore. "Come mai? Non ha paura che lo mandiate sul lastrico?"
Fece spallucce. "Che vuoi che ti dica? Ha detto persino 'compratevi ciò che volete e assicuratevi che la festeggiata sia bellissima'," ne scimmiottò la voce, "e io non ho fatto domande. Forse vuole che facciamo bella figura davanti ai Santacroce."
Aggrottai la fronte. "Cioè?"
"Non lo sai?" Rachel si intromise e abbassò il tono, assumendo un'aria pettegola. "Sembra che uno dei gemelli sia tornato in città. Per restarci, stavolta."
Il respiro mi si fermò, nel timore assurdo e inspiegabile di

pronunciarne persino il nome. Mi sentii come se delle ombre malefiche non aspettassero altro che lambirmi la gola in una presa letale. "Sam?"

Rachel scrollò le spalle. "Non lo so, ma importa poco." Affilò lo sguardo smeraldo, reso felino da una riga perfetta di eyeliner. "Chiunque sia dei due, spero che sia ancora single."

Lucy sbuffò. "Se sono rimasti gli stessi stronzi fotonici che erano al liceo, per me possono restarlo a vita."

"Ti hanno mai detto che sei una rompiscatole? Chi se ne frega! Gli uomini sono tutti uguali, ma è indubbio che uno dei Santacroce sarebbe un ottimo partito. Il migliore." Mi scoccò un'occhiata mortificata. "Oh, senza offesa per Simon, naturalmente."

Deglutii a vuoto. Rachel aveva ragione, uomini di quel tipo erano tutti uguali: egoisti, prepotenti, traditori. Violenti.

Ciò che faceva la differenza era la loro posizione all'interno della cosca, inutile girarci troppo attorno, come inutile era chiamarla con un nome diverso.

La famiglia occupava una posizione di comando pressoché ovunque e in qualsiasi ambito, dalla politica alla chiesa, dalla sicurezza, all'edilizia, fino al commercio. Possedeva persino le persone, considerandole poco più che pedine sull'enorme scacchiera che era la città di New York.

Lo avevo sempre saputo ma, come loro, non avevo mai avuto voce in capitolo perché portavo sulle spalle anche la colpa, sottile e subdola, di essere l'unica erede di Michele Accardi.

Una femmina.

Naturale che mio padre avesse voluto mettersi al riparo da qualsiasi evenienza promettendomi al figlio di uno dei suoi più stretti amici e colleghi.

Potevo oppormi? Forse sì, io e papà avevamo un buon rapporto e mi avrebbe ascoltata. Ma, a meno che non fossi entrata in convento, sarei finita presto o tardi in una situazione peggiore e più pericolosa.

Ciò che ricordavo dei gemelli Santacroce erano sprazzi d'infanzia e adolescenza, tra le cui nubi di tanto in tanto apparivano flash più nitidi. Samael lo ricordavo bello da togliere il fiato, con i capelli scuri sempre arruffati, a incorniciare gli occhi più freddi che avessi mai visto, e le labbra incurvate in un sorrisetto perennemente derisorio. Tutte le ragazze al liceo gli facevano il filo, ma era davvero raro non vederlo circondato dai suoi amici, un gruppo di teppisti figli di papà.

La piccola gang di bulli che si portava dietro era l'esempio sfacciato di quello che ci si aspettava dai figli maschi della famiglia: soverchiare i deboli, punire le indecisioni, i tentennamenti, le fragilità altrui. Sarebbero stati in grado, un giorno, di soppiantare i padri senza eccessivi problemi.

Però ricordavo bene anche Dante.

Nonostante fossero due gocce d'acqua, per quel poco che l'avevo conosciuto, non sembrava affatto avere sangue Santacroce nelle vene. Il suo sorriso era dolce e gli occhiali gli conferivano un'aria pensierosa, come se fosse sempre perso in un mondo immaginario.

Era timido e le sue dita incerte acquisivano sicurezza solo quando vergavano il foglio per qualcuna delle sue poesie. Lo scorgevo spesso a sbirciarmi nella pausa pranzo che consumavamo nel giardino della scuola e, tutte le volte che i nostri sguardi si incrociavano, diventava rosso e si dileguava.

Un giorno una docente lo colse distratto durante un'attività collettiva e lo costrinse a recitare ciò che stava scrivendo ad alta voce, per umiliarlo.

Mi ricordai le lacrime che offuscarono l'azzurro dei suoi occhi, quel giorno, violato in quella che di certo percepiva come una cosa intima, assieme alla risatina crudele del suo gemello e al "femminuccia" che gli sentimmo sibilare tra i denti.

La docente, però, da quel giorno non tornò più a scuola: un'imperdibile occasione di lavoro all'estero, ci comunicò il preside con tono greve. Non ci avevo mai creduto.

"Stai lontana dai gemelli Santacroce," mi aveva sempre intimato mia madre e così avevo fatto. Fino al giorno in cui…

"Ehi, ti sei incantata?" Lucy mi richiamò, agitandomi una mano davanti al viso. "Oggi sei particolarmente distratta, Triss. C'entra Simon?"

Mi ricordai solo in quel momento l'accenno al buon partito che aveva fatto sua sorella, pochi istanti prima che mi perdessi nei ricordi.

Scossi il capo. "Stavo ragionando sul vestito e… direi che è proprio quello giusto."

Rachel fece capolino tra noi con in mano un paio di sandali argentati dal tacco vertiginoso. "Non dimentichiamoci questi!"

"Oddio. Spero di non inciampare e cadere sulla torta."

La mia battuta stupida riuscì nell'intento di strappare un sorriso a tutte. Ciononostante, il senso di oppressione che mi era calato sul capo si trasformò in un cerchio doloroso che non si allentò nemmeno una volta rientrata a casa, dopo un lungo bagno caldo.

Doveva essere per quello che persino la casa mi parve più cupa di quanto fosse mai stata, complice l'assenza del costante e allegro cinguettio di mia madre, impegnata negli ultimi dettagli da organizzare per la serata.

Il silenzio che mi investì quando uscii dalla mia stanza mi restituì l'eco di un'accesa discussione al piano di sotto, di cui non colsi subito le parole.

Scesi la scalinata che conduceva al salone e, una volta più vicina, riuscii a distinguere la voce di mio padre. Parlava al telefono.

"Come diavolo ha fatto a scapparvi? E gli uomini che avevi messo di guardia? Che cazzo avete tutti per la testa? Dio santo, Vito. Non possiamo mettere in pericolo le nostre famiglie. Eh? Cosa vuol dire che non sapete da dove iniziare? Non è un mio problema, dovevate pensarci prima. Trovatelo, arrivate fino al confine col Messico se necessario e fategli rimpiangere di essere nato!"

Un tonfo di vetro infranto mi fece sobbalzare, ma mi indusse anche a compiere gli ultimi passi che mi separavano dalla porta dello studio, che era socchiusa. Un calice giaceva al suolo in frantumi.

"Papà? Tutto bene…?"

Nell'udire la mia voce, la sedia su cui era seduto girò lentamente su se stessa.

"Tesoro…"

Credo di non averlo mai visto così pallido prima di allora. I suoi occhi cupi stonarono col sorriso mortificato che mi fece nell'indicare il bicchiere rotto.

"Scusami, non volevo spaventarti."

Strinsi le labbra. Non era la prima volta che assistevo mio malgrado a conversazioni del genere, ma mai come quella. Stava accadendo qualcosa di brutto, c'entravano zio Vito e i nuovi collaboratori stranieri che avevano da qualche tempo. Ed erano in pericolo le nostre famiglie: io, mamma, Rachel, Lucy e la zia.

Non la famiglia mafiosa, la cosca comandata dai Santacroce, di cui tutti facevamo parte nostro malgrado.

"Non importa," sforzai un sorriso di rimando. "La cosa che conta è che tu stia bene."

Ero preoccupata sul serio. Avevo notato la mano premuta sul cuore che aveva allontanato non appena si era voltato verso di me.

Annuì. "Va tutto bene, angelo mio. Sono soltanto problemi di lavoro, i soliti, nulla che non si possa risolvere come sempre. Piuttosto, ti sei divertita oggi per negozi?"

Anch'io feci di sì col capo, dopo un istante di esitazione. "Papà, se ci sono problemi seri da risolvere, possiamo rimandare questa stupida festa e..." provai a dire, ma lui corrucciò le sopracciglia e scacciò l'aria con la mano.

"Non se ne parla. La mia unica figlia compie gli anni e non c'è questione di lavoro al mondo che sia più importante di questo."

Ricacciai indietro lacrime e apprensione e gli rivolsi un altro sorriso, finto come il precedente. Quello che mi restituì lui, invece, era pieno d'amore. Dell'uomo furioso che avevo origliato poco prima non era rimasta alcuna traccia.

Allungò una mano verso di me. "Adesso vieni qui e dai un bacio a questo povero papà che presto vedrà la sua bambina lasciare il nido. Quando sarai andata via, l'unica voce femminile sarà quella di tua madre, che mi sgriderà se mangio o bevo troppo!"

La sua battuta, nonostante tutto, mi strappò una risata sincera. Lasciai alle spalle ogni tentennamento e gli volai tra le braccia. Lui mi strinse a sé e giurai di sentirgli trattenere un singulto.

"Io non ti lascerò mai, papà."

E anche quello lo dissi con tutta la sincerità di cui fui capace. Soprattutto perché speravo che il giorno del matrimonio arrivasse il più tardi possibile.

4. City of Woe

Dante

Triss era sempre stata bellissima. Ma non come le sue coetanee, intente ad atteggiarsi a donne vissute a neanche quattordici anni.

Non indossava mai abiti provocanti, trucco pesante o gioielli appariscenti. La sua era una bellezza delicata, luminosa, discreta e forse trasparente allo sguardo degli altri ragazzi, ma non al mio.

Fin da quando l'avevo incrociata la prima volta, in biblioteca, ne avevo fotografato ogni più piccolo dettaglio, fissandolo nella memoria nell'unico modo in cui ero capace. Attraverso le parole.

Ma le avevo sempre tenute per me.

Se fossi stato bravo nel disegno, l'avrei dipinta, perché nessuna metafora poetica avrebbe mai reso il colore dei suoi occhi, che andavano dal verde all'azzurro. Nessun vocabolo avrebbe mai descritto le labbra corrucciate, la cui forma era simile a un bocciolo di rosa quando era seria, sul punto di schiudersi per illuminare il mio grigio mondo le rare volte in cui l'avevo vista sorridere.

La luce che emanava era abbagliante. Avvicinarla era fuori discussione, reggere all'imbarazzo e alla scena muta che ne sarebbe conseguita mi sembrava impossibile.

Eppure, avevo deciso di prendere il toro per le corna, spinto dal fatto che a breve mi sarei diplomato e le occasioni di vederla si sarebbero ridotte a zero: le ragazze della sua età e del suo rango debuttavano in società secondo precise regole imposte dalle famiglie e non si poteva dire che io fossi esattamente l'anima delle feste, all'epoca.

Mi era sempre parsa un pesce fuor d'acqua, uno spirito fatato capitato nel mondo per puro caso, strappato alla natura e alle stelle per una specie di punizione divina. Magari era stata mandata lì per me, per salvarmi e far sì che credessi ancora nel bello e nella purezza, quella disinteressata e priva di malizia. Chi poteva dirlo?

La mia anima gemella.

La vedevo gentile, dolce, riservata e, anche se non ci eravamo mai rivolti la parola sul serio, sapevo tutto di lei. Conoscevo il suo colore preferito, i fiori che amava e persino il gusto del gelato che mangiava più spesso.

Come avevo fatto, pur avendo scambiato con lei soltanto qualche saluto? In realtà, è piuttosto semplice cogliere i dettagli delle anime gemelle osservandole, perché chi è nato per te è anche uguale a te.

Non hai bisogno di scoprirlo. Lo senti.

Il tempo era cupo e minacciava pioggia ma, nonostante tutto, mi ero alzato presto per andare a correre. Avevo percorso già due volte il perimetro del parco che circondava la villa, per un totale di una decina di miglia.

Mi faceva sorridere pensare come, in realtà, al liceo evitassi ogni genere di attività fisica, inclusa l'ora di ginnastica.

La palestra della scuola era l'unico posto dove avrei potuto incontrarla e parlarle da solo, nel cambio d'ora tra una classe e l'altra.

Una settimana prima una docente mi aveva umiliato, costringendomi a leggere ad alta voce una poesia, e Triss era stata l'unica a non mettersi a ridere. Forse sentiva che quella poesia era scritta per lei.

Aveva lasciato degli appunti di scienze in biblioteca, la scusa perfetta per poterglieli restituire e dirle che sì, avevo messo quei versi su carta pensando a lei.

Come avevo calcolato, con una precisione al millisecondo, la sua classe aveva appena concluso l'ora di ginnastica e sapevo che lei era sempre l'ultima a uscire dagli spogliatoi. Ma non quel giorno.

"Sei così bella, Triss."

Bastò quella voce appena sussurrata a farmi trasalire.

"Oh, Sam..."

Le stava addosso, le mani di Triss artigliate alla sua t-shirt, quelle di lui ovunque. E qualcosa di già fragile e indefinito, nel petto, andò in frantumi.

Gocce tenui e minuscole scivolarono sulla felpa. Mi tirai il cappuccio in testa augurandomi che non smettesse tanto presto. Mi piaceva il suono della pioggia e l'odore che emanava a contatto con la terra asciutta. Mi aiutava a scivolare con più facilità nei ricordi del passato, persino meglio di quanto avesse mai fatto la droga.

"Cristo, non immaginavo che mio fratello fosse anche un guardone. E, dimmi, ti è piaciuto ciò che hai visto? Hai imparato qualcosa, magari?"

Fermai il passo, tanto Sam non avrebbe mollato l'osso finché non avesse deciso di sbranarlo con tutta calma. "Non so di cosa tu stia parlando."

Mi afferrò per un braccio e mi costrinse a voltarmi. "Sapevo già che eri strano, ma lo stalking mi mancava. Ti ho visto in palestra, prima."

Tentai di fermare il tremore che mi stava salendo dalla punta dei piedi fino a quella dei capelli. Non era paura.

"Strano che tu sia riuscito a vedermi di spalle. Sei proprio sicuro di non avere le allucinazioni?"

Sogghignò. "No, ho soltanto un fratello invidioso, tutto qua," fece spallucce. "Magari, se ti togli gli occhiali e inizi a vestirti in modo decente puoi farti passare per me e rimediare un po' di fica anche tu. E non parlo solo di Triss."

"Lasciami in pace, Sam." Feci per voltarmi, ma lui me lo impedì.

"Guarda che lo so che hai una cotta per lei," mi sbeffeggiò, con un sorrisetto crudele. "Fatti avanti, se ti piace! Ha così tanta voglia di cazzo che sono certo spalancherà le gambe ancora più in fretta di quanto abbia fatto con me."

Mandai giù lacrime e bile. "Sei uno stronzo e un bugiardo."

Si mise a ridere. "Penserà a me, tutte le volte che ti guarderà in faccia. Controlla se ha una piccola voglia a forma di cuore accanto a un capezzolo, se non mi credi. Poi, se non hai il coraggio di avvicinarti e preferisci riempirti di seghe pensando a lei, la prossima volta dimmelo che ti faccio avere un video."

Fui io a colpirlo per primo, questo lo ricordo benissimo.

Ricordavo poco altro invece della lite che ne seguì, eccetto le urla dei professori che cercarono di dividerci, il suo naso sanguinante e i miei occhiali rotti. Spezzati e finiti in frantumi, proprio come quel qualcosa che mi si era distrutto dentro, vedendoli in-

sieme: l'immagine sbagliata che le mie stupide fantasie da ragazzino innamorato avevano costruito di Beatrice Accardi.

Passai il dito sulla radice del naso dimenticandomi che ormai non portavo più gli occhiali, se non in rarissime occasioni. Non scrivevo più quanto allora. L'automatismo però era rimasto e, nel farlo, toccai la sottile cicatrice che il vetro rotto quel giorno aveva lasciato tra le sopracciglia.

Il gesto, come al solito, mi aiutò a tornare al presente e alla pioggia, che era durata così poco da bagnarmi appena.

"Vuoi prenderti un malanno?" la voce brusca alle spalle funzionò ancor di più.

"Come se te ne fregasse qualcosa, papà," infilai le mani nelle tasche della tuta, senza voltarmi. "Che vuoi?"

"L'educazione l'hai lasciata in Italia, vedo. Spero non sia lo stesso per il rispetto."

Fosse per me, ci tornerei in questo preciso istante, a Firenze. Già, proprio dove mi hai spedito tu stesso per evitare che io e mio fratello ci ammazzassimo e da cui mi hai strappato, per riportarmi di nuovo in questo schifo.

Trattenni le parole caustiche che avrei voluto pronunciare e mi voltai finalmente a guardarlo. "Sei tu il capofamiglia. Il rispetto da parte mia è un obbligo che non lascerei mai da nessun'altra parte se non all'interno di queste mura."

Non comprese il sarcasmo, o forse ci passò semplicemente sopra. Mise anche lui una mano nella tasca dei pregiati pantaloni sartoriali che indossava, l'altra la usò per reggersi sull'elegante bastone intarsiato, che usava più per vezzo che per reale necessità.

"Mi fa piacere sentirlo. Come mi fa piacere avere l'occasione per fare due chiacchiere da soli, cosa che non è ancora capitata da quando sei tornato." Indicò col bastone il gazebo a qualche passo da noi e vi si incamminò. Si sedette sulla panca e rilassò la schiena, a gambe larghe, guardandomi dall'alto come se anche quello fosse un trono per lui.

Mi decisi a raggiungerlo, ma restai in piedi.

"Di solito c'è Virgil con noi," mi guardai intorno e corrugai la fronte. "Mi meraviglio che non sia qui a stendere il tappeto rosso ai tuoi piedi, in effetti."

Ignorò anche quella frecciata e sorrise. "Te l'ho già detto, volevo parlare con il mio vicecapo. Da soli."

Non certo da padre a figlio, chiaramente. Da capo a subordinato. Ovvio che Virgil ne sia già al corrente.

"Deduco che Vito Accardi non ci abbia ancora dato notizie."

"Deduci bene." Erano passati tre giorni di silenzio, ma non volli credere che Don Elia Santacroce non l'avesse previsto e non fosse ricorso ad altri mezzi, per ottenere la droga. "Ma non è di lui che voglio parlare, ora. Bensì di sua nipote e del presunto lavoro che vorresti aiutarla a trovare."

Mi misi a ridere. "Pensavo ricordassi che mi piacciono le metafore, soprattutto in presenza di estranei."

"Vito non è un estraneo," puntualizzò e mi fulminò con gli occhi. "E, come di norma, è stato perquisito prima di entrare nel mio studio. Tutto ciò che è stato detto lì è rimasto tra quelle mura."

Avevo sempre creduto che la presunzione di mio padre sarebbe stata la sua vera rovina e mai come in quel momento ne ebbi una certezza pressoché assoluta.

"Dovresti sceglierti meglio le persone di fiducia. Sei talmente concentrato su te stesso che non riusciresti mai a entrare nelle loro menti per carpirne le reali intenzioni, o scoprire tutto ciò che…"

"Tutto ciò che saresti in grado di scoprire tu?" la pose come una domanda, ma fu in realtà un'accusa, anche se gli velò l'espressione di un perverso compiacimento.

"Cristo, non immaginavo che mio fratello fosse anche un guardone."

Serrai la mascella. "Ho i miei metodi e, soprattutto, le mie conoscenze."

"È anche per questo che sei il vicecapo," il compiacimento sul suo volto si trasformò in qualcosa che non gli avevo mai visto, non in relazione alla mia persona almeno. Sembrava orgoglioso. "Ma proprio per questo dovresti condividere tutte le informazioni che raccogli, nonché le tue intenzioni, con la famiglia."

"Sia le une che le altre non arrecheranno danno alla famiglia. Puoi dormire tra due guanciali, come fai da quando hai messo quattromila miglia di distanza tra me e il mio gemello."

Stavolta il mio andare al punto senza girarci attorno lo colpì. Fu bravo a nascondere le proprie emozioni, come sempre, ma non a me. Nessuno poteva nascondermi più niente, a partire da quel giorno di sette anni prima.

Il sorrisetto presuntuoso sparì per cedere il posto a due occhi gelidi. "È proprio a causa di quella ragazzina che ho rischiato di perdervi entrambi. Voglio solo essere certo delle tue reali intenzioni, con lei. Perché se si tratta di un capriccio adolescenziale e basta, è un conto. Sarei disposto ad accettare di buon grado quello che desideri, in quanto coinciderebbe con quello che voglio io. Se invece sotto c'è dell'altro, di più profondo, che potrebbe sconvolgere gli equilibri, devo saperlo."

Che, nel linguaggio deviato della malavita e della famiglia Santacroce, significava: se vuoi scopartela, fallo pure, tanto è un modo come un altro per distruggere Michele Accardi. Ma se ne sei ancora innamorato la faccenda si complica, perché Triss è stata la causa della rottura tra te e Samael.

Mio padre, come Virgil del resto, avrebbe acconsentito al fatto che prendessi con la forza una ragazzina di ventun anni per trasformarla nel mio giocattolo. La figlia di uno degli uomini di cui si era fidato e che lo stava tradendo nel modo peggiore. Ma solo per il gusto di colpirlo al cuore. Dopo, Beatrice Accardi doveva essere gettata via, come uno straccio usato.

Al vecchio, però, sfuggiva una cosa di vitale importanza. Anzi, due.

Punto primo, Samael e io non eravamo mai stati uniti al di fuori del grembo materno. Non era stata certo colpa di una ragazza se eravamo arrivati al punto in cui, con tutta probabilità, nessuno dei due sapeva più nemmeno se l'altro fosse ancora vivo.

Punto secondo, all'epoca ero un adolescente inesperto che passava troppo tempo sui libri e aveva idealizzato una ragazza tra le tante, seguendo una stupida fantasia romantica.

Non era pura, non era dolce, né delicata. Triss era una puttana come le altre e quello che provavo per lei non era amore. La sua immagine angelica era stata soppiantata da decine e decine di donne che mi avevano scaldato il letto, che avevano tirato fuori il peggio da me, che mi avevano reso consapevole delle mie perversioni innate. Mi avevano insegnato ad accettarle.

E tra loro, tra tutte, c'era stata la mia Gemma. Che proprio a causa del vero me stesso era morta.

Serrai nuovamente i denti tanto da sentire il sapore ferroso del sangue. "Quante volte hai stuprato la mamma, prima che restasse finalmente incinta e la lasciassi in pace? Ti sei mai fatto schifo per questo?"

La domanda, di cui non capì subito il senso, gli fece sbarrare gli occhi. Potei quasi percepire il battito forsennato del suo cuore decrepito. "Non l'ho stuprata. Era mia moglie."

Sorrisi. "Naturalmente."

"Che cosa c'entra tua madre, adesso?" la pelle d'oca che gli venne lo tradì. "Non osare, Dante!"

Alzai una mano a dirgli di tacere.

"Rispondo io per te, papà," assunsi un tono freddo e monocorde. "No. Non ti sei mai fatto schifo, come non se l'è mai fatto Sam. Come non me lo farò io, mai più."

Mi sono detestato fin troppo, da sempre, per tutto. Persino per la morte di mamma.

Prese il bastone e lo poggiò a terra, entrambe le mani sul manico, i cui intarsi richiamavano lo stemma della nostra famiglia: un giglio. Il simbolo per eccellenza del candore e della purezza. L'avevo sempre trovato ironico.

Tenne il capo chino e meditabondo per istanti che a me parvero lunghissimi. In quel momento avrei voluto sul serio avere il potere di radiografare le menti delle persone, soprattutto la sua.

Compresi molto tempo dopo che, in realtà, era vero ciò che pensavo da ragazzo. Quando ti trovi davanti a un'anima come la tua, non serve scavare così tanto per trovarne l'essenza. Devi soltanto osservare. E guardarti dentro per primo.

Solo che io, l'anima, non ce l'avevo più.

Si alzò in piedi, mi si avvicinò di un paio di passi e scontrò il ghiaccio delle sue iridi metalliche contro il mio.

"Sei mio figlio, Dante," pontificò, "come lo è Samael e come lo è anche Virgil. Non importa se ciò che i Santacroce pensano, desiderano e compiono sarà considerato moralmente giusto o meno. Noi dominiamo. Non siamo stati creati per fare ammenda davanti agli altri. Siamo qui affinché siano loro a prostrarsi a noi, a seguirci, idolatrarci, dipendere da noi. Siamo stati noi a creare questa città dolente, e tutto ciò che c'è dentro di essa. Persino Dio sa essere crudele con i figli che gli disobbediscono e la sua vendetta è sempre stata implacabile. Un giorno renderemo conto a Lui dei nostri peccati e sconteremo la punizione che meritiamo. Ma, per adesso, l'unica vendetta che conta è la nostra."

Con un piccolo ghigno, che fu tanto ironico quanto crudele, mi oltrepassò.

Quel giorno non è oggi. E io mi vendicherò di Triss Accardi.

5. Hell's Gate

Dante

"Non ti credevo capace di una cosa simile."

Virgil ghignò. "Perché ti ritieni un ottimo osservatore e pensi di conoscermi quando, in realtà, le tue sono poco più che presunzioni. Su di me e su tutti gli altri. Prima o poi te ne renderai conto, magari a tue spese."

L'avevo sempre considerato un uomo rigido, serioso e incapace di godersi la vita, era vero e gliel'avevo detto più volte. Forse l'immagine che avevo di lui era stata irrimediabilmente compromessa dalle sue ossessioni religiose, perché quello era il termine giusto per definirle.

Pregava, non si perdeva una messa la domenica, si faceva il segno della croce tutte le volte che la situazione lo richiedeva, soprattutto prima di impugnare un'arma. E gliel'avevo visto fare con più frequenza di quanto l'avessi visto studiare le sacre scritture.

Avevo vissuto di riflesso la delusione e il dolore che aveva provato quando papà gli aveva impedito di tornare in seminario, anche se ero solo un bambino.

Virgil aveva ottimi voti e tutte le migliori premesse per continuare su quella strada, ma papà era arrivato a chiedere addirittura all'arcivescovo di intervenire per chiudergli ogni possibilità: avevo ascoltato una conversazione eloquente, nel suo studio. Del resto, Elia non si era mai curato di nascondersi ai nostri occhi di adolescenti, perché in fin dei conti voleva essere osservato, ascoltato.

Spiato.

Virgil era un altro figlio di scorta che gli sarebbe tornato utile un giorno. Perché c'era qualcosa di più allettante, per nostro padre, di un figlio sacerdote e, perché no, con un'alta carica in Vaticano. La più importante di tutte per un boss di Cosa Nostra, desideroso di imporre la sua progenie: il matrimonio di convenienza. Ero sicuro che quel giorno sarebbe arrivato anche per lui.

Alcuni dei nostri uomini di scorta ci avevano lasciati nei pressi di un night club in cui non ero mai stato. Tutto, in quel posto, mi suggeriva che non eravamo in uno dei soliti locali, a partire dal cenno di intesa che Virgil aveva fatto loro e che stava a significare "serata libera". Cosa che accadeva davvero di rado, specie nello stesso locale in cui volevano far baldoria anche due Santacroce. Lavoro e vita privata dovevano restare sempre separati, dopotutto.

I dubbi residui me li tolse l'ampia porta d'ingresso finemente scolpita in uno stile gotico e tenebroso, accentuato dai faretti rossastri che illuminavano l'insegna:

HELL'S GATE
Lasciate ogne speranza, voi ch'intrate

"I Cancelli degli Inferi? Originale", non riuscii a fare a meno di ridacchiare. "Giusto un tantino blasfemo, associato a te."

Virgil inarcò un sopracciglio. "Non è il solito postribolo."

Non persi il mio sarcasmo. "Certo. Le donne che lavorano qui ce l'hanno d'oro zecchino."

Virgil sorrise. "Meglio."

Mi rassegnai al fatto che, come sempre, mi avrebbe centellinato le informazioni e lo seguii. Ci accolse un ambiente tetro e nebbioso, con la musica bassa e soffusa, ma ritmata al punto giusto. Superammo i due energumeni della vigilanza che, vedendoci, ci ignorarono senza chiedere i documenti. Come avevo immaginato, Virgil doveva essere un cliente abituale.

"Quello che rende davvero speciale l'Hell's è il fatto che sia una specie di territorio neutro, se capisci cosa intendo."

Capivo benissimo e mi spiegai, di conseguenza, il motivo per cui anche i nostri uomini potessero usufruirne. Lì non esistevano ruoli, ranghi e cariche.

Diedi uno sguardo nelle immediate vicinanze, attratto dal suono di gemiti e lamenti tutt'attorno. Le luci erano troppo fioche per poter distinguere alcunché.

I corpi che ci circondavano, decorati di collari, cinture,

guanti, stivali, catene e poco altro, sembravano tutti uguali. Nessuno di loro aveva più un'identità, una famiglia, delle relazioni o alcun interesse, se non quello del piacere.

C'erano uomini, donne e gruppi interi in una promiscuità senza contorni che, invece di turbarmi, mi solleticò tutti i sensi. Volevo confondermi tra loro. Tra gli ignavi senza bandiera né credo, che fuggivano spaventati da una tetra minaccia, proprio come Gemma sosteneva facessi io.

Aveva ragione.

"Perdonami, Padre, perché ho davvero peccato parecchio. E la colpa è tutta tua!"

La voce divertita che ci avvolse, seducente come quella di un demonio tentatore, proveniva da una donna che cinse mio fratello in un abbraccio alle spalle, obbligandolo ad arrestare il passo.

Virgil sorrise alla mora bellissima e lei gli gettò le braccia al collo. Le sue dita disfecero la coda e i lunghi capelli dorati di mio fratello si sparpagliarono sulle spalle. Virgil, per tutta risposta, la baciò con passione.

"Hai ragione, Lamia, è da tanto che non vengo a trovarti."

Lei lo lasciò andare con un risolino. "Spero la tua non sia solo una visita di passaggio."

Lo sguardo d'intesa che si scambiarono diede vita a un dialogo muto di cui riuscii a percepire le sfumature più contorte e maliziose, senza tuttavia sentirmi di troppo, perché la donna spostò i magnetici occhi felini su di me.

I riccioli corvini erano una morbida cascata sulle sue spalle, il corpetto di pizzo nero una gabbia troppo stretta per i seni generosi. Il portamento sicuro la rendeva una sirena assetata di sangue. Fu come trovarsi davanti una versione più matura e oscura di Gemma e la cosa mi disorientò piacevolmente.

"Tu devi essere Dante. Virgil mi ha parlato tantissimo di te," mi accarezzò la guancia, "e del tuo bisogno di svagarti un po' dalle tensioni del nuovo lavoro."

Col pollice mi sfiorò la punta del naso e le labbra, le dita affusolate scesero a solleticare l'accenno di barba e il collo. Bastò questo a eccitarmi in modo pressoché istantaneo, ma anche a comprendere che mio fratello le aveva confidato ben più dello stress lavorativo. Quella donna conosceva le mie debolezze.

Virgil però le prese il polso e le allontanò la mano con apparente disinvoltura, anche se ai miei occhi fu chiaro l'intento territoriale. “Lamia è la maitresse del locale e lo gestisce in maniera impeccabile. Una padrona di casa migliore di lei è difficile da trovare,” ci presentò.

E non la condivide. Peccato.

Lei gli scoccò un'occhiata civettuola piena di finta modestia. “Oh, Virgil esagera, come sempre. Faccio soltanto del mio meglio.”

“Sono certo che non ci sia alcuna esagerazione nelle parole di mio fratello. E sono ancor più curioso di sperimentare le attrattive del suo locale.”

“Oh, ti prego, dammi del tu che mi fai sentire vecchia! Ti perdono solo perché parli un italiano migliore di quello di Virgil e perché sei davvero affascinante,” si poggiò una mano sulla scollatura con fare teatrale, calamitando il mio sguardo.

La cosa non parve dispiacerle più di tanto, ma era evidente che il suo obiettivo personale fosse Virgil. Mi prese sottobraccio e gli voltammo le spalle. La sua voce assunse un tono basso, quasi materno, ma sensuale.

“La vedi quella porta laggiù?” mi indicò un'ampia anticamera che conduceva a una zona più privata, nascosta dal groviglio di corpi che ci circondava. “Si tratta di un boudoir speciale, con tanto di angolo bar privato, solo per i clienti importanti. Stasera te lo cedo e sono certa che troverai la tipologia di vino o liquore che più ti aggrada. Offre la casa.”

“Immagino di non poterti chiedere lumi sul genere di clienti importanti che popolano queste mura, vero?” Conoscevo la risposta ma ci provai comunque. Non volevo credere che mio fratello mi avesse portato lì solo per farmi assaggiare del buon sesso non convenzionale.

Lamia ammiccò. “Io sono tenuta alla privacy dei miei clienti.” I suoi occhi si adombrarono di sfumature cupe. “Se loro vogliono rendersi riconoscibili, non sarà certo per opera mia o delle persone che lavorano per me. Qui ognuno è libero di essere ciò che vuole. Con chi vuole.”

Me compreso.

Le tre ragazze che trovai nella stanza avevano già iniziato a darsi piacere tra loro. Una sussultò quando si accorse della mia presenza e tentò di coprirsi, non so il perché.

Mi misi a ridere. “Continuate pure,” alzai le mani, “non fate caso a me.”

La bionda scese giù dal letto in un balzo, senza farselo ripetere due volte. "Scherzi?" mi si avvicinò ancheggiando. "Non ti lasciamo certo qui a guardare e basta."

La terza ridacchiò. Perizoma di pizzo nero e collare borchiato, uniti tra loro da una lunga catena guinzaglio che passava tra i seni nudi: erano vestite nello stesso modo. O forse era meglio dire svestite.

Afferrai la catena di quella che mi si era avvicinata e la tirai verso di me con uno strattone. Agganciai il collare con le dita e lei finse di provare a liberarsene.

Sogghignai. "Abbiamo una piccola belva da domare, quindi."

"Ne hai tre. Ci riuscirai?"

Lo sguardo fu calamitato da alcune strisce bianche che mi sembrò di vedere sul tavolino dorato. Erano perfettamente dritte e ordinate.

"Mi appartieni?"

"Sì," esalò Gemma e si aggrappò al polso della mano con cui le avvolgevo il collo. "Stringimi di più..."

Alla sua supplica corrispose un'altra stretta, quella del suo sesso attorno al mio. L'orgasmo ormai vicino le offuscò gli occhi.

L'accontentai e non le concessi aria finché i tremori della sua carne non portarono anche me a un passo dal culmine.

Venimmo insieme. Allentai la presa, l'ossigeno tornò a fluire nei suoi polmoni. E la trasfigurò in una creatura meravigliosa. Paradisiaca.

Chiusi gli occhi. La sua pelle dorata assunse i colori dei raggi di luna piena, leggere efelidi le punteggiarono il viso. I boccoli corvini si distesero e tramutarono in una cascata di rame antico, piena di riflessi d'oro, simili a lingue di fuoco. Danzarono attorno a me e, da sensuali spire di serpente quali erano, mutarono ancora diventando carezzevoli piume d'angelo.

Le labbra sottili e scarlatte si riempirono fino ad assomigliare a un turgido bocciolo di rosa, che si schiuse. Ci affondai dentro con un dito, con la lingua. Le morsi, avvertii il sapore dolce e metallico del sangue.

L'eccitazione tornò prepotente a scorrermi nelle vene, come non avessi provato altro che una piccola parte del piacere che quella creatura angelica dagli occhi cristallini era capace di donarmi.

Perché Gemma aveva assunto le fattezze di Triss?

"Oh, Sam..."
"No, angelo. Non sono Sam."

Penetrai di nuovo dentro di lei, nella bocca con la lingua e nella sua calda intimità con tutto il resto di me.

Gemiti. Lacrime e sangue.

Un fulmine cadde così vicino da scuotere persino le pareti e illuminare la stanza tetra in cui eravamo rinchiusi. Le tre fiere succhiavano, mordevano, banchettavano con le mie carni e straziavano gli ultimi brandelli della mia anima dannata.

Il piacere salì di nuovo, veloce, dritto nel cervello ma, con la medesima violenza, morì nella bocca di quella che era inginocchiata davanti a me. In un barlume di senno ritrovato mi accorsi che mi ero spinto troppo a fondo ed era diventata rossa in viso.

Le tirai i capelli e mi ritrassi per evitare di soffocarla. Tossì. Un'altra mano femminile afferrò la mia erezione ed esplosi, con un ringhio, sul bel viso affannato della ragazza in ginocchio.

Un viso dai capelli ramati, efelidi, occhi color del cielo. Una creatura fatata mandata sulla terra apposta per me.

Triss.

Gemiti. Urla. Lacrime, sangue.

"Mi appartieni?"
"Sì. Stringimi di più..."

Chiusi di nuovo gli occhi e la creatura trasfigurata tornò ad assomigliare alla mia Gemma. Nuda, sotto di me, gli occhi rovesciati verso l'alto, la schiuma bianca all'angolo delle labbra.

Le mani prima attorno al collo e poi a premere ritmicamente sul petto, nel tentativo di darle aria. Il suo cuore ormai fermo. "Respira, Gemma..."

"Da cosa stai scappando, amore mio? Magari un giorno me lo dirai."

Ti ho uccisa. E non potrò dirti più nulla.

"Respira, Dante."

Aprii gli occhi e mi ritrovai di nuovo sul letto purpureo, una delle tre ragazze legata alla testata da lunghi lacci di stoffa rossa, un'altra col viso tra le sue gambe e il mio uccello sepolto nel culo.

"Continua, non ti fermare proprio ora," si lamentò la terza alle mie spalle. I seni contro la schiena e le sue mani sul torace mi ustionarono come tizzoni ardenti. Le dita fiammeggianti percorsero la lunga cicatrice obliqua che mi passava impietosa tra i pettorali.

"Come te la sei procurata, questa? Deve essere stato molto doloroso, per te."

Se anche mi fossi ricordato come me l'ero fatta, la sua voce, da femminile e delicata che era, divenne distorta e malvagia. Un ringhio ferino e agghiacciante che mi percorse da capo a piedi.

Terrore e adrenalina pomparono nel petto e si riflessero sull'erezione. Urla di piacere femminili si accavallarono le une sulle altre e mi rimbombarono nelle orecchie.

Cazzo.

Scossi il capo e strizzai le palpebre per cercare di tornare in me, ma l'immagine cambiava tutte le volte che chiudevo e aprivo gli occhi sulle due ragazze stese sul letto.

La cicatrice mi bruciò come se fosse fresca e da essa sgorgasse sangue vivo. Un'ombra oscura si levò dal buio con un boato assordante, simile a un tuono. Mi circondò con lingue di pece nera i fianchi, il petto, le braccia, la gola. Migliaia di spilli invisibili mi trafissero, simili a pungiglioni di insetti velenosi e affamati di sangue.

A tentoni come un cieco, mi aggrappai ai capelli della donna che stavo scopando. L'aria smise di entrare. Mi sentii soffocare.

L'oscurità si sporcò di piccole luci intermittenti e il culmine del piacere, l'ennesimo e forse l'unico davvero reale, raggiunse il punto di non ritorno.

"Mi appartieni, Triss?"
No.
Non ancora.

***

"Si può sapere cos'hai preso?" il tono di Virgil era severo e accusatorio, come sempre.

Aveva appena smesso di piovere. Mi passai una mano sugli occhi, spazientito dai flash luminosi che non accennavano a dimezzarsi nonostante avessi smesso di fare sesso ormai da un paio d'ore. La passai tra i capelli ancora umidi. "Non lo so. Cocaina, forse un acido."

Alzò gli occhi al cielo e scrutò le nuvole ormai diradate. Terminò una delle rare sigarette che si concedeva, con uno sbuffo, e mi guardò di sbieco. "Hai almeno usato delle precauzioni?"

Feci spallucce con il sorrisetto da sbruffone che tanto lo infastidiva. "Sono un Santacroce e devo rendere onore al mio cognome. Vuoi che non lasci in giro qualche figlio illegittimo anche io?" lo sbeffeggiai. "Ops, scusa."

Non si lasciò colpire dalla frecciata e sfoderò un ghigno enigmatico in risposta. "Non intendevo quello. Mi preoccupo della tua salute, semplicemente. Uno dei miei compiti è quello di assicurarmi che non getti la tua vita come uno stupido."

Avrei voluto ribattere che credevo mi avesse portato in un posto sicuro, dove le puttane fanno regolari controlli medici visto che lui stesso le frequentava abitualmente, ma abbandonai le armi della provocazione.

Mi appoggiai con la schiena contro il muro, dato che il mondo aveva deciso di continuare a vorticarmi attorno. "Spero tu stia parlando da fratello maggiore, Virgil. Per una volta."

Il sorriso gli sparì. "I problemi che hai con la droga sono interesse sia del fratello maggiore che del consigliere. Dovrei aiutarti a risolverli, invece di esacerbarli. Mi dispiace."

Mi morsi le labbra e mi feci bastare il velato tono preoccupato. "Mi hai portato in un posticino niente male. Quello che ho bevuto o assunto lì dentro, non me l'hai certo messo in mano tu. Rilassati, non devi per forza portare il mondo sulle spalle."

Ridacchiò. "Al momento mi basta non essere costretto a prenderti in braccio per portarti a letto, come quando crollavi davanti ai cartoni animati." Guardò distrattamente l'orologio. "Ma non è escluso che accada, vista l'ora."

Le immagini di me bambino si insinuarono nel cervello e assunsero contorni diversi da quelli mostrati da Virgil, più oscuri.

Non si era limitato a portarmi in braccio mentre dormivo, mi aveva difeso più volte. Si era comportato da padre, più che da fratello, specie quando ci eravamo resi entrambi conto di non averne uno.

Lacrime, sangue. Urla.

Scacciai le immagini angoscianti e sfocate e le rigettai nell'abisso dal quale erano emerse nell'unico modo che conoscevo. Cambiando argomento. "Se la sta prendendo comoda, vedo."

"È un tipo particolare. Non ti disdegnerà battutacce sul tuo stato pietoso di stasera. Non farci caso."

L'espressione da saputello che mio fratello si dipinse in faccia era la stessa di quando ero piccolo e anche il fastidio che mi causò fu il medesimo. "Quale stato pietoso? Ho solo bevuto un po' più del solito. E preso un paio di pasticche."

"E, nonostante tutto, ti sei scopato tre belve feroci. Tutte assieme."

Mi misi a ridere come un'idiota e mi massaggiai il collo pieno di succhiotti. "Tre gattine che hanno fatto un po' di fusa in più. E lui è soltanto un autista. Un fottuto nocchiero con il solo compito di portarci dove cazzo ci pare e piace e che, tra l'altro, è in dannato ritardo."

Il sorriso tornò sul viso di Virgil, ma stavolta era diverso. Non derisorio o supponente, anzi, ma mi diede comunque dei brividi inspiegabili. "Charon ha tanti altri compiti, in realtà. Anche occuparsi del post sbornia, quando serve. E di quello che hai intenzione di fare con lei."

Avrei voluto dirgli che, se fosse stato sul serio solo alcol, mi sarebbe bastato un caffè e che quello che volevo fare con Triss erano affari miei, ma i fari della Rover in arrivo mi ferirono gli occhi, già a sufficienza stravolti dalla nottata brava appena trascorsa.

L'uomo che scese dalla vettura era più imponente di quanto mi aspettassi. Cappotto e guanti di pelle, occhiali scuri anche se era quasi l'alba.

I capelli erano lunghi, leonini e sciolti sulle spalle, argentati come la folta barba, ma non era vecchio: sembrava sulla quarantina, come Virgil.

Mi venne da ridere. Come diavolo aveva fatto, papà, ad assumere un tizio del genere? Forse Virgil non aveva esagerato, settimane prima, nel dire che il vecchio si stesse del tutto rincitrullendo, dopo aver cacciato Sam. E io ero mancato da casa troppo a lungo per comprendere con prontezza le dinamiche di quanto era accaduto in quei sette anni.

"Tu saresti il famoso Dante?" mi apostrofò quella specie di incrocio tra un hipster e un metallaro anni ottanta.

Inarcai le sopracciglia. "Sono il tuo capo, vorrai dire."

Alla mia risposta piccata si tolse finalmente gli stupidi occhiali da sole e sfoderò due occhi di brace. Saranno state le droghe, ma mi parve più inquietante di un demone appena uscito dagli inferi. Mi tornò alla mente il sesso fatto poco prima e la voce distorta che mi riecheggiava ancora in testa.

"Deve essere stato molto doloroso, per te."

Sbattei le palpebre e scossi la testa per scacciare la sensazione di soffocamento che mi stava di nuovo costringendo la gola. L'autista mi guardò come se fossi un patetico verme.

Sorrise a mio fratello e mi indicò con un gesto del pollice. "Questo qua è il tuo fratellastro? Davvero?"

La precisazione non parve indispettire Virgil come avrebbe fatto di solito. Invece di rimetterlo al suo posto rise con lui, il bastardo. La goliardica confidenza esistente tra loro divenne palese persino a un cieco.

"Davvero."

"Cazzo, è messo molto peggio di quanto mi aspettassi. Forse, per portarlo all'Hell's dovevi aspettare un altro po'."

"Samael avrebbe retto molto di più, immagino," sbottai. "Lui è stato creato apposta per questo genere di inferno, dopotutto. Io ho il solo pregio di somigliargli fisicamente."

L'autista inarcò le sopracciglia e poi le corrugò. "Samael?" Sembrava non sapere di chi stessi parlando.

Virgil tirò un profondo respiro, sconsolato e divertito al tempo stesso. "Sono gemelli. Dante ha bisogno di riposare, tra due giorni dovrai scortarlo a un evento mondano a cui non può rinunciare. Deve essere presentabile e muoversi al sicuro, come si conviene al nostro vicecapo," dichiarò, calcando sulla parola. "Portaci a casa, Charon. E non fare altre domande."

L'uomo sghignazzò e fece spallucce, squadrandomi di nuovo da capo a piedi. "E va bene. Ma vedi di non vomitare nella mia auto, ragazzino," il suo tono divenne canzonatorio, "oh, volevo dire la tua auto. Signor Dante Santacroce."

Okay, lo conosco da due minuti e già mi sta sul cazzo.

6. Forget your Hope

Triss

I CERCHIO - LIMBO
Intanto voce fu per me udita:
"Onorate l'altissimo poeta;
l'ombra sua torna, ch'era dipartita"

La mamma aveva organizzato il mio compleanno nei minimi dettagli, inclusi dei piccoli omaggi che avrei donato agli invitati una volta conclusa la festa. Persino il giardino aveva assunto un'aria nuova e l'insieme era elegante, per nulla esagerato, nonostante fosse un ballo in maschera.

Mamma era un architetto e lavorava in una delle società di interior design più rinomate della città, ossia quella di papà. Aveva sempre avuto buon gusto e dovetti ammettere, mio malgrado, che l'aspetto vintage e vagamente ottocentesco che aveva dato alla casa non mi dispiaceva affatto.

Quando la mia tata bussò alla porta della stanza, sia io che lei eravamo ancora alle prese con trucchi e spazzole: l'essere sempre in ritardo era una delle poche cose che ci accomunava.

"Dio, non dirmi che è già ora di accogliere gli ospiti!" si lamentò la mamma, correndo qua e là per la stanza.

"Ha ancora qualche minuto di tempo, signora," cercò di tranquillizzarla Anna, paziente. Quando il suo sguardo incontrò il mio, gli occhi le brillarono d'orgoglio. La ricambiai con un sorriso. "Mi perdoni il disturbo, volevo avvisare che sono arrivati degli altri fiori per la signorina."

"Oh, abbiamo la casa piena di bouquet ormai! Il tipico regalo di circostanza quando non si ha nulla di meglio da offrire," sbuffò la mamma, scrollando le spalle, e tornò a dedicarsi all'ennesima passata di mascara. "Mettili con gli altri. Non importa se non si intonano al resto degli addobbi, nessuno ci farà caso. Domani li farò portare tutti alla cappella di famiglia, almeno serviranno a qualcosa."

"Credo che questi siano diversi, signora," obiettò Anna,

pacata ma ferma. "Sono accompagnati da un biglietto e un dono. Il fattorino si è raccomandato che li aprisse soltanto la festeggiata."

Mia madre restò interdetta e la vidi sbattere le palpebre più volte. "Oh, magari si tratta di un regalo di Simon."

"Fammeli portare in camera," chiusi la questione e Anna, con un risolino compiaciuto, si fece da parte per lasciar entrare due cameriere, che evidentemente non vedevano l'ora di recapitare il dono.

Quando vidi il sontuoso bouquet capii il perché della strana eccitazione della servitù: si trattava di una composizione molto particolare, negli accostamenti e nei colori. Il profumo delicato invase la stanza.

"Iris?"

"Gigli fiorentini," precisai a memoria. Ero sempre stata piuttosto brava in scienze e avevo partecipato con entusiasmo a vari progetti per la creazione dell'orto botanico del liceo. Adoravo i fiori e il loro significato.

C'erano una trentina di iris, lilla tenue, e al centro una meravigliosa rosa rossa, il mio fiore preferito tra tutti. Il suo pistillo era trafitto da uno spillone sormontato da un diamante.

"Sono fiori molto rari da queste parti," mamma sembrò piacevolmente colpita. "Un gesto davvero galante. Simon avrà speso una fortuna!"

Non mi stupì tanto il fatto che avesse azzeccato il bouquet giusto senza volere, giacché una rosa rossa è un fiore scontato da regalare a una donna. Certo, sarebbe stato più bon ton un colore chiaro, bianco o rosa. Mi lasciò perplessa, piuttosto, il cambio d'opinione di mia madre, ma mi resi conto che non parlava della rarità dei gigli fiorentini, bensì del diamante che impreziosiva la rosa.

Feci spallucce e aprii il biglietto.

Spero che i tuoi gusti non siano cambiati negli anni.

Buon compleanno, Beatrice.

Un brivido mi attraversò, repentino. Nessuno mi chiamava così a eccezione delle occasioni formali. Questo, assieme alla scatolina di raso nero che accompagnava i fiori, mi indusse a credere che si trattasse sul serio di Simon e, chissà perché, provai una fitta di delusione.

"Dai, aprilo," mi pungolò la mamma. "Chissà che non sia la volta buona che chieda ufficialmente la tua mano."

Nella scatola, in mezzo a una piccola nuvola di tulle color vinaccia, spiccava un elegante collier in oro bianco con un pavé di diamanti come ciondolo, un giglio fiorentino stilizzato. Definirlo abbagliante era riduttivo.

"È stupendo," non seppi esalare altro davanti allo specchio, quando lo presi tra le dita e lo appoggiai sul décolleté. Sembrava progettato per sposarsi alla perfezione con i cristalli cuciti sul mio abito.

La mamma, nel vederlo, si rabbuiò in viso. "Mettilo via," ordinò.

"Ma mamma, io..."

"Ti ho detto di metterlo via!"

Dalla mia espressione sbalordita parve pentirsi di essere stata così brusca, per cui abbassò il tono e distolse lo sguardo dal mio. "Non si addice, né a te né al vestito. Ti rende volgare."

La sua reazione mi stupì al punto che non riuscii a ribattere con prontezza, finché non fu lei stessa a rompere il silenzio che ci aveva avvolte.

"Scendo al piano di sotto ad accogliere gli ospiti. Non farci aspettare troppo, ci penserà già tuo padre a degnarci della sua presenza con sufficiente ritardo," sentenziò e scrollò le spalle. "Proprio stasera, poi!"

Si riferiva alla riunione, l'ennesima e molto urgente, che papà aveva convocato quel pomeriggio coi suoi collaboratori più stretti.

Riposi il gioiello nella scatola. "Ti raggiungo subito."

"Bene. Vuoi che ti mandi di nuovo Anna per darti una mano coi capelli?"

Aveva definitivamente cambiato argomento e rinunciai a chiederle il perché di quel malcelato astio. Stirai un sorriso. "Non ti preoccupare, faccio da sola."

"Come vuoi. Attenta a non rovinarti la manicure," mi guardò di sottecchi, con aria maliziosa. "E sii molto gentile con Simon, mi raccomando. Con discrezione, naturalmente."

Che stava a significare che avrei dovuto convincerlo ad accelerare i tempi del nostro matrimonio. Con discrezione, naturalmente, fosse mai che la figlia di Michele Accardi attirasse a sé gli sguardi di disapprovazione degli alti prelati presenti. Avevo persino un lontano zio nel clero e poco importava se non lo conoscevo neppure: ciò che contava era che nessuno di loro pensasse che fossi una sgualdrina in cerca del pollo più ricco da spennare.

Dovevo infilarmi nel letto di Simon il più in fretta possibile, prima di diventare vecchia e poco appetibile. Ma con discrezione.

La strana commistione tra realtà e apparenze, tra pubblico e privato, sacro e profano che aveva contornato la mia vita fin dall'infanzia non mi era mai parsa così assurda e soffocante quanto in quel momento.

In realtà, la mamma non immaginava minimamente che benedivo con tutta me stessa il fatto di non aver ancora avuto alcun genere di intimità con il mio fidanzato. La sola idea di baciarlo o farmi toccare da lui mi dava la nausea ed era capace di riportarmi alla mente ben altre labbra e mani, a cui cercavo di non pensare più da anni.

Scossi il capo e tornai davanti allo specchio. Diedi gli ultimi ritocchi al trucco e la mia attenzione fu di nuovo calamitata dalla scatola di raso e dal suo luminoso e conturbante contenuto. Un richiamo oscuro si intrecciò alla rabbia provata per le parole di mia madre e mi spinse a prendere il collier per indossarlo in ogni caso.

La catenina era a doppio giro, sottile, quasi impalpabile e la media lunghezza consentiva al ciondolo di dare un'elegante e sensuale mostra di sé senza scomparire troppo tra i seni. Era perfetto.

Che male c'era nel portare un dono ricevuto per il mio compleanno, da chiunque provenisse? Non sarebbe certo stato questo a rendermi volgare. La voglia di fare l'esatto contrario di quando sentivo essermi imposto contro la mia volontà, di tanto in tanto, mi assaliva e spegneva qualsiasi ragionevolezza. Anche quella volta l'assecondai e, spinta dallo stesso cupo impulso, sfilai la rosa dal bouquet per metterla in un vaso accanto alla specchiera.

Sontuosa e sfacciata al tempo stesso, col suo ricco color rubino, parve prendere vita e affievolirsi non appena la privai dello spillone diamantato, come se l'avessi resa orfana della sua anima. Lo infilai con cura tra le trecce che mi adornavano il capo e lasciai il resto della chioma sciolta sulle spalle.

Abbandonai le ombre scure calate sui miei pensieri, o forse me ne illusi soltanto, quando mi richiusi finalmente la porta alle spalle per dare inizio all'ennesima farsa di cui mi sarei resa protagonista.

***

L'applauso composto che mi accolse quando varcai il salone mi fece arrossire per l'imbarazzo e ringraziai la mascherina di macramè turchese per darmi un pizzico di sicurezza in più.

Persi in fretta il conto dei minuti, delle ore e delle persone a cui mia madre mi presentò, delle mani maschili che strinsi, i baci che diedi all'aria invece che alle guance delle signore presenti, i sorrisi che tirai fino a sentir male alle mie, di guance.

Scambiai solo un saluto con Simon, che si limitò a osservarmi mentre ero al centro dell'attenzione, compiaciuto come se tutti stessero ammirando una bambola di porcellana. Bellissima ma intoccabile, perché soltanto sua.

Indossava un completo blu scuro da gangster anni Venti, travestimento che trovai ironico e un tantino di cattivo gusto, anche se era comunque affascinante con i capelli biondi lucidati dal gel e i baffi disegnati. I suoi occhi grigi restarono fissi su di me nonostante si stesse intrattenendo con altre persone, che non sembrava voler abbandonare per avvicinarmi. Gli rivolsi qualche sorriso di circostanza.

Non conoscevo praticamente nessuna delle persone che pullulavano per la villa. Mi bastò adocchiare Lucy per aggrapparmi a lei come a un'ancora. Mi riappropriai per un istante dell'illusione di confondermi tra pizzi, mantelli, merletti, gonne voluminose e maschere danzanti.

Vivevo in un magico limbo, fatto di tutto ciò che una ragazza della mia età avrebbe mai potuto desiderare, ma al contempo privo di qualcosa di altrettanto importante. Vuoto.

Uno dei camerieri giunse con un vassoio pieno di calici e il sorriso smagliante.

Lucy nascose il suo dietro la mano. "Non sarebbe meglio bere il primo sorso d'alcol della tua vita al taglio della torta?"

Afferrai un calice al volo e inclinai il capo da un lato. "Preferisco farlo adesso con te." Quando il cameriere si allontanò, le scoccai un'occhiata divertita. "Poi, chi ti dice che sia il primo?"

Si mise a ridere e gli stretti boccoli biondi le danzarono sulle spalle, lasciate scoperte dall'abito in stile vittoriano che indossava. I nostri bicchieri tintinnarono e, quando mandai giù il liquido dorato, le bollicine solleticarono prima il naso, poi il palato e infine mi restituirono una piacevole sensazione di calore.

Ingoiai tutto il contenuto.

"Okay, non prendermi in giro. È la prima volta che bevi, si vede," sentenziò Lucy. Annuii e scoppiammo entrambe a ridere.

Un valzer viennese riempì l'aria e accompagnò le chiacchiere e le risate degli invitati, ma mi portò via anche mia cugina: un uomo alto, con barba e lunghi capelli argentati, vestito come un vampiro, le porse la mano.

Lucy restò interdetta per qualche secondo, forse perché era visibilmente più grande di noi, e divenne rossa fino alla radice dei capelli.

"Lei è...?"

"Il conte Dracula," l'uomo sorrise, i canini finti ma talmente realistici da sembrare sul punto di affondarle nel collo da un momento all'altro. "Ma, per te, sono soltanto Charon."

Lucy scoppiò a ridere e lo seguì nelle danze, inebetita dalla sua sfacciataggine e dal vino. Altre coppie sorridenti mi passarono innanzi e li nascosero alla mia vista. Ma non fu il conte Dracula a disorientarmi, né il calice di champagne appena bevuto. Fu la medesima sensazione cupa provata prima, in camera, al contatto con il misterioso regalo che ora pendeva al mio collo.

"Beatrice..."

La nube calata nella sala mi sussurrò all'orecchio e mi indusse a voltarmi, attratta da un'entità maligna che mi guidò a cercare qualcuno tra la folla. Uno tra i tanti, l'unico in grado di vedermi sul serio. Oltre la facciata, lo sfarzo, le apparenze, la morale e i sorrisi di circostanza.

Vidi mia cugina Rachel, una bellissima e moderna Cleopatra, avvolta in una tunica di seta verde ricca di ricami, dorati come i bracciali e i sandali al ginocchio. Conversava e rideva con lui, con la stessa maliziosa confidenza che avrebbero avuto due amanti.

L'uomo indossava giacca, pantaloni e gilet damascati, nei toni del nero e del bordeaux. L'aria regale conferitagli dal mantello color sangue era impossibile passasse inosservata. Al suo cospetto, e ai miei occhi, la folla tutt'attorno virò in una scala di grigi, indistinta e informe, fatta di maschere tutte uguali.

La sua era un teschio a metà, i capelli neri e ribelli la cornice ultima sul volto enigmatico di un macabro e seducente fantasma dell'opera. Alle sue spalle visualizzai persino un'ombra, dalle fattezze simili alle sue, ma nera e tossica come petrolio. Un'ombra appena riemersa da un passato che credevo di aver cancellato, annegandolo nelle lacrime.

Prese una mano di Rachel e se la portò alle labbra, ma i suoi occhi cerulei si sollevarono per trafiggere i miei.

Mi sorrise. E il mio cuore si fermò.

L'aria fu attraversata da una gelida folata di vento che me lo pietrificò nel petto, proprio dove si posava il giglio di diamanti.

Il simbolo dei Santacroce.

L'ombra nera alle sue spalle si volatilizzò e il cuore, alla consapevolezza che i fiori e il gioiello fossero un suo dono, tornò a battere. Il battito divenne una corsa che aumentò sempre più all'accorciarsi di ogni passo che ci separava.

I miei piedi si mossero da soli, attratti dai suoi occhi che non mi avevano lasciata nemmeno per un secondo e, prima che me ne rendessi conto, avevo attraversato il fiume infernale costituito dalle coppie danzanti. Persino la musica mi parve un'eco ormai lontana.

"Dante..."

La voce suonò flebile, tanto che credetti di averlo soltanto pensato, ma si trattava proprio di lui. Ne ero certa, nonostante fosse così diverso dal ragazzo che avevo conosciuto alle superiori.

"Buon compleanno, Triss."

La sua voce profonda prese forma in una mano che mi accarezzò la guancia e che fu una conferma. Ma, se era proprio Dante, perché quella mano, immaginaria come tutte le sensazioni precedenti, mi carezzava e mi stringeva così forte da togliermi l'aria, proprio come se...

Come se avessi davanti Samael Santacroce?

Il sangue pompò tanto veloce che le orecchie mi fischiarono.

"Triss?" La mia mancata risposta fece tornare Rachel, prima svanita, nella mia visuale e mi salvò dalla melma scura in cui stavo per scivolare. "Stai bene?"

Scossi leggermente il capo e forzai un sorriso a mia cugina, poi spostai di nuovo l'attenzione su di lui. Mi morsi le labbra così forte da provare dolore, prima di aprire bocca di nuovo. "Grazie per gli auguri," mormorai, con la stessa cautela e il medesimo senso di vuoto che avrei avuto se fossi stata sul ciglio di un precipizio. "È bello vederti, dopo tutto questo tempo."

In realtà ero sincera e sperai lo percepisse. Il suo sguardo si posò sul gioiello che mi accarezzava lo sterno ma che, ahimè, evidenziava anche il mio battito irregolare. Un angolo delle sue labbra si curvò in un compiaciuto sorriso a metà, come la sua maschera.

Abbandonò la mano di Rachel che ancora stringeva. "Lo è anche per me."

"Vi lascio soli." Nonostante il vortice di sensazioni che mi stava accartocciando lo stomaco e mozzando il respiro, non mi sfuggì il lieve tono piccato di mia cugina. "Dopotutto la festeggiata è Triss."

"Sono sicuro che non mancherà occasione per riprendere il nostro discorso," la congedò, ma l'impressione fu che si stesse rivolgendo in realtà a me.

Restammo soli, seppur circondati dal resto della folla. Mi tornò alla mente il ragazzo timido e tanto dolce del liceo, la sua voce di allora, meno rude e più incerta. Le sue guance avevano perso ogni traccia di rossore e l'avevano sostituita con la linea più marcata della mascella. La pelle chiara e perfettamente rasata mostrava le ombre di barba tipiche di un uomo adulto.

Non era più quel Dante, quello che ricordavo così bene nonostante ci fossimo parlati forse un paio di volte.

Mi resi conto di essere rimasta a fissarlo come una sciocca quando slacciò i nastri che reggevano la maschera di teschio e se la tolse. Le sue iridi cristalline mi schiaffeggiarono come avrebbero fatto le onde di un mare in tempesta.

"Così va meglio?" Mi sorrise di nuovo, ma stavolta sembrava addirittura divertito. Agitò la maschera tra le dita e ne assicurò i lacci al polso. "Senza questa sulla faccia, intendo."

"Oh," l'imbarazzo mi infiammò il viso e mi fece sentire davvero sciocca. "Sì, ti preferivo con gli occhiali, in effetti. Anche se questo non vuol dire che tu stia male senza... Cioè..."

Dio, gli starò sembrando proprio patetica!

La risata bassa e roca che emise, invece, non fu derisoria: ebbe il potere di spezzare la strana tensione che serpeggiava tra noi e mi restituì per un prezioso istante l'immagine di lui che conservavo gelosamente nei ricordi.

Mi lasciai contagiare e mi sentii subito meglio. Leggera, come se lo champagne di prima avesse finalmente iniziato a farmi effetto.

"Le lenti a contatto sono una scelta meno rischiosa, all'occorrenza."

Passò il medio sulla radice del naso e notai un piccolo segno bianco, una cicatrice, che gli passava tra le sopracciglia. Le immagini di una feroce lite tra lui e Samael nel giardino della scuola mi passarono davanti e si accavallarono tra loro, ma svanirono così in fretta da indurmi a credere fosse un falso ricordo.

"Avevo sentito dire in giro che eri tornato in città, ma..." frenai la lingua inopportuna giusto un istante prima di confessargli che avevo davvero avuto paura di trovarmi davanti il suo gemello, "non ci avevo creduto. Pensavo saresti rimasto in Italia per sempre."

Lo sguardo di Dante si velò di un alone plumbeo che fu altrettanto repentino nel dissolversi, per lasciare di nuovo il posto al cielo terso di prima. "Alle anime del Limbo non manca nulla, vivono in palazzi sontuosi e godono degli stessi frutti che spettano alle anime beate. Ma a loro non basta, perché c'è qualcosa che bramano in eterno, consapevoli di non poterla avere mai. E, nonostante ciò, sarebbero disposte a dichiarare guerra al Paradiso, pur di riavere ciò che altri hanno usurpato. Ossia un posto da poter chiamare casa."

Pensai al fatto che, poco prima, anche io avevo definito la villa e gli occupanti di quella sera un limbo e non compresi se Dante parlasse dell'Italia o di New York, nel definirla "casa". Le domande restarono insoddisfatte, perché la sua attenzione fu catturata di nuovo dal ciondolo. E dalla mia scollatura.

Ci giocherellai con le dita, di nuovo assalita dall'imbarazzo, e provai a cambiare argomento. "Suppongo che avrei dovuto capire fin dall'inizio che si trattava di un tuo regalo. Il giglio, la famiglia Santacroce... Firenze. Non avresti dovuto, ma ti ringrazio per il pensiero."

Sapevo che la mia pronuncia italiana non era e non sarebbe mai stata perfetta come quella di papà, ma mi venne naturale esprimermi in quella che, in teoria, era la lingua madre di entrambi.

Me ne pentii e temetti di essergli parsa sfacciata o, peggio, addirittura civettuola, ma lui replicò inchiodandomi con lo sguardo, un altro dei suoi sorrisetti a metà e il palmo della mano teso verso di me.

Il suo gesto coincise col cambio del ritmo nella musica: il quartetto d'archi passò con maestria dal valzer a una melodia più lenta e malinconica. *Lacrimosa* di Mozart, uno dei brani che suonavo spesso al pianoforte, prima di smettere del tutto.

"Posso sperare di ricevere l'onore di un ballo con la festeggiata?" chiese, nella stessa lingua.

Ero rimasta con lo sguardo fisso sulla sua mano e la risposta restò nella mente, perché Dante la intuì senza bisogno di esprimerla. Mi prese tra le braccia, gentile e solido al contempo, la mano a cui era assicurata la maschera mi sorresse la schiena, l'altra accarezzò e strinse la mia in una presa sicura ma dolce.

"Sei così bella, Triss."

La sua lingua risalì il collo, i denti mi afferrarono il lobo dell'orecchio per morderlo. Il cuore si paralizzò nel petto. Non ricordavo nemmeno com'era successo che, uscendo dagli spogliatoi, mi ero ritrovata premuta tra il suo corpo e il muro.

Ricordavo soltanto l'alito addosso, l'incapacità di respingerlo e la voglia di piangere.

"Sam..." Mi aggrappai alla maglietta e la tirai come se quel gesto bastasse a togliermelo di dosso. Lui era Samael Santacroce, il ragazzo presuntuoso, brutale e abituato a prendersi ciò che voleva senza chiedere mai, al confronto del quale ero un ramoscello secco che avrebbe potuto spezzare con facilità.

E lo fece, in un certo senso. Mi afferrò per il collo ed ebbi paura che me lo frantumasse. Mi inchiodò al muro, premendomi il bacino contro la pancia e facendomi ancora più male. "Ti tiri indietro proprio adesso, dolcezza?" sibilò. "Sai quante delle tue compagne di classe vorrebbero essere qui, adesso, al tuo posto?"

Tentai di mordergli un orecchio, la guancia, qualsiasi cosa che avrebbe potuto fermarlo e provai persino a dargli un calcio tra le gambe, ma Samael fu più veloce e riuscì a prevedere ogni movimento. Infilò la mano nella scollatura del top, tirandolo fino a strapparlo.

"Non ti sei messa nemmeno il reggiseno," ridacchiò, pizzicando un capezzolo così bruscamente da mozzarmi l'aria nei polmoni. "E vorresti farmi credere che non hai voglia? Scommetto che hai le mutandine bagnate... ammesso che tu abbia addosso almeno quelle."

"Che cosa sta succedendo, qui? Tornate immediatamente in classe, se non volete che chiami i genitori di entrambi!"

Quella fu l'ultima cosa che ricordai. La voce alterata di un professore, o forse addirittura il preside in persona, che mise bruscamente fine al mio supplizio.

Anzi, no. L'ultima cosa che ricordavo di quel giorno erano

gli occhi di ghiaccio del mio carnefice e non tanto i suoi gesti violenti, quanto le parole venefiche che mi rivolse.

"Se apri la bocca con tuo padre o chiunque altro della famiglia su questa storia, dirò a tutti che sei stata tu e, per riparare, sarai costretta a diventare mia moglie. Ti scoperò tutte le volte che vorrò e nel modo in cui vorrò, persino davanti a Dio. Rifletti."

Le note della musica e l'abbraccio di Dante, gentile ma al tempo stesso possessivo, avevano portato a galla cose che avevo osato confidare solo a mia mamma, per la paura delle sue minacce, e che avevo cercato di cancellare.

"Quella famiglia avvelena tutto ciò che tocca. Dimenticati di tutto, bambina mia, non è successo niente. Hai capito? Stai lontana dai gemelli Santacroce."

"Ecco dov'eri finita, Beatrice."

La voce che sopraggiunse alle nostre spalle indusse entrambi a fermare il passo.

La tonalità di blu che screziò gli occhi di Dante mi gelò il sangue nelle vene. Sorrise, il suo stavolta fu un ghigno. E non rivolto a me, ma alla voce che ci aveva interrotti.

Mi voltai, andando a urtare violentemente lo sguardo contro quello vitreo di Simon.

"Buonasera, Dante. Che piacere rivederti! Ti chiedo scusa se ho interrotto qualcosa, ma… sai? Stai ballando con la mia futura moglie."

7. Living Soul

Triss

Mi voltai di nuovo verso Dante e, per un istante, sperai assurdamente che si opponesse.

Ma perché avrebbe dovuto farlo, dopotutto? E perché mi risultava così difficile l'idea di staccarmi da lui?

"È tutta tua." Dante mi sciolse dal suo abbraccio e, tenendomi una mano, la porse cavallerescamente a Simon. Il mio fidanzato la accolse e lo ricambiò con un inchino di sarcastico ringraziamento.

Passai dall'uno all'altro. *Come un giocattolo trovato per terra e reclamato dal suo legittimo proprietario.*

Simon intrecciò le dita alle mie e mi condusse verso il centro della sala. Il groviglio che mi contorse lo stomaco nel notare con la coda dell'occhio il sorrisetto di Rachel, pronta ad avventarsi di nuovo su Dante, fu difficile da mandare giù. Non ce l'avevo con lei, ma con la mia stupida delusione, che non aveva alcuna ragion d'essere.

Chissà se sono la sola a sentirsi così?

La risposta mi giunse quando vidi mia cugina prendere il mio posto e mi accorsi che Dante non aveva ancora distolto gli occhi da me. La sua espressione era tornata ambigua e impenetrabile, come se si fosse rimesso una maschera, ma stavolta ben diversa dal teschio.

La somiglianza con Samael mi faceva rabbrividire al ricordo di quanto successo e mi spingeva ad allontanarmi da lui il più in fretta possibile. Ma la consapevolezza che fosse invece Dante instillava in me il bisogno di rifugiarmi da lui, come se le sue braccia fossero il posto più sicuro al mondo.

Non avrei dovuto provare niente di tutto ciò, né per l'uno né per l'altro.

Simon si appropriò della mia attenzione, indicando il tavolo apparso dal nulla e i camerieri intenti a preparare il necessario per il brindisi. "Siamo arrivati già alle candeline e non abbiamo ancora scambiato due chiacchiere da soli. Deduco che preferisci perdere tempo coi vecchi amici."

Rallentai il passo e lo presi per un braccio affinché mi guardasse. I suoi occhi plumbei e inespressivi mi squadrarono da capo a piedi.

"Anche tu eri impegnato con i tuoi amici," replicai, piccata per il tono di rimprovero che aveva usato. "Non mi è parso il caso di disturbarti, dato che sei sempre molto preso dalle tue attività diplomatiche."

Così definiva i traffici che suo padre gestiva a nord, che lui curava personalmente e di cui andava fiero. Non perdeva occasione per farsi notare e sottolineare il suo status, cosa che sembrava piacere a tutte le ragazze dell'alta società e che lo rendeva un così buon partito, ma che dava la nausea a me.

"So distinguere tra lavoro e vita privata, mia cara, e so gestire nei modi giusti entrambi." Ne parlò come se si trattasse di una trattativa di lavoro. "Al contrario di tuo padre che, a quanto pare, non riesce in nessuna delle due cose."

Quell'ultima stilettata poteva risparmiarsela: se n'erano accorti tutti che papà aveva problemi sul lavoro, dal momento che si stava perdendo la festa di compleanno di sua figlia.

Soddisfatto per avermi ferita, Simon mi rivolse un ghigno. "Adesso devi tagliare la torta, Beatrice." Anche il suo continuo usare il mio nome completo mi infastidiva. "Avremo tutto il resto della serata per discutere di questo. E di tanto altro."

"Se hai qualcosa di importante da dirmi, possiamo farlo adesso. La torta aspetterà."

Diede un'occhiata corrucciata ai dintorni, per controllare che nessuno avesse notato quell'affronto da parte mia e, con un sorriso tirato, mi avvolse di nuovo la mano con la sua. Ci allontanammo verso la terrazza, lasciandoci alle spalle la musica, gli sguardi indiscreti, le risate.

E Dante, insieme a Rachel.

"In verità, non abbiamo nulla di cui parlare, Beatrice. Trovo sia piuttosto chiaro che..."

"Preferirei essere chiamata Triss, se non ti dispiace," lo interruppi con una mano alzata. "Se ritieni inutile parlare con la tua futura moglie, come ti sei curato di sottolineare davanti a uno dei miei ospiti, perché siamo qui adesso?"

Avevo cercato di ignorare l'occhiata che prima aveva rivolto al gioiello che portavo al collo, ma i suoi occhi divennero lingue infuocate che mi si allacciarono alla gola.

"Trovo sia piuttosto chiaro," riprese, come se non avessi fiatato, "che il nostro legame sia una specie di contratto e, come tale, vada rispettato. Soprattutto davanti a certi ospiti."

Tanto rapido che non me ne accorsi neppure, allungò una mano e agguantò il collier, per poi strapparmelo via. La catenina si spezzò con facilità e senza lasciare alcun segno, ma per me fu come se Simon mi avesse strappato un pezzo d'anima.

Lo scagliò a terra. "Il rispetto che intendo io comporta che la mia futura moglie non porti al collo il simbolo della casata di un altro uomo. Per di più, se si tratta di un Santacroce."

Il cuore finì in frantumi sul pavimento, assieme al gioiello e al poco fiato che mi era rimasto nel petto.

Mi imposi di reagire in qualche modo. "I Santacroce sono i capi della famiglia. I nostri genitori sono tra i loro uomini di fiducia. Rifiutare un dono da parte di Dante sarebbe stata una mancanza di rispetto in egual modo, non credi?" usai un tono dimesso, ma non lo feci volontariamente. Fu soltanto l'eco del vuoto che quel gesto mi aveva lasciato.

Simon ghignò e il suo sguardo assunse sfumature cupe. Crudeli. "Trovo adorabile, da parte tua, voler disquisire di ruoli e famiglia. Però mi trovo costretto a ricordarti che sei, sì, la figlia di Michele Accardi, ma sei una donna e non potresti mai comprendere appieno cosa ci sia in gioco, come e perché."

Dischiusi le labbra per replicare che capivo molto più di quanto pensasse, sapevo benissimo che il nostro era un accordo e nemmeno lui lo desiderava fino in fondo, ma mi zittì prendendomi il viso con una mano. Arrivò a un soffio dalle mie labbra.

"Il tuo compito è uno soltanto," sibilò, un ciuffo di capelli biondi sulla fronte, gli occhi due pezzi di ghiaccio. "Essere una moglie degna di stare accanto all'uomo che, molto presto, guiderà questa città decadente. Inoltre, vorrai di certo dare a tuo padre la gioia di portarti all'altare, per unirti a me davanti a Dio. Vero?"

"Ti scoperò tutte le volte che vorrò e nel modo in cui vorrò, persino davanti a Dio."

La minaccia di costringermi a sposarlo, sibilata da Samael tanti anni prima, si accavallò a quella di Simon, che fu meno brutale nei toni ma mi bruciò più di uno schiaffo.

Il mio compito era uno soltanto: essere un oggetto di Cosa Nostra, una pedina da spostare a piacimento sulla scacchiera a seconda dell'utilità. Del capriccio, del bisogno. Perché sono una donna.

Mi lasciò andare il viso e inarcò un sopracciglio, in una muta domanda per assicurarsi che l'avessi ben compreso. Annuii, senza dire altro.

Mi toccò ancora, stavolta per tirarmi su il mento con una delicatezza finta come il suo sorriso. Mi diede la nausea. "Non fare quel faccino, Triss. Non voglio certo impedirti di avere le tue amicizie," con la coda dell'occhio indicò la sala. "Quando saremo sposati potrai toglierti tutti i capricci che vorrai. Non sono un uomo geloso. E, se sarai discreta, magari lo sarò altrettanto."

Simon mi avrebbe concesso di avere un amante, dato che non mi sarebbe stato fedele. Ma nessuno di importante. Nessuno che gli fosse superiore.

"Credevo che una delle regole della famiglia stabilisse che l'adulterio è un peccato da punire con la morte," esalai.

"Lo è anche avere gusti particolari, te lo posso garantire. Anche se nessuno osa ammetterlo," la sua voce si ridusse a un sussurro osceno quando lo sguardo si posò sulle mie labbra. "Questo non vuol dire che renderò il tuo un matrimonio bianco, stai tranquilla. Avremo bisogno di almeno un erede, poi potremo continuare a goderci le nostre vite. Se ci comportiamo entrambi nel modo in cui la famiglia si aspetta, saremo felici e soprattutto al sicuro. Abbiamo tutti e due molto da perdere e tanto da guadagnare. Per cui, smettila di sfidarmi in pubblico esibendo regali da Santacroce. Non sei la sua puttana. Almeno, finché non sarò io a deciderlo. Sono stato abbastanza chiaro?"

Mercanteggiare il mio ruolo, la fedeltà apparente, il modo in cui mi sarei dovuta comportare per essergli degna, con la minaccia di conseguenze letali, non fece altro che acuire il mio disgusto.

Mi divincolai dalla sua presa. "Chiarissimo."

Tirai dritto per tornare in sala tra i sorrisi, gli applausi e gli auguri degli invitati, illudendomi di lasciarmelo dietro, ma mi seguì a grandi falcate per affiancarmi. "Prendiamole come prove generali per il matrimonio," mi sussurrò all'orecchio, poi indicò la folla con un cenno del capo. "Sarà divertente averli tutti quanti ai piedi, un giorno."

Non capii a fondo le sue parole ma mi resi conto amaramente che, in quel limbo fatto di sfarzo, lusso e falsità, io e Simon saremmo stati perfetti.

Sbattei le palpebre per scacciare le lacrime che mi stavano appannando la vista e cercai di sorridergli davanti a tutti. Simon tintinnò il coltello da dolce su un calice e attirò l'attenzione degli astanti. Persino quella di Dante, che era ancora lì, proprio dove l'avevo lasciato.

Simon si schiarì la voce. "Prima del taglio della torta, io e Beatrice dovremmo fare un annuncio."

Lo guardai in tralice e lui ricambiò cingendomi i fianchi con il braccio. Il mormorio ci indusse a riportare lo sguardo sulla sala, in cui vidi finalmente apparire mio padre. Aveva l'espressione stanca e mortificata, ma sorrideva alla mamma. E, quando mi vide, i suoi occhi brillarono.

"Vorrai di certo dare a tuo padre la gioia di portarti all'altare, per unirti a me davanti a Dio. Vero?"

Avrei voluto tanto gettarmi tra le sue braccia, come quando ero piccola. Il braccio che mi stringeva, invece, era quello di Simon De Gregorio, un uomo che mi stavo ritrovando a odiare più di qualsiasi altro. Più di quanto avessi mai odiato Samael Santacroce.

Strinsi le labbra e mi costrinsi a non piangere, mentre il brusio della folla diventava sempre più intenso. Simon zittì tutti con un cenno della mano e proseguì il discorso che, ne ero certa, aveva preparato con minuzia. Sorrise e indicò i miei genitori. "Già che adesso ci siamo proprio tutti, chiedo formalmente a mio suocero la mano di Beatrice."

Papà mi rivolse un sorriso e annuì in segno di benedizione.

Si sollevò un piccolo coro di esclamazioni gioiose e frasi d'augurio, accompagnate da un applauso che mi scrosciò addosso più fragoroso di quanto non fosse in realtà.

"Spegni le candeline, Triss!" esclamò Lucy, ancora in compagnia del suo stranissimo e inquietante cavaliere vampiro. "E ricordati di esprimere un desiderio!" emise un risolino brillo e contagiò alcune delle ragazze attorno, che guardarono me e il mio fidanzato con aria maliziosa e una punta d'invidia.

Alzai gli occhi e incrociai lo sguardo di Dante. Un altro dei suoi sorrisetti sghembi gli aveva arcuato le labbra seducenti e perfettamente disegnate, ma i suoi occhi mi restituirono soltanto gelo.

Ero prossima al matrimonio, lui ne era consapevole e non dimostrava alcun sentimento a riguardo, se non la stessa falsa approvazione degli altri invitati.

"Esprimi un desiderio, Triss."

Mi illusi di sentire la sua voce e le sfumature basse e sensuali che mi incitavano a ben più oscuri desideri. Chiusi gli occhi per un istante.

Voglio che tutto questo finisca.

Li riaprii e soffiai sulle ventuno candeline. Se ne spensero venti, quella al centro tremolò e la sua fiamma si affievolì appena, poi riprese con vigore. Ostinata.

Un altro brusio si levò nella sala, stavolta sconcertato, e con altrettanta velocità si smorzò fino a spegnersi per lasciare il posto a un unico suono. Un calpestio ritmico e deciso che sentii rimbombare fin dentro la cassa toracica.

"Chiedo scusa se non mi faccio annunciare come si conviene a un'occasione simile."

L'uomo che aveva parlato aveva un ghigno ironico sul viso. Era giovane, rude e sfacciato nei toni, come nel lungo cappotto nero che indossava. Si fermò proprio al centro della sala.

Quando fu sicuro di avere l'attenzione di tutti, si schiarì la voce e si voltò verso papà, per fulminarlo con lo sguardo. "Michele Accardi, la prego vivamente di abbandonare questa allegra festicciola e seguirmi, se non vuole che trascini in centrale anche il resto della famiglia."

Simon si parò tra lui e mio padre, a fargli scudo. "Ma lei chi è? Come si permette di irrompere in questo modo a una festa privata?" Il suo volto era paonazzo. "Non ha nessun diritto di parlare a mio suocero in..."

L'uomo aprì il cappotto per estrarre dalla tasca interna un distintivo, con indolenza e uno sbuffo, come se stesse scacciando un insetto fastidioso. "Jude Minos, procuratore distrettuale della contea di New York. E, se sto parlando con Simon De Gregorio, avrò qualcosa da chiedere anche a lei."

8. Lust and Sins

Dante

II CERCHIO - LUSSURIOSI
Amor, ch'a nullo amato amar perdona,
mi prese del costui piacer sì forte,
che, come vedi, ancor non m'abbandona.

"Cosa state facendo?" Triss aveva abbandonato il tavolo, la torta e soprattutto il fianco del suo fidanzato per raggiungere il centro della sala. "Papà! Toglietegli le mani di dosso!"

Cercò di frapporsi tra suo padre e il paio di agenti che avevano raggiunto il procuratore Minos per portare via Accardi con la forza, se avesse opposto resistenza. Sembrava così piccola al loro cospetto, talmente delicata, eppure dotata della medesima bellezza sconvolgente che mi aveva mozzato il respiro quando ero ragazzo.

Era stato maledettamente difficile mostrarmi gelido e nasconderle il desiderio che aveva suscitato in me per il poco tempo in cui avevamo ballato, stretti l'uno all'altra.

"Signorina Accardi, la prego di evitare sceneggiate infantili e lasciar fare ai miei uomini il lavoro per cui vengono pagati." Fu il procuratore a mettersi tra lei e il padre, alla fine. Un muro granitico fatto di muscoli e leggi federali, contro il quale la piccola Triss si frantumò. Proprio come cristallo.

Ciò che ci stava accadendo sotto gli occhi era un dannato problema che, se non arginato nel modo giusto, avrebbe presto travolto tutti quanti. Ma l'unica cosa su cui riuscivo a concentrare l'attenzione era lei. Le lacrime che le invasero gli occhi, il dolore che le vidi sul volto e la consapevolezza che il suo sciocco mondo fatato si stesse sbriciolando come un castello di sabbia tra le dita mi regalarono un piacere ancora più intenso. E quella, sì, era una sensazione che avevo preventivato di provare ma che fu meglio di quanto mi aspettassi. Una di quelle cose che danno dipendenza.

Le avrei dato il colpo di grazia. L'avrei spezzata. Distrutta.

Era solo questione di tempo.

Mi illusi che l'ultimo sorso di whiskey rimasto nel bicchiere mi avrebbe aiutato a far sparire l'erezione tornata a tormentarmi. Ma del resto non c'era riuscita fino in fondo nemmeno la scopata che mi ero concesso. Un po' perché non era accaduta col vero oggetto delle mie voglie, e un po' perché era sempre così quando facevo sesso senza assumere droga. Avevo inseguito un orgasmo liberatorio per tutta la notte e, ormai, era un miraggio.

Attorcigliai tra le dita la catenina rotta del collier che avevo regalato a Triss e che ero riuscito a recuperare grazie a Charon. Virgil aveva ragione, l'autista si stava rivelando più utile di quanto avessi immaginato.

"Buongiorno." Mi resi conto di essere rimasto seduto sulla poltrona di fronte al letto, per ore, solo quando Rachel fece capolino dalle lenzuola. I suoi occhi verdi si fermarono tra le mie gambe e un sorriso malizioso le spuntò sulle labbra. "A tutti e due."

Sogghignai. "La signorina Accardi non ne ha avuto abbastanza per stanotte?"

Fece cenno di no col capo e poi rise. Si stiracchiò pigramente. "Non chiamarmi così. La signorina Accardi è mia cugina, semmai."

"E tu non lo sei?"

Tornò a guardarmi negli occhi, i suoi erano contornati dal trucco ormai sciolto ma ugualmente belli. Solo che, eccetto la lussuria, erano vuoti di qualsiasi altra emozione.

"Direi proprio di no. I miei genitori sanno che non sono una suora, si augurano soltanto che non mi metta nei casini." Accennò col mento alla cicatrice che avevo sul torace e la utilizzò per cambiare argomento. "Come te la sei fatta?"

La domanda di rito a cui non avevo mai risposto, perché in sostanza ero il primo a pormela, più o meno da vent'anni. "Suppongo abbiamo entrambi un passato turbolento," sorrisi. "Tu fai ancora in tempo a riabilitarti e a sposare un bravo ragazzo, però."

Si mise a ridere. "Non viviamo più nel medioevo, per fortuna. Se proprio mi sposerò, non sarà certo per riabilitare il mio onore, ma per ben altri motivi. Nessuno ha badato a me e al fatto che non sono rientrata, stanotte. Puoi dar loro torto, dopo il trambusto di ieri?"

Annuii. “Brutta storia. Mi dispiace per tuo zio.”

“Una vera tragedia che, mi auguro, non abbia conseguenze anche su mio padre.” Si alzò dal letto e si avvicinò a passi lenti. Non vedendomi fare una piega, si inginocchiò tra le mie gambe.

Mi chiesi se sapesse che Vito aveva tradito Michele non molti giorni prima. “Non sembri così preoccupata, a dirla tutta.” Le passai una mano dietro al collo e salii sulla nuca, immergendo le dita tra i capelli castani.

“Lo sono,” fissò gli occhi nei miei, sicuri e sfacciati, “ma cerco di non reagire come mia sorella o mia cugina davanti alle avversità. Preferisco trovarci delle nuove opportunità. La confusione seguita all’arresto di ieri mi ha dato l’occasione di passare la notte con te, ad esempio.”

“Magari saremmo finiti a letto ugualmente, signorina Accardi,” la stuzzicai, calcando l’appellativo.

Mi regalò un’espressione carica di malizia. “Magari avresti passato la serata a ballare con Triss e a rivangare i bei tempi della scuola.” Adocchiò il gioiello che ancora tenevo nell’altra mano. “Se non ricordo male, gliel’ho visto al collo. Come mai lo hai tu?”

Le strinsi i capelli nel pugno, me la tirai verso il bacino e la zittii infilandole l’uccello tra le labbra. Tanto era lì che voleva andare a parare ed ero stanco del fatto che mi riportasse alla mente Triss, come se ne avessi bisogno.

In fin dei conti, se volevo venire e liberarmi di quel cerchio alla testa, dovevo pensare alla sua bocca. Immaginare di fottere quel broncio, così simile al bocciolo di rosa che le avevo regalato.

Doveva inconsciamente aver compreso il significato del mio gesto, se si era addirittura messa lo spillone tra i capelli. Quello, un idiota come Simon De Gregorio non avrebbe potuto strapparglielo di dosso, semplicemente perché non l’avrebbe mai associato a me.

Mi lasciai andare sullo schienale e gettai il capo all’indietro, gli occhi chiusi e il respiro pesante. Non bastò a far sì che accadesse come la sera al Hell’s Gate: l’unica immagine che riuscivo a visualizzare non era la bocca di Triss che mi succhiava, ma quella di lei al fianco del suo viscido fidanzato.

Il sangue mi incendiò le vene e Rachel era troppo delicata per i miei bisogni del momento. Serrai ancora di più la presa sui suoi capelli, con la rabbia che mi traboccava in gola, e le causai un mugugno di dolore.

Nemmeno la metà di quello che avrei voluto provocare a Triss.

Avrei potuto approfittare dell'arresto di Michele per stringere il cerchio che avevo iniziato a costruirle attorno e dimezzare i tempi, ma la verità era che Jude Minos era una pedina instabile e pericolosa sulla mia scacchiera. Più di quanto potesse esserlo De Gregorio.

Avrei dovuto occuparmene in fretta, perché non avevo alcuna intenzione di dar ragione a mio padre, quando sosteneva che le mie questioni irrisolte con Triss avrebbero stravolto gli equilibri della cosca. Non avevo neppure tempo da perdere, dopotutto.

Rachel si concentrò sul glande e mi fece sentire appena i denti. Una fitta di piacere mi contorse il ventre.

Avevo avuto l'impressione che un gemello valesse l'altro per lei, dal modo in cui aveva accuratamente evitato di pronunciare il mio nome perfino a letto. Triss, invece, mi aveva riconosciuto immediatamente.

"Dante..."

Il ricordo troppo recente del suo sussurro e degli occhi sgranati nell'accorgersi della mia presenza alla festa mi trafisse il cervello. Con la stessa intensità avuta nel pensare a lei per provare piacere, scossi il capo per scacciarla via.

La lussuria carnale non c'entra nulla con i sentimenti puri.

E la purezza, d'altronde, non esiste.

Diedi un colpo di reni e glielo spinsi in gola. Rachel mi accolse con un fremito dettato dal conato che le salì. Lasciai andare il collier e lo feci cadere sul pavimento, per tenerle la testa con entrambe le mani e dettare il ritmo di cui necessitavo. Si ribellò e sollevò il capo per quel poco che la mia presa ferrea le concedeva.

"Lasciami respirare..." gorgogliò, le labbra lucide di saliva e gli occhi pieni di desiderio misto a qualcos'altro. Paura. Uno sguardo che le donne non mi rivolgevano da tanto, troppo tempo.

Da quando avevo ucciso Gemma.

L'afferrai per la gola. "Credevo di aver capito che non sei una signorina."

Le pupille le si dilatarono. Forse la prospettiva di andarci giù pesante non la spaventava poi così tanto o magari, al contrario, si era appena resa conto di essersi infilata in una situazione indesiderata senza sapere come uscirne. Tentò comunque di portare avanti la parte della femme fatale. "Non lo sono, infatti. Te lo stavo giusto dimostrando."

Peccato che tu abbia ragione. Non sei come Triss.

Mi misi a ridere e la lasciai andare, resistendo, come avevo fatto anche mentre la scopavo, alla tentazione di lasciarle segni visibili. Non volevo problemi con Vito, checché ne dicesse lei.

Mi alzai in piedi e mi allontanai, dritto verso la porta del bagno privato. Percepii il suo sguardo interrogativo pungermi la schiena.

"Puoi dormire, fare la doccia, scendere in piscina a prendere il sole e trattenerti per tutto il tempo che desideri. Maria ti porterà la colazione in camera, se vuoi. A proposito, hai delle preferenze in merito o lascio fare al cuoco?"

"E tu? Resti così?" ignorò la mia domanda e dedussi si stesse riferendo al nostro rapporto interrotto. Le lanciai un'occhiata da sopra la spalla e un sorriso forse da stronzo, ma l'unico davvero spontaneo.

"Se ti preoccupi per una reazione fisiologica mattutina, mia cara, stai tranquilla. Per il resto, mi piacerebbe immensamente farti compagnia ma il nostro tempo insieme è scaduto." Tornai serio, prima di entrare sotto la doccia. "Per adesso."

***

"Quindi? Che sapore ha, la bella Accardi?"

Se non avessi avuto la certezza matematica che quella domanda provenisse da Charon, in piedi accanto a me, avrei giurato si trattasse di Virgil.

Inarcai un sopracciglio. "Lo stesso della sua sorellina, immagino," gli risposi con il medesimo tono pungente che avrei usato con mio fratello e posai il bicchiere vuoto sul tavolino. "Migliore di questo succo d'arancia, in ogni caso."

Charon emise una risata roca da fumatore incallito. Mise le mani dietro la schiena e volse lo sguardo a bordo piscina, dove si trovava Rachel, senza perdersi neppure uno dei suoi movimenti all'apparenza naturali e noncuranti, come se non fosse conscia dell'interesse suscitato nel mio autista. "La dolce Lucy è stata accompagnata a casa subito dopo la festa, a dire il vero. Come mi avevi ordinato."

"Ti avevo ordinato di distrarla" sogghignai.

Mi restituì un'occhiata sarcasticamente offesa. "So farlo anche senza portarmele a letto, cosa credi? Ch'io sia una specie di demonio che vive allo stato brado?"

Lo squadrai. Chiodo di pelle, jeans neri e cintura borchiata con catena, anfibi e gli immancabili occhiali scuri appesi al collo della maglia. "L'impressione che dai è quella."

"Non accetto appunti di stile da un boss in accappatoio," mi sbeffeggiò.

Scoppiammo a ridere entrambi.

Continuava a starmi sul cazzo, ma iniziava a essermi chiaro che Charon fosse una delle poche persone schiette che avevo incontrato nella vita. Uno di quei pezzi di merda che sono esattamente come appaiono e non fanno nulla per nasconderlo.

Uno così era molto meglio averlo nel proprio esercito che come nemico. Vegliava da due giorni su di me come un'ombra ed ero certo lo facesse per una qualche forma di convenienza.

Quando mio fratello ci raggiunse, lo sguardo dell'autista brillò di una luce gelida.

"Ecco dov'eri."

Feci spallucce. "Nella mia dependance, ossia l'unico posto in questa fottuta villa dove nessuno osa venire a rompermi le palle? Eccetto te, naturalmente."

"C'è una riunione urgente. Mettiti qualcosa addosso e seguimi."

"Non sono in forma, Gil," con lui potevo evitare di mentire, ma volli comunque ironizzare sui segni dell'astinenza che iniziavano a intaccarmi ben più del mal di testa o dell'insensibilità ai sapori. "Non ho dormito molto, come puoi facilmente immaginare."

Seguì il mio sguardo malizioso fino a Rachel. Le scoccò un'occhiata severa e lei, che si era bloccata non appena Virgil era apparso all'orizzonte e aveva attraversato la piscina a passo spedito, divenne addirittura rossa. Era sempre molto divertente assistere alle reazioni che mio fratello suscitava nelle donne.

"Assicurati che Elia non la trovi qui, al suo ritorno," ordinò, poi spostò l'attenzione su Charon. "E, già che ci sei, sparisci anche tu."

L'autista, per tutta risposta, gli alzò il dito medio con un sorriso a trentadue denti. "Fottiti, Santacroce!"

Virgil reclinò il capo da un lato come per studiarlo, serio, quasi fosse un animale raro. "Anche io ti voglio un gran bene, amico mio."

Charon si allontanò, con uno sghignazzo e un fischio in direzione di Rachel. Lei lo guardò di sbieco e poi mi fece un gesto con le mani, come a dire "Che vuole, questo?".

Le sorrisi e le feci cenno di uscire dalla piscina e andarsene, seguito da pollice e mignolo a mo' di cornetta del telefono.

"Lo sanno persino i muri che non la chiamerai," ridacchiò Virgil. "E lo sa anche lei."

"È stata una scopata più piacevole del previsto," obiettai. "Magari farò molto di più che richiamarla e basta."

"Be', almeno lei non è promessa a un altro."

"Tu e l'hipster da strapazzo sembrate vecchi amici," insinuai, ignorando l'appunto. "Peccato che io non mi ricordi affatto di avertelo mai visto intorno."

"Sono tante le cose che non ricordi, Dante." Parve per un attimo pentirsi di averlo detto, quindi corresse il tiro. "E che ti sei perso in questi anni. Ma non è la mia amicizia con Charon la cosa importante, ora."

Mi tolsi la maschera che avevo indossato fino a quel momento e provai un sollievo impensato nel farlo. "Cosa vuoi, Gil?" tagliai corto.

"Te l'ho detto. C'è una riunione."

"Hai detto anche che papà non c'è, se si tratta di me e te possiamo parlare qui, senza formalità," obiettai.

Gli occhi di mio fratello si ridussero a due fessure severe. "Da quanto tempo non ti fai?"

Alzai gli occhi al cielo. "Cristo, Gil."

"Rispondi."

Virgil non aveva mai avuto bisogno di alzare la voce o di usare toni aggressivi per zittire la gente e farsi rispettare. Emanava autorità da ogni singolo poro, una cosa innata. Ma allo stesso tempo sapeva essere accogliente e paterno se l'occasione lo richiedeva. Trovai ancora una volta ingiusto che non ci fosse lui a capo della famiglia. Come, del resto, era ingiusto il fatto che non avesse potuto seguire la sua vocazione.

Anche se era convinto del contrario, sarebbe stato un ottimo prete, in realtà. Uno di quelli che, se non confessi i tuoi peccati con le buone, lo farai in ogni caso dietro la minaccia di un inferno già in terra.

"Da due giorni. Dalla sera all'Hell's."

Mio fratello rilassò di poco le spalle e infilò le mani nelle tasche. Parve compiacersi, anche se la sua espressione restò impassibile. "Bene. Posso farti avere qualcosa per ridurre il malessere, lo sai. Devi solo dirlo."

Ridacchiai. "Se non ti stai riferendo alla nuova droga messicana di papà, no, grazie. Sto benissimo così."

"Sono serio, Dante."

"Lo sono anche io." Sostenni il suo sguardo con la stessa arroganza, perché ero sicuro che quella della droga fosse l'ennesima scusa per una paternale peggiore.

Ma Virgil non avrebbe ceduto al bisogno di imporsi con le cattive su di me. Era troppo intelligente per farlo. Buttò fuori l'aria in una specie di sbuffo, poi prese una sedia e si accomodò accanto a me. "Sono qua per ragionare con te sulle conseguenze di ieri."

Serrai i denti. "Che tu ci creda oppure no, non sono stato io a suggerire a Minos di fare quella piazzata."

"Oh, questo lo so." Mi meravigliò la naturalezza con cui lo disse. "Non sei così stupido da rischiare l'applicazione della RICO, pur di mettere in ginocchio Accardi. Dico bene?"

Un brivido mi percorse la schiena. Jude Minos non era sul nostro libro paga, al contrario di alcuni dei suoi colleghi. Anzi. La sua lotta strenua e sanguinosa al crimine organizzato era cosa nota e, soprattutto, aveva radici personali. Per questo era così pericoloso.

"Ne ha tutta l'intenzione, immagino."

"Al momento, il reato che contestano ad Accardi riguarda gli investimenti edili, ma sappiamo bene che per Minos si tratta di una scusa per cominciare a scavare. I nostri avvocati sono già stati allertati, comunque, e tengono occhi e orecchie aperti. La situazione è sotto controllo. Ma neppure Vito ha ancora subito conseguenze, ed è questa la cosa che non torna."

Perché i due fratelli Accardi, oltre a essere uomini d'onore, erano anche soci negli appalti edili più importanti della città. La costruzione del nuovo ospedale era stata affidata alla loro società, per dirne una.

Aggrottai la fronte. "Pensi sia stato lui?"

Decifrai la sua smorfia solo in parte. Sembrava disgustato, non seppi dire se fosse per la mia conclusione sciocca o altro. "Dopo averlo tradito davanti a Elia? Non credo. È soltanto un uomo viscido, ma nemmeno lui è uno stupido."

La pausa che si prese divenne pesante nel giro di due secondi. Si grattò il mento, come faceva sempre quando rifletteva sulle parole più consone da pronunciare, e quell'atteggiamento mi innervosiva come poche altre cose al mondo. Perché ci leggevo spesso degli intenti manipolatori. "Elia era contrariato, stamattina. Ha commentato la notizia dicendo di voler evitare di dover sistemare la situazione in prima persona. So che, in questo istante, sta mettendo al sicuro gli altri affari. E, tra l'altro, ho scoperto una pista interessante per quell'altra questione."

Tradotto: papà voleva evitare di fare fuori Jude Minos e, allo stesso tempo, era corso a mettere al sicuro gli accordi con i messicani. Era da tempo che Elia Santacroce cercava un modo per togliersi lo spinoso problema dei federali dal fianco, ma se l'avesse fatto in quel frangente non sarebbe stata una mossa astuta.

Il nastro delle parole di Virgil, però, si riavvolse nella mia mente e si fermò all'altra questione.

"Quando ti deciderai a dirmi cosa è successo tra papà e Sam?" chiesi a bruciapelo.

Virgil parve piacevolmente sorpreso per la mia deduzione, ma credo fosse solo compiaciuto di riuscire a farmi restare concentrato su quello che voleva lui, come un abile burattinaio.

L'altra questione, l'unica che interessa davvero a Gil, è distruggere il regno di Elia Santacroce e tenere Samael fuori dai giochi.

"Non è importante."

Lo fulminai. "Sì, che lo è. È la causa di tutto, persino della mia presenza qui in questo preciso istante."

Lo sguardo di Virgil tornò a essere sibillino. Mio fratello era un enigma che forse non avrei mai decifrato. "La cosa più importante di tutte è assicurarsi che Samael resti dov'è. Al sicuro."

Parole che scatenarono altre domande: dov'era, il mio gemello? Doveva restarsene al sicuro da chi? Da me?

Nessuna di queste domande ebbe risposta. Maria ci raggiunse a passo svelto.

"Perdonatemi," giustificò l'interruzione, mortificata, poi si rivolse a me con lo sguardo abbassato. "So che non vuole essere disturbato nella dependance, signore. Ma c'è una visita per lei. Ho provato a riferire che occorre prendere appuntamento, ma senza successo. Credo sia piuttosto urgente."

Io e Virgil ci lanciammo sguardi in tralice. Anche lui sembrava sorpreso. Era molto raro che qualcuno dei nostri uomini, fosse anche un caporegime, irrompesse in quel modo senza avvisare o essere convocato.

Il primo pensiero volò a De Gregorio, non seppi dire il perché, e serrai la mascella.

Virgil mi lesse nel pensiero e mi invitò a mantenere la calma con un'occhiata. "Non importa, Maria. Non è colpa tua," la tranquillizzò. "Di chi si tratta?"

"La signorina Accardi..." la domestica s'interruppe e deglutì a vuoto. "Beatrice."

9. Cerberus

Triss

III CERCHIO - GOLOSI
Cerbero, fiera crudele e diversa,
con tre gola caninamente latra
sovra la gente che quivi è sommersa.

Non riuscivo a capacitarmi del modo in cui la mia festa di compleanno si era conclusa: l'arresto di papà.

Avevo inteso che non fosse un periodo roseo sotto il profilo degli affari ed erano giorni che mi preoccupavo per lui. Lo avevo visto sempre più pallido, a casa c'era ormai di rado e tutte quelle discussioni telefoniche di cui ero stata testimone indiretta...

Come se non bastasse, Jude Minos aveva convocato anche la mamma ed entrambi erano in stato di fermo dalla sera prima. A quanto avevo compreso, si trattava della loro società.

"Triss, devi pur mangiare qualcosa." Anna mi aveva guardata di sottecchi per tutto il tempo, mentre la mia colazione si raffreddava, decidendo di intervenire quando si accorse che mi stavo lasciando andare di nuovo al pianto. "Dovresti anche riposare. Stanotte non hai chiuso occhio."

Il suo tono accorato mi strinse il cuore. Anna mi aveva cresciuta e le volevo bene come se fosse mia madre. Spesso avrei voluto lo fosse sul serio, pur sentendo di commettere un peccato molto grave, nonché una mancanza di rispetto, nell'ammetterlo.

Mi asciugai in fretta le lacrime e decisi di mandare giù una forchettata di torta, pur di farla contenta, anche se il mio stomaco si ribellò subito all'intrusione.

"Ha richiamato qualcuno?"

Anna abbassò lo sguardo e scosse il capo. "No. Nancy e Taylor stanno facendo il possibile, ma i tuoi zii sono irreperibili. Forse, se provassi direttamente tu..."

Non era convinta neppure lei delle sue parole. Era indifferente fossero le assistenti di papà, i nostri avvocati o io stessa a implorare aiuto. Zio Vito e sua moglie avevano paura di essere coinvolti e preferivano non avere contatti con la sottoscritta. Poco importava se presto sarei finita in mezzo a una strada, se il procuratore avesse deciso di confiscare i beni della mia famiglia come sembrava intenzionato a fare. Un po' li comprendevo.

Anche il mio fidanzato, dopotutto, non aveva potuto fare granché la sera precedente. Dopo aver protestato per un po' contro i federali, era andato via con loro presumibilmente per chiarire anche la sua posizione, lasciandomi lì a gestire l'umiliazione dell'accaduto davanti agli ospiti ammutoliti.

Per fortuna avevo Anna, suo marito Gioacchino, nostro giardiniere da prima ancora che nascessi, e tutto il resto della servitù. Ma per quanto tempo mi sarei appoggiata ancora a qualcuno?

Strinsi i pugni e mandai giù nuove lacrime. "Suppongo che anche voi, tutti, fareste meglio a correre ai ripari. Avete sempre lavorato onestamente per noi e non credo sia giusto dobbiate pagare le conseguenze del fatto che... sono rimasta sola."

Sulle ultime parole non riuscii a evitare di singhiozzare. Anna si trattenne a stento dal corrermi accanto per abbracciarmi, come quando ero bambina e mi sbucciavo le ginocchia cadendo. Ero ormai adulta e non solo all'anagrafe, perché quella situazione mi stava mettendo davanti a una realtà pesante: ero l'unica erede di Michele Accardi.

"Triss," la sua voce si ruppe, "pensare al nostro lavoro o alla gestione della villa, al momento, non è una priorità. I tuoi genitori ci hanno chiesto di badare a te e garantire che non ti manchi nulla. Sono sicura che torneranno a casa e tutto riprenderà come prima. Devi soltanto pensare a te stessa e a stare bene. Non ti lasceremo sola."

Sapevo che le sue parole erano sincere, ma non mi consolarono. "E se ci togliessero anche questa casa?"

Strinse le labbra senza replicare. In effetti non mi aspettavo una soluzione da lei, né volevo metterle sulle spalle quel carico, ma mi resi conto che stavo facendo l'esatto contrario. "Scusami," mormorai, col capo chino. "Hai ragione, non sono sola. Un modo per uscire da questo garbuglio dovrà pur esserci."

Piangersi addosso era inutile.

La congedai ringraziandola per la colazione e recuperai il cellulare abbandonato sul tavolo. Scorsi la rubrica fino ad arrivare ai numeri delle mie cugine. Eravamo pur sempre una famiglia, dopotutto, e non volli credere sul serio che nessuna di noi avesse voce in capitolo. Come non volevo credere al fatto che il fratello di mio padre lo avrebbe abbandonato al suo destino, nonostante fossero soci in affari.

Rachel aveva il cellulare spento, mentre Lucy mi rispose dopo mezzo squillo, la voce più tremante della mia. "Dio santo, Triss. Mi dispiace davvero tanto per quello che è successo. Hai notizie dalla polizia?"

"Nessuna, purtroppo. Sono entrambi in stato di fermo e, sebbene non ci sia ancora un arresto formale, è quello che temo accadrà."

"Ma si sa almeno di che cosa li accusano?"

"So soltanto che c'entra la società," decisi di arrivare al punto, "ed è per questo che ti sto chiamando. Sai dove sono gli zii?"

Mia cugina tentennò. "Mi sono trattenuta un po' a chiacchierare col tipo di ieri, si è offerto di accompagnarmi a casa..." Potei giurare che era arrossita. "Sono tornata tardi e non ho visto ancora nessuno. So che papà aveva una riunione pianificata da un po', magari è già in ufficio. Hai provato a chiamare lì?"

Strinsi i denti e le tempie mi pulsarono. Non c'era stato luogo in cui le segretarie di papà non avessero provato a rintracciare zio Vito, e non seppi dire se Lucy lo stesse coprendo o meno. Anche mia zia non aveva fatto alcuna mossa, nemmeno una telefonata di circostanza. E dire che erano tutti presenti alla festa...

"Lascia stare," sospirai. "Se dovessi avere sue notizie, chiamami, per favore."

"Certo! Tu, nel frattempo, se dovessi aver bisogno di qualsiasi cosa, dimmelo."

"Lo farò," la salutai con una stretta al cuore, perché sapevo benissimo che non avrei ricevuto alcun genere di aiuto, specie se sua madre glielo avesse imposto. Lucy era meno assertiva di sua sorella, magari da Rachel avrei avuto un sostegno più concreto. Mi augurai di riuscire a rintracciarla quanto prima.

Un leggero bussare alla porta richiamò la mia attenzione. "Mi scusi, signorina, c'è una visita per lei."

Guardai Nancy in tralice, temendo che si trattasse della polizia. L'assistente dovette intuire la mia preoccupazione e si affrettò a specificare. "Don Costello. Lo lascio accomodare?"

L'eventualità che fosse Jude Minos mi apparve allora preferibile: Jack Costello non era uno degli uomini d'onore di papà, ma era come lui. Un caporegime.

Cosa voleva da me? Affondare gli artigli nelle ferite fresche della mia famiglia?

Annuii e tirai un profondo respiro. Qualunque cosa fosse venuto a fare, l'avrei scoperto di lì a breve. "Digli di entrare."

Nancy si dileguò. Quando il capo varcò la soglia e si richiuse la porta alle spalle, senza che lo avessi invitato espressamente a farlo, mi sentii un topo in trappola.

Era un uomo sulla quarantina, moro e dai tratti marcatamente italiani, il portamento elegante e fascinoso nonostante l'aria sfacciata che ostentava. Lo sguardo che mi rivolse, come se fossi una specie di banchetto su cui lanciarsi, mi rimescolò lo stomaco.

"Signorina Accardi, sono lieto che mi abbia concesso una visita anche in una situazione come questa. Mi scuso per il modo in cui mi sono presentato, senza farmi annunciare come si conviene a una ragazza della sua età."

Non credetti a parole dette per pura formalità, perché era evidente che non gliene importasse nulla del fatto che restare solo con la figlia ventenne di un suo collega fosse sconveniente. Anzi, sembrava proprio quello il suo intento principale.

Cercai di nascondere il tremore delle mani un istante prima di indicargli una sedia su cui accomodarsi, senza successo. "Don Costello, come comprenderà non ho molto tempo a disposizione. Ma mi dica pure se, nonostante l'assenza di mio padre, posso esserle utile in qualche modo."

Il ghigno che si dipinse sul suo volto lo rese simile a un demonio, ma l'ombra che gli attraversò lo sguardo durò così poco da farmi credere di averla soltanto immaginata.

"Michele è benvoluto e stimato nella famiglia, e non solo perché fa parte della triade. Sa cosa significa, vero?"

Se cercava un modo per mettermi in difficoltà, aveva scelto il peggiore. Ero una ragazzina, ma conoscevo le gerarchie, papà era sempre stato molto sincero con me al riguardo. "Mio padre e Giuseppe De Gregorio sono i due collaboratori più stretti di Elia Santacroce, che è il capofamiglia. Lo so."

Costello sorrise. "Lei è fidanzata ufficialmente con Simon, se non ho capito male da quanto accaduto ieri, prima che il procuratore interrompesse i festeggiamenti."

Era presente anche lui? Avrei dovuto immaginarlo, dato che conoscevo meno della metà degli invitati. Ma, al di là di tutto, potevo considerarmi ancora la fidanzata di Simon?

Annuii lo stesso. "È corretto."

Il suo sorriso si allargò. "Un vero peccato. Mi sarebbe piaciuto avere la possibilità di corteggiarla. Non ho ancora trovato la donna capace di farmi perdere la testa e lei è... un bocconcino decisamente invitante. Mi perdoni la sfacciataggine."

Arrossii di colpo e dischiusi le labbra per cercare di replicare, ma lui interruppe il mio imbarazzo con una risatina roca. "Stia tranquilla, non sono qui per infrangere le regole. Non è mia intenzione scontentare i De Gregorio, o Michele, sebbene a malincuore." Sottolineò le ultime sillabe leccandosi le labbra in modo osceno. Sembrava un animale feroce a digiuno da giorni. "Sono qui per aiutarla a correre ai ripari."

Rabbrividii. "Non la seguo."

"Sarò schietto con lei, Beatrice" saltò i convenevoli. "Si vocifera che la società edile dei fratelli Accardi sia sotto indagine perché ci è scappato il morto."

Mi si fermò il respiro. "Che cosa...?"

Costello fece spallucce, come se fosse una cosa di poco conto. "Sembra abbiano rinvenuto un cadavere, murato nelle fondamenta del nuovo complesso residenziale in costruzione. Pare si tratti di una persona importante, tra l'altro. Naturalmente sono solo voci e sono certo che si tratti di un enorme malinteso. Però nel nostro mondo quello che conta è agire, possibilmente prima degli altri. E prima che la cosa arrivi alle orecchie di Don Elia, se capisce cosa intendo."

In realtà capivo una cosa soltanto: se mio padre era implicato in un reato tanto grave, che fosse vero o meno, la cosa avrebbe avuto ripercussioni sulla famiglia intera e avrebbe giustificato il silenzio di zio Vito. E persino quello di Simon.

Nessuno sano di mente avrebbe mai voluto farsi associare a qualcosa del genere e, come aveva sottolineato Costello poco prima, nel nostro mondo esiste un solo modo per mettere a tacere un potenziale testimone scomodo.

"Cosa dovrei fare, secondo lei? Non ho alcun potere." Fremetti di frustrazione e rabbia. "So soltanto che mio padre è leale, ha sempre fatto gli interessi dei Santacroce. E non è uno stupido. Sa come occorre che si comporti un uomo d'onore e, grazie ai nostri avvocati, tutelerà se stesso e tutta la famiglia... senza bisogno che i caporegime prendano decisioni avventate."

Costello sogghignò alla mia reazione, i suoi occhi tornarono concupiscenti e mi diedero i brividi. "È davvero fortunato, Simon De Gregorio, a poter contare su una donna forte e volitiva come lei." Il suo mormorio fu ancora peggio. "Ma voglio che sappia che non sono venuto qui per farle pressioni. Tutto il contrario. Mi chiedevo soltanto se lei avesse qualche informazione utile alle indagini. Le nostre indagini, che sono ben diverse da quelle della legge e decisamente più veloci. In cambio, sono pronto a offrirle la mia protezione. C'è gente davvero brutta in giro e non possiamo fidarci che di pochissimi uomini d'onore. Ringrazio Dio di non avere ancora dei figli e risparmiarmi questo genere di preoccupazione: si sa che loro sono l'obiettivo perfetto per una vendetta. Sa che stiamo indagando anche sulla scomparsa di Samael Santacroce, ad esempio? Non mi stupirei se il cadavere rinvenuto fosse il suo."

Indagini? Protezione? Samael?

Costello non stava minacciando di uccidere i miei genitori affinché non parlassero. No. Stava minacciando me.

Deglutii a vuoto. "So che i gemelli Santacroce sono partiti per l'estero molto tempo fa. Non ho mai sentito parlare di una scomparsa e mio padre, in ogni caso, non avrebbe avuto alcun motivo per commettere un gesto così insensato e atroce."

Il sorrisetto che mi restituì fu di scherno. "Io ho sentito parlare di una vostra cotta adolescenziale, invece. Piuttosto disdicevole, pare. Sappiamo tutti come funzionano queste faccende d'onore, specie agli occhi di un potenziale consuocero irascibile e instabile come Giuseppe De Gregorio. Dico bene? Ma non sono qui per giudicare."

No, stai solo insinuando che papà abbia fatto sparire Samael per vendetta, in accordo con De Gregorio. Per salvare il mio onore.

Lo stomaco mi si ribaltò di nuovo, mentre Costello ridacchiava. La sua risata assunse un suono macabro e crudele alle mie orecchie. Strinsi i pugni, desiderando di perdere il dono dell'udito e tutti gli altri sensi che mi consentissero di percepire la sua presenza davanti a me.

Capii solo in quel momento il motivo del suo soprannome: Cerberus.

"Don Costello, la ringrazio per la sua premura nei miei confronti e la gentile offerta," cercai di non far trasparire il tono piccato nella voce. "Ma il punto è che io non ho alcuna informazione utile né per lei, né per i suoi uomini. Non più di quello che lei già sa e presume, intendo. Per cui, non credo ci sia altro di cui parlare."

Contrariamente a quanto credevo, Costello non insisté oltre. Si fece bastare il mio chiudere la questione, almeno all'apparenza, e si alzò in piedi.

"Bene," allacciò un paio di bottoni della giacca e si lisciò il bavero. "Mi auguro sia soltanto una questione di tempo e di, per così dire, accettazione della realtà da parte sua. Sappia che io e i miei uomini resteremo in trepida attesa di sue notizie, Beatrice... Perché sono sicuro che arriveranno."

Il ghigno che gli rimase scolpito in faccia fino a quando si congedò restò impresso nella mia mente.

Mi sentivo in gabbia, oppressa da una situazione che non avrei mai potuto gestire da sola, specie dopo quelle rivelazioni. Il fermo di mio padre non sarebbe durato più di novantasei ore, ci avevano detto gli avvocati, dopodiché o il procuratore Minos avrebbe formalizzato l'arresto o l'avrebbe mandato a casa.

Troppi giorni, in ogni caso, per un uomo che soffriva di cuore: papà non ne aveva mai parlato apertamente, ma l'avevo visto nelle ultime settimane. Le sue condizioni peggioravano e non potevo fare nulla. Ma non potevo neppure rischiare che gli uomini della cosca decidessero di chiudergli la bocca per sempre.

Samael era davvero morto? Per mano di chi?

L'unica a sapere di ciò che era accaduto ai tempi della scuola era la mamma, ed ero certa che non l'avrebbe confidato ad anima viva, neppure a papà. Come faceva Costello a esserne al corrente?

"Stai lontana dai gemelli Santacroce."

Eppure, non tutti loro erano dei folli mafiosi sanguinari. Non Dante. Con lui mi ero sentita al sicuro, la sera prima. L'esatto contrario delle sensazioni provate con Cerberus Costello. Fu in quel momento che le nubi della mia mente si squarciarono ed ebbi chiara una soluzione tanto ovvia quanto avventata.

Se proprio dovevo inginocchiarmi davanti a un uomo d'onore per chiedere protezione, l'avrei fatto ai piedi del vicecapo.

***

Chiamai un taxi e sgattaiolai dall'ingresso posteriore. I miei genitori avevano imposto alla servitù di badare a me costringendomi in casa, e dopo le minacce velate di Costello riuscivo a capirne il perché. Nessun autista mi avrebbe portata da nessuna parte, men che meno a Villa Santacroce, ma era l'unica soluzione percorribile.

Avevo la sensazione che Dante fosse l'unico con cui poter parlare in sincerità. Era un amico che, nonostante gli anni del liceo e quelli trascorsi da allora, sentivo di conoscere da sempre. Era anche il vicecapo della famiglia, però. Avrebbe avuto tutto l'interesse a restare fuori da quella faccenda.

Cosa avrei potuto dirgli?

Potresti semplicemente chiedergli aiuto, Triss. Proprio come fanno tutti i membri della famiglia, quando hanno bisogno di un favore.

Mi avrebbe ascoltata? Ravviai nervosamente un boccolo ribelle e lo sistemai meglio nella treccia di capelli che avevo fermato con lo spillone diamantato. Forse fu sciocco e inutilmente civettuolo da parte mia, ma l'avevo messo nella speranza che, dopo che Simon mi aveva strappato via il collier, Dante lo prendesse come un gesto di lealtà nei suoi confronti.

Di sottomissione.

"Smettila di sfidarmi in pubblico esibendo regali da Santacroce. Non sei la sua puttana. Almeno, finché non sarò io a deciderlo."

Le parole aspre di Simon mi tornarono alla mente. La consapevolezza improvvisa che avrei potuto sul serio trasformarmi in una proprietà del boss mi mozzò il fiato e mi riempì di vergogna. Per poco non imposi al taxi di fare inversione.

No. Non sono proprietà di nessuno, nemmeno di Simon. Se proprio dovrò umiliarmi, deciderò io come.

Il taxi mi lasciò davanti a degli alti cancelli color avorio, sormontati dal giglio fiorentino stilizzato. Lo congedai, per evitare di cedere alla tentazione di tornare sui miei passi.

"Desidera?" una voce metallica e gracchiante, forse della vigilanza, provenne da un interfono su cui era montata una telecamera.

"Beatrice Accardi," mi presentai formalmente, sperando bastasse il mio nome a farmi aprire i cancelli. Così fu. Ma l'ostacolo vero lo trovai prevedibilmente dopo aver percorso il piccolo sentiero alberato che conduceva alla villa.

"Signorina Accardi," la governante che mi accolse era una bella donna latina di mezza età, dall'espressione costernata. "Mi duole infinitamente dirle che la famiglia Santacroce non riceve visite se non espressamente concordato in precedenza. Motivi di sicurezza."

"Ho bisogno di parlare urgentemente con il signor Dante," andai dritta al punto. Ero arrivata fin lì con mille titubanze e non volevo tirarmi indietro, anche perché se mi fossi voltata avrei trovato un mostro ancor peggiore ad attendermi. "Questione di vita o di morte."

Se davvero c'è un cadavere di mezzo, non è una bugia, d'altronde.

La domestica inarcò le sopracciglia. "Quand'è così... Mi lasci controllare se è ancora nella dependance. Non le garantisco nulla."

Le sorrisi. "Grazie, in ogni caso."

"Può accomodarsi nella veranda che si trova in fondo all'androne." Mi fece finalmente entrare. "Dirò ai domestici di portarle qualcosa di caldo, nel mentre."

"Non si preoccupi." Tanto avevo lo stomaco chiuso. "Attenderò tutto il tempo necessario."

Ne approfittai per guardarmi intorno e mi persi ad ammirare gli affreschi e i grandi quadri che decoravano le pareti dell'atrio principale. Mi sentii improvvisamente a disagio, vestita soltanto di jeans e un golf turchese, troppo informale e semplice in mezzo a tutto quello sfarzo.

Rispetto a casa mia, che era più contenuta nelle dimensioni e aveva un taglio più moderno, villa Santacroce era una specie di incrocio tra architettura rinascimentale e barocca.

Alla mamma sarebbe piaciuta molto e mi chiesi se ci fosse mai stata, per poi darmi della stupida. Sapevo bene cosa aveva sempre pensato di quella famiglia.

Prima di arrivare alla veranda mi fermai davanti a un quadro in particolare. Una donna, per meglio dire un angelo, con gli occhi azzurri e lunghi capelli scuri. Era di una bellezza sconvolgente: seppur si trattasse di un dipinto, la maestria del pittore l'aveva resa al pari di una fotografia.

Non seppi dire cosa mi colpì tanto in lei, se il fatto che invece di darmi una sensazione di candore angelico mi desse vibrazioni oscure, o se fosse la sua incredibile somiglianza con...

"Ehi, che sorpresa! Due Accardi in un colpo solo."

Mi voltai e davanti a me comparve il vampiro con cui Lucy aveva ballato tutta la sera.

"Già, è ormai palese che io non sia davvero il Conte Dracula," ridacchiò, mostrandomi un sorriso molto meno inquietante di quanto mi aspettassi. Mi tese la mano. "Charon Whitehead.

Autista, maggiordomo, ballerino, tuttofare e vampiro part-time. All'occorrenza, so anche cucinare."

Mi venne da ridere e ne sembrò contento. Schiusi le labbra per ribattere ma mi accorsi solo in quel momento che, alle sue spalle, c'era mia cugina Rachel con uno sguardo stupefatto.

Mi rivolse un sorriso tirato e uno strale invisibile mi si conficcò dritto tra le costole. "Ciao, Triss."

Fu abbastanza accorta da non chiedermi cosa ci facessi lì, per evitare che facessi altrettanto. Dall'abbigliamento di fortuna che indossava, composto da una t-shirt sdrucita, bermuda non suoi e i sandali alla schiava che erano parte del suo costume da Cleopatra, la risposta era piuttosto palese.

Aveva passato la notte lì e la sola idea che l'avesse trascorsa nel letto di Dante spazzò via la leggerezza che i modi scanzonati di Charon mi avevano regalato. I dubbi residui si vaporizzarono un istante dopo.

"Come mai sei ancora qui?"

Dante raggelò tutti con la sua semplice presenza e il tono di chi percepisce il proprio spazio vitale invaso più del dovuto.

"Stavamo andando via, signore," ribatté Charon senza scomporsi.

Rachel si sentì in dovere di aprire bocca ed ebbi la sensazione fortissima che i suoi modi e il tono della sua voce diventassero esageratamente seducenti apposta. "Colpa mia, ho tardato più del dovuto alla toilette. Grazie per la piacevole serata e per l'ospitalità. Sei stato un ottimo padrone di casa."

Dante non replicò. Non fece assolutamente nulla in realtà, eccetto incenerirmi con lo sguardo, tanto da farmi credere che la frase che aveva tuonato non fosse un rimprovero all'autista, ma a me.

Charon e Rachel sparirono, non seppi se sul serio oppure per uno scherzo della mia mente.

Se possibile, Dante era ancora più bello della sera precedente, nonostante avesse dismesso il mantello rosso del conturbante fantasma dell'opera per indossare dei semplici jeans e una camicia nera. La gola mi si seccò nel rendermi conto che, ormai, tirarmi indietro era impossibile.

"Scusami se sono piombata qui senza farmi annunciare," mi forzai a dire. Il cipiglio che si addolcì non appena aprii bocca mi diede la forza di sostenerne le iridi di ghiaccio. "Ho bisogno di parlarti. Di mio padre."

10. Seeds of Evil

Triss

Non so cosa mi aspettassi, una volta varcata la soglia di Villa Santacroce, anche se incrociare mia cugina non era un'opzione che avevo messo in conto. Quello che so è che non avevo visto altra soluzione per cercare di tirare fuori mio padre dalle grinfie di Jude Minos.

Quando incrociai lo sguardo di Dante, però, mi fu cristallina una verità che faticai ad ammettere con me stessa: ero andata lì perché avevo bisogno di vederlo. Di ritrovare lo stesso senso di sicurezza di quando avevamo ballato, il medesimo calore sperimentato tra le sue braccia e di cui mi ero sentita orfana nel momento in cui Simon ci aveva interrotti, per riportarmi ai miei doveri di futura moglie.

Ora che ero lì davanti a lui, capii che le mie erano soltanto fantasie. Proprio come quando i suoi occhi si erano posati su di me attraverso la maschera di teschio, percepii di nuovo delle ombre oscure ammantarlo, le stesse che avevano sempre circondato il suo gemello.

Erano identici, lui e Samael. Come lo erano tra loro gli uomini d'onore di Cosa Nostra, d'altronde.

"Gli uomini sono tutti uguali, ma è indubbio che uno dei Santacroce sarebbe un ottimo partito. Il migliore."

Riuscivo quasi a vedergli stampati addosso i baci e le carezze di Rachel. Dovevano appartenere a lei quei segni violacei che facevano capolino dai bottoni slacciati della camicia. E la cosa che più mi lasciava l'amaro in bocca era il fastidio incredibile, e del tutto immotivato, che la cosa mi provocava.

Qual era la sensazione più giusta da provare? Avrei dovuto essere felice per mia cugina, che si stava accaparrando il miglior partito in circolazione, proprio come desiderava da anni?

"Come sei arrivata fin qui?" mi chiese, mentre ero persa in sciocche gelosie di cui lui avrebbe senz'altro riso e che mi fecero avvampare di colpo. "Non ho visto il tuo autista."

La domanda mi lasciò interdetta per un istante. Tutta la motivazione provata prima svanì. "Ho preso un taxi ed è stato meno difficile di quanto mi aspettassi. Fare qualcosa in autonomia senza personale, intendo."

Inarcò un sopracciglio e non seppi dire se fosse scettico o semplicemente divertito da quella che, in realtà, non voleva essere una battuta ma una semplice constatazione.

"Ti sei esposta a rischi che non immagini neppure, Triss." Una nota di rimprovero gli sporcò la voce. "Non hai pensato al fatto che qualcuno potesse seguirti?"

Provai a mandare giù il groppo che mi era salito in gola. No, non ci avevo pensato. Poteva averlo fatto chiunque, a cominciare dalla polizia. Decisi di essere sincera. "Ho pensato solo al fatto che sei l'unica persona in grado di aiutarmi," corressi il tiro per non sembrare patetica, "l'unica che avrebbe capito la posizione di mio padre. Lavora per la tua famiglia da anni, e l'ha sempre fatto con trasparenza e onestà. Non ho messo in conto che venire qui avrebbe potuto portare i federali dritti sulle vostre tracce. Scusami."

Contro ogni previsione e in contrasto col tono duro di prima, Dante ridacchiò. Come se avessi detto una serie di ingenuità, una dietro l'altra, e in effetti parlare di trasparenza e onestà nel nostro mondo suonava piuttosto infantile persino a me.

"Della fama di tuo padre sono a conoscenza. So quello che ha fatto e che sta facendo per noi, incluso ciò in cui si è imbarcato contro di noi. In modo piuttosto incauto, tra l'altro, quasi ci avesse sottovalutati. Me lo sarei aspettato di più da uno come Vito, se devo essere sincero."

Mi morsi il labbro inferiore. Era già a conoscenza del presunto omicidio che Minos gli avrebbe imputato?

"Non so a cosa tu ti stia riferendo, ma posso garantirti che ciò che si dice di lui non ha fondamento. Papà è un uomo d'onore, non farebbe mai nulla contro i Santacroce."

Nemmeno se riguardasse il mio onore, perché per lui la famiglia viene prima di qualsiasi altra cosa.

Gli vidi serrare la mascella, un movimento impercettibile ma che colsi all'istante. Sembrava stesse esercitando un forte controllo, presumibilmente per restare nei panni del boss o perché, come Simon, pensava non avrei potuto comprendere appieno le dinamiche della cosca.

"Quando parlavo di rischi, non mi riferivo ai federali," evidenziò l'ultimo termine con una palese nota di disprezzo, come se fossero poco più che insetti fastidiosi, "quanto piuttosto ai due SUV che hanno sostato a poco più di mezzo miglio dalla mia proprietà per una buona decina di minuti dal tuo arrivo. Cos'è che sei venuta a chiedermi esattamente, Triss?"

Gli uomini di Costello mi hanno seguita?

La sua minaccia di morte era stata reale, sciocca io a credere di potermene andare in giro come se nulla fosse. Non che avessi mai pensato che uno come Cerberus desse fiato alla bocca solo per spaventare la gente, ma rendermene conto in quel modo mi mozzò il respiro.

La domanda di Dante era legittima e lui aveva tutto il diritto di tutelarsi. Non ero andata lì con l'intenzione di far leva sul passato, anche se un po' l'avevo sperato. Quello che mi ritrovavo davanti era lo spietato vicecapo della famiglia Santacroce e io ero la figlia di uno dei suoi sottoposti, per giunta quello che si trovava in difetto. Ma volli illudermi che il suo sguardo, dietro lo spesso muro di ghiaccio che lo circondava, nascondesse una preoccupazione sincera per me.

"Jack Costello mi ha fatto visita, qualche ora fa. Era molto informato sulla situazione di papà, persino più dei nostri avvocati. Secondo lui, Jude Minos lo incriminerà per omicidio, o occultamento di cadavere... non so. Ne hanno trovato uno murato nel complesso residenziale che lui e zio Vito stanno ultimando a sud. Secondo Costello potrebbe addirittura trattarsi di..." mi bloccai quando incrociai di nuovo le iridi di Dante, stavolta scure come un cielo che minaccia tempesta. "Di qualcuno che appartiene alla famiglia."

Forse era a conoscenza di altre cose che ignoravo, ma ebbi la certezza che non sapesse nulla di quanto gli avevo appena riferito.

"E cosa voleva, Costello, da te? Perché è evidente la sua non sia stata semplice solerzia nel tenerti aggiornata." Non nascose il sarcasmo, ma neppure il cipiglio autoritario che mi invitava a sputare il rospo per intero. E in fretta.

Evitai di dirgli del suo disgustoso e poco galante approccio, perché fu ciò che mi suggerì l'istinto. Lo stesso che mi aveva consigliato, non so perché, di omettere del tutto Samael dal racconto. "Voleva delle informazioni sui traffici di papà, nel dettaglio, suppongo perché sa che negli ultimi tempi ha dei nuovi collaboratori. In cambio, mi ha offerto la sua protezione da coloro che approfitteranno del momento per colpire i miei genitori, facendo del male a me."

La prospettiva della cosa cambiò di nuovo la sua espressione. Chiuse gli occhi e si portò una mano alla radice del naso, come preda di un mal di testa lancinante. "Quindi i due SUV erano i suoi," giunse alla mia stessa conclusione.

"Penso di sì."

Tirai un respiro più profondo degli altri, per impedire alle lacrime di farsi evidenti. Dante tornò a incenerirmi con lo sguardo e ne restai disorientata.

Perché sembrava in lotta contro se stesso? Perché avvertivo la medesima sensazione della sera precedente, come se stesse cercando di attrarmi ma anche respingermi? Perché i suoi occhi mi stavano accarezzando e allo stesso tempo mi facevano sentire addosso tutto ciò che provava sul serio per me? Disgusto e attrazione. Ecco cosa leggevo sul suo volto.

Amore e odio.

Erano le stesse cose che stavo provando io e non era solo perché mi ricordava Samael e il suo tentativo di violenza. Dante era un ossimoro incomprensibile, alla festa così come in quel momento. E io, contrariamente a quanto avevo creduto, non sapevo nulla di lui.

"Cosa ti ha fatto pensare che venire a chiedere aiuto a me fosse un'idea migliore di correre dritta dal tuo promesso sposo?"

Il suo sguardo si soffermò sullo spillone tra i capelli. Me n'ero completamente dimenticata. Dante aveva assistito alla scena poco edificante accaduta al ballo e, forse, l'astio nei miei confronti veniva da lì.

Abbassai lo sguardo, mortificata come se quel collier me lo fossi strappato da sola e gliel'avessi sbattuto in faccia. "Simon non voleva mancarti di rispetto," lo giustificai, anche se ero consapevole che non lo meritasse. "La sua è stata una reazione impulsiva. Sono stata io a mancargli di rispetto per prima."

"Mai sfidare apertamente un uomo geloso. È una delle tante lezioni che suppongo tu debba imparare," sogghignò, la stessa aria crudelmente sarcastica di prima, come se ritenesse Simon e Costello sullo stesso piano. E probabilmente era proprio così. "E forse è una lezione che devo imparare anche io. Mi fa piacere che tu sia riuscita a salvare il diamante, in ogni caso."

Le guance tornarono incandescenti. "Mi sono resa conto che un'altra dote importante è la discrezione." Cercai di reagire all'imbarazzo correndo il rischio che la pezza fosse peggiore del buco. "Mi dispiace non averci pensato prima. Non avrei dovuto indossarlo in pubblico, ma dare al tuo regalo l'importanza che meritava, conservandolo per altro genere di occasioni."

Tipo quella, dove mi stavo umiliando davanti a lui per paura di un capo che aveva promesso di farmi fuori se non gli avessi rivelato per filo e per segno tutti i segreti e le debolezze di mio padre.

Fu in quel momento, però, che le iridi di Dante si illuminarono di riflessi dorati e tornarono simili alla spuma del mare che avevo scorto così distintamente la sera prima. Una specie di aura, come quella che aveva dietro gli occhiali da ragazzo, sporcata però da qualcosa a cui non seppi dare definizione. Una trappola sensuale e irresistibile, ma mortale.

"Quanto più una creatura è perfetta, tanto più sentirà il piacere e il dolore."

Alcuni dei versi della poesia che aveva scritto a scuola mi tornarono alla mente vividi come se li avesse pronunciati in quell'istante. Versi che neppure immaginavo di aver memorizzato.

La vista si offuscò e si riempì di mille pagliuzze luminose.

"Hai fatto un viaggio a vuoto," la sua voce spezzò il filo invisibile che mi stava soffocando e restituì aria ai miei polmoni, ma divenne una sferzata glaciale. "Non posso fare nulla per proteggerti da Costello, o dagli altri capi. A meno che…"

Dovetti assumere un'espressione di sciocca aspettativa, perché mi resi conto che si stava gustando persino quella. Mi sorrise. "A meno che non accetti di lavorare per me. O sarebbe meglio dire con me."

Spalancai gli occhi. "Lavorare con te?"

La mia reazione lo fece ridere, di quella risata che tanto iniziava a diventarmi cara, perché sincera. Come se tutti quegli anni non fossero mai trascorsi. "Non ti sto chiedendo di fare compagnia a Maria nel rassettare le stanze o le cucine, tranquilla. Non mi permetterei mai."

"Be', il tuo autista sarà di certo un cuoco migliore della sottoscritta, stando a quanto egli stesso asserisce," cercai di sdrammatizzare. "Ma del resto ci vuole poco. Non credo di saper fare granché di utile."

Il Dante adolescente svanì di nuovo e stavolta ebbi l'impressione che fosse un addio. "Questo lo devo stabilire io," il suo tono tagliente mi attraversò lo stomaco. "Hai bisogno di un posto dove stare che sia più sicuro di casa tua, dove ci sia costante sorveglianza. Nessun posto attualmente è migliore di Villa Santacroce. Allo stesso tempo, necessiti di tenerti informata sulle vicissitudini giudiziarie dei tuoi genitori, e di farlo prima di Costello. Nessuno oserà torcerti un capello, finché resterai con me."

Quella frase mi avvolse come una carezza, nonostante il modo gelido in cui l'aveva pronunciata, ma resistetti al bisogno irrazionale di cullarmi in quella sensazione. "Che cosa ci guadagni?"

Le sue pupille inglobarono tutto l'azzurro possibile e scintillarono, come se avesse previsto non soltanto la mia domanda ma tutto ciò che avevo detto e fatto fin da quando avevo messo piede lì dentro. "Risolvere i problemi di tuo padre significa risolverli a tutta la famiglia. Una famiglia di cui mio padre è a capo." Era talmente ovvio che mi sentii una stupida. "Senza contare che sono poco più di tre mesi che sono tornato a New York e non sono ancora riuscito a trovare un'assistente abbastanza preparata. Volevo parlartene ieri sera, durante la festa, ma poi gli eventi sono precipitati."

Il ricordo del nostro ballo, del piacere di essere stretta dalle sue braccia assaporato soltanto per un istante, l'interruzione di Simon, il gioiello perduto, Dante che sorrideva a mia cugina, le baciava la mano e le donava tutto ciò che avrei voluto avere io: un conato mi risalì su per la gola.

"Immagino tu l'abbia chiesto anche a Rachel. Cos'è? Non corrispondeva alle tue esigenze?" non so perché lo dissi, ma avrei voluto nascondere la punta di acidità nella voce.

Mi inchiodò con lo sguardo e capii che dai successivi secondi sarebbe dipeso ciò che restava della mia intera esistenza. Sogghignò. "Esatto. Rachel ha tante qualità pregevoli per una donna del suo rango, ma ha dimostrato di non essere adatta a ciò che desidero."

Non riuscii a ribattere a tono e lasciai che i suoi maledetti occhi facessero a brandelli la mia mente, facendomi visualizzare cose che non avrei mai dovuto neppure immaginare. Ombre che mi impedirono di guardare all'interno della corazza oscura che gli si era erta intorno e che mi aveva strappato via l'illusione che esistesse sulla faccia della terra un solo uomo, dal sangue Santacroce, che fosse diverso dagli altri. Diverso da Samael.

Quel vortice assordante di immagini, suoni, sapori e odori si spezzò a un bip che provenne da un cellulare, il suo, e che lo costrinse a distogliere lo sguardo dal mio.

Scorse lo schermo, lesse il messaggio arrivato, poi se lo rimise in tasca. "Bene, vorrei darti il tempo di pensarci su, ma sembra che non ne abbiamo molto. I SUV erano davvero di Costello," confermò, la mascella serrata di nuovo. "Scegli ciò che ritieni più giusto per te, Triss. Charon ti aspetta all'ingresso."

***

Restai inebetita per tutto il tragitto che occorse da villa Santacroce fino alla mia. Per fortuna Charon non era solo. C'era un altro uomo ad affiancarlo, per cui non fui costretta a parlarci, anche se di quando in quando lo sorpresi a scrutarmi attraverso lo specchietto retrovisore.

"*Scegli ciò che ritieni più giusto per te, Triss.*"

Decidere se restare a casa mia con Anna, Gioacchino e tutti quelli che avevo sempre considerato una vera famiglia, oppure raccogliere le mie cose e tornare da Dante. Perché, come aveva detto, finché fossi rimasta con lui nessuno mi avrebbe fatto del male. E allora perché avevo la fortissima sensazione, soffocante, che il vero male per me fosse proprio lui?

"Siamo arrivati, signorina." L'uomo seduto accanto a Charon aveva un forte accento latino ed era molto giovane, mi accorsi solo in quell'istante che aveva qualcosa che mi ricordava Maria, la governante. A quanto pareva non ero l'unica ad avere famiglie intere che lavoravano da generazioni per me.

Quando Anna mi accolse provai la solita stretta al cuore, stavolta con il senso di colpa di averla fatta preoccupare. "Tesoro," mi abbracciò, poi si staccò repentina e si asciugò le lacrime. "Ti abbiamo cercata ovunque."

"Scusami, avrei dovuto avvisarti. Si trattava di una questione che non poteva più attendere e..."

"Immagino che Santacroce avesse un immenso bisogno di vederti."

La voce che rimbombò nel salone e ci interruppe fu quella di Simon. Usciva dallo studio di papà, dove supposi mi stesse aspettando da parecchio, a giudicare dallo sguardo furente che sembrava volermi polverizzare sul posto.

"Il signor De Gregorio era molto preoccupato," Anna provò a spiegare, ma Simon la fece trasalire sbattendosi la porta dello studio alle spalle.

"Sparisci," le intimò e si avvicinò a grandi falcate. Anna rimase pietrificata, a frapporsi tra noi come se volesse difendermi dalla sua furia, tanto improvvisa quanto, per me, prevedibile. "Ti ho detto di sparire!"

"Va tutto bene," la congedai in un sussurro e la mia tata, con le lacrime agli occhi, fu costretta a obbedirmi.

Simon, una volta sicuro che fossimo soli, accorciò ulteriormente la distanza che ancora ci separava. Sembrava un toro pronto a colpire a morte: aveva la mascella serrata, il ciuffo biondo si muoveva assecondando l'aria che sbuffava dal naso.

"Sei andata da lui," ringhiò. "Perché? Sei la mia futura moglie, cazzo! Quanta altra vergogna vuoi gettarmi addosso?"

Deglutii. "Sono andata a chiedergli intercessione. Per noi e anche per te." Presi forza dalle mie stesse parole. "In questa situazione ci siamo dentro tutti quanti, anche tu."

Mi afferrò la faccia con la mano, in una presa che fu talmente dolorosa da togliermi l'aria. "L'unica cosa che so è che non hai perso l'occasione di gettarti ai suoi piedi," sbottò. "Dovevi aspettare me. Devi concordare tutto con me! Ogni passo, ogni gesto, ogni fottuta parola che ti esce dalle labbra... deve essere mia!"

Sbarrai gli occhi, per la paura e l'assurdità di ciò che mi stava accadendo. "Simon..."

"Dovrei ripudiarti ancor prima di sposarti," sibilò e un sorrisetto crudele gli affiorò sulle labbra. "E sarebbe la tua fine, perché non vali più niente se tuo padre resta in prigione. Lo capisci, vero?"

Prigione?

"Qual è il problema, stavolta, signori? Perché è evidente ce ne sia più di uno."

Pensai di essermela solo immaginata, ma era la voce di Charon che irruppe nel salone. Non se n'era andato, forse perché sapeva che alla fine avrei deciso di tornare a villa Santacroce. Da Dante.

"E tu chi cazzo sei? Come ti permetti?" Simon mi lasciò andare con uno strattone che mi fece perdere l'equilibrio. Battei il fianco su una delle poltrone in legno, il dolore mi spezzò il fiato.

Charon mi seguì con la coda dell'occhio, ma non si mosse. Anna accorse a soccorrermi, così lui concentrò di nuovo l'attenzione su Simon. "Sono la scorta della signorina Accardi."

Simon rise. "Mi stai prendendo in giro, vecchio?" lo sbeffeggiò. "Beatrice non ha bisogno di una scorta. Se sei uno sgherro di Santacroce tornatene dal tuo padrone. E digli che la prossima volta che uno dei suoi cani si azzarda a mettersi tra me e la mia fidanzata glielo ammazzo sotto gli occhi."

Charon non si scompose di un millimetro. Sogghignò, si portò le mani dietro la schiena e, alle sue spalle, intravidi il ragazzo che ci aveva accompagnati, con una pistola nella fondina che si curò bene di mettere in mostra, assieme a un sorriso sfrontato.

"Siamo stati incaricati da Santacroce, è vero. La sua fidanzata ha ricevuto delle minacce di morte e, ne converrà con me, non è una cosa saggia urlarle contro in questo modo. Non crede?"

Come faceva Charon a essere già informato su tutto ciò di cui avevo parlato con Dante?

Vidi Simon passare dallo sconcerto alla paura, attraverso la rabbia e l'impotenza. "Non farei mai del male alla mia Beatrice," ringhiò.

"E non oserebbe mai contestare un ordine del capo. Giusto?"

La paura ebbe la meglio e Simon non ribatté. Non voleva essere incolpato di qualcosa agli occhi di un uomo che detestava ma che, purtroppo per lui, gli era superiore.

Dante era il vicecapo della famiglia, che lui lo volesse o meno.

Charon gli regalò un largo sorriso sornione. Batté una mano sulla sua spalla, come se fosse un suo pari. "Lo prendo per un assenso. Siamo tutti quanti un po' tesi, oggi, è comprensibile. Desideriamo che la questione si chiuda in fretta e senza eccessivi problemi collaterali, il mio capo in primis. Nel frattempo, torni pure a casa e dorma tra due guanciali: la sua fidanzata è in ottime mani."

Simon alternò lo sguardo tra lui e l'altro ragazzo, entrambi con l'aria più tranquilla del mondo, ma armati e irremovibili. Messo all'angolo, rilassò le spalle e si sgonfiò come un ridicolo palloncino.

"E va bene," concesse, tenendo la mascella serrata. "Non mi abbasso a contrattare con uno sgherro. La questione tra me e il tuo padrone è soltanto rimandata. Diglielo."

"Sarà fatto, signore!"

Charon gli rivolse un sarcastico inchino a novanta gradi quando Simon, come una furia, uscì di casa a passi lunghi, non prima di avermi rivolto un'ultima stoccata. "Quanto a te, non finisce qui."

L'autista si rimise dritto e gli fece un cenno di saluto con la mano, anche se ormai non poteva vederlo. "Ciao, ciao, bambina!" canticchiò in un italiano stentato che, se non avessi avuto il fianco dolorante, mi avrebbe fatta scoppiare a ridere.

"Tutto bene?" il suo tono si abbassò e assunse una sfumatura preoccupata, quando fu sicuro che fossimo soli.

Annuii.

"Raccattiamo giusto l'indispensabile, un paio di cambi per i primi giorni e le sue cose personali. Tanto non le servirà granché," ordinò ad Anna. Poi tornò con lo sguardo su di me. "Ti porto via da qua, principessina."

Gli occhi mi si velarono di lacrime, incapace di esprimergli diversamente la mia gratitudine per essere intervenuto.

Charon mi avrebbe portata via da lì, lontana da Simon, da Costello e da un male che rischiava di inghiottirmi senza scampo.

Verso un male forse più grande.

Ma che sentivo di desiderare come poche altre cose al mondo.

11. Greed and Avarice

Dante

IV CERCHIO - AVARI E PRODIGHI
Ed elli a me: "Vano pensiero aduni:
la sconoscente vita che i fé sozzi,
ad ogne conoscenza or li fa bruni.

"Il tragitto era pulito. Persino De Gregorio si è presentato a villa Accardi da solo. Che stupido!"

Il sorrisetto tronfio con il quale Nico corredò l'informazione mi diede sui nervi più del necessario. Rigirai il calice di Chianti e fissai il piccolo vortice creato dal liquido rosso, cercando di convogliarci dentro la rabbia che sentivo crescere, lenta ma inesorabile, sin dalle prime ore di quella folle giornata.

"De Gregorio non è uno stupido. Stupido è chi crede che se ne sia andato via con la coda tra le gambe senza aver già pensato a un contrattacco."

Il sorriso sparì dal volto imberbe di Nico e lo sguardo si incupì. "Ha detto che..." deglutì, forse per il timore di riferire le parole esatte pronunciate da Simon. "Che non accetta ulteriori interferenze tra lui e la sua fidanzata, e che la questione tra voi due è soltanto rimandata. Ha aggiunto anche che, la prossima volta, ci ammazzerà come cani."

Mi venne da ridere ma soffocai l'istinto ingoiando il vino restante. Charon invece sogghignò, ma non disse nulla per trarre d'impaccio il proprio uomo. Perché sì, Nico sarà stato anche il figlio di Maria, ma la responsabilità era sua.

Mi avvicinai al ragazzo e gli poggiai una mano sulla spalla. "Hai fatto un ottimo lavoro e lo apprezzo. Rilassati e stai tranquillo."

Ciò che avrei voluto fare io, senza successo.

Nico riprese colorito e i suoi occhi scuri scintillarono. "Se c'è qualcos'altro che posso fare, signore..."

Lo zittii. "Puoi andare, è stata una giornata lunga per tutti."

Si congedò e Charon, quando fu abbastanza lontano, mi scoccò un'occhiata obliqua.

"Guarda che è stato in gamba sul serio. Prima uscita ufficiale, nessuna preparazione sulla missione e ha già dimostrato due palle quadrate."

Non distolsi lo sguardo dal bicchiere. "Perché non conosce Simon De Gregorio. Né Costello." Cercai nel fondo l'ultima goccia di alcol, nella speranza che alleviasse il turbinare del mio cervello, insieme al dolore dell'astinenza.

Partiva sempre dal collo, si irradiava lentamente lungo la schiena e poi fra i muscoli. Lo step successivo era la nausea. E, dopo, non avevo idea di cosa aspettarmi dal mio corpo né dalla mia mente, perché non ero mai durato oltre la settimana. Non l'avrei fatto nemmeno quella volta.

"Dov'è?"

"Nelle stanze che hai predisposto per lei. Puoi controllare tu stesso." Charon occhieggiò in direzione della bottiglia, accanto alla quale giaceva il mio cellulare, senza perdere l'aria vagamente indolente.

Non approvava alcuno dei miei metodi, ma l'importante era che eseguisse gli ordini.

"Credi abbia sospettato qualcosa?"

Charon tirò su un mezzo sorriso. "Lo escludo. È andato quasi tutto secondo i piani. Sei il suo salvatore dalla scintillante armatura!"

Glissai sul tono sarcastico dell'ultima frase. Neanche Triss era stupida e Charon sbagliava a sottovalutarla, come tutti del resto. "Quasi?"

Fece spallucce. "L'ha spinta ed è caduta battendo il fianco. Era evitabile, lo so, ma una certa dose di rischio era da mettere in conto. Simon è un ragazzino imprevedibile, non c'è dubbio." Tirò un sospiro e mi guardò con la coda dell'occhio, perché aveva intuito che la mia capacità di comprensione si era fermata alla parola "caduta". "Sta bene, comunque."

Serrai la mascella e la mano attorno al bicchiere. "La pagherà molto cara."

"E io non vedo l'ora." Il sogghigno crudele che gli deformò il volto mi fece scorgere un bagliore rossastro nelle sue iridi. "Ho saputo che è un frequentatore piuttosto assiduo del Hell's. Due chiacchiere spassionate con la cara Lamia fanno sempre comodo."

Interessante.

Avrei dato a Charon la soddisfazione che desiderava prendersi su Simon, e magari avrei anche soddisfatto le mie curiosità sullo strano rapporto esistente tra lui, Virgil e Lamia. Ma niente di tutto ciò sarebbe stato imminente e anche Charon, in fin dei conti, lo sapeva.

"L'idea che l'uccellino si sia chiuso in gabbia con le sue stesse mani senza saperlo è eccitante. Vero?"

Non replicai, tanto la sua non era una vera domanda. Sapere di averla finalmente lì, a pochi passi da me, era diverso da come avevo immaginato, nonostante avessi pianificato tutto nei dettagli.

Quello che restava della mia lucidità fu attratta dalle due figure che, all'altro lato della sala, sfilarono a passo lento, fermandosi ogni tanto a sorridersi e stringersi la mano.

"Credo sia ora che mi congedi anch'io. Ho lo stomaco che brontola." Charon sbuffò.

Annuii. "Riferisci a Maria di passare a controllare lo stato di salute di Triss e di portarle qualsiasi cosa chieda per cena. A patto che non esca dalle sue stanze."

Charon inarcò un sopracciglio. "La tieni già reclusa? L'uccellino scapperà prima del previsto."

Tenni d'occhio i due uomini in lontananza. "Ha bisogno di riposo. Fai come ti ho detto."

L'autista seguì il mio sguardo e ridacchiò. "Tu e tuo fratello siete più simili di quanto sembra."

Se ne andò senza dire altro. Resistetti alla tentazione di prendere il cellulare e fare ciò che mi aveva suggerito il mio autista, preferendo infilarlo nella tasca dei pantaloni: l'impazienza e il timore di non riuscire a controllarmi come avrei voluto rischiavano di incrinare pericolosamente la mia fredda maschera calcolatrice, e non potevo permettermelo.

Non ancora.

Virgil e il cardinale Gaetani si voltarono nella mia direzione. Mio fratello mi rivolse uno dei suoi sorrisi enigmatici, il cui significato, stavolta, mi fu ben chiaro dall'inizio.

***

"Come si diceva poc'anzi con Virgil, il progetto dell'ala dedicata alla terapia intensiva neonatale è ormai ultimato. Restano da stabilire le modalità della richiesta dei fondi necessari, ossia il problema più grande."

Il cardinale Gaetani torturò con forchetta e coltello il filetto al pepe verde che, poverino, non aveva in realtà compiuto alcun peccato se non quello di finire nel suo piatto.

Il suo era un modo come un altro per sfogare la tensione che, probabilmente, gli causava il dover stare attento a ogni sillaba pronunciata. Per me, quella cena era solo uno spreco di buon cibo e di ottimo vino. Sarà stato il sangue italiano e la vita vissuta in Toscana, o il fatto che non mi piaceva lui a prescindere, ma vedevo nel suo giocherellare con le posate un'intollerabile mancanza di rispetto.

"Problema che io continuo a non cogliere, eminenza, nonostante mi sforzi non poco." Papà, al contrario del cardinale, aveva mangiato di gusto e in silenzio, prima di freddarlo con quella frase.

Detestavo mio padre più di qualsiasi persona sulla faccia della terra, ma dovetti ammettere per l'ennesima volta che quel suo modo di fare, con il sarcasmo tipico dei Santacroce, era esilarante.

Era sempre stato un uomo devoto a modo suo, come il sottoscritto d'altronde. Tutti avevano un prezzo, soprattutto gli uomini di chiesa, e i loro vizi mi erano stati spiattellati con chiarezza davanti agli occhi fin da bambino. Assieme a quelli degli uomini d'onore.

"Ciò che il cardinale intende," Virgil corse in difesa del suo mentore, "è che la terapia intensiva, facendo parte di un ospedale pubblico, andrebbe costruita con finanziamenti statali, onde evitare di trasformarla in una realtà privata e accessibile solo ai più facoltosi."

"Senza toccare i fondi della chiesa," precisò il cardinale, poi si affrettò a rimediare. "Perché quelli andranno devoluti nelle opere missionarie all'estero, s'intende!"

"Il cuore di Dio è davvero grande. Le tasche dei suoi apostoli un po' meno." Scoccai un'occhiata d'intesa a Virgil. "Vero, fratellone?"

Gil strinse la mascella. Sapevo bene la fatica che gli costava non rispondermi a tono. "Già."

Il tesoro del Vaticano era troppo prezioso per essere intaccato da un reparto nuovo in ospedale, pur se si sarebbe trattato di pochi spiccioli per gente ricca come loro. E mi innervosiva tremendamente che Virgil continuasse a prendere, da tempo, le loro parti, pur sapendo che era stato proprio Gaetani ad avallare le pressioni di papà e chiudergli la strada verso il sacerdozio.

Elia si pulì le labbra col tovagliolo e si rilassò sullo schienale, inarcando le sopracciglia e piantando lo sguardo fintamente sorpreso in faccia a Gaetani. "La chiesa mi sta quindi chiedendo di provvedere?"

"Non direttamente." Il cardinale alzò la mano a sua discolpa. "Le donazioni che la famiglia Santacroce elargisce ai bisognosi ogni anno sono già molto generose. Tutta la città conosce la grande fama di benefattore che si è costruito negli anni, proprio come quella del compianto Francesco. Ha ricevuto svariate onorificenze dalla pubblica amministrazione, per cui basterebbe soltanto una... buona parola, con il sindaco, per appianare il tutto."

Stavolta non riuscii a nascondere un sorriso, nonostante lo sguardo di sbieco di Virgil.

Da quando ero tornato avevo sentito parlare dei rapporti molto tesi tra politica e clero, in città, anche se non ero a conoscenza dei motivi precisi.

Di solito la causa era sempre la stessa, e non ebbi motivo di dubitare fosse così anche in quel caso, specie dopo aver analizzato al microscopio il volto impassibile di mio fratello. Quando si trattava di sesso e soldi, dopotutto, lui era sempre stato in primissima fila.

Proprio per questi due motivi, assieme agli altri, quella papalina rossa sarebbe stata meglio in testa a Virgil, e nessuno mi avrebbe mai convinto del contrario.

Un'altra delle cose per cui tolleravo poco Gaetani era la sua parentela con Triss. Motivo per cui avevo preteso che restasse nelle sue stanze.

Cercai comunque di non far trapelare il mio disgusto per lui. "I recenti avvenimenti occorsi alla famiglia Accardi complicano sia la nostra che la vostra posizione, eminenza. Converrà con me che dobbiamo agire tutti con la massima cautela."

Né papà, né Virgil, poterono confutare le mie parole e il cardinale impallidì. "Sono certo che si tratti di un enorme malinteso. I miei nipoti non sarebbero mai stati così sciocchi da commettere una leggerezza simile, non con la loro esperienza."

Non contento di essersi già tradito abbastanza, rivelando di conoscere i dettagli delle accuse, colse la palla al balzo per prostrarsi metaforicamente davanti alla mafia. Davanti a Elia. "Soprattutto, mai alle spalle della famiglia Santacroce."

C'era del vero in quello che mi aveva detto Triss e la cosa mi riempì di una strana, quanto inaspettata, euforia. Feci comunque lo gnorri. "Quindi lei sa di cosa li accusano, nello specifico? O farei meglio a parlare al singolare, dato che Vito sembra essere stranamente fuori da ogni sospetto?"

Il cardinale alternò lo sguardo tra me, Virgil e papà, e ai miei occhi si trasfigurò in una mosca intrappolata sotto un bicchiere: dopo aver cercato una via di fuga sbattendo inutilmente contro il vetro, richiuse le ali e si fermò.

"Resti umani rinvenuti in uno dei loro complessi in costruzione. È stato proprio Vito a denunciare l'accaduto, vi pare che l'avrebbe fatto se avessero delle colpe? Sono in corso indagini per stabilirne l'identità. I soliti pettegoli sostengono addirittura possa trattarsi di un Santacroce. Che assurdità, non è vero?" fece seguire la domanda retorica da una risatina nervosa. "I Santacroce sono tutti a questo tavolo. Almeno quelli che contano."

La mosca Gaetani non si era fermata nel bicchiere per rassegnarsi alla morte, ma per risparmiare ossigeno in attesa di essere liberata. Aveva evidenziato sia la posizione di Vito, su cui ormai mi restavano pochi dubbi come fautore della soffiata, che quella di Michele. Naturalmente quel cadavere non poteva essere di Samael, ma mi chiesi se Triss lo sapesse. Dubitavo che un lurido pezzo di merda come Jack Costello avesse perso l'occasione per insinuare qualcosa davanti a lei. Semplicemente, me l'aveva omesso apposta.

Allargai le narici e Virgil, sempre molto attento a ogni mio più piccolo cambio d'umore, non esitò a dedicarmi un ghigno, anche se non credo avesse compreso cosa mi si agitava nel cervello.

Elia, nel frattempo, era diventato una maschera totalmente priva d'espressione. "Frank e la sua famiglia vivono a New Haven da una decina d'anni, ormai."

Tendevo a dimenticare che papà avesse un fratello minore, a cui mio nonno aveva lasciato la fetta più piccola della torta giusto per facciata, come da copione.

"Non lo sento da un po', ma so che gode di ottima salute."

Il cardinale fece spallucce, ma il sorrisetto viscido non gli sparì dal volto. Sapeva bene anche lui che il mio gemello era un argomento da maneggiare con le pinze: se proprio Samael doveva morire, sarebbe stato per mano di nostro padre. E del suo cadavere, poco ma certo, non sarebbero rimaste tracce.

"Sa cosa le dico, eminenza? Al bando le chiacchiere." Elia, dopo qualche istante di silenzio, gli diede ciò che voleva. O, per meglio dire, illuse la mosca di non essere un ragno a sua volta. "Una serata di gala è quello che ci vuole. Per allontanare le maldicenze sulle indagini, per appianare i rapporti tra il clero e le persone importanti di New York, per consolidare nuove alleanze e raccogliere i fondi che servono alla terapia intensiva. E per dimostrare a gente come il procuratore Minos che gli Accardi e i Santacroce vanno d'amore e d'accordo."

Sottolineò l'ultimo punto scoccandomi un'occhiata di gelido compiacimento, che mi fece intendere che sapeva. Elia sapeva che avevo già dato inizio alla mia personale vendetta e voleva approfittarne.

Il medesimo sguardo me lo rivolse Virgil al termine di quella disgustosa messinscena mascherata da cena, solo che il suo si sporcò di un qualcosa che conoscevo benissimo e che, prevedibilmente, trovai anche nel cardinale Gaetani: la cupidigia.

Mio fratello era già con la mente altrove, perso nei dettagli più perversi da organizzare per soddisfare i desideri di quelli che sarebbero stati i nostri esigenti ospiti. Lamia e le sue ragazze avrebbero di certo saputo come aiutarlo, in tal senso. Charon e il suo trasformismo poliedrico avrebbero completato il quadro, assicurando anche la giusta dose di discrezione e sicurezza. Eravamo pur sempre in una situazione delicata ed esposti agli eventuali attacchi delle altre famiglie.

E sia. Non sarà una festa in più o in meno a cambiare i miei piani personali.

Restai a godermi uno dei pochi momenti di vera solitudine della giornata, con l'aria fredda della notte come compagnia assieme al silenzio e i piccoli led tra le piante a bordo piscina, che la rendevano simile a un lago incantato.

Un'altra fioca fonte di luce era quella delle stanze di Triss.

Il mio angelo. È ancora sveglia?

Non resistetti oltre alla necessità di avviare l'app che mi consentiva di entrare nella sua intimità, attraverso le telecamere che avevo fatto installare ovunque.

Triss era in camera. Una serie di indumenti, i suoi, ripiegati ordinatamente sul letto; quelli che aveva trovato ad attenderla lasciati appesi alle grucce in un angolo, forse perché non avevano incontrato il suo gusto. Non potei fare a meno di sorriderne.

Si sedette davanti alla specchiera, lo sguardo rivolto al bouquet di rose rosse che le campeggiava accanto. La cena era rimasta intatta sul carrello vicino alla porta.

Questo non va bene.

Sciolse i lunghi capelli ramati dalla treccia in cui li teneva costretti sin dalla mattina e cominciò a spazzolarli con gesti automatici, come se fosse caduta in trance. Mi resi conto che indossava una semplice sottoveste di pizzo, una delle mie scelte per lei.

Una fitta d'eccitazione mi attraversò lo stomaco, risalì il torace e si diramò tra il cervello e le mutande, nonostante il senso di nausea datomi dalla cena col cardinale e dal bisogno disperato di cocaina.

Chiusi l'app e spensi il cellulare, scuotendo la testa.

I Santacroce, Costello, De Gregorio, gli Accardi, il cardinale Gaetani e Jude Minos: nessuno di loro mi avrebbe concesso di prendermi ciò che desideravo senza pretenderne una parte, ma ciò che nessuno di loro sapeva era che avevo previsto anche quella eventualità.

Avrei usato la loro nauseante avidità e il desiderio di controllo sulla città a mio vantaggio. Avrei scovato il mio gemello, ovunque fosse, e avrei dato finalmente una risposta a tutte le mie domande.

Avrei preso il mio angelo, che lo volesse o meno, e le avrei strappato le ali lentamente, una piuma per volta, per poi frantumare dentro di lei anche i resti acuminati della mia anima.

E infine avrei continuato il mio perverso viaggio all'inferno, con o senza Virgil al mio fianco, concludendolo nell'oblio eterno della morte.

Dove mi attendeva Gemma, pronta a darmi la giusta punizione per i miei peccati.

12. Life of Thorns

Triss

La camera in cui avevo passato la notte era costituita da vari ambienti separati ed era più elegante e sontuosa della suite di qualsiasi hotel a cinque stelle in cui fossi mai stata. Non che me ne meravigliassi, alla luce di quanto avevo visto all'ingresso, ma sembrava fosse stata allestita di tutto il necessario apposta per me.

Come se non fossi qui per lavorare, o per una forma di protezione temporanea, ma per restarci per sempre.

Al solo assurdo pensiero, mi venne la pelle d'oca. Chissà se davvero anche Rachel aveva rischiato di ricevere un'offerta simile. Dante se l'era portata a letto, quello mi era chiaro. E poi? Sarebbe finita lì, tra loro due? Me la sarei trovata tra i piedi di nuovo, magari proprio a colazione?

Scossi il capo e mi lasciai andare a uno sbuffo.

Sei davvero una stupida, Triss. Non sono affari tuoi.

Per quanto il letto fosse comodo non avevo dormito granché, soprattutto a causa della botta presa sul fianco. Per lo stesso motivo non mi era passato nemmeno per la testa di cenare, nonostante non avessi nulla nello stomaco da ventiquattr'ore.

Gettai lo sguardo verso la porta: il carrello era stato portato via da una cameriera. Mi sentii in colpa verso la governante, che era stata così gentile quando mi aveva accolta.

Gentile, ma fredda. Proprio come lo era stato Dante.

Di colpo, la nuvola scura scesa sul petto dopo lo scontro con Simon tornò a farsi sentire, come se qualcuno si fosse seduto sulla mia cassa toracica ad acuire il dolore.

Le luci che trapelavano dalle tende e dagli oscuranti lasciati di sbieco non mi avrebbero lasciato riposare oltre, quindi mi decisi a prendere in mano la mattina e il resto della giornata.

Non badai troppo all'outfit da indossare e nemmeno al trucco, perché avevo giusto intenzione di farmi fare un buon espresso e mangiare un po' di frutta, rigorosamente nelle cucine. Non mi era mai piaciuto essere riverita come una principessa, me l'ero fatto andare sempre bene perché così si fa, a detta di mia madre.

"Ti porto via da qua, principessina."

Persino Charon mi aveva definita così. Cosa ero, invece, per Dante? Un oggetto fragile di cui prendersi cura, oppure un problema in più? Qualcuno con cui sul serio collaborare per chiarire la situazione di mio padre e della cosca intera, o una principessa viziata e capricciosa a cui asservire coloro che lavoravano in quella casa?

Sarà stato perché non avevo mai trattato la nostra servitù come tale, ma in quel momento sentii bruciare la mancanza di Anna come una ferita.

"Buongiorno, signorina!" La giovane cameriera che mi accolse parve parecchio sorpresa di trovarmi lì. Si stirò il grembiule immacolato con le mani. "Sarei presto passata in camera per la colazione, non immaginavo che fosse già sveglia. Mi perdoni. Domani sarò più puntuale."

In realtà erano passate le dieci e lei sembrava pronta a beccarsi una sonora lavata di capo. Non potei fare a meno di chiedermi se i Santacroce fossero davvero così rigidi e attenti alle formalità, come si favoleggiava in città da sempre.

Le sorrisi. "Per me non è un problema fare colazione qui. Il profumo, tra l'altro, era troppo invitante per attendere."

La sua espressione si rasserenò e lei ricambiò il sorriso. "Oh! Abbiamo appena sfornato la crostata ai frutti di bosco, il cavallo di battaglia della nostra Agatha."

"Bene, sarò felice di assaggiarla. Magari insieme a un cappuccino."

Sulle prime non compresi perché il sollievo della cameriera svanisse d'un tratto per lasciare il posto a un improvviso timore reverenziale. Poi mi resi conto che qualcuno era comparso alle mie spalle.

"Buongiorno, signore," lo salutò in un sussurro, abbassando il capo.

Lui non le rispose, limitandosi a un'occhiata ignifera, come se la cameriera avesse compiuto chissà quale gravissima mancanza.

Fu la prima cosa che mi fece pensare istintivamente allo sguardo di Dante: erano simili, ma da uno sprigionava il fuoco, dall'altro il gelo assoluto.

Quando incontrò il mio, comunque, mi sorrise. "Credo che, in tutti questi anni, non ci sia mai stata una sola occasione di presentarci formalmente." Mi tese la mano. "Virgil."

Oh, il famoso fratellastro più grande.

Chissà per quale motivo, avevo sempre pensato che non vivesse a Villa Santacroce.

"Beatrice."

Quando gli porsi la mano, invece di stringerla, la avvolse con la sua e se ne portò il dorso alle labbra.

Emanava un calore fisico inaspettato, ma coerente con quello dei suoi occhi. O forse ero io ad avere semplicemente le guance in fiamme.

Per fortuna ci pensò la cameriera a stemperare il mio imbarazzo. "Le porto subito quanto richiesto. Se i signori preferiscono, possono accomodarsi in terrazza, nel mentre."

"Juliette, chiedi scusa alla signorina Accardi, prima."

Io inarcai le sopracciglia, lei impallidì e si guardò di nuovo la punta delle scarpe, le mani strette tra loro.

"Juliette?"

Al richiamo, la cameriera sobbalzò. "Mi perdoni, signorina. Non accadrà più." E sparì dietro le cucine.

Rimasi di stucco, ma tornai in me quando Virgil mi dedicò un altro sorriso e mi indicò di precederlo verso la terrazza adiacente.

"Juliette non ha compiuto nessuna mancanza." Mi sentii di prendere le sue parti, quando ci fummo accomodati a un tavolino all'ombra. "Sono stata io a scendere per servirmi da sola."

"Lo so," mi meravigliò lui, e lanciò un altro sguardo severo nella sua direzione. "Il punto è che esiste troppa gente che non è capace di comprendere qual è il proprio posto. Juliette è una di queste."

Mi sentii come un'altra delle persone in questione e mi feci piccola per una forma di vergogna, in fin dei conti, immotivata.

"Hai riposato bene?" Si interessò, non so se per sincerità o per riempire il silenzio che rischiava di farsi pesante. Mi pentii di non aver indossato neppure un velo di trucco a celare le occhiaie.

"Molto," mentii, con un sorriso tirato. "Ero piuttosto stanca, a dire il vero. Conciliare il sonno è stato facile."

"Capisco. E, in effetti, comprendo anche il tuo bisogno di normalità." Parve rendersi conto solo in quel momento di aver esagerato con la cameriera. Si adagiò allo schienale della panchina e assunse una postura più rilassata, pur mantenendola sicura.

Virgil Santacroce era bello nel senso più sfacciato del termine. Alto almeno quanto i due fratelli, fisico curato e l'aria da uomo adulto che a tante ragazze avrebbe fatto girare la testa. Una tra tutte mia cugina Lucy, che aveva un debole per gli uomini più grandi. Non portava anelli nuziali e non me ne stupii. Si diceva avesse studiato in seminario per svariati anni, nonostante l'alto numero di amanti e relazioni che gli erano state attribuite.

Si vociferavano tante cose di lui, e mi chiesi quanto ci fosse di vero nei pettegolezzi dei salotti dell'alta società. Virgil era figlio naturale di Don Elia e sua madre era di origini tedesche, luogo dove era nato e aveva trascorso gran parte della sua infanzia.

Dati i suoi colori, piuttosto diversi da quelli degli altri Santacroce, e il suo accento dedussi che almeno quello fosse vero.

Notai le maniche arrotolate della camicia e l'occhio mi cadde su un tatuaggio che gli adornava il braccio sinistro: un elegante e intricato rovo di spine.

"Trovi qualcosa di interessante nella mia persona?"

Mi fece ripiombare coi piedi per terra, sferzandomi con un altro dei suoi sorrisi fascinosi, che si trasformò velocemente in una risata divertita.

Nascosi l'imbarazzo ridacchiando a mia volta. "Guardavo il tuo tatuaggio. Un disegno molto particolare. Diverso."

Virgil si passò la mano sul braccio e percorse le ramificazioni disegnate. Queste mi parvero di colpo tridimensionali sotto il suo tocco, e forse lo erano sul serio, dal momento che sembravano seguire le vene in rilievo. Alcune piccole ombre più chiare, quasi bianche, contornavano le spine. Sembravano cicatrici.

"In effetti, gli uomini d'onore portano ben altri tipi di tatuaggio, se proprio devono," convenne, e il suo sorriso divenne malinconico. "Ma ci sono affezionato."

Calò le maniche della camicia, come per riparare alla mancanza imperdonabile di avermelo mostrato, e mentre si abbottonava i polsini arrivò la nostra colazione. Quella di Virgil consisteva in un semplice caffè nero e un paio di fette di pane abbrustolito, con marmellata. La mia era fin troppo ricca per il mio appetito, ma mi imposi di non rifiutare più nulla.

"Notizie da parte della tua famiglia?"

"Nessuna," ammisi dopo qualche secondo, immaginando si riferisse ai miei zii. "Il tempo scorre, però, quindi credo che a breve le accuse saranno formalizzate."

Mi morsi la lingua, un po' perché non sapevo quanto lui fosse informato sulla faccenda e un po' perché ero istintivamente pronta al suo sguardo di disapprovazione, come era accaduto con Simon.

"Ti ricordo che sei sì, la figlia di Michele Accardi, ma sei una donna e non potresti mai comprendere appieno cosa ci sia in gioco, come e perché."

Virgil non fece nulla di tutto ciò perché, me ne resi conto solo in quel momento, aveva posto la domanda con lo sguardo rivolto alla mia destra, verso qualcuno che si stava avvicinando.

Dante arrestò il passo a meno di mezzo metro da noi, quando fu sicuro di avere l'attenzione di entrambi. "Buongiorno."

Mi fulminò con un'occhiata come quella che il fratello aveva usato prima con Juliette, se non peggiore, e non ne trovai una motivazione concreta che non fosse quella del fastidio che sembrava avergli provocato la scena a cui stava assistendo.

La sensazione che mi diede la vibrazione nell'aria tra noi, comunque, non fu spiacevole come, in realtà, avrebbe dovuto essere.

"Buongiorno, fratellino. Hai una gran brutta cera stamane." Virgil aveva un non so che di derisorio nella voce. Bevve un sorso di caffè e poi gli fece un cenno del capo. "Mangi qualcosa con noi o te ne resti lì in piedi?"

"Non ho fame," si decise a rispondere dopo istanti infiniti, con uno sbuffo, ma prese comunque una sedia per accomodarsi. Sentii la tensione scemare e ne fui sollevata, anche se mi resi conto che Virgil aveva ragione: Dante era pallido, sembrava in debito di sonno e di forze, più del giorno prima. Solo che allora avevo addotto la causa alla notte di sesso con Rachel che, nella mia fantasia crudele e masochistica, era stata decisamente impegnativa.

"Puoi parlare in libertà, tanto in questa storia ci siamo dentro tutti." Lì per lì, presa nel cercare di capire cosa avesse Dante, non afferrai le parole che Virgil aveva pronunciato con sufficienza.

"Ho parlato col procuratore, pochi istanti fa."

Persino Virgil si stupì per la frase lapidaria, tanto da restare con una fetta di pane tostato a mezz'aria. "Minos? Dici sul serio?"

Dante annuì, poi si passò una mano sul viso stanco e ridacchiò. "Siamo stati convocati per un riconoscimento. Sembra sia convinto anche lui che quello sia il cadavere di Samael."

Anche lui?

L'espressione di Virgil mi diede conferma che quella di Costello fosse molto più che una semplice insinuazione, come avevo creduto.

Dischiusi le labbra e Dante, nel medesimo istante, mi incenerì di nuovo. "Mi chiedo come mai tu non abbia ritenuto opportuno parlarmene ieri, quando sei venuta a chiedermi aiuto, dal momento che si tratta del mio gemello. Ti ricordi che ne ho uno, vero?"

Il fiato smise di uscirmi dal petto e mi sentii come se una mano mi tenesse con la testa bloccata sott'acqua.

Non potrei mai dimenticarmi di Sam.

"Dante," Virgil usò un tono così fermo da darmi i brividi, ma che parve non intaccarlo minimamente, "ne abbiamo già parlato. Non dobbiamo cadere nel tranello dei federali. Minos sta cercando di accelerare i tempi per mettere tutta la famiglia con le spalle al muro e, se non ci riuscirà, utilizzerà la RICO. Ma andremo alla centrale, se è necessario, perché tanto siamo certi che quello non sia Samael."

Dante non ascoltò neppure una parola, continuando a tenermi gli occhi addosso. "Rispondimi, Triss."

Mi morsi le labbra. "Credevo fosse soltanto un'insinuazione di Jack Costello e non ho ritenuto saggio parlartene prima che la notizia divenisse ufficiale. Mi dispiace."

Dante strinse la mascella e Virgil inarcò le sopracciglia, come se anche lui stentasse a credermi. In effetti, non era la verità. Avevo omesso quell'informazione per vergogna, perché Costello sapeva del tentato stupro. Cosa avrei fatto se Dante l'avesse scoperto? Con che coraggio sarei riuscita a guardarlo ancora negli occhi?

“Hai agito secondo coscienza, Beatrice. Non abbiamo sue notizie da un po’ e Dante è soltanto un po’… preoccupato. Non è così?”

La domanda restò sospesa nell’aria finché Dante non interruppe il contatto visivo con me, bruscamente come l’aveva iniziato. Tutta la rabbia che ero riuscita a sentire sulla pelle, come se si fosse materializzata in una nube satura di elettricità, svanì.

Annuì. “Io e Sam abbiamo perso i contatti. Spero che torni presto a casa.”

Il fratello lo fulminò. “Non è necessario. Ormai è un adulto e può continuare la sua vita come e dove meglio crede. L’importante è che stia bene.”

Quello tra i due era diventato un dialogo di sguardi, spietato ma privato, dove non c’era posto per me.

Virgil terminò la sua colazione. Io non ero riuscita a mandare giù che pochi sorsi di cappuccino, sollevata solo dall’implicita conferma che Samael si trovasse fuori città. Con l’intenzione di non tornare così presto come desiderava Dante, sperai.

“Dovresti prendere un antidolorifico e andare a riposare. Sarebbe il caso di rimandare a stasera la discussione su come affrontare il procuratore.” Virgil chiuse il discorso, poi rivolse l’attenzione a me e il suo cipiglio corrucciato si distese. “Sono sicuro che anche Elia, nostro padre, sarà felice di averti con noi a cena.”

Sorrisi e annuii per educazione, senza badare alla leggera esitazione che ebbe nel pronunciare la parola padre. Il senso di disagio e l’ostilità che sentivo attorno non mi avrebbero abbandonato tanto facilmente, ma era meglio iniziare a farci i conti da subito.

La mia permanenza come ospite a Villa Santacroce, in fondo, era una soluzione forzata per tutti quanti e l’essere gentili o dimostrarmi solidarietà non era poi così necessario.

E Dante, dal canto suo, sembrava già essersene pentito.

***

Cercai di vincere pigrizia e voglia di abbattermi curando un po’ il mio aspetto per la cena. Niente di esagerato, non volevo dare nell’occhio, ma di certo avrei evitato di ripresentarmi nuovamente in felpa, jeans consunti e con i capelli raccolti in uno chignon tutto storto.

I vestiti che avevo trovato lì erano tutti molto belli, della taglia giusta e nuovi di zecca. Scegliere non fu affatto semplice. Optai per un tubino color ottanio dallo scollo dritto e con un delizioso ricamo sulla spalla, che sembrava disegnato apposta per me. Volli credere che fosse stato Dante in persona a sceglierlo, e non Juliette o qualcun'altra delle cameriere. Così come le rose rosse che mi riportarono indietro al nostro ballo. Ai suoi occhi nei miei.

Mi resi conto che quello sguardo iniziava a mancarmi, quando scesi nella sala e lo trovai, in piedi, con una mano nella tasca dei pantaloni e nell'altra un bicchiere.

Provai a non tremare. "Ciao."

Il modo in cui accarezzò la mia figura con gli occhi mi restituì la stessa piacevole sensazione, anche se durò un battito di ciglia e svanì dietro la solita coltre glaciale. "Ciao."

"Me ne offri un po'?" Decisi di provare a rompere il muro tra noi con un sorriso, indicando il suo drink con un gesto del mento, e sembrò che riuscissi nell'impresa.

Inarcò un sopracciglio e un mezzo sorriso lo seguì. "Hai compiuto ventun anni da meno di quarantotto ore e già ti dai agli alcolici pesanti?"

"Oh, pensavo fosse solo vino, non una tequila."

Si mise a ridere. "È Marsala," specificò, "ma è comunque troppo forte, per una ragazza che non ha mai bevuto altro che cappuccino."

Mi imbronciai. "Io almeno ho fatto una vera colazione e persino un pranzo. Tu hai messo qualcosa nello stomaco, oltre all'alcol?"

Il sorriso sulle sue labbra si affievolì. "Non molto, lo ammetto."

Si grattò nervosamente la radice del naso, come se avesse ancora gli occhiali, e notai gli occhi arrossati. Mi fu impossibile ignorare oltre la domanda che mi premeva nel petto già dalla mattina. "Quindi è il Marsala la causa del tuo malessere?"

Dante irrigidì sia la mascella che la presa sul bicchiere e mi pentii di essere stata invadente. Scosse il capo. "Starò meglio, una volta che questa storia sarà finita."

Mi morsi le labbra. "Mi dispiace per stamattina."

Restò in silenzio per un istante, poi emise uno sbuffo come se quelle parole gli costassero tantissimo. "Scusami tu. Ho reagito in maniera esagerata e sono stato troppo duro con te.

Ha ragione Gil, dobbiamo affrontare la situazione con calma e lucidità, anche se tocca da vicino la mia famiglia più di quanto avrei immaginato. Però..."

Lasciò cadere la frase. Roteò il liquore rosso rimasto nel calice e ne aggiunse dell'altro.

"Però?"

Invece di prendere un altro bicchiere, mi porse il suo. Piantò di nuovo gli occhi nei miei. "Non nascondermi più nulla, Triss," il suo tono divenne affilato come un rasoio. "E non mentirmi. Mai."

Dischiusi le labbra, incapace di replicare a quello che era suonato come un ordine e mi resi conto di averlo lasciato col bicchiere a mezz'aria quando sentimmo dei passi alle nostre spalle.

Una voce bassa e leggermente roca ruppe la nostra bolla. "Scusate il ritardo. Ci hanno avvisato dalle cucine che la cena sarà servita a minuti."

Afferrai il bicchiere, inebetita, e sorseggiai il liquore dolciastro senza staccare gli occhi da quelli di Dante. Le sue pupille si dilatarono fino ad assorbire tutte le luci della sala.

"Ragazzi?"

Mi resi conto solo al secondo richiamo che a parlare era stato Don Elia. Era un uomo compassato, serio ed elegante, alto e con le spalle ancora larghe, nonostante dimostrasse almeno una sessantina d'anni, se non di più. Aveva qualcosa di Dante nello sguardo, ma trovai paradossalmente che somigliasse molto più a Virgil che ai gemelli.

La cena fu squisita e man mano che le ore passavano tra una portata e l'altra, mi resi conto di essere arrivata al dessert con la tensione iniziale, data dalle domande di circostanza fattemi da Don Elia, ormai allentata. Il dopocena fu altrettanto tranquillo, almeno fintanto che il boss parve ben disposto nei miei confronti, cosa che assolutamente non avevo dato per scontata.

Riuscii persino a ricordargli tra le risate di quando, ancora bambina, ero sfuggita alla mia tata ed ero ruzzolata giù per le scale durante una riunione importante tra lui, papà e il padre di Simon, solo perché mi ero intestardita a voler suonare al pianoforte l'ultimo brano che avevo imparato.

"Anche mio figlio Samael era bravo nella musica. La sua voce era come quella di un angelo. Sua madre aveva lo stesso dono." Elia divenne malinconico, nel guardare il ritratto alla parete. Lo stesso dipinto che mi aveva così colpita appena arrivata.

Ecco perché il suo volto mi era parso così familiare. Ha la stessa aura oscura di Samael.

"Da quando lui non c'è, quel pianoforte laggiù è rimasto muto. Sarebbe un regalo meraviglioso per questo povero vecchio, se tornasse a suonare grazie a te."

Sentii il rossore raggiungere le orecchie, forse anche a causa del paio di bicchieri che mi ero concessa a cena.

Virgil mi guardò con un sorriso d'incoraggiamento, a suggerirmi di assecondarlo. La sua figura, nella mia mente, non aveva ancora trovato un'esatta collocazione nel puzzle, ma dovetti ammettere che nonostante tutto mi infondeva fiducia.

Mi tese la mano e io l'accolsi con sollievo. Sentii gli sguardi feroci di tutti addosso, quando mi sedetti al pianoforte guidata da Virgil.

O forse, in realtà, lo sguardo era soltanto uno.

Accarezzai i tasti, ma poi ritirai le mani in grembo. "Ho smesso da tanti anni, Don Elia," mi schermii. "Non credo che..."

"Io credo che papà abbia ragione, invece. Dovresti proprio suonarci qualcosa," mi interruppe Dante, rimasto in silenzio per gran parte della serata. Lo sguardo che aveva trafitto sia me che Virgil, fintanto che mi aveva tenuto la mano, era il suo.

"Oh, figliolo! Sei tornato tra noi comuni mortali. Credevo che il vino fosse una compagnia più interessante della nostra." Il tono del boss divenne derisorio come quello che aveva avuto Virgil la mattina.

Dante non si scompose e, anzi, sogghignò. "In realtà, lo è. Oltre a ricordare i vecchi tempi, non abbiamo ancora toccato la questione più importante."

"Parli del procuratore e di questa assurda fandonia del riconoscimento?"

"Non è una fandonia," obiettò Virgil. "Se il procuratore Minos ci ha convocati, è perché esistono degli elementi che fanno pensare che quello possa essere Samael."

Don Elia scrutò il figlio maggiore, che non ebbe alcun problema a sostenerne l'analisi, e infine scoppiò in una risata. "Quello non è mio figlio," sentenziò, e mi scoccò un'occhiata così crudele e fredda da inchiodarmi sul posto. "Samael è in America latina, a godersi una meritata vacanza e a costruirsi una nuova vita, perché ha compreso che qui non c'è più nulla per lui. Al contrario di Dante."

Perché mi sentivo come se fossi la causa della partenza di entrambi i fratelli?

Mi voltai verso Dante, che ricambiò distogliendo lo sguardo con aria nauseata. Era colpa mia se i due gemelli avevano perso i contatti?

Dante sbatté l'ennesimo bicchiere trangugiato sul tavolino. "Samael non ha compreso un cazzo. È andato via perché tu lo hai cacciato di casa! Lo stesso motivo per cui hai costretto me a tornare."

Il cuore mi saltò in gola. Scese un silenzio che nemmeno Virgil osò rompere prima del boss.

Elia parlò in tono così calmo che mi lasciò pietrificata. "Non osare parlare di cose che non sai, Dante. Resta al tuo posto." Guardò me, con la coda dell'occhio. "Se vuoi che io rimanga al mio."

Per tutta risposta, Dante scagliò il bicchiere in un angolo e lo mandò in frantumi. Sobbalzai. In un paio di falcate raggiunse Elia fino ad arrivargli a pochi centimetri dal naso.

Trattenni il respiro. Padre e figlio non si dissero una sola parola e non si sfiorarono neppure con un dito, finché Dante non girò sui tacchi e abbandonò la sala.

Perché avevo la sensazione fortissima di aver inconsapevolmente appiccato un incendio?

Nonostante sia Virgil che Elia non commentarono oltre la cosa e mi congedarono con una fredda cordialità, raggiunsi le mie stanze come un automa.

Mi presi svariati minuti, mentre mi svestivo e mi preparavo per la notte, per analizzare la situazione e trarne le giuste considerazioni, senza sentirmi tirata in causa. Ma non ci riuscii.

La cosa che più mi aveva ferita, tra l'altro, era la più stupida di tutte, se comparata alle tensioni evidenti che esistevano tra i Santacroce: l'espressione di disgusto perennemente impressa negli occhi di Dante, almeno in quelli del vicecapo. Quelli del mio Dante, invece… quelli che mi facevano sentire la donna più bella e desiderata del mondo, forse, non erano mai esistiti.

Tentai di ricacciare indietro le lacrime. La mamma aveva sempre avuto ragione, e anche Simon: dovevo stare lontana da quella famiglia. Probabilmente andare via sarebbe stata la scelta più giusta.

Cercai la spazzola sulla consolle, e tirai via una lacrima ostinata col dorso della mano. Un tonfo alle mie spalle mi fece sobbalzare e la spazzola cadde per terra. Mi voltai di scatto e un altro rumore sordo, di porta sbattuta, mi strappò un urlo. Ero sicura di averla chiusa a chiave...

"Dante?!" Era proprio lì, la schiena poggiata alla porta e l'aria tetra del peggiore tra gli incubi. Mi strinsi nella vestaglia, per farmene scudo. "Come hai fatto a..."

"Dobbiamo chiarire almeno un altro paio di punti."

In due passi, annullò la distanza e mi resi conto solo in quel momento di quanto la sua prestanza fisica mi facesse sembrare patetica come una pulce, al suo cospetto. Non feci in tempo a urlare ancora, perché mi afferrò per la gola e mi tolse l'aria.

Samael...

"Quando ieri ti ho detto che non bisogna mai sfidare apertamente un uomo geloso..." chino con le labbra fin troppo vicine al mio orecchio, la sua voce si abbassò a un sussurro, "non stavo parlando di Simon."

Fremetti, tanto quanto stava tremando lui, ma la sua era rabbia mentre io... avevo paura?

No. Non solo. Una fitta mi trapassò sotto le costole, divenne calda e scese a incendiare la mia intimità. "Dan..."

Il suo nome si spezzò sulle mie labbra, la presa divenne più forte. La bocca, famelica, finì sulla mia. La sua lingua violò con maestria ciò che era rimasto della mia capacità di restare ancorata alla realtà. Un piccolo morso sul labbro inferiore impresse nella mia anima un punto di fine a tutto ciò che era esistito fino a quel momento. Prima di lui.

Interruppe il bacio con il ringhio di un animale feroce, e lo sentii fin dentro lo stomaco. Agguantò la cintura che mi stringeva la vestaglia in vita, la sciolse tirandola e sussultai per il livido sul fianco. Lo accarezzò attraverso la stoffa, come se lo sapesse, con una dolcezza inaspettata e in contrasto col modo in cui mi teneva per il collo.

Sa che Simon mi ha spinta.

Il pollice percorse la linea sporgente della trachea e finì nella fossetta tra le clavicole.

"E quando ti ho detto che, finché resterai con me, nessuno ti torcerà un capello... ero sincero." L'odore di alcol mi invase le narici assieme al suo profumo, peggiorando il formicolio che mi attanagliava il ventre. "Perché ammazzerò come un cane chiunque si arroghi un diritto che appartiene soltanto a me."

13. Ash and Dust

Dante

Le labbra di Triss erano più dolci di qualsiasi nettare potessi sperare di assaggiare nella mia miserabile vita.

Dolci e bugiarde.

Ingannatrici, proprio come i laghi incantati delle sue iridi. Un solo sorso di quel nettare e i tremori dell'astinenza sparirono per un secondo, per poi tornare ancora più intensi. Laceranti.

Mi bastò quello a capire che sarebbe stata una dipendenza più mortale della cocaina, se me la fossi concessa. Triss era una sirena maledetta e oscura, un oceano di perdizione mascherato da candore, innocenza, bagliore. Divinità.

Tirai il sottile lembo di seta che le stringeva la vestaglia e lei sussultò al mio tocco, il fiato corto, sul viso un dolore trattenuto a stento che mi riempì di una forma di piacere bruciante ma effimera, quando mi resi conto che doveva avere un ematoma.

La sua divinità era stata contaminata da un altro uomo. Simon De Gregorio.

Sentii la rabbia scorrermi nelle vene quasi avesse preso forma in metallo incandescente ma, nonostante tutto, allentai la morsa attorno al suo collo. Accarezzai col pollice il segno che le avevo lasciato e mi fermai sulla fossa giugulare. Sembrava scolpita e levigata da mano esperta nel marmo più pregiato. Era perfetta.

Un giglio di diamanti non sarebbe sufficiente a marchiarti in modo indelebile, angelo.

"Quando ti ho detto che, finché resterai con me, nessuno ti torcerà un capello, ero sincero. Perché ammazzerò come un cane chiunque si arroghi un diritto che appartiene soltanto a me."

Simon l'avrebbe pagata cara per averla toccata. Nessuno l'avrebbe fatto più, da quel momento in avanti.

"Vuoi farmi del male anche tu...?"

Non so se quel sussurro fin troppo simile alla voce di Gemma fu reale, o se si trattò soltanto dell'eco dei miei incubi più neri. Era così che le avevo fatto del male, fino a portarmi via la sua vita?

I fumi dell'alcol e della rabbia che temevo non sarei riuscito a controllare non mi impedirono di scorgere il battito incontrollato del cuore di Triss sotto le mie dita e le lacrime che le velarono gli occhi. Al contrario di Gemma, lei era ancora viva. E quelle erano...

Lacrime di paura?

Avevamo passato nove mesi uniti nel grembo materno e sette anni lontani, ai due capi opposti del mondo. Eppure, per rivedere Samael, mi bastò specchiarmi negli occhi di Triss. E la sua non era paura.

Abbandonai definitivamente la sua gola e le presi il mento tra le dita. Una lacrima cadde e scivolò sulla guancia. Le accarezzai di nuovo il fianco e risalii verso l'alto, la vestaglia ormai aperta mi diede libero accesso al suo corpo. La sottoveste che aveva indossato quella sera aveva una scollatura molto profonda, ma non riuscii a resistere alla tentazione di lacerarla. Sussultò quando un seno fece capolino dalla stoffa strappata.

Perché me lo stai lasciando fare, angelo?

La sua pelle fremette ancora e il capezzolo divenne turgido sotto le dita, che si limitarono a tracciare il contorno di una deliziosa macchia rosea.

"Controlla se ha una piccola voglia a forma di cuore accanto a un capezzolo, se non mi credi."

Il bisogno disperato di morderlo e farle male si intrecciò al dolore di quei ricordi e lo stomaco mi si contorse. Lasciai scendere di nuovo la mano e afferrai l'orlo della sottoveste, sollevandola quanto bastava a percepire una piacevole ruvidità sul fianco, data dal pizzo del suo intimo. "Se andassi oltre, ti troverei così bagnata che mi lasceresti fare tutto quello che desidero," le sussurrai all'orecchio, annusando la sua eccitazione e godendo dei suoi tremiti come avrebbe fatto una fiera affamata. "Non è così?"

"Io non..." Triss emise un singhiozzo e anche quel suono, come il suo respiro corto, mi parve melodioso come il tetro canto di una creatura fatata.

"Prova a negarlo, angelo," divenni tagliente. "Avanti. Osa mentirmi ancora."

Un briciolo di senno sussultò dentro di lei e la indusse a ritrarsi per quel poco di spazio che le era rimasto tra me e il muro alle spalle. Afferrò i lembi della vestaglia e provò a incrociarli sul seno per coprirsi, ma non glielo permisi. Le afferrai una coscia e spinsi il bacino contro il suo. Il calore che emanava la sua intimità mi raggiunse anche così, attraverso la stoffa dei rispettivi indumenti, o forse fu l'ennesimo inganno del mio cervello stravolto dal bisogno.

Schiacciato contro il suo corpo, avvicinai ancora le labbra alle sue ma lei girò il capo da un lato, riportandomi di nuovo a pochissimi centimetri dal suo orecchio. Il rossore che l'aveva pervasa e i brividi che la scossero al contatto con la mia erezione la tradirono nuovamente.

"Dante..." la sua supplica appena sussurrata fu come alcol gettato su una ferita sanguinante.

Non volli resistere anche alla tentazione di baciarle il collo e ci indugiai più del dovuto. Percorsi con la lingua la linea armoniosa che conduceva dal lobo alla spalla.

Respingimi, Triss.

Riuscii a immaginare senza alcuna fatica l'eccitazione indesiderata che la stava pervadendo e che non le consentiva di dare forza al suo tono. Chiusi gli occhi e la vidi, tanti anni prima, innocente e bellissima. Avvinghiata a mio fratello.

"Penserà a me, tutte le volte che ti guarderà in faccia."

"Vedi che ho ragione?" Le afferrai il viso di nuovo, brusco, per costringerla a guardarmi. "Non hai neppure il controllo del tuo corpo. Potrebbe esserci chiunque al mio posto. O magari, un uomo in particolare?"

Mi bloccai. I suoi singhiozzi stavolta furono sommessi, come se volesse celarmeli. Triss non era più spaventata da me, da Samael o da Simon. Sembrava rassegnata al suo destino.

Essere un oggetto, lo sfogo perfetto di un uomo desideroso di potere o semplicemente una proprietà in vendita al miglior offerente. Una bambola che si sarebbe fatta scopare così, contro un muro, da un pezzo di merda ubriaco e sul punto di vomitarle addosso non soltanto rabbia.

Rassegnata e docile, da brava donna di Cosa Nostra.

Sei soltanto una puttana.

La donna angelicata che riempiva i miei stupidi sogni non è mai esistita.

"Donne come te mi fanno pena. Non ti consentirò di fare a brandelli quello che resta della mia..." Anima? "... famiglia."

Perché devo farlo io. In entrambi i casi.

Sollevò gli occhi su di me, le pupille ridotte a due punti scuri, come se avessi parlato in una lingua arcaica. "Tornerò a casa mia, domani stesso, perché è giusto così. Non voglio essere un ulteriore pericolo per voi. Qualsiasi cosa abbia fatto a te, o alla tua famiglia, non è dipeso dalla mia volontà. Credimi." Un altro singulto la scosse. "Ed è proprio per questo che non ti ho detto niente di Samael."

Il suo nome sulle labbra di Triss divenne un'ombra densa, più nera e fetida di quelle che avevano infestato i miei sensi tutte le volte che mi ero perso nel turbine della droga. Mi circondò il petto e lo costrinse in una morsa dolorosa.

La sensazione che non si stesse riferendo alla storia del cadavere mi strisciò sottopelle. Le presi di nuovo il viso e lei mi lasciò fare, ancora, inerme come una bambola di pezza. "Cos'altro dovrei sapere su di lui, eccetto il fatto che vorresti fosse qui, tra le tue gambe, al mio posto?"

"Non è vero." Il labbro inferiore le tremò e nuove lacrime spuntarono sulla rima delle palpebre, che richiuse lentamente, come se provasse vergogna per le parole che stava per pronunciare. "Pur sapendo che è tutto così sbagliato... non vorrei nessun altro, al tuo posto."

Osò allungare le dita, candide e affusolate, per sfiorarmi uno zigomo e tracciarne i contorni. Eterea, come un battito d'ali di fata.

Angelo tentatore o demonio, bugiardo e ingannatore, perché mi stai facendo questo? Smettila.

Mi irrigidii e strinsi nel pugno un lembo della sua sottoveste, preso dalla voglia incontrollabile di strappargliela del tutto di dosso. Prima di cederle e scivolare in un limbo cinereo da cui non sarei più tornato indietro, la liberai dalla prigione invisibile in cui l'avevo rinchiusa e la gettai di peso sul letto. Nauseato dai ricordi, dall'immagine irreale che avevo di lei, dai mostri che non cessavano di tormentarmi e dal desiderio di averla che, nonostante tutto, mi bruciava nel petto come il più pericoloso dei veleni.

"Non tornerai a casa tua, né domani né il giorno dopo ancora. Non lascerai questa villa, né queste stanze, se non quando lo deciderò io."

Orfana del mio tocco e violentata dalle mie parole, la fata fece polvere delle sue ali. Divenne qualcosa di informe, dalla pelle bianca e lunghi capelli ramati, con un ricettacolo di domande che morì nei suoi occhi.

Un'anima vuota come le altre.

E io, unico vivo, a proiettare la mia ombra. Su di lei.

Mi richiusi la porta alle spalle, sigillandola a chiave, con il peso del suo silenzio addosso e le urla dei miei due demoni dalle sembianze femminili a lacerarmi i timpani.

***

"Com'è morta la mamma?"

Papà allargò le narici, lo sguardo strano che gli veniva sempre tutte le volte che beveva quella roba scura, prima di addormentarsi sul divano del suo studio.

"Te l'ho detto mille volte. Tua madre è morta dissanguata, quando sei nato."

"Perché eravamo in due? Le abbiamo fatto male per quello?"

Si mise a ridere. "Tuo fratello è uscito fuori subito. Tu, invece, ti eri messo al contrario e non ne hai voluto proprio sapere. Sei sempre stato tu il vero ribelle, fin dal primo momento. Il dottore ha dovuto tagliarle la pancia."

Doveva aver sofferto tantissimo, la mia mamma, per colpa mia.

"Dio mio, Elia. Perché gli dici queste cose? È soltanto un bambino." Quella donna, tra le tante che spesso dormivano con papà, mi sembrava una delle più gentili. Aveva gli occhi buoni.

Abbassai i miei ma lei mi prese per il mento. "Non abbassare mai la testa, Dante," mi sorrise. "I tuoi occhi sono così belli e puri che meriti di guardare il mondo dall'alto in basso. E, un giorno, lo farai."

L'ennesimo conato fu il più difficile da sopportare perché svuotò del tutto lo stomaco del suo scarso contenuto.

Mi ero rifugiato in un angolo del parco che circondava la villa o almeno così credetti, avevo camminato per un po' a tentoni nel buio. Rimasi in ginocchio senza la forza di rialzarmi e mi piegai su me stesso, sperai, per l'ultima volta. La bile rimastami in gola era scura e densa come il mostro che mi divorava dall'interno ormai da mesi, e nemmeno quella volta lo vomitai fuori del tutto. Proprio come era accaduto la notte in cui mi ero svegliato accanto al cadavere di Gemma.

"Che diavolo ci fai qua fuori, fratellino?" proprio come quella notte, la voce di Virgil mi strappò dal mondo onirico per schiantarmi di peso a terra. "Ti ho visto uscire dalla stanza di Triss e correre oltre i cancelli come una furia."

Sono fuori dalla villa?

"Fatti i cazzi tuoi," grugnii col poco fiato concessomi dai polmoni incollati.

Lo sentii ridere. "Non hai ancora capito che lo sono, non è così? Tutto ciò che dici, che fai, persino quello che non dici, sono e resteranno cazzi miei. Fintanto che io e te avremo lo stesso, maledetto, sangue nelle vene."

Mi girò attorno, mi si parò davanti e si chinò sulle gambe per raggiungere la mia altezza. Aveva qualcosa in mano, sembrava una pillola, che mi porse. "Ingoiala, forza."

Schiantai gli occhi nei suoi e la mano sulla sua, scagliando via la medicina chissà dove, tra l'erba. "Ti ho detto che non voglio nessun cazzo di antidolorifico!"

"Preferisci una pistola carica?" non c'era nessuna inflessione particolare nella sua voce, come se non l'avessi neppure sfiorato.

"Magari. Farei saltare il tuo cervello prima del mio."

"Non sapresti nemmeno usarla," mi sbeffeggiò, disgustato. "Non hai mai ucciso nessuno, tu."

Risi io, stavolta, non so nemmeno con quale disperazione. "Ti sbagli e lo sai. Ho ucciso due persone ed è ora che inizi anche tu a fartene una ragione. Non sono migliore di te o di papà!"

Con un gesto così rapido che i miei riflessi martoriati non riuscirono a cogliere nemmeno di sfuggita, Virgil mi afferrò per i capelli in una morsa dolorosa più per il cuore che per il resto del corpo, almeno quanto lo schiaffo che mi mollò subito dopo. "Quando la smetterai di comportarti come un bambino, allora sarai degno di essere il nuovo Don Santacroce."

"Elia! Basta, ti prego... basta!" Le urla di quella donna gentile non le avrei più dimenticate. Non l'avevo mai vista, non mi aveva mai abbracciato, ma secondo me anche la mamma aveva la sua stessa voce e piangeva nello stesso modo quando stava con papà.*

"Le puttane mi chiamano Don Santacroce. E tu non fai eccezione."

Il loro litigio mi aveva svegliato, così ero sceso dal letto e avevo visto papà. Era nel suo studio e la porta era aperta, come sempre.

"Basta, Don Santacroce..." Non erano più grida, quelle della donna, ed erano così flebili che si confusero coi colpi di cinghia che papà le stava dando sulle natiche. Il sangue che perdeva dalle ferite le colava sulle gambe, doveva farle davvero male. Perché papà le stava facendo una cosa così terribile?

"Non lo farò più."

"Metterti tra me e i miei figli? Questo è certo. Ti sei già presa Virgil, basta e avanza."

Un'altra cinghiata le calò addosso, così forte che le gambe le cedettero e finì per terra. Immobile.

"Papà..."

Elia Santacroce si voltò verso di me e aveva gli occhi rossi come i demoni dell'inferno di cui spesso mi raccontava mio fratello, quando recitavamo le preghiere prima di dormire.

"Non importa ciò che dice la gente, Dante. Ai miei figli ho sempre detto e mostrato la verità. Tu, poi, meriti di saperla più di chiunque altro visto che la colpa è tua." Indicò la donna col capo. "E questa è la fine che fanno quelli che dicono a noi come dobbiamo comportarci. Ciò che nasce storto, va raddrizzato. Proprio come sto cercando di fare con te."

Gli occhi di fuoco di mio padre, sfocati nei miei ricordi di bambino, si trasformarono di nuovo in quelli d'acqua di Virgil, nel mio presente. La sua presa serrata nei capelli era diventata una carezza sulla guancia, e poi una pacca come se volesse svegliarmi dal sonno.

"Papà le ha dato dei colpi fortissimi, Gil. C'era sangue ovunque."

Virgil aggrottò le sopracciglia per un istante, poi i suoi occhi si sgranarono. "Hai ricordato qualcosa?"

Non capii a cosa si stesse riferendo. Il bisogno di lasciarmi andare al suolo e restare lì fermo, fosse stato anche per tutto il resto della vita, divenne insopportabile.

“Ehi… resta con me,” un’altra pacca sulla guancia. “Cosa hai ricordato?”

Cristo, Gil, lasciami in pace una buona volta.

Dei rumori strani, metallici, spaccarono il buio che ci avvolgeva. Virgil guardò oltre le mie spalle e si irrigidì, la mano corse al suo fianco dove notai solo in quel momento la fondina.

“I fratellini hanno problemi di smaltimento sbornia?”

Un altro rumore, più forte. Uno sparo.

E, finalmente, il buio misericordioso che tanto avevo anelato mi avvolse le membra in un freddo abbraccio.

14. Demon's Wrath

Triss

V CERCHIO - IRACONDI
Qual è colui che grande inganno
ascolta che li sia fatto, e poi se ne rammarca,
fecesi Flegias ne l'ira accolta.

Il silenzio che mi avvolse, subito dopo il clangore delle chiavi con cui Dante si era richiuso la porta alle spalle, fu più assordante delle urla che mi erano rimaste in gola. Urla che avrei tanto voluto emettere, anche soltanto per dirgli… di tornare da me.

Tanti anni prima, quando mi ero ritrovata addosso il suo gemello, avevo desiderato che quell'incubo finisse il più in fretta possibile. Ora mi trovavo a volere con tutta me stessa l'esatto opposto.

Per la prima volta in tutta la mia vita, un uomo mi aveva baciata. Mi aveva toccata, accarezzata, riavvolgendo il nastro dei miei ricordi e cancellando tutto quanto avevo vissuto fino a quel momento. Samael, Simon, uomini che mi avevano trattata con violenza, verbale e fisica, gli sguardi lascivi e nauseabondi dei colleghi di papà, persino le parole oscene di Costello erano sfumate via grazie al semplice tocco di Dante sulla mia pelle.

"Non hai il controllo del tuo corpo. Se mi spingessi oltre, ti troverei così bagnata che mi lasceresti fare tutto quello che desidero."

Dio, era tutto vero. Tutto.

La sensazione di calore nel profondo della mia femminilità me la portavo dietro sin dalla cena, da quel vino bevuto direttamente dal suo bicchiere. Un gesto tanto perverso quanto intimo, filo di seta sottile e catena indistruttibile al tempo stesso.

Il senso della vista, offuscato dalle lacrime, mi abbandonò del tutto a causa del buio fitto e denso che era calato su di me, lasciando soltanto l'udito che si divertì ad amplificare il battito forsennato del mio cuore fino a lacerarmi i timpani.

"Donne come te mi fanno soltanto pena."

La frase sconquassò il silenzio come lo schiocco di una frusta contro la schiena. Sobbalzai e mi tirai a sedere, sbattendo le palpebre per dare un volto alla voce, senza successo.

Sei tornato da me...?

Una mano mi agguantò la gola nel buio, proprio come aveva fatto poco prima contro il muro, e il respiro mozzato divenne desiderio che scivolò, rovente, tra le mie gambe. Mi toglieva l'aria fino a farmi girare la testa ma, Dio, quella sensazione di soffocamento mi piaceva da impazzire.

"Potrebbe esserci chiunque altro al mio posto," il sussurro all'orecchio mi accarezzò come una lama, fredda e affilata. "Magari mio fratello. Non è così, angelo?"

Afferrai il suo polso con veemenza. "No!" Le lacrime tornarono a pungermi, impietose.

"Non devi mentirmi, Triss. Non osare farlo mai più."

Contro ogni pudore e qualsiasi logica umana, mi lanciai nel buio per gettargli le braccia al collo. "Tutto ciò che hai detto è vero. Non ho controllo su di me o sul mio corpo da quando abbiamo ballato insieme, alla festa. Da quando ti ho visto mano nella mano con Rachel. E hai ragione quando dici che una donna come me può farti soltanto pena, perché," soffocai un singhiozzo, per il timore che tutto l'ardore potesse svanire di colpo e lasciare il posto a una vergogna insopportabile, "perché, nonostante io sia promessa in sposa a un altro uomo, ti voglio. E voglio te, non tuo fratello. Samael è soltanto un brutto ricordo."

Due pezzi di ghiaccio scintillarono nel buio pesto, simili agli occhi di un felino. Un ghigno curvò le labbra che un istante prima erano unite alle mie.

"Ti garantisco che sarò un ricordo ancora peggiore, angelo."

Mi fu addosso con una tale furia da spingermi con la schiena contro il letto e mi imprigionò, intrufolandosi tra le mie gambe. Il senso di vergogna che avevo provato a soffocare tornò prepotente e provai a respingerlo dimenandomi, ma Dante mi schiacciò col suo peso, tenendomi bloccata contro il materasso.

Urla mute mi bruciarono tra le costole. Il mio corpo fece l'opposto di ciò che la mente si obbligava a ordinargli, vibrando di un desiderio altrettanto ferino. Si sciolse tra le sue dita come neve.

Dante artigliò gli slip su un fianco e li lacerò, con una risata profonda ed eccitante oltre ogni immaginazione.

"Vedi che avevo ragione?" la sua voce mutò, divenne sporca e roca. Accarezzò il mio sesso gonfio che si schiuse all'istante, consentendogli di immergere un dito dentro di me senza alcuna fatica. "Sono passati tanti anni, Triss, ma il tuo corpo è sensibile come lo ricordavo. Non stento a credere che persino quella femminuccia di mio fratello abbia perso la testa per te... peccato che sei mia. E lo sarai persino davanti a Dio, se necessario."

Samael.

Sbarrai gli occhi e mi irrigidii. Perché il mio corpo non si opponeva alla sua intrusione? Perché le sue dita, che diventavano sempre più brutali, non mi causavano il dolore che avrei dovuto provare?

Cercai di metterlo a fuoco ancora una volta senza riuscirci. Provai a toccargli il volto e delinearlo nella mia mente almeno attraverso il tatto. Non si scostò come aveva fatto prima. Percepii la piccola cicatrice tra le sopracciglia e l'accenno di barba mi solleticò. Mi lasciai andare al piacere che crebbe nel mio ventre e assunse la forma di ondate sempre più intense, laceranti.

"Dante..." esalai, poco prima che un orgasmo, intenso come nessuno dei pochi altri provati nella mia vita, mi devastasse.

La sua mano mi abbandonò, lasciandomi vuota e agonizzante. "Mi appartieni, Triss?"

"Sì," mugolai, in preda a un abisso di disperazione talmente oscuro da credere di essere stata improvvisamente trasportata sul ciglio di un baratro. "Sono tua."

Toc-toc.

Un rumore sordo e costante, come un ticchettio o un rintocco.

Restai sospesa nel vuoto. "Dante! Ti prego, non lasciarmi!"

"Non è me che devi pregare, angelo, ma il tuo Dio."

Toc-toc.

"Sam," le mie urla si sciolsero nel pianto. "Ti supplico... lasciami in pace."

Una risata oscura, crudele. Nera come la palude dove galleggiava la mia anima. "Sei mia, Beatrice. Adesso anche davanti al tuo Dio."

Toc-toc.

Delle mani invisibili mi afferrarono per i polsi e mi strattonarono verso il vuoto. Altre mani mi spinsero alle spalle con una tale violenza da lasciarmi senza fiato.

E caddi.

In un buio inferno senza confini.

Toc-toc.

Sobbalzai, in un modo così brusco che il livido fece pressione sulle costole, sferzandomi con una fitta lancinante.

Ero nella mia stanza, sul letto, nella posizione esatta in cui Dante mi aveva lasciata, con la differenza che la luce del giorno mi feriva gli occhi.

Si era trattato soltanto di un incubo?

Il toc-toc tornò, reale, più intenso. Alla porta.

"Signorina Accardi." Riconobbi la voce di Juliette. "Si sente bene? Mi permette di entrare?"

Scossi il capo per cercare di tornare vigile e presente. La pelle era madida di sudore e il rossore mi incendiò le guance quando mi resi conto che, per il mio corpo, quello era stato tutt'altro che un incubo.

Mi tirai un lembo delle lenzuola fin sul seno, come se servisse a celare i fumi dell'orgasmo e della mia vergogna. "Puoi entrare, Juliette."

La cameriera fece girare la chiave nella toppa dall'esterno, facendomi dubitare per un istante del confine tra sogno e realtà. Era preoccupata e, nel vedermi, emise quello che mi parve un sospiro di sollievo.

"Passavo davanti alla sua stanza per la colazione e ho sentito dei lamenti," si giustificò, mentre il rossore dovette raggiungermi la radice dei capelli. "Sicura di stare bene? Se le serve qualcosa, un medico, io..."

"No," la bloccai, forse in tono troppo brusco. "Sto bene, si è trattato solo di un brutto sogno. Grazie per l'interessamento, davvero. Tempo di fare una doccia e scenderò nelle cucine per la colazione."

La cameriera si strinse nelle spalle, punta sul vivo. "Questo non credo sia possibile, signorina," la voce mortificata si ridusse a un sussurro. "Il signor Santacroce ha disposto ordini a tutta la servitù affinché non esca dalle sue stanze se non strettamente necessario. Questioni di sicurezza personale, ha detto."

"Non tornerai a casa tua, né domani né il giorno dopo ancora. Non lascerai questa villa, né queste stanze, se non quando lo deciderò io."

Qualcosa di vero, dunque, c'era stato. Boccheggiai come un pesce, un moto di rabbia mi attanagliò. "Il signor Santacroce vorrà persino controllare quante volte vado al bagno, immagino," sbottai, inviperita. "Devo essere stata fraintesa, a cena. Non ho bevuto così tanto da aver bisogno di una balia."

"A dire il vero, è stato deciso il giorno in cui lei è arrivata qui," confessò, con un filo di voce. "Per questo ho ricevuto un richiamo, ieri mattina. Avrei dovuto dirle subito delle regole, mi dispiace."

Questo è davvero il colmo.

"Non hai nessuna colpa Juliette." Un fremito di rabbia mi attraversò la schiena. "Dove si trova, il signor Santacroce, se posso chiedere? In modo da affrontare questa assurda questione direttamente con lui."

Juliette abbassò nuovamente lo sguardo, più in imbarazzo di quanto lo fossi io. "Si alza molto presto, di solito. Le rare volte in cui non lo fa, be', è perché preferisce non essere disturbato."

Mentre è con un'altra donna? Il mio cervello aveva ritrovato la giusta dose di masochismo per completare il quadro. Una fitta dolorosa mi attraversò nel punto esatto in cui, poco prima, avevo provato un piacere talmente intenso che sarebbe bastato quello a farmi comprendere fin dall'inizio che si era trattato solo della mia immaginazione.

Mi chiesi che razza di bastardo fosse un uomo che, dopo essere piombato nella mia stanza e avermi trattata come la peggiore delle prostitute, se n'era poi andato a spassarsela con chissà chi.

Un bastardo che, nonostante tutto, vorrei rifacesse esattamente le stesse cose. Dalla prima all'ultima, incluso chiudermi a chiave in quella dannata stanza.

Stavo perdendo il lume della ragione.

"Non importa, Juliette." Decisi di troncare sul nascere la protesta e cambiare argomento, anche perché non aveva alcuna colpa, specie dopo il modo in cui era stata trattata da Virgil il giorno prima. "Grazie in ogni caso per la premura. Prendo un succo d'arancia e una fetta della torta ai frutti di bosco di ieri, se è rimasta."

Juliette mi sorrise, sollevata. "Le porto subito la colazione. Se ne ha bisogno, può chiedere di me o Maria, nell'atrio troverà un telefono con centralino e i numeri dedicati, incluso quello del signor Whitehead. Il padrone si è raccomandato di dirle di fare riferimento a lui, da oggi, per qualsiasi genere di necessità."

Charon?

Il calcare sulla parola "qualsiasi" da parte di Juliette risvegliò una briciola del mio intuito sopito: Dante aveva deliberatamente affidato la gestione della mia persona alla servitù e le rogne legate alla mia situazione familiare, legale e pratica al suo autista tuttofare. Mi morsi le labbra, sentendomi ancora più vuota di quanto non fossi già. "Capisco."

***

Non saprei descrivere la bolla in cui trascorsi le ore successive, se non dicendo che mi lasciai vivere, attendendo chissà cosa. Potevo muovermi per la villa soltanto lo stretto necessario, come Dante aveva ordinato. Mi ero fatta ingannare dal suo aspetto tetro e cupo. In realtà era vivace, movimentata, ricca di persone intente in ogni genere di attività.

Sembrava esserci un'atmosfera del tutto diversa, ora che nessuno dei Santacroce era presente, quasi come se la loro nera aura maligna si fosse dissolta.

Una piscina, un maneggio, un giardino curato e variopinto, un paio di ricche biblioteche colme di testi sacri, musicali, artistici e letterari, alcuni risalenti addirittura al medioevo. C'era persino, come scoprii in serata, una sezione intera dedicata alla botanica e alle scienze. Un vero paradiso, per una come me.

Ma qualsiasi rumore mi induceva a sussultare, per poi donarmi una fitta di delusione non appena riscoprivo il vuoto, fuori e dentro di me.

Abbandonata, era il termine giusto.

Pur sapendo che non avrei dovuto, fremere nell'attesa del momento in cui lo avrei rivisto non era una scelta o un inganno di una mente obnubilata dagli incubi. Dante era una pura necessità. La mia.

"Beatrice, mia cara. Ecco dov'eri finita."

La voce roca che mi colse alle spalle mi diede un brivido, ma non era la sua. Posai con cura lo spartito di Mozart che stavo sfogliando, come se potesse frantumarsi tra le mie dita. "Buonasera, Don Santacroce."

Si appoggiò al bastone con entrambe le mani e reclinò appena il capo da un lato. Il sogghigno che nacque sulle sue labbra evidenziò il medesimo sguardo algido e penetrante che avevano ereditato i tre figli. "Immagino sia troppo chiederti di chiamarmi soltanto Elia, giusto?"

Sorrisi, mio malgrado. "Non credo di riuscirci."

Ridacchiò di rimando, agitando una mano a scacciare qualcosa nell'aria. Indicò col mento lo spartito che avevo appena riposto e col bastone il pianoforte che, la sera prima, era stato motivo di non poco imbarazzo.

"Ero sincero, ieri. Puoi considerare quel pianoforte come se fosse il tuo," mi vezzeggiò, poi la sua espressione tornò a spiazzarmi, fredda e imperscrutabile, come se non sentisse sul serio le parole appena pronunciate. "Ma quando, e se, vorrai. Lungi da me forzarti o costringerti a fare qualsiasi cosa."

Sarà stato per il velo autoritario che il suo tono aveva assunto, così simile a quello dei figli, ma mi sentii tutt'altro che libera. Per la verità, mi sentivo soffocare in quella meravigliosa gabbia e, paradossalmente, ancor di più da quando ero stata abbandonata su quel letto da Dante.

Non so neppure il perché, ma rivolsi lo sguardo al ritratto della donna angelicata.

"Quindi, è vero che sua moglie era un'amante della musica? Ho trovato una tale mole di spartiti che farebbe invidia al mio vecchio professore."

Don Elia, inaspettatamente, rise alla mia battuta impacciata. La sua espressione si distese. "La maggior parte di quell'ammasso di carta straccia e polverosa appartiene a Samael, in realtà." Dovette notare la mia espressione perplessa che, in ogni caso, non era stata provocata dalle sue parole. "Scusami se ti sembro poco rispettoso delle arti, ma devi sapere che sono stato cresciuto all'antica da mio padre. Siamo italiani vecchio stile, figli di immigrati senza un soldo e uomini propensi alla pratica più che allo studio. I miei figli hanno ereditato l'intelligenza dalle loro madri."

Scossi il capo, con un sorriso tirato. "Quello che lei ha costruito con fatica e sudore, Don Santacroce, val bene decenni di studio. Sono certa che i suoi figli le sono immensamente grati per le opportunità che hanno avuto."

Mi riferivo agli studi, ma probabilmente il boss interpretò le mie parole come un modo per adularlo, perché rise di nuovo, ma con una vena sarcastica che affettò l'aria tra di noi come una lama affilata. Ero stata piuttosto fraintendibile, in fin dei conti.

"Quanti anni hai, dolce Beatrice?"

La domanda mi lasciò interdetta, sulle prime, perché credevo fosse una cosa nota. "Ventuno."

Guardò il ritratto, bellissimo e oscuro, come se la più grande delle maledizioni pendesse sul suo capo. "La stessa età che aveva la mia Bella quando mi ha lasciato. Gabriella," si corresse. Il sorriso che gli apparve sulle labbra, diverso dai precedenti, mi riportò con la mente alla sera precedente.

"Non osare parlare di cose che non sai, Dante. Resta al tuo posto, se vuoi che io rimanga al mio."

"Si tende a credere che una ragazza così giovane e in salute, che vive in una città infame di cui è l'unica regina, che può avere chiunque ai suoi piedi per il semplice fatto di essere mia moglie... non possa perdere la vita in modo così crudele. Vero? Eppure."

Il fiato mi morì in gola. Don Elia mi guardò con gli occhi lucidi. "Non volevo spaventarti. Era solo per sottolineare quanto sia fragile la vita di una persona. Anche le mie due mogli precedenti, purtroppo, mi hanno lasciato troppo presto. Purtuttavia, sposare un uomo d'onore resta la scelta migliore per una ragazza della tua età e del tuo rango."

Cercai di ignorare l'appunto velato sul fatto che poco importavano la vita e la salute delle donne nel nostro mondo. Ciò che contava era garantire una dinastia agli uomini di Cosa Nostra.

"Sua moglie era bellissima," mi lasciai sfuggire. "La sua morte deve essere stata un duro colpo per la famiglia."

Nonostante le ricchezze e gli agi Don Elia era comunque rimasto solo, con tre figli da crescere e senza un riferimento femminile accanto. Eppure, per quanto mi sforzassi, non riuscii a figurarmelo. Sarà stato per il costante sorrisetto che gli caratterizzava l'espressione e che si tinse di qualcosa di torbido.

"Si è trattato di un incidente, in realtà. Il parto è stato indotto anzitempo, ahimè, e la poverina non ha retto. Era troppo giovane." La sua mascella si contrasse impercettibilmente, assieme alle labbra. "Troppo fragile."

Schiusi le labbra per provare a replicare, ma Don Elia riprese la parola raddrizzando le spalle e distendendo le sopracciglia. "Di certo a te non toccherà la stessa sorte, cara. A proposito, a quando il lieto evento delle tue nozze con De Gregorio?"

Provai a evitare di boccheggiare in modo patetico davanti alla palese stilettata. Mi schiarii la voce. "Immagino dopo che la situazione di mio padre si sarà risolta. Al momento, non abbiamo avuto ancora modo di elaborare il da farsi, come comprenderà."

"Oh," si batté una mano sulla fronte, allargando un sorriso. L'ennesima sfumatura di un uomo a dir poco enigmatico. "Che sciocco, quasi dimenticavo il motivo che mi ha indotto a cercarti, stasera. I tuoi genitori saranno prosciolti da ogni accusa prima del previsto."

"Che cosa...?"

Don Elia si gustò il mio sconcerto come se fosse qualcosa di indecente e irresistibile al tempo stesso. "Minos non ha più alcun elemento, contro di loro. Non bastasse la conferma sul fatto che quel cadavere non appartiene a mio figlio, tuo zio Vito ha appena ritrattato le accuse."

Lo zio Vito aveva accusato papà di omicidio? Ecco perché i miei parenti erano spariti, con me. Non credevo alle mie orecchie.

"Don Elia," esalai, sconcertata, "immagino che ci sia stato da parte sua un intervento che va ben oltre il riconoscimen..."

Il boss mi zittì con un cenno della mano. "Non ringraziarmi, figliola," si alzò in piedi, aiutandosi col bastone. "Non ho fatto altro che eseguire il mio dovere di genitore. Il cadavere aveva al dito un anello col simbolo dei Santacroce, che ha tratto in inganno gli inquirenti, ma era privo di un segno di riconoscimento che soltanto Samael possiede. Un tatuaggio. Non ho fatto altro che farlo presente al procuratore. Per quanto riguarda tuo zio, credo tu debba ringraziare l'intercessione di tua cugina Rachel. Quella ragazza sembra avere molto a cuore Dante e Vito ha semplicemente compreso il modo in cui è giusto che un uomo d'onore si comporti nell'interesse dei propri figli. Non si tradisce il proprio sangue. Mai."

Nonostante il riferimento a Rachel e Dante mi ferisse, era palese che zio Vito avesse ricevuto delle pesanti minacce affinché ritrattasse le accuse. "Tornerà tutto alla normalità, quindi. Ne sono felice."

E tornerò a casa.

Lontana da Dante, per sempre.

Quel pensiero lugubre e soffocante fu interrotto dalle sue parole. "Alla luce del legame esistente tra Dante e Rachel, sono sicuro che il tuo fidanzato abbia compreso che il nostro tenerti qui, come ospite, è stato soltanto per proteggerti dalle altre famiglie. Se i De Gregorio dimostreranno lealtà, come gli Accardi, potrai tornare da lui quanto prima e sposarlo immediatamente. Nel frattempo, il mio dovere verso Michele viene per primo. Devo prendermi cura di sua figlia, come farebbe lui."

L'ultimo sorrisetto che mi dedicò, prima di voltarsi e lasciarmi lì, mi ghiacciò il sangue nelle vene.

"Ah," arrestò il passo per un istante e mi scoccò un'occhiata da sopra le spalle. "Non dire ai miei figli che conosci la vera causa della morte di Bella. Hanno sofferto già abbastanza, per venticinque anni."

Se ne andò augurandomi la buonanotte e lasciandomi in uno strano limbo fatto di nebbia ma che, per un altrettanto strano paradosso, mi permise di analizzare la mia situazione dal di fuori. Come se non ne fossi io la protagonista, come se tutto quel garbuglio di potere, alleanze, tradimenti e sangue stesse capitando a un'altra persona.

Ero un ostaggio, uno dei tanti, della famiglia Santacroce.

Tanto prezioso, quanto sacrificabile al momento opportuno se non avessi saputo giocare secondo le regole della sopravvivenza.

Del resto, anche Costello si era comportato allo stesso modo.

E, nonostante il bisogno impellente di trovare una scappatoia che mi permettesse di sottrarmi a quella gabbia mortale, un solo pensiero continuò a riecheggiare. Martellante, doloroso.

Anche Dante mi vede come un ostaggio?

15. Cursed Souls

Dante

"No!"

La negazione, seppur ovattata dal fruscio delle lenzuola di seta che le accarezzavano il corpo, risuonò forte e decisa nella sua disperazione.

"Hai ragione, è tutto vero." Il solito brivido mi attraversò, doloroso e puntuale, perché sapevo cosa stava per dire. "Ti voglio. E voglio te, non tuo fratello. Dante…"

E poi ansiti, mugolii, frasi sconnesse. Le sue gambe dischiuse, l'eccitazione crescente e il piacere che traboccava dalle sue dita.

Mi si mozzò il respiro. Provai a inumidire le labbra inaridite, come se non bevessi da giorni, senza successo.

Avevo imparato a memoria ogni singolo fotogramma di quella registrazione, eppure l'eccitazione che mi si riversò nel sistema nervoso all'orgasmo di Triss fu devastante come tutte le volte in cui l'avevo guardato. Anzi, peggiorava e mi si attorcigliava al senso di rabbia, formando un groviglio sempre più difficile da mandare giù.

Era venuta sognando me, esalando il mio nome, ma non avrebbe dovuto osare tanto.

Un demonio lussurioso e tentatore, che sfugge completamente al mio controllo.

Aveva anche mangiato, aveva passato molte ore nelle sue stanze e altrettante nella biblioteca. Sempre scortata dalla servitù o da Charon, tranne nell'unica volta in cui aveva visto e parlato con mio padre.

Chissà cosa le ha detto, quel vecchio stronzo.

Non sarebbe più accaduto, lo avrei impedito a costo di rinchiuderla nelle cantine.

Le immagini di me bambino, costretto ad assistere all'inaudita violenza che mio padre scatenava contro le prostitute che si portava fin dentro casa, tornarono a sferzarmi impietose. Le avevo rimosse per anni, ma quella sera erano tornate feroci, forse a causa della crisi d'astinenza. Ma non ero riuscito a ricordare nient'altro.

L'idea che Triss potesse ricevere lo stesso trattamento mi fece salire nella gola un conato acido, simile a quello provato nel rendermi conto che Simon De Gregorio l'aveva toccata.

Triss non deve parlare con Elia.

E lui non la deve nemmeno guardare.

Deve restare al suo posto, proprio come aveva intimato a me.

Triss Accardi è un mio problema e nessuno deve rovinarla. Nessuno la farà sanguinare come la prostituta dagli occhi gentili. Tranne me.

Nessuno oserà mai più prendersi ciò che mi appartiene.

Serrai la mascella per scaricare la tensione ed evitare di spaccare lo schermo del cellulare. Dovevo tornare a casa il più presto possibile. Trangugiai il liquore rimasto nel bicchiere, acuendo la mia sete ancora di più.

Non era bisogno d'acqua, il mio.

"Finirai col consumarlo, quel video."

Voltai lo sguardo per incrociare quello d'onice di Lamia. Quasi dimenticavo di trovarmi in casa sua, forse perché quei tre giorni mi erano sembrati molti di più. "Inizi a sentirti trascurata?"

Lei inclinò il capo e mi sorrise. Vestita di camicia e jeans attillati, era molto diversa dalla maitresse del Hell's Gate tutta pizzi, merletti e peccato, ma ugualmente bellissima.

"Un pochino, lo ammetto," abbassò per un istante lo sguardo verso il cavallo gonfio dei miei pantaloni e tornò a guardarmi negli occhi. "Potrei chiederti di nuovo se vuoi aiuto a risolvere i tuoi evidenti problemi, ma mi rifiuteresti ancora. Ho un certo orgoglio, sai?"

Sogghignai, facendo tirare la medicazione sulla spalla. "Hai già fatto fin troppo, per me."

Lamia si era occupata di tutto, fornendomi anche una corposa dose di morfinici che mai avrei accettato, se fossi stato cosciente.

"E, ammesso di essere in grado di soddisfare una donna come te senza l'aiuto delle droghe, appartieni a mio fratello. Anche io ho un certo orgoglio."

Fu lei a ridacchiare. Scosse il capo, come se avessi detto una serie di fandonie. Si alzò dal divanetto e mi raggiunse, appoggiando il culo sulla scrivania davanti a me.

Si picchiettò l'unghia scarlatta dell'indice sul mento, assumendo un broncio divertito. "Dunque, iniziamo dal fatto che io non appartengo a tuo fratello. Non nel senso che intendi tu, quantomeno."

"Uhm," sollevai un sopracciglio, scettico. "Sembrate intimi, però."

Sorrise di nuovo, ma un non so che di malinconico le offuscò le iridi. "Siamo solo amici e a me piace cambiare. Mi annoierei a morte se non potessi più avere nemmeno uno schiavo su cui piantare i tacchi delle mie Louboutin! Inutile dirti che tuo fratello non si trasformerebbe in un tappeto per nessuna ragione al mondo, nemmeno per l'enorme affetto che prova per me. Vero?"

"In effetti, hai ragione. Credo che a Gil serva una sottomessa full time e tu non sembri esattamente il tipo."

Lamia tornò seria, ma mantenne un sensuale ghigno a metà. Gli occhi lussuriosi mi scavarono nel cervello, di nuovo tra le gambe e poi ancora nella testa, alla ricerca di chissà cosa. "Servirebbe anche a te, in realtà."

Una fitta strana, piacevole, mi contorse lo stomaco ma la dissimulai mettendomi a ridere, mio malgrado. "Pensavo fossi una maitresse. Non sapevo avessi studiato psicologia."

Si morse il labbro inferiore, maliziosa. "Guarda che è la stessa cosa. Per fare bene il mio lavoro occorre conoscere a fondo la mente umana. Da lì si originano i nostri desideri, i sogni. Le perversioni. E i modi per soddisfarle." Allungò una mano e mi accarezzò il ciuffo di capelli sulla fronte, poi la guancia, la spalla ferita con estrema delicatezza e il petto. Si fermò poco prima di raggiungere il mio uccello, che ancora premeva insistente nei boxer, non so se per le immagini di Triss che ancora mi infestavano il cervello, la piega che stava prendendo la conversazione o per il tocco esperto di Lamia. Forse era tutto l'insieme.

"E cosa ti fa supporre che io e mio fratello siamo uguali, sotto questo punto di vista?"

Ritirò la mano con un sorrisetto fintamente innocente, tipico di una mantide travestita. "Non ho detto questo," la voce si abbassò a un sussurro roco, lo stesso che aveva usato con me la sera che l'avevo conosciuta. "E qui ci colleghiamo alla seconda sciocchezza che hai detto prima."

Corrugai la fronte. "Ovvero?"

Concentrò di nuovo l'attenzione sulla mia erezione, che iniziava a diventare più fastidiosa della sua psicanalisi. "Ti sei convinto di non riuscire a scopare senza farti, prima," alzò le mani ai lati della testa. "Bugia! O semplice inganno del tuo cervello, se vogliamo definirlo così. Il problema non è soddisfare una donna come me. Il punto è soddisfare un uomo come te."

La gola tornò a farsi più arida di prima. Mi alzai e mi parai tra le sue gambe, a una distanza interpersonale ridicola, tenendola contro la scrivania.

"Mi stai sfidando?" sussurrai contro il suo orecchio. "Non so se ti conviene farlo."

Mi circondò il bacino con le gambe e il collo con le braccia, affondando gli occhi nei miei. Sentire sulla pelle il suo desiderio fu facile, ma non mi diede la scarica intensa che avrebbe dovuto. Non come quella che era stata capace di regalarmi Triss, soltanto dallo schermo di una registrazione.

"Potrei succhiartelo fino a soffocarmi, come piace a te." Il sospetto che fosse presente anche lei, la notte in cui ero stato con le tre escort del Hell's, divenne una certezza. "Ma non servirebbe a nulla. Io non sono la donna che ossessiona la tua mente e il tuo cuore."

Il muscolo in questione saltò un battito e impattò contro le costole.

Mi irrigidii, senza rendermi conto che così facendo avevo serrato anche lei in una morsa attorno alla vita. Non emise un singolo mugugno di dolore, anzi. "Mente e cuore sono rimasti in Italia, sotto un cumulo di cenere. E non ho nessuna intenzione di riesumarli."

Lamia lasciò scivolare le braccia lungo le mie spalle e mi prese il viso tra le mani.

"Perché ti rifugi in mille scuse, allora?" Il suo respiro rovente mi raggiunse a un soffio dalle labbra. La voglia di saltare tra le porte degli inferi e lasciarmi bruciare da lei divenne sempre più forte.

Dolore.

Rabbia.

Abbandono.

Le morsi il labbro inferiore, scarlatto come le unghie che, in quel momento, avrei voluto mi facessero a brandelli la schiena, affinché il dolore offuscasse la mia capacità di pensare. "È stata con il mio gemello, sette anni fa."

Lamia ricambiò il morso, ma il suo fu poco più che un piacevole solletico. "Sai anche tu che non è vero. Conosci Samael meglio di chiunque su questa terra, e lui conosce te. L'hai detto tu... siete gemelli. L'uno nella mente dell'altro. Sempre."

Le immagini di Triss assieme a Sam si fusero con quelle di lei che godeva tra le lenzuola della sua stanza, nel buio, invocando il mio nome. Furono coperte da tante luci intermittenti che mi fecero ronzare le orecchie.

"Cosa provi per lei?"

Possesso.

Follia.

"Niente." Cercai di spegnere il vociare del cervello baciandola, per dimostrare puerilmente a me stesso che quelli di Lamia erano soltanto vaneggiamenti senza senso.

Mi rispose con trasporto e mi accarezzò la nuca, intrecciando le dita tra i capelli. Li tirò, staccando le nostre bocche per guardarmi negli occhi. Mi entrò dentro come una di quelle ombre oscure che mi avevano tormentato al Hell's e riuscii a sentirla farsi largo tra le sinapsi. "Cosa vuoi, da lei, Dante?"

Lacrime.

Rancore.

Vendetta.

Ingoiai tanti minuscoli pezzi di vetro immaginari. "Che soffra. Come ho patito io, a causa sua."

"E allora, lascia che si innamori di te." Il sorriso con cui corredò le sue parole si chiuse in fretta su se stesso, diventando una smorfia. "Soltanto quando si ama, disperatamente, si soffre davvero."

I nostri occhi restarono incatenati come quelli di due persone che hanno provato sulla propria pelle la veridicità della cosa.

L'amore fa male, distrugge, ti getta in un oblio di disperazione senza fine.

Strappa via la tua anima all'immortalità, quando ti divide dall'oggetto dei tuoi desideri.

Quando separa le anime gemelle.

Come me e Samael.

Lo sguardo di Lamia assunse una nota trionfante, come se fosse fiera di aver tirato fuori da me una sorta di consapevolezza, mentre a me sembrava soltanto di galleggiare nella stessa pece nera e soffocante della prima volta in cui l'avevo vista. Mai come in quel momento, la sua somiglianza con Gemma mi apparve inquietante.

L'amore. L'arma più letale che avevo per piegare Triss ai miei voleri era tra le mie mani.

Ma quell'arma era in realtà una mina, e la possibilità di usarla in modo improprio, sbagliandone il posizionamento anche soltanto di un millimetro, ci avrebbe fatti saltare in aria entrambi.

Un colpo alla porta, secco e insistente, ci fece trasalire.

"Avanti."

Sciolsi Lamia dal mio abbraccio, lei scese giù dalla scrivania e si ricompose.

Una delle ragazze del Hell's, o almeno credo lo fosse, fece capolino. "Il signor Santacroce è qua fuori, col suo autista."

L'avviso era per me, anche se la ragazza evitò il mio sguardo come se fosse in imbarazzo. Magari ci aveva ascoltati.

Lamia la congedò sbrigativamente con un cenno della mano e lei svanì dietro la porta. Si avvicinò di nuovo a me e mi chiuse gli ultimi bottoni della camicia, nascondendo la medicazione. "Datti una ripulita prima di tornare da lei. Non vorrei che si ingelosisse." Mi passò un pollice sulle labbra per rimuovere la macchia di rossetto. "E stai attento."

Sogghignai. "Non sono io, quello che rischia la pelle oggi."

"Mi riferivo alla cocaina." Il suo sorriso tornò materno e apprensivo, come era sempre stato in quei giorni di convalescenza. "Non provarci mai più a smettere da solo, Dante. Non funziona così."

E come funziona? Infinite sedute di terapia? Imbottirmi di farmaci che, in ogni caso, non mi darebbero mai lo stesso effetto?

Tanto Gemma, la mamma e persino Triss, le mie personali Erinni, mi tormenteranno per sempre.

Restò solo un pensiero.

"Vieni con noi?"

Lamia si morse le labbra, aveva imparato a conoscermi abbastanza tra ciò che di certo le aveva raccontato Virgil sul mio conto e la sua naturale intuizione. Scosse la testa in cenno di diniego. "Non mi piace la vista del sangue."

***

Mio fratello era rimasto in silenzio per tutto il tragitto. Non ci eravamo scambiati molte parole durante quei tre giorni, anche perché ne avevo passati gran parte tra i deliri dell'astinenza, i sedativi e la febbre. Lui, per fortuna, non era stato ferito, avallando la supposizione che quegli stronzi cercassero proprio me.

Nico, alla guida, era invece particolarmente teso, tanto che se ne accorse persino quel pezzo di ghiaccio di mio fratello.

"Che problemi hai, ragazzino?" sbottò, d'un tratto.

Che gli aloni del rossetto di Lamia avessero infastidito pure lui? Avrei voluto dirgli che non me l'ero scopata, ma sarebbe stato fuori luogo.

"Nessuno, signore." La voce di Nico risuonò di una leggera incertezza. "Siamo arrivati."

L'edificio era fatiscente, ma proprio per questo si mimetizzava bene nello squallore della periferia. Se si fosse trattato di un posto normale, il problema sarebbe stato giustificare la presenza di un'auto di lusso in mezzo a drogati e vecchie puttane, ma i Santacroce non erano tenuti a giustificare niente a nessuno. Specie lì, dove chiunque fosse sano di mente si teneva rispettosamente alla larga da quelli come noi.

"Guarda che devi venire anche tu." Virgil intimò a Nico di scendere dall'auto e di seguirci, col solito tono stizzito che iniziava a farmi nascere più di un sospetto. Era davvero la titubanza di un novellino a infastidirlo, oppure il problema ero io?

Si trattava della prima volta anche per me, dopotutto.

Mi scattò una molla dentro e arrestai il passo. "Credi che non ne sarei capace. Vero?"

Virgil mi scoccò un'occhiata e corrugò la fronte. "Di cosa stai parlando?"

"L'hai detto anche l'altra sera. Non mi ritieni capace."

Comprese. Abbassò il capo, lo scosse e ridacchiò. "Sei un bambino, viziato e arrogante. Proprio come Sam." Mi urtò il gomito per passarmi davanti. "Cammina. Non abbiamo tempo da perdere."

Il tanfo di muffa mista a qualcosa di ferroso e marcio non mi diede la nausea che avevo immaginato. Anzi, mi ci abituai in fretta, a discapito di quello che pensava mio fratello.

Charon era di spalle, al centro di uno stanzino senza finestre. Lo riconobbi dalla chioma incolta e arruffata dall'umidità e dalla puzza insopportabile della marca di sigarette che era solito fumare. Doveva essere quella a coprire l'odore di decomposizione che aleggiava nell'aria.

Si raccolse i capelli in una crocchia disordinata e si voltò verso di noi, scoccando a me un sorriso smagliante, paurosamente demoniaco sul suo volto, scavato dal chiaroscuro creato dalla lampadina sporca che penzolava dal soffitto.

"Uh, il vicecapo si è ripreso? Mi fa piacere," mi sbeffeggiò, con uno sghignazzo. "Iniziavo ad annoiarmi."

Fece un paio di giri completi sullo sgabello sul quale era appollaiato e ci lasciò alla vista dell'uomo al quale si stava dedicando.

Il bastardo che aveva aperto il fuoco contro me e Virgil.

Era legato mani, piedi e busto su una sedia a rotelle, sudicia e arrugginita, il capo reclinato da un lato, la schiuma bianca che gli colava dalla bocca aperta. Gli indumenti laceri erano coperti di sangue e, da quello che potevo notare, la punta di una tibia gli aveva perforato la gamba. Il palmo della mano sinistra era stato squarciato per il lungo fino ad arrivare a metà avambraccio, ma con precisione, senza l'emorragia che ci si sarebbe aspettati. Le vene dovevano essere ancora più o meno integre.

"Cazzo, Charon."

"Te l'ho detto, Virgil, mi stavo annoiando. Non gli ho fatto ancora niente, è svenuto da ore" sbuffò insofferente e si sfilò un'altra sigaretta dal taschino della t-shirt. Anche lui era sporco da fare schifo e si sarebbe potuto credere fosse appena uscito da una miniera di carbone, senza il mezzo morto davanti a lui. Mi guardò. "Lo stronzo ha detto di voler parlare con te."

Mi accorsi solo in quel momento che Nico era rimasto in un angolo, con l'aria di chi è sul punto di vomitare. Virgil gli scoccò un'altra occhiata severa, poi tornò su Charon con il medesimo livore, come se mi avesse fornito l'informazione di minor importanza.

"È uno dei soldati di Argenti," mi spiegò, con un cenno indolente del capo.

Il fiato smise di uscire, come se le parole di Virgil fossero state più venefiche del tanfo di sangue, urina, vomito e tabacco che permeava le quattro mura anguste.

Phil Argenti non era uno qualunque. Si era preso il territorio di Brooklyn prima ancora che io nascessi, strappandolo alle mani di mio padre e fondando la sua famiglia, che ben presto era diventata una delle cinque che dominavano la città. Con ogni probabilità era stato tra coloro che avevano tradito mio nonno.

Deglutii a vuoto, la pelle delle braccia mi si rizzò come se fossi stato buttato a forza dalle fiamme dell'inferno in una cella frigorifera. La testa mi girò.

"Che facciamo?" Virgil mi incalzò e mi riportò al presente.

Abbassai lo sguardo sul patetico mucchio informe di sangue, ossa e muscoli recisi. "Lo svegliamo, tanto per cominciare."

Charon emise una risata grassa e roca, quasi non aspettasse altro. Si chinò sul braccio martoriato e lo scrutò da varie angolature, come uno scultore davanti a un blocco di creta da modellare. Quando trovò il punto giusto, un bagliore gli incendiò il volto, come le scintille minuscole che produsse la sigaretta accesa sui tendini esposti dell'uomo. Questi mugugnò appena.

L'odore di bruciato si sommò a tutti gli altri e sentii alle mie spalle Nico, al limite della sopportazione, cercare di defilarsi per tossire senza dare nell'occhio o beccarsi l'ennesimo richiamo da mio fratello.

Virgil mi guardò con la coda dell'occhio, forse aspettandosi la stessa reazione, ma non la trovò. O meglio, io non lo vidi più. Il mondo attorno a me sparì quando il prigioniero si svegliò con un sussulto e cacciò un urlo che suonò come il lamento stanco di una bestia agonizzante.

"Buongiorno!" Charon scandì il saluto in italiano e batté le mani, eccitato come un bambino a Natale. "I tuoi desideri sono stati realizzati. Volevi un Santacroce? Te ne ho portati addirittura due."

Virgil ridacchiò. Io no.

Il tizio sollevò stancamente la testa e mi piantò gli occhi vitrei addosso, la bocca penzolante e un rivolo di saliva rossa a colargli sul petto. Sperai non avesse anche la mascella fratturata.

"Sa...ael..."

Bene, per fortuna può ancora parlare.

Allargai le narici e cercai di ignorare il prurito alle mani che mi spingeva a completare l'opera di Charon.

"Sono il gemello sbagliato. Mi dispiace." Mi abbassai sulle ginocchia per arrivare al suo livello. La puzza di cadavere m'investì in pieno. "Però hai ancora la possibilità di dirmi perché il tuo capo mi vuole morto. Così questa brutta situazione diventerà solo un ricordo."

Un lampo di terrore misto a rassegnazione gli velò lo sguardo. Sapeva di non avere scampo. "Non ...oglio ...parire," biascicò. "Non ...oglio."

Non voglio sparire.

Non voleva che il suo corpo fosse bruciato, o sciolto nell'acido, o murato da qualche parte, come il cadavere che...

"Argenti c'entra qualcosa col corpo ritrovato nelle proprietà della famiglia Accardi. Non è così?"

Nonostante il volto diventato ormai una maschera informe, il bastardo si mise a ridere. Una risata stanca, come le sue membra e il mio scarso autocontrollo.

"...evi ...orire. A...ardi ...orirà ...on te."

Devi morire. E Accardi morirà con te.

L'immagine di Triss mi tornò davanti agli occhi, senza alcun motivo apparente. Il suo sorriso quando mi aveva intravisto tra folla alla sua festa, la sua voce mentre godeva col mio nome sulle labbra.

Le sue ali spezzate. Le lacrime. Il sangue.

"Lascia che si innamori di te. Soltanto quando si ama, disperatamente, si soffre davvero."

"Hai rotto il cazzo." Charon digrignò i denti e sfilò un coltellino a serramanico. Si avventò sul braccio squarciato, pronto a recidergli l'ennesimo tendine, ma lo bloccai con un cenno della mano e il mio autista restò a mezz'aria, con lo sconcerto sul volto.

Afferrai dal pavimento un laccio di cuoio e, in un battito di ciglia, fui dietro la sedia a rotelle. Glielo avvolsi attorno al collo.

Fu allora che la sentii arrivare, forte e chiara.

L'adrenalina.

Quella che mi faceva schizzare il battito cardiaco a mille. Ma non una qualunque, un'adrenalina ben specifica, precisa. Unica.

La inspirai più forte che potei. Avido e affamato. Ingordo.

Ed era la prima volta che mi accadeva, senza cocaina.

Finalmente, cazzo.

"Dante?"

La voce di Virgil divenne di nuovo solo un'eco lontana, mentre la risata di Charon mi strideva tra stomaco e costole, assieme ai suoni strazianti che emetteva lo stronzo stretto nella mia morsa. Strinsi forte, lui si agitò ancora di più. Sussultò, le braccia e le gambe, seppur assicurate da svariati giri di nastro adesivo, ebbero spasmi incontrollati. La mancanza d'ossigeno assunse l'aspetto di convulsioni.

Sul volto di Charon si dipinse un'espressione annoiata. "Quanto cazzo ci mette a crepare?"

In realtà, la sua agonia mi piaceva. Avrei voluto che non finisse mai.

Con la coda dell'occhio, vidi Virgil mettere mano alla pistola, forse per finirlo.

Quell'uomo era mio. Mio.

Come lo era Triss.

Non avrei più permesso a nessuno di prendersi ciò che era mio.

Serrai il laccio con un colpo deciso e il suo collo si spezzò con un rumore simile al legno secco. Il piacere volò via, come un orgasmo troppo veloce. Senz'anima.

"Pezzo di merda." Charon sputò addosso al cadavere. "C'è della benzina, nel garage."

"No." La voce di Virgil suonò calma, nonostante il tono autoritario. Incrociò le dita delle mani tra loro e mi piantò gli occhi addosso. "Voleva che il suo corpo fosse ritrovato e che la sua famiglia avesse una tomba su cui piangere. Dobbiamo rispettarlo."

"Sei uno stupido prete del cazzo."

Nessuno dei due diede peso al mugugno sbuffato tra i denti da Charon. Io e mio fratello restammo a guardarci. Le sue iridi trasudavano severità ma anche... orgoglio?

"Pensavo sul serio che non fossi capace nemmeno di impugnare una pistola, per la cronaca," sogghignò. "Mi sbagliavo."

L'adrenalina era ormai svanita e mi aveva lasciato addosso una crisi d'astinenza senza precedenti.

Uccidere può dare la stessa dipendenza della droga?

Guardai il laccio di cuoio imbrattato di sangue, e con esso le mie mani. Lo gettai a terra, come se fosse un serpente velenoso. "Non ti sbagliavi. Le pistole non mi piacciono."

16. Diamonds and Roses

Triss

VI CERCHIO - ERETICI
Ed elli a me: "Qui son li eresiarche
con lor seguaci, d'ogne setta, e molto
più che non credi son le tombe carche.

Ormai ero rassegnata al fatto che le mie giornate fossero tutte scandite allo stesso modo. Doccia, colazione in camera, spostamenti pianificati tra la biblioteca, uno studio dotato di collegamento internet, di certo anch'esso controllato, pranzo in camera, cena in camera.

L'unico contatto esterno l'avevo avuto con la mia tata. Dietro forte suggerimento di Charon e ovviamente in vivavoce davanti a lui, le avevo fatto una telefonata per rassicurarla sul mio stato di salute.

Mi aveva detto che i miei genitori erano tornati a casa, ma vivevano piantonati dagli uomini di mio padre, in attesa di ulteriori chiarimenti sulla vicenda. Anche perché le indagini del procuratore Minos, seppur con la battuta d'arresto data da Don Elia, erano ben lungi dall'essere concluse.

"Tua cugina Rachel ha chiamato per ben due volte," mi aveva detto. "Dice di non essere riuscita a raggiungerti al cellulare. Sembra molto preoccupata per te, nonostante le abbia detto ciò che ho riferito anche ai tuoi genitori, ossia che sei ospite a villa Santacroce per la tua sicurezza."

Charon aveva sorriso, mentre io mi ero morsicata le labbra fino a spellarle. Non avevo risposto volontariamente ai messaggi di Rachel e, a un certo punto, avevo bloccato il suo numero. "La richiamerò."

L'autista mi aveva spinta a chiederle notizie di Simon perché, a quanto avevo capito, si era volatilizzato nel nulla e a Don Elia la cosa non stava bene. Inutile dire che la mia tata non ne sapeva niente e ne parve addirittura contenta, dopo il modo in cui mi aveva trattata davanti ai suoi occhi.

In verità, anche a me non dispiaceva che fosse sparito perché temevo sarebbe piombato lì un giorno o l'altro per reclamare la mia mano ed ero certa che, in quel caso, non sarei più riuscita a rimandare l'inevitabile.

L'idea di farmi sfiorare da un altro uomo, dopo che Dante aveva lasciato su di me un marchio invisibile ma che sentivo bruciare come fuoco vivo, era insostenibile.

Nel ripensarci, mentre tornavo nelle mie stanze, realizzai che la mia prima notte di nozze sarebbe stata uno stupro. Fissai una delle vetrate che davano sulla piscina, con in testa la pungente idea di gettarmi di sotto il giorno stesso delle nozze, piuttosto.

Avrei dato un dolore a chi, dopotutto? Ai miei genitori, forse. Per il resto, avrei tolto un pensiero a tutti e, chissà, avrei lasciato campo libero alle mie cugine. Rachel sarebbe stata libera di sposare Dante.

Sei una stupida, Triss.

Dante può sposare chiunque voglia, a prescindere dalla tua presenza.

Non so come accadde che passai da cupi intenti suicidi per sfuggire a Simon a quelli, più maliziosi ma altrettanto sciocchi, che mi vedevano impedire a un'altra donna di occupare il mio posto accanto a Dante.

Quale posto?

Prova così tanta pena per me che sono tre giorni che si tiene alla larga, e forse ha detto persino a Virgil ciò che è successo tra noi, dato che anche lui mi evita.

Scossi il capo e ridacchiai tra me e me, umiliata dai miei stessi pensieri, con le lacrime che mi pungevano gli occhi. L'unica cosa saggia sarebbe stata fare i bagagli e tornare a casa, poco importava cosa il signor Santacroce avesse stabilito in proposito. Ero certa che mio padre avrebbe smosso mari e monti se glielo avessi chiesto, ma avevo la sensazione che, se fossi andata via, il primo a pagarne le conseguenze sarebbe stato proprio lui.

O forse, la mia era soltanto una scusa per non ammettere che non volevo andarmene davvero.

"Signorina Accardi, sono salita ad avvisarla che, stasera, non le porteremo la cena in camera."

Ero talmente persa nei miei stupidi ragionamenti che incrociare Juliette davanti la porta della mia stanza mi fece sobbalzare. "Oh. Sono di nuovo abilitata a mangiare al cospetto della famiglia Santacroce, come una persona normale?" non riuscii a evitare il tono piccato, anche se me ne pentii quasi subito perché con tutta probabilità si trattava di una volontà di Don Elia.

Juliette si morse le labbra. "Non esattamente. La cena per lei sarà servita nella dépendance del signor Dante, quella che si trova al piano terra." Indicò con lo sguardo un luogo oltre la piscina.

Villa Santacroce era così grande che non immaginavo avesse bisogno di una dépendance, ma il groviglio piacevole che mi annodò lo stomaco e mi fece accelerare il battito annullò tutte le domande che si rincorsero nella mia testa: Dante voleva cenare con me. Da soli.

Finalmente lo avrei rivisto.

"Grazie per avermi avvisata." La trassi d'impaccio e mi rifugiai in una battuta per alleggerire la risposta acida di poco prima: "Vado a prepararmi, per una volta che non dovrò cenare in pigiama."

Riuscii nell'intento, la cameriera sorrise e, con una riverenza appena accennata, si dileguò.

Mi precipitai in camera con il cuore in gola, sentendomi ebbra come se mi fossi scolata due calici del Marsala che avevo bevuto dal suo bicchiere. Non avrei dovuto sentirmi così eccitata all'idea, se mi fossi soffermata a pensare al modo in cui mi aveva trattata l'ultima volta. Non mi sarei nemmeno dovuta presentare a quell'appuntamento, a dirla tutta.

Sì, era vero che mi trovavo sin dall'inizio in una posizione svantaggiata rispetto a lui, ma la mia dignità valeva almeno il tentativo di riabilitarmi ai suoi occhi. Magari sarebbe stata l'occasione giusta per dirgliene quattro.

Forse aveva intenzione di chiedermi scusa per l'altra sera? Credeva di avere a che fare con una ragazza come Rachel, interessata soltanto al suo conto in banca? Per lei un gemello sarebbe valso l'altro, aveva detto, purché fosse ancora single.

Io non avevo bisogno di un buon partito, o di soldi. Venivo da una famiglia agiata e non avevo mai avuto pretese al di sopra delle mie possibilità, come invece aveva lei da sempre. Dovevo soltanto continuare a sperare e pregare che le accuse contro la mia famiglia cadessero e che tornasse tutto alla normalità, così che quella permanenza forzata a villa Santacroce diventasse soltanto un ricordo.

Scuse, Triss. Sono soltanto scuse, le tue.

Tu non hai alcuna voglia di andartene da qua, anzi. Dante potrebbe avere, e ha, tutte le ragazze della città ai suoi piedi, ma ha deciso di dedicare le sue attenzioni a te, come quando ti ha scritto quella poesia a scuola. E tu, come allora, ne sei felice.

Dannatamente felice.

Volevo sembrargli bella e seducente tanto quanto Rachel, e dedicai particolare cura alla scelta dell'abito. La verità era che non avevo alcuna idea del tipo di donna che potesse piacergli e mi basai per l'appunto su quella che conoscevo meglio di tutte. La scelta cadde su ciò che sarebbe piaciuto a mia cugina, tanto sexy da "farglielo venire duro solo a guardarti".

Si trattava di una tunica in stile antico, di un punto molto scuro di blu e dai riflessi cangianti. Il corpetto fatto da due fasce drappeggiate incrociate nel punto vita lasciavano la schiena scoperta. Non necessitava di reggiseno e la stoffa impalpabile accarezzò le mie forme come avrebbe fatto la mano esperta di un amante.

Come aveva fatto lui.

Mi rimirai allo specchio, consapevole di essere diventata rossa soltanto per i ricordi che la cosa mi aveva suscitato. Sarei riuscita a sostenere il suo sguardo da angelo tentatore, dopo ciò che era accaduto tra noi?

Angelo. Mi aveva definita così, quella sera, e la pelle nuda della schiena fu colpita da una sferzata gelida che si materializzò soltanto nella mia mente.

Non voglio più essere una preda o una vittima degli eventi. Mi sono rinchiusa da sola in questa gabbia, perché nessuno mi ha mai concesso di scegliere nulla, in tutta la vita. Voglio decidere io come e quanto farmi male, prima che me lo facciano gli altri.

Trovai che tutto sommato quell'abito mi donasse. Faceva sembrare la mia pelle ancora più bianca e accentuava i riflessi scarlatti dei miei capelli. Li lasciai sciolti: non avevo alcuna intenzione di sembrare un angelo.

***

Trovai l'ambiente profondamente diverso da quanto visto fino a quel momento: mentre il resto di villa Santacroce era barocco, sontuoso e ricco nella sua bellezza rinascimentale ma fredda, cristallizzata nel tempo, la dépendance di Dante era elegante ma sobria, nei toni del nero, rosso e oro. Un seducente mix di gotico e moderno, oscuro come il suo proprietario.

L'ambiente principale era unico, con un'ampia sala dotata di divani, schermo a parete, una ricca libreria, un grande letto matrimoniale sul fondo. Alcune candele accompagnavano le luci della sala, già smorzate di per sé, e contribuivano a rendere il tutto romantico e intimo. Una parete intera era costituita da una finestra scorrevole che dava sulla piscina illuminata.

Immaginai che anche da fuori fosse visibile l'interno e sentii le guance avvampare all'idea, anche se sembrava tutto estremamente silenzioso e discreto. Mi chiesi se gli uomini della sicurezza di Villa Santacroce arrivassero fin lì.

In un angolo, proprio dinanzi alla visuale panoramica, c'era una tavola riccamente apparecchiata. Per una sola persona.

Sussultai quando sentii dei passi avvicinarsi.

"Buonasera, signorina Accardi." Il sorriso del cameriere, diverso da quello di Juliette, mi parve falso e di circostanza. "Ho fatto preparare un piccolo aperitivo, mentre viene ultimata la cena. Se vuole accomodarsi a tavola, sarò lieto di farle degustare il vino scelto apposta per lei."

"A dire il vero, io credevo che..." deglutii, sentendomi una vera stupida. "Credevo di dover attendere il signor Santacroce."

Ebbi la sensazione che il cameriere mi squadrasse da capo a piedi, soppesando e analizzando il mio corpo avvolto dal vestito succinto in cui adesso mi sentivo così a disagio, con un'aria lasciva nello sguardo. Forse fu solo un'illusione, perché in realtà mi rivolse un sorriso in cui ravvisai una nota di compatimento. "Oh, capisco. Il signor Santacroce si è raccomandato caldamente affinché la cena fosse di suo gradimento e di sopperire a qualsiasi suo desiderio in merito. Non ho ricevuto ulteriori indicazioni. Mi dispiace."

Ulteriori indicazioni.

Annuii, mandando giù mortificazione e lacrime. Mi aprii in un sorriso di circostanza. "Attenderò che la cena sia pronta, allora. Sono sicura che tutto ciò che il cuoco ha nel suo menù sarà di mio gradimento."

Il cameriere annuì compiaciuto e, dopo avermi versato un calice di vino, sparì.

La cena fu davvero tra le più squisite che avessi mai assaggiato da quando ero lì. Il cuoco parve conoscere esattamente i miei abbinamenti preferiti: pasta fresca con un sugo delizioso a base di funghi, carne appena scottata e un dolce alle mandorle dal profumo paradisiaco. Peccato però che riuscii a malapena a sbocconcellare qualcosa. Mi sentivo ancor peggio di prima. Presa da una sensazione stranissima, mi guardai attorno alla ricerca non so nemmeno io di cosa. Mi sentivo osservata.

Perché quella stupida messinscena? Perché lasciarmi cenare da sola, come sempre, soltanto in una location diversa? Le lacrime premettero di nuovo affinché le lasciassi libere di fluire, ma le trattenni bevendo il secondo calice dell'ottimo vino rosso.

Poco mi importava che non avessi granché nello stomaco per sostenerlo: mi augurai facesse presto effetto. Almeno, l'umiliazione che stavo provando si sarebbe dissolta.

Mi versai un terzo bicchiere, mi alzai da tavola e mi avvicinai alla finestra per ammirare le luci iridescenti della piscina. La testa iniziò a farsi più leggera.

Mi chiesi se Dante avesse portato lì anche Rachel e se, magari, con lei avesse mangiato, bevuto, riso. Se la passione li avesse colti improvvisamente tanto da fare l'amore lì, sul divano di pelle nera, sul tappeto pregiato o se fossero riusciti a raggiungere il letto. Mi domandai se lei avesse provato lo stesso piacere che avevo provato io, anche se il mio era stato soltanto immaginario.

Ridacchiai e maledissi me stessa per lo stomaco accartocciato nell'immaginarli insieme persino in quel momento, mentre ridevano di me, delle mie fantasie e dei pensieri che mi affollavano la testa e il cuore da quando avevo messo piede in quella maledetta casa.

Non riuscii a frenare un singhiozzo. Strinsi il calice vuoto tra le dita e, con l'intenzione di tornare in camera e mettere fine a quella farsa assurda, mi voltai.

"Il Sangiovese è il vitigno autoctono toscano più conosciuto al mondo e produce il vino che hai bevuto stasera. Brunello di Montalcino, uno dei miei preferiti."

I capelli ancora umidi di chi ha appena fatto una lunga doccia incorniciavano il muro metallico creato dalle iridi di Dante, contro il quale mi scontrai. Il cuore smise di battere.

Mi sorrise e sollevò tra noi un altro calice, pieno di vino. "Ma devi assaggiare assolutamente questo. Un Chianti classico. Semplice, ma unico."

Il buon profumo di dopobarba sovrastò l'aroma del vino e mi avvolse come una carezza. Mille puntini luminosi mi offuscarono la vista periferica, seguendo il cuore che martellava nel petto senza sosta. Le labbra mi si seccarono e le dischiusi tentando disperatamente di articolare un suono comprensibile, con mille domande che inciampavano le une sulle altre.

Perché mi hai baciata? Perché sei sparito per tutto questo tempo? Dove sei stato? Perché mi hai invitata qui e mi hai lasciata da sola a macerarmi nella delusione? E perché...

"Ho già ecceduto abbastanza col vino." Il mio fu invece solo un sussurro, roco e patetico. "Lo sai anche tu che non ci sono abituata."

Il suo sguardo percorse la mia figura, con una lentezza letale. Nonostante i sandali alti, gli arrivavo poco oltre la spalla e mi sentii, ancora una volta, un microscopico puntino che avrebbe potuto schiacciare senza fatica.

"Soltanto un sorso non peggiorerà il tuo equilibrio." La voce si incupì di tono, ma mantenne l'aria leggermente canzonatoria del suo sogghigno. "E, in ogni caso, non ti lascerei cadere."

Benedissi l'alcol in circolo che mi donò l'audacia necessaria a restare lì e, probabilmente, mi impedì di arrossire. Il calore che percepivo tutt'attorno non proveniva dal Brunello.

Vie di fuga non ne avevo e, se anche ci fossero state, non le avrei viste. Il mondo, come già accaduto alla mia festa, virò in una scala di toni cupi e lasciò il posto a un azzurro celestiale che mi apparve infinitamente meno sicuro delle rosse fiamme degli inferi.

Dante aveva un che di diverso, rispetto all'ultima volta che l'avevo visto. Doveva essere accaduto qualcosa di terribile, e non ero certa di volerne conoscere i dettagli.

Sorbii il vino dal suo calice, senza fretta e senza riuscire a interrompere il contatto visivo come avrei voluto. Tra noi si creò lo stesso legame della sera precedente, ma c'era qualcosa di... indefinibile, adesso. Ne avevo paura. Non avrei dovuto provare nulla di simile per un uomo, di certo non uno dei Santacroce.

Ma avevo scelta?

"Come lo definiresti?" Dante mi sfilò il calice dalle mani e lo poggiò sul tavolo, senza berne a sua volta. Sulle prime, non ci badai più di tanto.

Ne approfittai per cercare di mettere un po' di distanza.

"Non saprei. Dolce, ma non troppo. Pieno, morbido e oserei dire piccante, ma forse non è il termine giusto. Limpido ma anche torbido, allo stesso tempo."

"Sacro e profano." Un altro sorriso gli tese le labbra. "Mi ricorda qualcuno."

L'ebbrezza data dall'alcol mi illuse che si stesse riferendo a me e la conferma mi giunse quando infilò una mano nella tasca dei pantaloni per tirarne fuori qualcosa. "A proposito, credo di doverti restituire una cosa che hai perduto."

Il giglio di diamanti che Simon mi aveva strappato via dal collo penzolava tra le sue dita, talmente accecante da indurmi a credere fosse un gioiello diverso. Ma era lo stesso che Dante mi aveva regalato al mio compleanno, lo avrei riconosciuto tra milioni di altri. Invece del gancetto, che presumibilmente si era spezzato, aveva alle estremità due piccole clip, ciascuna impreziosita da un diamante di almeno un carato, a costituire una eccentrica ma infinitamente più preziosa chiusura.

"Sei riuscito a recuperarlo… e l'hai reso di inestimabile valore. Non posso più accettarlo, Dante."

Qualcosa nell'espressione che feci dovette recargli piacere, invece che disappunto, perché le sue pupille si dilatarono. "Nessuno te lo strapperà più via, semplicemente perché non lo vedrà. Resterà un segreto, tra me e te."

Il vino mi privò progressivamente della capacità di afferrare le sue parole. Le ombre divennero più fitte quando, con un gesto istintivo, scostai i capelli per consentirgli di mettermi il collier, ma lui restò immobile.

"Spogliati."

Il cuore fece una capriola, sia per il tono imperioso che per il significato di quelle parole. Pensai di aver frainteso. "Cosa…?"

Il tono dominante invase anche il suo sguardo. Sfiorò il drappeggio della mia scollatura, come se volesse disegnarla col dito. Rabbrividii al suo tocco nonostante il tessuto che ci separava. "Ti ho già vista con pochi abiti addosso. A differenza di allora, ti sto dando l'opportunità di farlo da sola, una cosa che non concedo quasi mai. Tuttavia, se preferisci, lo faccio io."

Agganciò la spallina tra le dita e sussultai, ritraendomi. Mi strinsi nelle spalle e mi guardai attorno per un automatico impulso di autoconservazione.

"Capisco. Hai paura che qualcuno, magari la servitù, ci veda." La sua voce si trasformò in un sussurro arrochito. Sfilò qualcosa dall'altra tasca. "Ti ho già detto che ucciderò con le mie mani tutti coloro che si arrogheranno un diritto che spetta a me, vero? Vale anche per la visione del tuo corpo. Sarò l'unico, stasera, a bearmi di questo spettacolo. Lo precluderò persino a te."

Deglutii a vuoto e, quando mi accorsi che nell'altra mano stringeva un foulard rosso sangue, qualcosa dentro di me provò a urlarmi di fuggire via, il più lontano possibile da quell'uomo, dalle sue vibrazioni malefiche e dall'insensata eccitazione che mi procuravano.

La vocina interiore divenne sempre più debole, sovrastata da lampi luminosi e, per un istante, ebbi la certezza che in quel calice di Chianti non ci fosse solo vino.

Lasciai scivolare sulle spalle le fasce del corpetto allo stesso modo in cui lasciai che Dante mi coprisse gli occhi col foulard, tanto per me il mondo era già buio. Mi rifugiai nelle tenebre e mi affidai agli altri sensi, ai suoni dei nostri respiri, il mio corto e veloce, il suo profondo e cadenzato. Al profumo della sua pelle, al tocco delle sue mani, così simili al sogno erotico.

La paura dell'ignoto e del pericolo presero possesso del mio cervello. Mi lasciai guidare dalla sua voce bassa. Calda, mi percorse la spalla e il collo, fino all'orecchio. "Non immagini neppure quanto mi ecciti vederti tremare in questo modo."

"Dante..."

Fitte strane, acute e via via sempre più circoscritte, mi trapassarono all'improvviso e la mancanza della vista mi impedì di riconoscerne subito l'origine. L'intensità crescente raggiunse il suo massimo quando mi resi conto che le due clip diamantate del collier erano strette attorno ai miei capezzoli. Il pavé a forma di giglio penzolò tra i seni, il metallo freddo mi baciò l'ombelico. Soffocai un urlo, di dolore e stupore.

"Voglio che lo indossi così tutte le volte che sarai in mia presenza. Anche in mezzo a centinaia di persone," soffiò sulle mie labbra. "Resisti."

Provai a fare come mi diceva, ma il cuore in gola non ne volle sapere di darmi la possibilità di abituarmi a quel supplizio tanto strano, doloroso eppure così... piacevole. Il resto del mio corpo rispose in modo istantaneo allo stimolo e gli slip si inumidirono.

I capezzoli divennero così duri e sensibili che mi parve che le piccole pinze si facessero insopportabilmente più strette. Travolta dalla vergogna per le mie reazioni, sussultai. "Basta, ti supplico..."

Provai a ribellarmi, Dante mi afferrò i polsi in una presa priva di costrizione ma più granitica di un paio di manette. "Respira, Triss."

Fu lui a respirare, bollente, il mio nome sul collo e il cuore si sincronizzò pian piano al ritmo che il mio carnefice dettava.

Non ero più libera di muovermi, di percepire, di sentire. Di respirare, senza che mi indicasse lui come fare. Ero nelle sue mani, nel senso peggiore e più assoluto che il termine potesse indicare.

E tutto ciò era bellissimo e terrificante allo stesso tempo.

Tenendomi i polsi con la mano, mi tirò a sé e mi costrinse a camminare nell'oscurità, come una belva al guinzaglio. Malferma sui tacchi, o forse bloccata dalla paura, il mio sesso iniziò a contrarsi ad ogni passo, ad ogni fitta che le pinze procuravano ai capezzoli, a ogni dondolio del pavé contro la pelle.

Mi parve un percorso infinito, finché Dante arrestò il passo e la stoffa del mio abito mi accarezzò le gambe, scivolando a terra. Restai nuda a eccezione dei sandali, gli slip e il conturbante strumento di tortura che mi danzava addosso.

Il senso del tatto, intorpidito quanto gli altri, non mi lasciò definire con chiarezza ciò che mi stava accadendo intorno, ma dagli altri rumori di sottofondo riuscii a capire che Dante si era seduto su quello che forse era il letto matrimoniale.

Le mani mi avvolsero la vita e mi sembrò di cadere nel vuoto, proprio com'era accaduto nel mio sogno. In realtà mi ritrovai cavalcioni su di lui, la mia intimità ormai fradicia a contatto con una delle sue cosce muscolose mi fece girare la testa. La ruvidità del pizzo degli slip e del tessuto dei suoi pantaloni peggiorarono il tutto e mi strapparono un gemito.

"Non muovere i fianchi, angelo," ordinò. "Non. Muoverti."

Il suo rimprovero fu una frustata che mi bloccò all'istante, col respiro mozzo. Mi posò un bacio nella fossa tra le clavicole, poi un altro sullo sterno. Il cuore riprese la sua folle corsa, nella disperata incertezza su dove si sarebbero posate le sue labbra successivamente.

"L'hai fatto anche con Rachel?" non potei fare a meno di esalare quella domanda, né riuscii a evitare il lieve, umiliante, tremito di gelosia che la sporcò.

Lo sentii sorridere contro la mia pelle. "Con lei no."

Ma con un'altra donna, sì? Uno squarcio mi si allargò nel petto e il respiro tornò a farsi corto.

Disegnò una scia umida con la lingua fino a raggiungere uno dei capezzoli costretti. "Adesso, trattieni il respiro."

Lo liberò delicatamente con i denti e la sofferenza che mi provocò mi sembrò insopportabile, seppure sfumasse velocemente grazie al tocco della sua lingua. Ci girò attorno e poi lo succhiò con incredibile dolcezza, come se volesse guarire le ferite che mi stava infliggendo nel cuore, più che nel corpo. Anche quell'estasi durò poco, però, perché lo morse con intensità crescente, sostituendo una tortura a un'altra. Ero così bagnata tra le gambe che non resistetti oltre. Gettai il capo indietro e lasciai liberi i gemiti da altre inutili catene mentali.

"Dio santo, Triss. Sei bellissima, quando urli per me."

"Donne come te mi fanno pena."

Ma non in quel momento. Sopra di lui, alla sua completa mercé, gli sembravo bellissima. Avevo un briciolo di potere.

Non più padrona del mio corpo e delle sue sensazioni, un orgasmo violento si impossessò del tetro mondo in cui Dante mi aveva gettata e lo dipinse di luci colorate, di suoni, di profumi che mi lasciarono addosso un piacevole intorpidimento e il bisogno di lasciarmi andare alla beatitudine conseguente, tra le sue braccia.

Ma lui arrestò il movimento spontaneo del mio bacino serrando la presa sui fianchi.

"Sei troppo impaziente, angelo," ringhiò contro i miei seni. "Una piccola creatura, sporca e perversa, che va educata all'attesa. E all'obbedienza."

La vergogna tornò a pungermi sottopelle. Dischiusi le labbra per ribattere ma la pinza tornò ad appropriarsi del capezzolo martoriato, infliggendomi un dolore senza precedenti. Mi salirono le lacrime agli occhi e un gemito si incastrò nella gola quando Dante, talmente rapido da non lasciarmi il tempo di realizzare, mi sollevò come se pesassi poco più di una piuma.

Mi ritrovai con la schiena contro il materasso, che cedette sotto il peso delle sue ginocchia puntellate ai lati del mio corpo. Una prigione da cui fuggire sarebbe stato impossibile.

Mi contorsi sotto di lui. "Toglimi la benda," lo supplicai. "Concedimi di guardarti."

"Ssst," mi interruppe. "Voglio che nulla ti distragga da quello che provi. Neppure il mio volto."

Perché sei uguale a Samael?

Credeva sul serio che io potessi volere qualcun altro al suo posto? Perché?

Mi ribellai e afferrai la benda, ma lui fu più veloce dei miei riflessi rallentati da chissà quale droga avesse messo nel vino. Un rumore ovattato, simile a raso o seta, mi fece intuire la presenza di un altro foulard che usò per stringermi i polsi alla testata del letto. Mugugnai un lamento, debole come le mie membra, e singhiozzai ottenendo il solo risultato di sentire il nodo attorno ai polsi serrarsi di più. Il dolore mi azzerò la capacità di respirare.

"Devi imparare l'arte dell'attesa, Triss. Io aspetto questo momento da sette anni." Mi prese il mento tra le dita e un altro lembo di stoffa mi solleticò le labbra, minaccioso. "Stai ferma e taci. Se non vuoi che ti obblighi al silenzio."

Mi premette l'indice sul labbro inferiore e mi indusse ad aprire la bocca. Lo accolsi e lasciai che scivolasse sulla lingua. Lo succhiai, ignorando il lieve conato che mi punse la gola.

Un rumore metallico di sottofondo, di fibbia slacciata, fu seguito da altri indistinti che accompagnarono il suo respiro e lo resero profondo, roco, gutturale. Mi passò sui capezzoli e oltrepassò la catenina del giglio di diamanti.

Si stava dando piacere, e lo stava facendo sul mio corpo. Guardando me. Si era eccitato a causa mia.

Forse aveva ragione, ero sul serio una creatura perversa e sporca, perché diedi uno strattone alle manette di stoffa improvvisate col desiderio cocente di guardarlo, di toccarlo, di avere la sua pelle addosso, ma con l'unico risultato di sentire i polsi lacerarsi.

Il piacere lo travolse con un fremito che potei visualizzare come se il vino, le droghe e la miriade di sensazioni provate fino a quel momento mi avessero regalato un senso ulteriore. Il suo orgasmo bruciò, come una ferita aperta, e lasciò la stessa cicatrice. Mi scorse caldo sulla pelle, tra i seni e sulla gola, come un doloroso marchio apposto da metallo incandescente.

Portò con sé il sapore agrodolce delle lacrime, del dolore, del peccato e del rimpianto in cui lo sentii scivolare, e in cui caddi io stessa nel tentativo disperato di tirarlo fuori. Di salvarlo dall'Inferno in cui si stava gettando con le proprie mani.

Un girone profondo, buio. Freddo, come il limbo sospeso tra sogno e realtà in cui mi accoccolai.

Desiderando di tornare polvere.

17. Betrayal

Dante

"È ottima. Più buona di quella che mangiavo da bambino."

Non ero solito commentare i pasti davanti alle cameriere e fare complimenti inutili ma, quella mattina, trovare la torta paradiso era stata una piacevole sorpresa. Il profumo di vaniglia mi aveva riportato indietro di vent'anni.

Juliette sorrise. "Agatha era sicura le sarebbe piaciuta! D'altronde è sempre stato anche il dolce preferito del signor Samael. Non lo prepariamo da quando..." s'interruppe, come se si fosse morsa la lingua.

La tranquillizzai con un cenno della mano. "Da quando mio fratello è stato cacciato di casa," completai. "Non è un segreto per nessuno, Juliette."

La ragazza, mortificata, guardò Virgil di sottecchi che, per contro, non aveva sollevato gli occhi dal giornale nemmeno per un secondo, come se non esistessimo.

"Se i signori non hanno bisogno d'altro, io passerei a portare la colazione in camera alla signorina Beatrice."

Finii il mio caffè. "La signorina Beatrice ha passato la notte nella dependance. Ci penserà Marcello, a lei, per oggi."

Il sogghigno di mio fratello, stavolta, non sfuggì a nessuno e, come prevedibile, Juliette arrossì. "Oh. Spero abbia gradito la cena. Mangia sempre così poco."

Doveva essersi affezionata a Triss, a modo suo, e non seppi dire se la cosa mi facesse piacere oppure no.

"Grazie per esserti presa cura di lei, in questi giorni."

"Ho eseguito soltanto gli ordini," si schermì. "Con il loro permesso, allora, mi ritirerei."

"Passa a controllare che non manchi nulla ai nostri ospiti, prima," la redarguì Virgil.

"Sì, signore."

Si dileguò e non feci in tempo a chiedere a mio fratello se fosse accaduto qualcosa, tra lui e la timida cameriera, che mi puntò addosso uno sguardo indagatorio e rigirò la frittata. "Ecco perché ti sei alzato così di buon umore. Buon per noi e per la riunione."

Avrei potuto dirgli che non avevo dormito granché, perché avevo preferito aspettare l'alba per ammirare i giochi di luce che il sole nascente creava sul corpo di Triss. Avevo approfittato del sonno profondo causatole dalla piccola dose di tranquillanti nel vino per restare a contemplarla come avrei fatto davanti a una splendida opera d'arte. Avevo baciato i polsi feriti, giocherellato con i suoi capelli e scrutato ogni più piccolo movimento delle lunghe ciglia chiare, perse dietro a chissà quali sogni. O incubi.

Avrei potuto dirgli anche che tra me e Lamia non c'era stato niente e che, comunque fosse, aveva ragione lei. Nessuna torbida tentazione demoniaca sarebbe mai stata all'altezza del meraviglioso angelo incatenato al mio letto. Ma evitai. Che pensi pure il cazzo che gli pare.

Misi immediatamente un freno alle fantasie che rischiavano di farmi mollare lui, la colazione, il lavoro e tutto il resto per fiondarmi di nuovo da Triss, prima che si svegliasse. "A quale riunione ti riferisci?"

Chiuse il giornale e guardò l'orologio. "Quella per cui siamo già in ritardo."

"C'è qualcosa che devo sapere?"

Fece spallucce. "Elia ha riconosciuto il cadavere, e non si tratta di Samael."

Ridacchiai. "Intendevo qualcosa che non so già."

Sollevò un sopracciglio e mi lanciò un'occhiata eloquente. "Tu sai sempre tutto di tutti. Giusto?"

Non attese replica e si alzò. Quando intercettai la direzione verso la quale si era avviato, sbuffai e lasciai andare il capo indietro. Si trattava della riunione trimestrale per il punto della situazione, quella in cui dovevo essere presentato come il nuovo vicecapo della famiglia. In teoria.

Nella pratica sarebbe stato un teatrino grottesco dove Elia, unico protagonista, avrebbe fatto la ruota come un pavone e io e Virgil saremmo stati il perfetto contorno alla sua magnificenza. Si sarebbero di certo sprecate battute infelici sulla mia preparazione in merito, sul mio gemello e magari anche sul fraintendimento della giustizia a riguardo.

Per l'ennesima volta da quando ero tornato da Firenze, desiderai con tutto me stesso essere altrove. Ma non potevo. Da vicecapo, e da Santacroce, quella gabbia sarebbe stata la mia tomba presto o tardi.

Mi augurai soltanto che la farsa finisse in fretta.

***

Il nostro presunto ritardo, in realtà, era soltanto una fissa mentale di quel perfettino di mio fratello. Ad attenderci c'era soltanto Elia, in quella che io e Sam avevamo sempre chiamato sala bianca a causa del suo arredamento candido, che ci aveva sempre fatto un po' paura. Lì, da che ne avevo memoria, si erano svolte solo le riunioni più importanti, relegando le altre allo studio.

Mio padre non alzò nemmeno gli occhi su di me, come sempre del resto. "Alla buon'ora, direi." Esalò l'aria tutta insieme, come se l'avesse trattenuta a lungo.

Forse aveva creduto che io e Virgil avessimo passato tre giorni a bighellonare di locale in locale, ma meglio così. L'unica cosa a cui riuscivo a pensare, in ogni caso, era che aveva approfittato della mia assenza per avvicinare Triss e lo stomaco gorgogliò bile. Mi resi conto solo dopo che la sua esclamazione non si riferiva a noi.

I capiregime arrivarono tutti insieme, ma quello che mi lasciò perplesso fu incrociare lo sguardo di Vito Accardi, anche se avevo messo in conto la sua presenza.

Sapeva che mi ero scopato sua figlia Rachel e lo dedussi dall'espressione ancor più affettata del consueto. Come se non avessi intuito che si era trattato di un suo regalo, con tutta probabilità orchestrato ad arte quella sera per distrarmi sia da Triss che dall'arresto di suo fratello. Era andata male a entrambi.

Vito sorrise. "È un onore per me sedere allo stesso tavolo dei più importanti tra i membri della famiglia."

Realizzai che mi ricordava gli stessi modi viscidi di suo zio, il cardinale Gaetani, pronto a prostrarsi e a svendere le sue stesse figlie, oltre che la nipote: ecco perché la sua mera presenza era capace, da sola, di darmi il voltastomaco.

In realtà tutto mi faceva venire voglia di alzarmi e scappare, a partire dalla puzza, frutto del mio cervello, che emanavano gli uomini seduti a quel tavolo e che, come nel peggiore trip allucinogeno che avessi mai sperimentato, si trasformarono lentamente in cadaveri in putrefazione davanti ai miei occhi.

Niente a che vedere col profumo dolce e vellutato, o il candore, del mio angelo.

Per quanto trovassi ripugnante l'idea che anche lei fosse uguale a tutti quanti loro, Triss non aveva colpe, tranne la sorte nefasta di essere nata con sangue Accardi e Gaetani nelle vene. Non bastasse questo, era stata contaminata anche dai De Gregorio. E da Samael.

L'avrei ripulita, dentro e fuori. Avrei trovato il modo di cancellare da lei persino quell'onta, se fosse stato necessario.

Sollevai lo sguardo su Giuseppe De Gregorio, con la voglia irrazionale e insana di prenderlo a pugni. Scossi il capo e cercai di tornare in me, spostando l'attenzione su mio fratello, in cerca di appiglio.

Resta concentrato, cazzo, parve volermi dire. Mi chiesi come avrei fatto, un giorno, a tenere le redini della cosca al posto del vecchio, se fossi stato costretto a fare a meno di Virgil al mio fianco. Nonostante tutto, era sempre stato la mia àncora, fin da bambino.

"Sono tante le cose che non ricordi, Dante."

"Be', Vito. Se sei seduto a questo tavolo, non è certo per un tuo merito o onore. Sei qui soltanto a far le veci di Michele." John, figlio del caporegime Santonastaso da poco subentrato alla morte del padre, ebbe il merito di riportarmi coi piedi per terra. E non potei dargli torto.

"Siamo tutti dispiaciuti per la vicenda che si è abbattuta sul mio consuocero." Il tono di De Gregorio, invece, mi parve tutt'altro che costernato. "Ciò che conta, però, è che la famiglia stia assorbendo bene lo scossone."

"Questo dobbiamo lasciarlo giudicare al nostro capo." Cerberus Costello prese la parola con tono basso. Un sogghigno gli arcuò le labbra e incupì lo sguardo. "Come anche la spinosa questione dell'essere ancora consuoceri o meno."

Vidi De Gregorio aggrottare le sopracciglia, contrariato per l'appunto, nel momento stesso in cui la governante bussò alla porta. Mio padre rispose con un'imprecazione stizzita all'interruzione.

"Chiedo scusa, ma il signor Accardi è qui e desidererebbe essere ammesso alla riunione, se non è troppo tardi."

Lo sconcerto scese su tutti gli astanti, tranne che su Costello, il cui ghigno si allargò. "Michele deve sedere a questo tavolo, Don Elia. Stando ben attento alla sicurezza della famiglia intera, mi sono occupato io stesso di fare in modo che raggiungesse Villa Santacroce oggi, con tutte le precauzioni possibili."

Che grandissimo figlio di puttana.

Jack Costello aveva minacciato Triss, come un lupo affamato, non appena Michele era stato arrestato. Se era arrivato addirittura a schierarsi dalla sua parte, aveva di certo dei pericolosi motivi a spingerlo.

Mi augurai che mio padre non avesse perso l'acume che l'aveva sempre contraddistinto, a dispetto di quanto asserito da Virgil tempo prima. "Di' a Michele che è il benvenuto."

Il caporegime fece il suo ingresso pochi istanti dopo e prese posto di fronte a Vito, rimasto talmente scioccato che credetti per un istante gli sarebbe caduta la mandibola a terra.

Sapevo bene cosa significava avere rapporti difficili tra fratelli, ma la situazione era troppo grottesca. Mi sarei messo a ridere come un'idiota, se la mia attenzione non fosse stata catturata interamente da Michele. Aveva il volto emaciato e provato, il capo chino in segno di rispetto ma lo sguardo fiero, cristallino, così simile a quello della figlia, mi diede un brivido che non seppi, e non volli, decifrare.

I suoi non erano gli occhi di un traditore e, forse, la verità non era mai stata quella che ci aveva raccontato Vito. Forse Michele sarebbe potuto essere un alleato, se non fosse stato un Accardi.

"Sono qui per portare i miei omaggi a Don Elia. Mi rimetto alla sua volontà in merito alla mia carica," spostò lo sguardo su di me, "perché l'unica cosa che desidero, in questo momento, è riavere indietro mia figlia."

Michele sarebbe sempre stato un nemico. Era uno della triade, quello che assieme a De Gregorio stava complottando per togliere il potere ai Santacroce attraverso il più vile degli accordi: un matrimonio combinato.

Per questo voleva riavere la sua preziosa bambina, per darla in pasto a quello schifoso di Simon e onorare il suo accordo con Giuseppe.

Sogghignai, con la voglia indescrivibile di raccontare a entrambi i dettagli dell'orgasmo che Triss aveva avuto soltanto strusciandosi contro di me come una cagna in calore, e di quanto avevo goduto io nel venirle addosso, peggio di quanto avrei fatto se fosse stata una bambola inanimata.

Mi occorse un autocontrollo di cui non mi sarei mai ritenuto capace. "Beatrice ha subito delle minacce, subito dopo l'arresto." Scoccai una breve occhiata a Costello e anche a Vito. "Mi ha chiesto aiuto, perché i membri della sua stessa famiglia si sono tirati indietro. Ho ritenuto opportuno intervenire velocemente, donandole la sicurezza, la protezione e il trattamento che merita una ragazza come lei."

Be', non sto mentendo in fin dei conti. La tratto come merita.

"Su questo punto, sento di dover chiarire il mio pensiero." Cerberus non si fece scappare l'occasione di autoaccusarsi, come avevo previsto. "La signorina Beatrice si è lasciata prendere dal panico, com'era comprensibile. Ciascun uomo d'onore è pronto a fare la sua parte, quando uno dei propri fratelli o amici versa in difficoltà. Se ci sono delle minacce, occorre esserne tutti quanti informati e le decisioni da prendere per la sicurezza di tutta la famiglia vanno ragionate insieme."

"Sono d'accordo." De Gregorio decise di rompere il silenzio e, forse prendendo forza da Costello, mi alzò gli occhi in faccia ma si rivolse a mio padre, come se fossi trasparente. "La sicurezza della mia futura nuora è una priorità per tutti, noi De Gregorio in testa. Sarebbe stato più corretto affidare la sua gestione a mio figlio e alla mia famiglia. Così facendo, invece, siamo stati messi in una posizione umiliante. Voi consentireste il matrimonio di uno dei vostri figli con una ragazza che ha passato giorni lontana da qualsiasi forma di tutela della sua integrità morale? Sono accadute sin troppe cose alle nostre spalle, Don Elia. L'avvicendamento tra vicecapi, ad esempio. Ci aspettavamo di trovare Samael seduto a quella poltrona, oggi."

Se ci fosse stato Samael, al mio posto, il matrimonio e la verginità di Triss non sarebbero stati oggetto di disputa.

Perché Triss sarebbe già sua moglie.

Il pensiero imprevisto mi fece tornare a galla la nausea.

Elia, invece, sembrò non attendere altro. Poggiò i gomiti sul tavolo e incrociò le dita davanti al volto. "Il medioevo è terminato, che io sappia. L'integrità della giovane Accardi non è argomento d'interesse della famiglia e trovo a dir poco sconveniente si tocchi l'argomento davanti a suo padre. Per il resto, non parlare al plurale, Giuseppe. Il vicecapo è uno soltanto, ed è Dante. Devi il tuo rispetto a lui, esattamente come lo devono tutti gli altri."

De Gregorio serrò la mascella. "Mi chiedo cosa abbiano pensato ai vertici della..."

"La Commissione non mette bocca sulle questioni interne," fu Virgil a interromperlo, "e, davvero, ammetto che mi stupisce questo appunto, da parte tua. Dovresti conoscere bene le dinamiche per cui un capofamiglia detiene il totale potere decisionale su chi eleggere come vicecapo. Senza essere tenuto a dare spiegazioni ai capiregime."

Costello sogghignò. "Le stesse dinamiche che consentono a te, che sei un bastardo cresciuto ai piedi di un monastero tedesco, di sedere su quella poltrona tra la gente perbene, immagino."

Riuscii a malapena a vedere Santonastaso impallidire, quando un fremito mi attraversò. Se c'era una cosa capace di farmi perdere il lume della ragione erano le offese di quel genere a mio fratello. Scattai in avanti e battei un pugno sul tavolo, così bruscamente da sentire il vetro incrinarsi. "Ritira immediatamente ogni singola parola, cane."

Virgil mi mise una mano sulla spalla e la strinse, causandomi un ringhio per la fitta alla ferita recente, frenandomi dal saltargli addosso davanti a tutti.

Costello ridacchiò, sarcastico e per nulla impressionato. "Non si può certo dire che tra voi manchi l'affetto fraterno. Sono sempre più curioso di capire cosa abbia fatto Samael, per cadere dalle vostre grazie tanto da essere addirittura rinnegato."

Elia si riprese l'attenzione battendo a sua volta la testa del bastone sul tavolo a mo' di martelletto. "Esigo le tue scuse, Jack. Non sono tenuto a giustificare la gerarchia dei Santacroce a nessuno, tantomeno a te."

Costello alzò le mani ai lati della testa, senza perdere l'atteggiamento sfacciato. "Sono stato troppo diretto, me ne rendo conto. Tuttavia ritengo che sia dovere di un capo tenere aggiornati i suoi uomini di tutto ciò che accade, se desidera continuare a godere del suo status agli occhi della Commissione."

Con la rabbia che sfumava troppo lentamente dal mio cervello, mi resi conto che Costello parlava con la sicurezza tipica dell'uomo d'onore che sa che, se ti trovavi col culo sul trono del capo indiscusso, era soltanto grazie all'approvazione di tutti gli altri. Se Elia voleva continuare a sedere al tavolo della Commissione, assieme agli altri capifamiglia della città, doveva necessariamente tenerne conto. Era per una situazione del genere, del resto, che la congiura dei tre contro mio nonno Francesco era riuscita.

"Quello che Jack sta cercando di dire," si intromise De Gregorio, per smorzare i toni generali, "è che non abbiamo gradito cosa è accaduto all'uomo di Phil Argenti. Un ostaggio così prezioso andava interrogato per bene. Da tutti noi."

Trasalii. Sondai brevemente le reazioni di mio padre ma trovai la solita espressione di pietra. Sapeva già che l'avevamo torturato e ucciso. Ovvio. Mi sentii tradito da Virgil, ancora una volta, e lo incenerii con un'occhiata.

"Mio figlio ha sbagliato. Dante è ancora giovane e pieno di impulsi." Elia mi difese e mi affossò al tempo stesso. "Si trattava di un sicario, i suoi intenti erano chiari. Ha sparato a mio figlio. Non c'era bisogno di interrogarlo oltre."

"Siamo sicuri che un attentato così sfacciato non nasconda altro?" Costello non mollò l'osso, proprio come il cane a tre teste di cui portava il soprannome. "Mi meraviglio del fatto che non ci abbiate pensato. Credete sul serio che un uomo come Phil Argenti possa commettere un'azione così avventata, con tutta l'esperienza che ha? Magari il suo era un messaggio. Non lo sapremo mai."

Mio padre sogghignò. "E c'era bisogno di provare a uccidere mio figlio? Può bussare alla porta di casa, per portarmi il suo messaggio. Troverà del buon caffè ad accoglierlo."

La battuta strappò un sorriso a tutti, tranne che a Vito e Michele. Il secondo aveva ascoltato ogni singola parola in silenzio, con l'aria di chi è intenzionato a non abbandonare la riunione a mani vuote. Il primo invece sembrava atterrito.

Mi vennero in mente le parole del sicario, prima che lo strangolassi.

"Devi morire. E Accardi morirà con te."

"Un messaggio, in realtà, quell'uomo l'ha lasciato." Alzai gli occhi su Vito, che mi ricambiò con la fronte aggrottata, come se fosse volesse leggermi nel pensiero. Il suo sbigottimento si acuì a ogni secondo che passava. "Ha detto che 'Accardi' sarebbe morto con me."

Vito scattò in piedi. "Hai fatto bene a ucciderlo, Dante. Questa è la minaccia di cui abbiamo parlato finora, quella che pende sul capo di mia nipote. Sul mio e su quello di mio fratello. C'è qualcuno che vuole vederci morti! E chiedo formalmente l'intercessione di Don Elia affinché si trovi finalmente il traditore... prima che metta in atto le sue minacce, stermini i capiregime e raggiunga anche i Santacroce!"

Fu allora che, non so bene come né perché, mio padre assunse l'aria glaciale che gli vedevo in faccia da ormai vent'anni e che mi dava i brividi. La stessa che aveva ogni volta che mi aveva raccontato nei dettagli com'era morta mia madre, o quando frustava le sue puttane davanti a me. Visualizzai una cinghia insanguinata pendere sul mio capo di bambino. E su quello di Samael.

"Io vedo solo un traditore, al momento."

Charon, Nico e altri due uomini apparvero in quell'istante chissà da dove e si avvicinarono minacciosamente a Vito.

"Don Elia! Io non potrei mai..." gli uomini spezzarono il suo patetico farfugliare afferrandolo per le braccia e bloccandolo sul posto.

"Cosa?" tuonò Elia. "Tradire il tuo stesso sangue? Be', l'hai fatto. L'hai venduto due volte. La prima, prostrandoti ai miei piedi e accusandolo, per ottenere il suo ruolo. La seconda, vendendolo a Jude Minos nel modo più vigliacco che esista. Hai dato a lui le colpe dei traffici di droga alle nostre spalle, quando in realtà erano i tuoi. Hai nascosto un cadavere spacciandolo per mio figlio! Chi mi dice che non sia proprio tu, quello che si sta accordando con Argenti contro di me?!"

Michele strinse le labbra e abbassò il capo, gli occhi lucidi. Lo stesso atteggiamento sottomesso di Triss, perché sapeva anche lui che nessun legame di sangue sarebbe mai contato nulla davanti al tradimento.

"Michele..." Vito provò addirittura a smuovere il fratello, forse sperando in un suo intervento. "Dilla tu, la verità, davanti a tutti! Di' tutto quello che sai e fallo adesso, prima che le conseguenze si abbattano su tutti quanti! Pensa alle nostre figlie..."

"Hai venduto anche loro, Vito." La voce di Michele tremolò flebile sotto il rumore assordante di una verità pesante come piombo. "Hai venduto mia figlia. L'hai resa schiava dei Santacroce, proprio come è accaduto a..."

A Elia bastò solo un cenno del capo affinché Michele si interrompesse.

Nico strattonò i capelli di Vito e gli tappò la bocca con la mano. La lama del serramanico brillò nel guanto di pelle di Charon e recise la sua gola in pochi secondi.

Il sangue imbrattò il tavolo bianco e, con esso, sfumò via qualsiasi traccia di purezza fosse mai esistita a villa Santacroce.

Un candore falso, come quello di Triss.

Un silenzio tombale scese nella sala e pietrificò tutti gli uomini d'onore, trasformandoli da fetidi demoni latranti in statue sepolcrali.

"Tieni ciò che è accaduto a tuo fratello come monito. Resterai in vita finché non mi aiuterai a stanare Argenti dal buco in cui si trova." Elia si rivolse a Michele, con un sorriso obliquo. "E la dolce Beatrice resterà qui come pegno. Fin quando lo vorrò."

Lo guardai con la coda dell'occhio, sorprendendolo a fissarmi.

No, vecchio.

Fino a quando vorrò io.

18. Slaves and Honor

Triss

VII CERCHIO - VIOLENTI
Così ancor su per la strema testa
di quel settimo cerchio tutto solo
andai, dove sedea la gente mesta.

La prima sensazione che mi assalì, quando aprii gli occhi, fu quella di un lancinante martellare nelle tempie, come se qualcuno ci stesse conficcando dei chiodi.

La seconda fu il dolore ai polsi e l'indolenzimento generale dei muscoli delle braccia, anche se erano libere dai nodi.

La terza fu la nausea. Arrivò sottoforma di conati acidi che risalirono su per la gola in successione sempre più rapida, tanto da farmi scattare seduta, alla disperata ricerca di qualcosa dove poter vomitare.

Sono nuda, dannazione!

Malferma sui tacchi che ancora indossavo, mi alzai dal letto e mi precipitai verso il corridoio, trovando al primo colpo la toilette.

Liberarmi del vino in eccesso fu facile e sorprendentemente benefico.

La vista era ancora appannata dai puntini luminosi a cui ormai mi stavo abituando, ma non così tanto da non rendermi conto, attraverso lo specchio, di avere un aspetto orribile. Coi capezzoli rossi, quello con la voglia più violaceo dell'altro, i capelli arruffati e il trucco sciolto dalle lacrime, mi tornarono alla mente tanti flash della notte precedente.

La cena da sola, il vino, la gelosia nel pensare a Dante con un'altra. Lui che appariva dall'oscurità, bello e dannato come un diavolo, la droga che probabilmente mi aveva sciolto nel Chianti. Le sue mani addosso, il gioiello usato come lussurioso strumento di possesso e tortura, i morsi. Il piacere che avevo provato e lui che mi aveva marchiata per sempre.

L'eccitazione tornò a bagnare i miei slip nonostante avessi

lo stomaco accartocciato e mi sentii deviata. Sporca, come la peggiore delle prostitute.

"Una piccola creatura, sporca e perversa."

Era giusto avere voglia di rivivere qualcosa di tanto crudele? Mi ero svegliata completamente sola. Dante era sparito di nuovo, avvinghiato dalle tenebre dei miei incubi, proprio così com'era arrivato. Se non ci fosse stato il gioiello, abbandonato sul letto come un macabro promemoria, avrei creduto si fosse trattato di un altro sogno.

Umiliata dalle reazioni del mio corpo nonostante gli sprazzi di razionalità che stavano emergendo dentro di me, entrai nella doccia col desiderio di sciogliermi e sparire nello scarico, assieme all'acqua calda. Ero consapevole che avrei lavato via soltanto le tracce fisiche di quanto avevo vissuto con Dante, perché ormai lo sentivo ovunque. E la sua assenza faceva un male atroce.

Non svegliarmi accanto a lui faceva male. La mancanza del suo abbraccio, di un suo bacio sulle labbra, dei suoi occhi nei miei.

Non avevo avuto nulla di tutto ciò quella notte, e la cosa peggiore era che non avrei potuto prendermela con nessuno, se non con me stessa. Calde lacrime si confusero con l'acqua e lo scroscio attutì i miei singhiozzi. Mi lasciai andare con la fronte contro le piastrelle di marmo screziato e mi sentii libera di piangere. Finalmente.

Un pianto che portò via con sé tutto il dolore e la mortificazione che ingoiavo ormai da… quanto? Dal liceo? Da quel giorno in palestra?

"Devi imparare l'arte dell'attesa, Triss. Io aspetto questo momento da sette anni."

Tanto era il tempo trascorso da quando un altro uomo, suo fratello, mi aveva fatta sentire così. Ricordai sprazzi delle parole che Dante mi aveva sussurrato, la sua voce roca ed eccitata ma anche tremante di rabbia. Trattenni il fiato e i singhiozzi mi morirono nel petto. Sapeva ciò che era accaduto con Samael e magari era stato lui stesso a dirglielo.

Se n'era vantato proprio come aveva fatto coi suoi amici

bulli a scuola e, di conseguenza, anche Dante adesso pretendeva di avere la sua parte, come tutti i Santacroce. E io gliel'ho consentito.

Stupida a credere che il ragazzo che scriveva poesie fosse dolce e sensibile. Avevo creduto fosse diverso e invece, chissà per quale forma di competizione o semplice cattiveria, ero diventata un passatempo di cui si interessava e annoiava con una velocità disarmante.

Quanti altri giorni avrei passato da sola, questa volta? Sarei corsa di nuovo da lui, non appena avesse schioccato le dita?

Mi asciugai e ravviai i capelli, senza prestare alcuna cura a ciò che avevo attorno, altrimenti mi sarei resa conto subito di avere ogni genere di comfort a mia disposizione, inclusa della biancheria da ospite. Dopo il pianto liberatorio mi sentivo svuotata e l'unica stupida emozione rimasta a pungolarmi, così acuta da apparirmi insopportabile, era... la gelosia!

Dante era un uomo oscuro, da cui fuggire prima che distruggesse le mie già scarse difese mentali e fisiche. E l'unica cosa che riuscivo a fare qual era? Struggermi come una sciocca, perché non riuscivo a tollerare l'idea che lì dentro ci portasse tutte le donne che frequentava.

Non volevo essere come le altre.

Cosa vuoi, Triss?

Vuoi che Dante ti ami?

Risi tra le lacrime. I polsi mi dolevano, tanto che dovetti cercare nel bagno qualcosa con cui disinfettare le escoriazioni causate dai lacci con i quali mi aveva legata. Un brivido mi percorse al ricordo e mi tornò addosso la sensazione angosciante provata poco prima che il mio cervello si spegnesse misericordiosamente.

Il dolore di Dante.

C'era qualcosa dentro di lui. Un mostro silente che lo stava divorando, pezzo dopo pezzo, e da chissà quanto tempo. I miei sensi alterati dal vino e dal piacere non mi avevano impedito di ascoltare il suo muto grido di aiuto che, no, non mi ero immaginata.

Ricordavo bene la frustrazione provata per non averlo tirato fuori dall'oblio, per non essere riuscita a riportarlo da me. Con me.

Voglio salvarlo da se stesso.

E se Dante non avesse voluto abbandonare l'oscurità? Non

aveva voluto nemmeno che lo guardassi, mentre si spogliava, si toccava e si dava piacere su di me.

Probabilmente i miei erano soltanto i deliri sconclusionati di una ragazzina che aveva troppa paura di mettere fine a quel lussurioso e osceno inferno. Perché avrebbe significato dire addio a Dante.

Mi chiesi fino a che punto sarei stata disposta ad arrivare, pur di averlo. E mi risposi, senza indugio seppur con infinita vergogna, che ero disposta a tutto.

Persino a perdere me stessa.

D'altronde l'alternativa, infinitamente peggiore, era sempre la stessa: diventare la moglie di Simon De Gregorio.

***

Trovai un cambio pulito, una delle mie felpe e un paio di jeans, ma mi occorse parecchio tempo per riacquistare una parvenza di decoro tanto da avere il coraggio di aprire la porta al domestico della sera prima. Oltre a essere stanca delle false premure della servitù nei miei confronti, che comunque non riuscivano ad addolcire quella che era a tutti gli effetti una reclusione, sentivo persino il loro giudizio addosso.

Ero convinta che le mie emozioni mi si leggessero in faccia e, di certo, quelli che lavoravano lì conoscevano i vizi e le virtù dei loro padroni, persino Juliette. Senza contare che, pur sforzandomi, non sarei riuscita a mettere proprio nulla nello stomaco.

"Il signore sarà molto dispiaciuto di sapere che non ha appetito," mi rispose, tra i denti. "Le consiglio vivamente di prendere almeno una spremuta per alleviare i..."

"Non mi interessa se il signor Santacroce sarà dispiaciuto se non mangio quanto e quando vuole!" sbottai. Mi resi conto di tremare. "Riferitegli che non ho più intenzione di consumare alcun pasto da sola e, se proprio devo, tornerò a farlo nelle mie stanze."

"Credo non sia possibile, signorina. Da oggi alloggerà qui, qualcuno si occuperà di trasferire tutti i suoi vestiti ed effetti personali."

Provai a ribattere ma il suo tono fu più risoluto di quello che avrebbe avuto Juliette.

"Ad ogni modo, le avrei servito la colazione nella sala, giacché c'è una persona che chiede lei."

Elaborare tutte quelle informazioni fu, per il mio cervello provato, uno sforzo troppo grande e seguii il cameriere senza dire nulla. Alloggiare nella dependance significava dividere il mio spazio vitale con Dante, e quindi anche il letto, come se fossimo una coppia? Oppure sarei passata da una cella a un'altra, più tetra, per essere a sua disposizione ogni qualvolta lo desiderasse?

Dovevo aver perso sul serio ogni briciolo di pudore e raziocinio, poiché entrambe le prospettive mi sembravano qualcosa di assurdamente eccitante.

Il cuore mi batteva così forte che credetti fosse udibile, ma un tuffo al petto velò il mondo, come quando si è sul punto di perdere i sensi: la persona che mi stava aspettando era l'ultima che avrei mai potuto sperare di vedere. "Papà...?"

Si aprì in un sorriso commosso che mi sciolse come neve al sole. "Ciao, tesoro."

La tensione, il dolore, la preoccupazione provati per giorni si allentarono gradualmente fino a svanire. Don Elia mi aveva detto la verità e il cuore mi si allargò nel petto.

Senza curarmi della servitù che ci guardava perplessa, mi gettai tra le sue braccia e scoppiai a piangere. Mi tenne stretta, senza dire nulla, per istanti che parvero infiniti. E il battito irregolare del suo cuore mi cullò, come aveva fatto tante volte quand'ero bambina.

***

"La mamma sta bene. È soltanto molto preoccupata per questa tua sistemazione, come lo sono anche io. Dante ha detto che ti sei sentita minacciata e sei venuta qui di tua volontà. È così?"

Avevo ascoltato in silenzio il racconto sommario di quei giorni di fermo, ma l'unica cosa su cui ero riuscita a concentrarmi erano state le profonde rughe che gli solcavano il volto. Sembrava invecchiato di dieci anni.

Tuttavia, bastò sentir pronunciare il nome di Dante per consentire al mio cuore di tornare a battere. "È vero," mi morsi le labbra. "Qui non mi manca nulla e Don Elia, in particolare, è stato molto generoso. Mi ha accolta in casa come una figlia. So che è grazie a lui se adesso sei qui e se zio Vito ha ritrattato tutto. Non capisco come abbia potuto accusarti di una cosa tanto atroce..."

Papà strinse le labbra e i suoi occhi si appannarono come un vetro dietro il quale infuria la tempesta. "Vito è stato allontanato dalla famiglia," la sua voce si abbassò in un sussurro. "I Santacroce non perdonano il tradimento. Ognuno pagherà per le proprie colpe, tesoro... e io non costituirò certo un'eccezione."

Il respiro mi si bloccò al ricordo, improvviso e perfettamente nitido, della telefonata che aveva avuto tempo addietro e che io avevo origliato.

"Come diavolo ha fatto a scapparvi? Dio santo, Vito. Non possiamo mettere in pericolo le nostre famiglie. Trovatelo, arrivate fino al confine col Messico se necessario e fategli rimpiangere di essere nato!"

Ricordavo perfettamente le sue parole, il bicchiere che aveva frantumato e la mano che si era premuto sul cuore subito dopo. "Cos'hai fatto, papà?" Esalai quelle parole, senza pensare al posto in cui ci trovavamo e alle conseguenze.

"Ogni cosa che ho fatto è stata soltanto nel vostro interesse, tuo e di tua madre, e per il bene della mia famiglia. Ma, nel farlo, mi sono macchiato di peccati molto gravi." Seppe comunicare la propria apprensione, assieme alla muta richiesta di misurare le nostre parole, accarezzandomi una guancia.

"Se ti stai riferendo al matrimonio con Simon, non devi prendertene la colpa," ribadii con forza, scacciando altre lacrime. "Se non vuole più sposarmi perché, come ha tenuto a sottolineare, non valgo più niente dopo le accuse che ti hanno rivolto... me ne farò una ragione. L'unica cosa che conta è che tu sia libero. Don Elia capirà, ne sono certa, e io..."

"Gli uomini d'onore non sono uomini liberi, non lo saranno mai. E tu," mi puntò addosso gli occhi più tristi che gli avessi mai visto e che mi gettarono nello sconforto totale, "tu devi fare una cosa soltanto. Per me."

Trattenni il respiro, nonostante nessuna sorte potesse essere peggiore del matrimonio obbligato con uno degli uomini che più detestavo al mondo.

Ma si trattava di mio padre. E nonostante fosse un mafioso, un uomo macchiato di crimini indicibili e che aveva in piedi chissà cosa contro i Santacroce, e cioè gli uomini più pericolosi della città, io lo amavo. E avrei fatto tutto il possibile per aiutarlo, persino sposare Simon.

Oltre le sue spalle vidi passare una figura elegante, i capelli biondi sciolti sulle spalle, l'aura di uno spirito benigno che portava nascoste dentro di sé le ombre di un demonio. Virgil ci lanciò un'occhiata distratta e rivolse a me un sorriso in cenno di saluto, ma potei giurare che persino mio padre, girato verso di me, avesse percepito uno strale trapassargli la schiena.

Mi strinse una mano tra le sue e soffocai un gemito di dolore per le ferite, che avevo accuratamente nascosto sotto i polsini della felpa. "Devi restare qui, ancora per un po'," bisbigliò. "Molto presto sarà tutto finito e ci sarà una nuova era per tutta la famiglia. Nel frattempo devi stare molto attenta, a tutto e a tutti. Non fidarti di nessuno, neppure di coloro che sembrano alleati. È il primo passo per aver salva l'anima, quando verrà il momento. Sarei disposto a perdere la mia, pur di saperti al sicuro. Lo sai, vero?"

Non fui certa di aver capito cosa intendesse, perché la prima persona che mi veniva in mente e che avevo sempre creduto meritevole della mia fiducia, purtroppo, era la stessa da cui la ragione mi spingeva disperatamente a fuggire a dispetto dei desideri del mio corpo.

Mio padre doveva essersi messo sul serio in qualcosa di terribile e senza possibilità di ripensamento, se parlava come se fosse sul punto di giungere l'apocalisse.

"Starò attenta," gli promisi e non riuscii a reprimere un singhiozzo. "Ma tu…?"

Virgil decise di non attendere oltre e si avvicinò, a passi lenti, opprimente come una sentenza di morte.

Papà mi sorrise. "Io devo lavorare con Don Elia a una cosa importante," cambiò tono di voce, rendendolo mellifluo come se stesse lasciando una bambina piccola nelle mani della sua tata. Lo alzò di poco, per rendersi udibile. "Lo zio Vito è fuori città per lavoro e ci resterà parecchio tempo, ma su di te e sulle tue cugine veglierà il cardinale Gaetani, mio zio. Te lo ricordi, vero?"

Cercai di decifrare quelle che sembravano delle strane parole in codice ma non feci in tempo, perché Virgil era ormai troppo vicino. "Chiedo scusa se interrompo questo bel momento tra padre e figlia, ma non ho potuto fare a meno di ascoltare i vostri discorsi e, così, mi è venuta in mente una cosa di cui non sei stato informato durante la riunione. Ci sarà una festa di beneficenza, organizzata proprio grazie al cardinale. Una buona occasione per mettere la parola fine a questo brutto periodo di incomprensioni. Non è vero, Michele?"

Papà si irrigidì. Gli rivolse un sorriso tirato. "Sono certo che sarà un evento da ricordare, come sempre. Don Elia mi perdonerà se purtroppo io e mia moglie non vi prenderemo parte, data la situazione."

Le iridi di Virgil saettarono nella mia direzione. "Beatrice vi rappresenterà più che adeguatamente, ne sono certo. Assieme alle figlie di Vito."

Trasalii e fui certa che anche papà avesse notato la sfumatura strana, maligna, del suo tono.

Virgili gli batté una mano sulla spalla, bonario. "Come hai detto prima, ci penserà il cardinale a vegliare su di loro se ce ne fosse bisogno."

Papà rilassò la schiena in modo tanto impercettibile che, forse, lo notai soltanto io. "Dopotutto, le donne della famiglia sono sempre state il fiore all'occhiello di questi eventi benefici. No?"

Virgil sorrise. "Sono d'accordo."

La tristezza di papà era in realtà rassegnazione e la cosa mi gettò in una voragine ancora più cupa di quella che mi aveva accolta fino a quel momento. L'avevo sempre saputo, ma fu come se l'ultimo velo di incoscienza, baluardo patetico di difesa, mi fosse stato strappato via dagli occhi.

Disposti anche a morire per il loro stupido onore e le guerre interne che avevano ingaggiato, gli uomini della famiglia Accardi avevano venduto le loro donne ai Santacroce, con la scusa di tenerle in vita.

Ciò che né mio padre né mio zio avevano capito, però, era che mai, in nessuna epoca storica, i vincitori avevano avuto pietà per le proprie prigioniere.

Forse non volevano capirlo.

"Stai tranquillo, papà. Andrà tutto bene," sussurrai. Alzai gli occhi su di lui, sperando che riuscisse a leggerli senza bisogno di parole. "Salutami la mamma."

19. Thrones of Blood

Dante

Vito aveva pagato con il sangue il suo tradimento.

Il piacere che avevo provato nel vederlo finalmente crepare, però, non si era avvicinato nemmeno di striscio a quello che mi aveva procurato uccidere un uomo con le mie mani. E c'era da ammettere che, anche se quello stronzo mi aveva sparato, Vito Accardi se lo meritava di più.

Forse avrei voluto vederlo torturato, in modo che soffrisse. Charon era stato così preciso e chirurgico, invece, che mi domandai se se ne fosse reso davvero conto.

Non ci eravamo mai fidati di lui e di quello che ci aveva detto, sin dalla prima volta che era venuto a venderci i segreti di suo fratello. Come se avessimo bisogno delle sue soffiate, per conoscere vita, morte e miracoli di quei bastardi dei sudamericani.

Era bastata meno di una settimana, a Elia, per avere davanti buona parte del puzzle: la nuova droga necessitava soltanto del miglior offerente per essere distribuita nel nostro territorio, e i Santacroce valevano più degli Accardi in tal senso. Ciò che contava, per noi, era arrivare prima di Phil Argenti o di qualcuno dei tre boss restanti e, a giudicare dall'attentato che avevo scampato, le altre famiglie si stavano già muovendo.

Il resto era affare interno e, come mio padre si era premurato di sottolineare davanti ai suoi uomini, non eravamo tenuti a giustificare niente a nessuno.

Il dettaglio che forse mancava a Elia, ma che era ormai chiarissimo a me, era l'accordo silenzioso esistente tra Costello e De Gregorio. Non mi ero bevuto la manfrina del far arrivare Michele alla riunione in sicurezza e pretendere che sedesse al tavolo, come non mi aveva ingannato nemmeno l'insinuazione sulla virtù di Triss. L'avevano minacciata entrambi, volevano la droga messicana e Costello era stato l'unico a non lasciar trapelare alcuna emozione durante l'esecuzione di Vito. Quasi se l'aspettasse e, anzi, avesse addirittura tramato dietro le quinte affinché andasse proprio tutto come aveva previsto.

Anche la questione del cadavere fatto passare per Samael non mi tornava. C'era qualcuno che voleva incrinare i rapporti all'interno della famiglia, quello era poco ma sicuro. La cosa che più mi interessava nell'immediato, in ogni caso, era spezzare qualsiasi velleità nutrissero Giuseppe De Gregorio e Michele Accardi di scalare i vertici grazie al matrimonio di Triss.

Mi voltai verso Charon, apparso tra i fumi rossastri del Hell's Gate come un dannato nocchiero a pretendere il suo obolo.

"Spero tu non abbia troppa fretta di tornare dal tuo uccellino in gabbia. Vorrei rimediare almeno una sveltina." Scansionò i culi di buona parte delle ragazze che ci gravitavano intorno, con il solito sorrisetto da pervertito. "A fine serata ce l'avrò così duro da poterlo usare come appendiabiti e, per oggi, ho già dato coi morti."

"Credevo di aver capito che non sei un demonio che vive allo stato brado. Se non sbaglio le tue esatte parole sono state queste, quando hai giustificato il motivo per cui hai disatteso i miei ordini."

Inarcò un sopracciglio. "Non ho disatteso un cazzo, Santacroce. Ho passato tutta la serata con la piccola Accardi e l'ho persino accompagnata a casa come un vero gentiluomo!"

"Non era ciò che ti avevo chiesto di fare."

Mi scoccò un ghigno sarcastico. "Se ti sei messo in testa di rovinare quelle ragazze in modo tale che nessuno voglia più sposarle, perché non ci pensi tu? Ti sei già scopato la maggiore, hai messo in gabbia l'altra. Perché alla piccolina devo pensarci io?"

"Preferisci che se ne occupi Gil?" sogghignai. "Lui non ci andrebbe leggero, lo sai, e voglio che passi una bella serata con l'uomo che le porterà via la verginità, non che finisca in ospedale."

Charon strinse la mascella. "Tra te e il tuo fratellastro, non so chi sia il pezzo di merda peggiore."

Mi faceva sorridere il fatto che proprio lui, un torturatore professionista a cui bastava solo un cenno per tagliare la gola a un povero stronzo, avesse così tante remore a portarsi a letto una ragazzina vergine di buona famiglia.

Oltre le sue spalle intravidi Lamia che, con un gesto del capo in direzione del boudoir, si prese la mia attenzione.

"Ci sarà anche Lucy alla festa, mi aspetto che tu faccia finalmente quello che devi." Mi rivolsi a Charon senza staccare lo sguardo da Lamia. "Per quanto riguarda il nostro amico, hai fatto ciò che ti ho chiesto?"

Il mio autista annuì. "È tutto in fase di caricamento sui tuoi server."

Aveva perso ogni briciolo di sarcasmo, rigido come un pezzo di legno. Immaginavo gli fosse costata parecchia fatica non accanirsi su Simon e lasciarlo in fin di vita, lo apprezzai. Gli sorrisi e gli diedi una pacca sul braccio. "Bravo. Scegliti una ragazza e fai con calma, niente sveltine. Al resto penso io."

"Grazie della gentile concessione!"

Riuscii a udirlo ma lo ignorai, diretto verso il mio obiettivo.

Era al centro della stanza, legato su una sedia dallo schienale alto, simile a quelle dedicate alle torture medievali. Pantaloni lucidi di pregiatissima sartoria, ma torso nudo con indosso soltanto un harness di cuoio borchiato. Un cappuccio nero sulla testa. Mi ricordò per un istante il sicario che avevo strangolato, se non fosse stato per l'uccello fuori dalla patta e costretto in un paio di anelli di metallo.

Un altro dettaglio non trascurabile era che, in quella umiliante posizione, ci si era fatto mettere di sua volontà mentre l'uomo che avevo ucciso, ne ero certo, aveva dato parecchio filo da torcere a Charon prima di essere pestato a sangue.

Sperai fosse ancora cosciente e, per fortuna, me ne diede conferma appena udì i miei passi.

"Finalmente sei tornato, padrone," cinguettò. "Mi ero stancato di aspettare... lascia che mi occupi di te."

Il padrone in questione, uno dei dipendenti di Lamia, era un tizio muscoloso, armato di frusta e con una barba vichinga lunga fino all'ombelico. Uscì da chissà dove per esaudire i desideri del suo facoltoso cliente ma, nel vedermi, sbarrò gli occhi.

Trattenni una risata, augurandomi che Charon si fosse limitato a scattare un paio di foto senza essere costretto a partecipare attivamente a quel grottesco teatrino. Gli intimai di togliersi dal cazzo con un cenno del capo e quello sparì borbottando qualcosa.

Presi una sedia, la rivoltai e mi ci accomodai sopra, proprio davanti all'uomo incappucciato.

"Che succede?" Si agitò sulla sedia, ma io fui più veloce. Gli strappai il cappuccio dalla testa e gli sorrisi. "Buonasera, Simon."

Lo shock, probabilmente, fu l'unica cosa che gli impedì di urlare e lo fece restare a bocca aperta tanto a lungo che credetti sarebbe morto così.

"Santacroce!" sbottò infine, dando uno strattone alle cinghie che gli stringevano i polsi allo schienale. "Che. Cazzo. Ci fai. Qua?!"

"Vorrei dirti che sono qui per lo stesso motivo per cui sei venuto tu, ma..." lanciai una breve occhiata alla patetica situazione che aveva tra le gambe, "in genere sono io quello che lega. Meglio se si tratta di un paio di ragazze."

Simon si mosse convulso sulla sedia, il ciuffo biondo sempre così perfetto gli svolazzò sul naso, che sbuffava rabbia come un mantice.

"Quando sarò fuori da qua ti sgozzerò come un maiale," ringhiò.

Mi misi a ridere. "Non essere stupido. È pieno di miei uomini, dentro e fuori dal locale. Sono pronti a inviare tutto il materiale che gli hai involontariamente fornito stasera, sia a tuo padre che al mio, se mi succede qualcosa. Anche se non escludo di darglielo in ogni caso."

"Di che cazzo stai parlando?!"

Indicai di nuovo la vergognosa erezione che si ritrovava, stavolta con il dito. "Di quello."

Collegò finalmente i fili delle informazioni ricevute e la sua rabbiosa frustrazione esplose in un urlo. Scalciò, evitai il colpo per un soffio.

In realtà avevo impiegato uno sforzo minimo per incastrarlo con un paio di video delle sue performance masochistiche: non fossero bastate quelle, Simon De Gregorio aveva il pericoloso hobby di girare video porno estremi per venderli sul dark web. Qualcuno di questi era un vero e proprio snuff, e la cosa più divertente di tutte era che Simon aveva creduto di godere di anonimato soltanto perché si trovava tra quelle quattro mura.

Quando esaurì le forze per cercare di liberarsi dalle cinghie, si lasciò andare sulla sedia e restò con la gola secca, il fiatone e la schiuma agli angoli della bocca, come un cane. Avrei riconosciuto i segni delle anfetamine che aveva preso lontano un miglio. "Che cosa vuoi in cambio, pezzo di merda?"

Sogghignai. Sapeva bene che stavolta non avrebbe scampato la vergogna davanti a tutta la famiglia, anche perché il rischio più grande era quello di essere ucciso proprio dal suo amorevole genitore, prima che la conferma delle sue preferenze sessuali arrivasse alle orecchie di mio padre.

Per un istante, avevo pensato che la vendetta perfetta nei confronti di Triss potesse essere proprio costringerla a sposare quell'abominio, incapace di scoparla e di farla godere senza immaginare di essere seviziato da uno dei dom di Lamia.

Il rischio, però, era che la rendesse oggetto delle sue perversioni e, magari, le facesse rischiare la vita dandola in pasto a qualcuno. Aveva già dimostrato la sua indole violenta quando l'aveva spinta, dopotutto. Non potevo permettere che accadesse di peggio.

Il livido altrui che intaccava il candore accecante della pelle diafana di Triss, per fortuna, stava svanendo, ma il suo ricordo mi fece venir voglia di strappargli via le inutili palle che si ritrovava e lasciarlo morire dissanguato.

Nessuno avrebbe pianto la sua morte. Purtroppo però i miei programmi per la famiglia non prevedevano spargimenti di sangue De Gregorio nel breve periodo.

Peccato.

Strinsi i pungi e tirai un respiro profondo. "Annulla il matrimonio con Triss e convinci tuo padre a rinunciare a qualsiasi genere di complotto abbia in piedi con gli Accardi. Non ti sarà difficile trovare una scusa, dopo tutto quello che è successo."

Simon sbarrò gli occhi come se fossi pazzo. "Stai facendo tutto questo casino per quella puttana?! Mi risulta che tu te la sia già presa. Che altro vuoi? Essere libero di sposarla?"

Un brivido mi attraversò la schiena all'idea, ma i miei piani in merito erano molto diversi. "Te l'ho detto, cosa voglio. Cessa qualsiasi contatto con Accardi, incluso l'accordo matrimoniale. Altrimenti tutta la famiglia saprà quanto fai schifo."

"Tienitelo pure, quel piccolo e insignificante rifiuto. Degna figlia di sua madre!" sputò. "Ne troverò una migliore. Una vergine. E almeno io, un giorno, sarò sicuro di essere il vero padre dei miei figli!"

Feci spallucce e ridacchiai di nuovo, dandogli un'ultima occhiata tra le gambe.

"Be', credo che sarà un po' difficile dopo quello che subirai stasera, anche se la medicina moderna fa miracoli." Mi alzai nel momento stesso in cui nella stanza entrarono Nico e un paio di altri uomini, pronti a dargli una ripassata. "Fate sì che non gli piaccia troppo, e allo stesso tempo non uccidetelo."

Simon li guardò, atterrito. "E adesso dove cazzo vai, figlio di puttana? Credi sul serio che la passerai liscia?!"

Avevo messo in conto le conseguenze, ma volevo mandare un messaggio chiaro a tutti i De Gregorio. Mi voltai e gli rivolsi un'occhiata da sopra la spalla. "No. Ed è questa la differenza principale tra me e te."

***

Era notte fonda quando tornai a casa, preda dei postumi della droga a cui non avevo nemmeno provato a resistere. La giornata era stata già abbastanza movimentata, senza bisogno di cercare ancora di superare i miei limiti.

Una doccia calda e del buon vino mi avrebbero sicuro reso il down più sopportabile e avrebbero, almeno così sperai, mandato via la solita immagine di Gemma nel mio letto, cadavere. Un'allucinazione con cui mi svegliavo ormai tutte le mattine. Tranne quella.

Stavolta, la ragione era consapevole che la donna che respirava placida nel silenzio della dependance, e nella quiete del sonno, era Triss.

Provai a tenermi a debita distanza da lei per un po', quantomeno finché gli effetti immediati non si fossero attenuati, ma poi la stanchezza ebbe la meglio. Mi distesi sul letto, in mutande, e mi sistemai alle sue spalle.

Anche nel buio, scorsi le onde ramate dei suoi capelli sparpagliati sui cuscini, quasi fossero state messe lì da un'entità divina; pronte ad accogliermi assieme a tutte le miserie umane che mi scavavano dentro. Mi lasciai avvolgere dal loro profumo e la quiete che riuscii a trarne mi avrebbe velocemente condotto a uno dei sonni più sereni che avessi mai avuto negli ultimi vent'anni, se il suo non fosse stato tanto leggero.

Si mosse e i suoi glutei mi accarezzarono l'uccello, che reagì immediatamente. La strinsi a me, premendomela contro, e lei sussultò quando realizzò di avere la schiena aderente al mio petto.

Senza pensarci e per puro istinto di sopravvivenza, le misi una mano sulla bocca per impedirle di urlare. Era a casa mia, nel mio maledetto letto, tra le mie braccia, eppure la paura che Triss mi svanisse tra le dita come polvere di fata, proprio come aveva fatto sette anni prima, mi attanagliò il cervello.

Tolsi la mano solo quando smise di irrigidirsi e il suo respiro tornò regolare. Provò a voltarsi verso di me, ma glielo impedii col mio peso e restò ferma, quasi avesse paura persino dei battiti forsennati del suo cuore.

"Non volevo svegliarti. Torna a dormire."

"Credevo non saresti tornato più," sussurrò.

"E perché? Questa è casa mia."

Lasciai scendere la mano e le accarezzai il braccio con la punta delle dita, godendo della pelle d'oca che le provocai.

"Ti ho atteso così a lungo che..." la sua voce era deliziosa, impastata dal sonno e spezzata da un sospiro che non era riuscita a soffocare, "che ho perso la cognizione del tempo e mi sono addormentata. Ho pensato che avresti dormito fuori, dopo quello che è successo stanotte."

"Pensi troppo, angelo." Mi beai per un istante del profumo che emanava la pelle del suo collo e lo ispirai come se fosse l'unica fonte di ossigeno in una stanza satura di fumo. "Credi che ti avrei obbligata a dormire qui, se non avessi voluto stare con te?"

Il singulto che la scosse impercettibilmente mi rispose per lei. Sì, l'aveva creduto.

Aveva pensato che l'avrei lasciata sola, che l'avrei punita regalandole la mia assenza e, dannazione, aveva ragione.

Il cazzo duro pulsò tra le sue natiche, avvolto dal calore che riuscivo a sentire persino attraverso la stoffa della camicia da notte e che mi faceva venire voglia di mandare all'aria tutti i miei tetri propositi, pensando all'estasi che avrei provato sprofondando dentro di lei.

Dannata cocaina.

Immaginai senza fatica le lacrime che le stavano bagnando le lunghe ciglia. Serrai la presa sul fianco, con possesso. Proprio come aveva fatto la prima volta, non si ribellò al mio tocco e, anzi, la sentii tremare. Scesi con la mano sul suo ventre, liscio come la seta, e insinuai le dita oltre il pizzo del suo intimo.

"Se fossi già sposata, ti toccherebbe questa sorte tutte le notti," le ringhiai sul collo. Non seppi dire se ero più incazzato con lei e la sua arrendevolezza verso di me o se per la convinzione insana che si sarebbe sul serio lasciata toccare così anche da un verme come Simon. "E potrebbe non essere altrettanto piacevole."

"Lo so," esalò. "Piuttosto che lasciarglielo fare, sono disposta a tagliarmi la gola da sola."

Sollevò la mano e me la poggiò sulla nuca, abbandonandosi contro di me. Sussultai e mi ritrassi.

Non toccarmi, demone.

Le afferrai il polso gracile in una stretta a cui non oppose la minima resistenza. Lasciò che le conducessi la mano giù, fino a portargliela tra le gambe e sostituirla alla mia.

Si sarebbe uccisa piuttosto che farsi toccare da Simon. Ma da me si sarebbe fatta fare qualsiasi cosa.

"Non sarà necessario arrivare a tanto," le sussurrai all'orecchio. "Ho appena annullato la tua promessa matrimoniale."

Trattenne il respiro, chissà se per la notizia o per il fatto che la stavo costringendo a infilarsi la mano negli slip. "Dante..."

"Toccati." La sua eccitazione era un richiamo irresistibile e dovetti esercitare un dominio feroce su me stesso per non seguirla e non lasciarmi travolgere dalla lussuria. Continuai a stringerle il polso. "Toccati come hai fatto la notte in cui hai goduto urlando il mio nome."

"Come fai a saperlo?" La guancia a contatto con le mie labbra scottò per il rossore.

Vi posai tanti piccoli baci. "Fallo. Toccati per me."

Sentii la tensione muscolare della sua schiena sciogliersi progressivamente e le sue dita si mossero in sincrono con i miei baci, alla ricerca spasmodica e febbrile del punto più sensibile. Allargò le gambe, lo raggiunse, si fermò e iniziò a disegnarci sopra dei cerchi.

"Ti piace?"

Incapace di parlare, si limitò ad annuire e gemere, sommessamente. Le feci sentire il cazzo tra le natiche. Le sue dita accelerarono, assecondando il crescere del piacere, ma le strinsi il polso. Si bloccò, un mugugno di dolore per le escoriazioni della notte precedente le spezzò il respiro.

"Non correre, angelo," la rimproverai. "Te l'ho già detto. Non è bene che tu sia tanto impaziente."

Le immagini che dovevo averle richiamato alla mente le accorciarono il fiato. Cercò di divincolarsi dalla presa e le diedi l'illusione di riuscirci.

"Ti prego..."
"Cosa?"
Mi prese la mano e se la portò verso il centro del proprio piacere. Prima di raggiungerlo, ribaltai di nuovo i giochi e le serrai il polso dolorante, con più forza di prima. Le strappai un gemito e ci lessi dentro sofferenza e frustrazione.
Volevo che percepisse tutto il mio disgusto all'idea di toccarla. Volevo che si sentisse rifiutata. Anche se, in realtà, l'unica cosa che desideravo e che stava facendo a brandelli ogni residuo di senno rimastomi era inebriarmi dei suoi umori per poi scoparla, anche con la forza se necessario, fino a dimenticarmi di tutto.
Dei Santacroce, degli Accardi, della mafia e delle guerre che ci avevano costretti lontani.
Ma il tempo e il dolore provato non si cancellano.
Me la sarei presa, prima o poi, ma avrei fatto il possibile per renderla l'esperienza peggiore che potesse vivere.
"*Lascia che si innamori di te. Solo quando si ama, disperatamente, si soffre davvero.*"
Volevo farle male, nel corpo e nell'anima, e la sola idea rese la mia erezione così dolorosa che ringraziai la droga ormai esaurita, la spossatezza conseguente e il vino che mi aiutarono a non lasciarmi andare del tutto. "Continua. Lentamente."
Obbedì, docile come una creatura celeste, pericolosa come il peggiore tra gli spiriti maligni. Riprese dal punto in cui si era interrotta, più piano. Assaporò ogni istante e se ne nutrì come se fosse nettare divino.
Avrei dato la vita pur di penetrare nella sua mente e godere della beatitudine in cui si stava crogiolando lei, pur nel buio in cui ci eravamo rifugiati insieme. I suoi sospiri saturarono l'aria e si trasformarono in una musica che diede sollievo alle mie orecchie, martoriate dalle urla incessanti della mia anima strappata.
"Adesso pensa alla mia bocca." Le posai le labbra sulla spalla. "Pensa alla mia lingua che prende il posto delle dita. E vieni. Vieni per me, angelo."
Non attese il mio permesso e si lasciò andare a un orgasmo profondo, intenso, infinitamente più potente di quello che avevo potuto contemplare soltanto attraverso uno schermo.
La lasciò tremante, esausta, morbida creta. Mi afferrò la mano e stavolta le consentii di intrecciare le dita alle mie.

Si rannicchiò su se stessa e la tenni tra le braccia, il respiro affannato si placò pian piano per lasciare il posto a un pianto sommesso. Lacrime a cui non volli dare alcun nome. Sovrastarono, col loro muto frastuono, l'ultimo bacio che le concessi e che le lasciai tra i capelli.

Dormi, angelo mio.

20. Dante's Hell

Triss

Restai rannicchiata in posizione fetale per così tanto tempo che non ebbi più percezione dei muscoli. Mi ero lasciata cullare da quello che avevo creduto fosse un abbraccio, ma la verità era che Dante non era presente e quelle che mi abbracciavano erano lunghe radici, rinsecchite come quelle di un albero e tentacolari come quelle di un mostro.

Sbarrai gli occhi, col cuore in gola.

"Sporca e perversa. Non sei degna di me, Triss."

Non riuscivo a vederlo, la sua voce proveniva soltanto dalla mia testa e rimbombò nella villa intera.

"Dove sei?"

Non ebbi risposta e mi alzai dal letto. Due zaffiri scintillarono nel buio e illuminarono il suo viso. "Sempre accanto a te, angelo. Sono dentro di te." Con un gesto repentino mi strappò la sottoveste, lasciandomi nuda. "Ma sei disobbediente. Non ti avevo detto che devi indossare il giglio di diamanti, sempre, quando sei con me?"

"Io..."

Mi gettò via, come uno straccio. Urtai contro il pavimento e mi si spezzò il fiato per il dolore, ma non emisi un suono. Ero troppo spaventata per reagire.

Dante torreggiò su di me e dovetti sforzarmi per alzare gli occhi su di lui, come se una forza invisibile mi stesse costringendo a tenere lo sguardo basso.

"Tu, cosa, Beatrice?"

Non mi aveva mai chiamata così. Per lui ero sempre stata Triss, anche ai tempi della scuola. Era così dolce, all'epoca. Dov'era finito il mio Dante? Una lacrima mi bagnò la guancia.

"Questo non sei tu," singhiozzai. "Cosa ti ha trasformato così tanto?"

Sorrise, le sue iridi mi ustionarono come avrebbe fatto un pezzo di ghiaccio sulla pelle nuda. Avvolse il foulard di seta rossa, lo stesso che aveva usato per bendarmi l'altra notte, attorno al pugno chiuso. "Tutto ciò che credevi di sapere su di me, Triss, è soltanto una tua fantasia. Io. Sono. Questo."

Il foulard si trasformò in una frusta nera che luccicò nel buio.

E che si abbatté su di me.

Sobbalzai, finalmente sveglia. Sbattei le palpebre più volte, felice e sollevata che si fosse trattato soltanto di un incubo, anche se le lacrime che mi rigavano le guance erano reali. Provai a riprendermi dal torpore e dal batticuore respirando lentamente. Quando fui più calma mi guardai intorno e, sulle prime, feci fatica a mettere a fuoco l'ambiente.

Era la seconda notte che dormivo nella dépendance, ma stavolta era immersa nella luce abbagliante che proveniva dall'esterno e che non mi aspettavo. Forse perché la prima volta ero stordita dal vino.

Mi voltai di lato e il posto ancora caldo, ma vuoto, accanto a me mi fece ripiombare in una nube se possibile ancor più opprimente del mio incubo. L'abbandono.

Mi massaggiai il collo intorpidito e mi alzai, cercando un riferimento orario che non trovai. Il profumo del caffè divenne sempre più intenso e invitante e scorsi la tavola apparecchiata, con tutto il necessario per la colazione. Lo stomaco brontolò ma si accartocciò subito su se stesso nel realizzare che sarebbe stato l'ennesimo pasto in solitudine.

Ebbi l'improvvisa e inopportuna voglia di piangere di nuovo.

Un respiro profondo, maschile, risuonò nel silenzio assieme al fruscio di foglie e a un leggero cinguettio mattutino. Mi voltai. La grande finestra scorrevole era aperta e mi accorsi, con un tuffo al cuore, che Dante era lì fuori, seduto nel dehors.

Tentennai per non so quanto tempo, col petto attanagliato da un mix di emozioni in contrasto, date dall'incubo, da ciò che avevo vissuto con lui durante la notte, dal frastuono dei due mondi – sogno e realtà – che si scontravano. Alla fine, tra tutti, restò la consapevolezza piacevole che Dante non era svanito come al solito.

Aveva specificato che quella era casa sua, in fin dei conti, e per un istante mi sentii un'intrusa. Avevo intuito tra le righe quanto fosse geloso della sua privacy: quell'appartamento doveva essere l'unico angolo di quiete che gli fosse concessa, in tutta la villa.

Fuori da lì era il vicecapo della cosca, il figlio di Don Elia e l'erede di un impero criminale che estendeva i suoi tentacoli velenosi fino a chissà quale angolo del mondo. Tra quelle mura, invece, era semplicemente il mio Dante.

E io ero sua, in un modo oscuro e allo stesso tempo naturale, che forse non avrei mai compreso del tutto ma che non era semplicemente una sua volontà o un capriccio dettato da intricati giochi di potere.

Almeno, provai a convincermene, forse per semplice istinto di sopravvivenza.

"Non fidarti di nessuno. È il primo passo per aver salva l'anima, quando verrà il momento. Sarei disposto a perdere la mia, pur di saperti al sicuro."

Lo raggiunsi fuori, con il ricordo delle parole di papà a guidare i miei passi. Anche io avrei dato la mia anima per salvare quelle di coloro a cui tenevo e mi resi conto che, nonostante tutto, anche quello che si stava trasformando nel mio carnefice, sia nella dura realtà che nei miei sogni contorti, era tra questi.

Tenevo a lui. Tenevo al ragazzo timido del liceo. Tenevo all'uomo che mi stava facendo scoprire le strade del piacere, per quanto tortuose fossero, e grazie al quale iniziavo a sentirmi finalmente viva. Come se l'intera esistenza di una delle tante donne di Cosa Nostra, la mia, stesse cominciando ad avere un altro senso.

Un senso tutto nuovo, precluso alle altre: quello di impedire al mio Dante di sfuggirmi di nuovo dalle dita. "Buongiorno."

Doveva aver udito il suono dei miei passi, ma mise via il cellulare che stava scorrendo distrattamente soltanto al mio saluto. "Buongiorno."

Allacciai la vestaglia in vita con meno imbarazzo di quanto avrei provato in altre circostanze, prima di accomodarmi accanto a lui. Il mio stomaco vuoto decise di brontolare di nuovo al profumo di burro dei croissant, della frutta e del caffè adagiati sul tavolino davanti a noi.

Il suo volto, pallido e con gli occhi segnati, fu illuminato da un sorriso divertito, che regalò di nuovo le sfumature del cielo sereno alle sue iridi. "Hai fame?"

"Moltissima," arrossii. "Ieri non ho mangiato granché."

"Serviti pure." Si compiacque della cosa e, non so perché, immaginai la servitù sbiriciare dietro le tende e tirare un sospiro di sollievo, alla notizia del mio ritrovato appetito. "Deduco che la cucina di Alfredo non ti piaccia. È per questo che stai intraprendendo questa specie di sciopero della fame, o la motivazione è stata l'incontro con tuo padre?"

Addentai un croissant e dopo qualche boccone lo stomaco si chiuse. Decisi di ignorare la frecciata e provai a controbattere con una battuta, che però risultò soltanto acida. "Se Alfredo mi avesse messo del ketchup sugli spaghetti, li avrei mangiati con più gusto."

Inarcò un sopracciglio. "Cosa ne è stato della Triss capace di rivoltare la città alla ricerca del gelato alla crema e della granita di mandorle?"

"È cresciuta e sente la mancanza della sua vita di prima."

Avevo parlato senza riflettere, piccata, ma Dante non si scompose.

"Puoi uscire dalla villa, se vuoi, e persino andare a fare colazione nel primo bistrot che trovi, se ti aggrada. L'importante è che tu sia sempre scortata da Charon. Ovunque."

Naturalmente.

Non mi lasciai scoraggiare dal suo tono di sufficienza. "Stavo scherzando. La cucina qui è squisita, ma ammetto che la tua espressione inorridita all'idea del ketchup sulla pasta è impagabile."

Il sorriso era già sparito da un pezzo dalle sue labbra e non riuscii a farlo tornare. Rimasero soltanto i suoi occhi, di nuovo di vetro opaco, e una specie di ghigno stanco. "Sono italiano, abitudinario e tradizionalista, almeno a tavola. Proprio come te."

Un flash della notte precedente, dove mi chiedeva di toccarmi come avevo fatto durante il sogno erotico, mi balenò davanti agli occhi e il boccone rischiò di andarmi di traverso. Mandai giù un sorso di caffè, simulando una fermezza che non sentivo. "Come fai a sapere tutte queste cose di me?"

"Le so e basta," chiuse l'argomento, con una noncuranza che mi lasciò di stucco. "I gusti e le abitudini delle ragazze più carine della scuola non sono mai stati un segreto. Per nessuno di noi."

La percepii come una stoccata alla mia reputazione, anche se forse era solo la mia coscienza sporca a farmela vedere così, e lo stomaco mi si chiuse del tutto.

Immaginavo bene gli stupidi discorsi maschili tra adolescenti a caccia della prima tra noi che li avrebbe degnati di uno sguardo. E sapevo altrettanto bene che la maggior parte di loro, in caso di insuccesso nel corteggiamento, era pronta a passare alle maniere forti.

Samael era tristemente popolare tra le ragazze anche per quello, oltre che per la sua avvenenza, e avevo potuto saggiarlo sulla mia pelle. "Tu mi sei sempre sembrato diverso dagli altri."

"Come fai a dirlo?" sorrise, ma con una nota amara. "Dubito tu ti sia mai accorta di me."

"Era impossibile non accorgersi di te." Sorrisi anche io, ma per il ricordo dolce che conservavo di lui e a cui mi ero così tanto aggrappata negli ultimi giorni. "Mai nessuno mi ha dedicato una poesia, scritta apposta."

Non pensai alle conseguenze di ciò che stavo dicendo, né ebbi paura che potesse ridere di me e dirmi che ero una sciocca illusa. Non so perché, ma ero sicura che avesse scritto quei versi per me.

I suoi occhi si persero in un punto indefinito, scavando nei meandri di tempo e spazio.

"*Ciò che la mia donna guarda, diventa Amore.*
Ira e superbia svaniscono, se il suo sguardo vi si posa.
Tutto impallidisce a confronto, giacché la sua bellezza risiede nel divino.
La mia donna, che Amor rimpiange, vive al centro dell'universo.
Quanto più una creatura è perfetta, tanto più proverà piacere e dolore:
angelo tra i demoni, la donna mia, rende lacrime in virtù."

Trattenni il respiro per la bellezza di quei versi, di cui ricordavo soltanto dei frammenti, ma che mi si schiantarono addosso con una potenza inaudita, toccando corde che non sapevo nemmeno di avere. "La ricordi ancora?"

"La mia passione per la scrittura mi ha causato una bella lavata di capo, a scuola." Si strinse nelle spalle, come se fosse una sciocchezza. "Per fortuna, ci sono anche tante ragazze disposte a fare sesso, grazie a due parole sdolcinate buttate lì. Noi saremo anche banali, ma voi siete prevedibili."

Non avevo mai creduto Dante capace di un cinismo simile, ma il suo discorso mi diede la conferma che dovevo dare a malincuore ragione alle mie cugine, quando sostenevano che gli uomini come lui erano tutti uguali.

Inspiegabilmente ferita, mi forzai a terminare la colazione e cercai di sdrammatizzare. "Quante ragazze ti sei portato a letto, in Italia, con quella poesia sdolcinata buttata lì? Anche loro sono così prevedibili?"

Ciò che attraversò il volto di Dante non fu una semplice ombra. Fu qualcosa di tetro, maligno e allo stesso tempo dolorosamente malinconico e si impadronì del suo sguardo annerendolo completamente. La mia era una domanda sciocca, evitabile, fatta sull'onda della gelosia. Eppure mi sentii come se avessi stretto un cappio attorno al collo con le mie mani.

La stessa, bruciante, sensazione provata la sera del mio compleanno quando l'avevo scorto tra la folla con la maschera di teschio sul viso. E accanto a Rachel.

"Le ragazze, lì, non nascono nella convinzione di dover assumere piccole dosi di veleno per assuefarsi a una vita terribile, e al matrimonio con qualcuno per cui provano solo disgusto. Semplicemente, amano. E vivono. E, per rispondere alla tua prima domanda, non lo so. Non sono il tipo di uomo che ne tiene il conto."

Il tono con cui mormorò quelle parole mi spezzò il cuore a metà.

La mafia esisteva anche lì, ne ero consapevole, ed ero certa che non fosse il paradiso di cui parlava. Erano le donne di New York, soprattutto io, a suscitare il suo disgusto.

"Deve essere un bel posto, allora," considerai, con una punta d'amarezza. "Mi domando perché tu sia tornato, se a Firenze era tutto migliore. Ma del resto anche qui sei abituato a cambiare una donna a sera, mi pare."

Incassò la stoccata e sogghignò. "Hai mai provato, in tutta la tua miserabile vita, un qualcosa di così intenso, violento e totalizzante da poter essere definito amore?"

Il cuore mi si fermò. La domanda, le parole dure e il tono con cui me la pose si levarono su di me, minacciosi come un gigante di pietra al cospetto del quale ero ancor più insignificante di un granello di polvere.

Non avevo mai pensato davvero all'amore, in realtà: cos'era ciò che stavo iniziando a provare mio malgrado?

E lui? Forse aveva lasciato qualcuno di importante, in Italia, da poter definire amore. Il sentimento di cui parlava nei suoi versi.

Una fitta dolorosa mi attraversò il ventre. Il cuore riprese a battere e la sua divenne una corsa folle, che mi incrinò la voce, perché ebbi la netta sensazione che dalla mia risposta sarebbe dipeso qualcosa di molto importante. La possibilità che Dante mi vedesse finalmente come una persona di cui fidarsi. Con cui parlare.

Abbassai lo sguardo e scossi il capo. "No," bisbigliai. "Hai ragione, per me il matrimonio è soltanto un obbligo. Non so cosa sia l'amore. E tu? Hai mai provato un sentimento così forte per qualcuna?"

A quella domanda rigirata, il nero che gli aveva intaccato l'anima si estese e divenne tridimensionale ai miei occhi. Tangibile, come una macchia di petrolio che si allarga su uno specchio d'acqua pura, e irreversibile, come un veleno per cui non esiste antidoto.

Con uno scatto di cui non mi resi subito conto, mi prese per la nuca, stringendomi i capelli in una morsa così stretta che sbarrai gli occhi, più per la sorpresa che per il dolore.

"Perché mi stai facendo questo, maledetta puttana?" Il suo fu un ringhio roco che, nonostante la ferocia delle sue offese, risuonò nel più profondo della mia intimità. "Perché mi parli come se fossi un uomo normale? Un uomo degno di te?"

Il mio non era stato soltanto un incubo e lui aveva ragione: tutto ciò che credevo di sapere era una mia fantasia. Il delirio sciocco ed egoista di una ragazzina che aveva creduto di poter essere… tutto il suo mondo?

Mi sono illusa fino al punto di credere di poter essere la "sua" donna, quella della poesia? Il centro del suo universo?

Tentai di afferrargli la mano, forse per un gesto estremo di difesa, ma lui serrò ulteriormente la presa. Era più forte di me e di parecchio, e qualsiasi movimento inconsulto avrebbe potuto essermi fatale. Mi salirono le lacrime agli occhi.

"Perché lo sei," sussurrai, con un filo di voce. "Sono io, a non essere degna di te."

Ero sincera, lo pensavo sul serio, ma corsi il rischio che pensasse che il mio fosse soltanto il tentativo ultimo di rabbonirlo.

Non mi importava.

Sì, per quanto potesse apparire folle, volevo essere almeno una piccola parte del suo universo. E se volevo sincerità, da parte sua, dovevo rischiare e concedergliene a mia volta.

"Non farmi questo," ripeté, come un mantra. "Respingimi, ti supplico."

Per un attimo riuscii a vedermi così come mi vedeva lui. Un ostacolo alla sua serenità, un imprevisto pericoloso nei suoi piani per la cosca, qualunque essi fossero. Non una prigioniera, ma una variabile impazzita. Un demone tentatore.

Una puttana.

La sua.

"Non ci riesco."

Mi avvolse la gola con l'altra mano e la strinse quel poco che bastava a dettare il ritmo del mio respiro. Era calda e, contro la mia pelle raggelata dalla paura, si trasformò in un balsamo miracoloso.

Il cuore, invece di accelerare, rallentò. Mi abituai alla morsa con cui mi teneva e non fece più male, o sarebbe meglio dire che mi plasmai attorno alle sue mani.

I miei sensi si misero tutti all'erta, resi acuti da una specie di sortilegio atavico. Il sole si spense e il mondo piombò in una dolce penombra.

Avvicinò le labbra alle mie, il respiro rovente mi accarezzò ogni fibra nervosa. "Desiderarti così tanto è l'unico veleno che non posso concedermi. Lo capisci?"

Il suo tono trasudava una sofferenza che mi squarciò il petto, come se i limiti che stava tentando di non valicare fossero anche i miei ed esistesse una forza esterna, indipendente dalle nostre volontà, a manovrarci come due burattini senz'anima.

Nonostante le membra molli, gli circondai il collo con le braccia e fu lui, stavolta, a non respingermi. Lasciò la presa e mi permise di posare le labbra sulle sue, come un guerriero stanco, tradito e lasciato a morire da solo sul campo di battaglia.

Mi lasciai travolgere dal tremore che lo assalì al contatto tra le nostre bocche e la danza che ingaggiò con la mia lingua mi trasportò in un mondo tutto nuovo. Un paradiso perfetto in cui il dolore era un concetto inesistente.

Fu quello, il nostro primo vero bacio.

Un assaggio di estasi che, però, morì in fretta quando la sua dolcezza fu sporcata da un gusto metallico, amaro. Sangue.

Dante si staccò da me, un rivolo rosso aveva contaminato il candore della sua pelle e la bellezza delle sue labbra. Nei suoi occhi baluginò ciò che restava di una stella morente.

"Stai bene...?"

Si passò il dorso della mano sotto il naso per arrestare quella che in realtà non era un'emorragia grave, ma che oscurò di nuovo il mio Dante per lasciare il posto al carnefice crudele e senza scrupoli, il cui unico intento era banchettare con la mia anima.

"Non è niente." Si alzò in piedi, ponendo una distanza tra noi che mi sembrò abissale. "Vai a ripulirti."

Lessi in quelle parole molto di più del loro significato letterale e finii in uno sconforto così grande da non vederne il fondo.

"Lascia che ti aiuti." Anche le mie parole ebbero un doppio significato, ma mi accorsi di star singhiozzando proprio come nel mio incubo. "Sono io che ti supplico di non respingermi, Dante..."

Il suo rifiuto si espresse nel silenzio. Mi voltò le spalle e si diresse verso la piscina. La oltrepassò, fino a sparire dall'altro lato della villa.

Come un'ombra della notte incenerita dalla luce del sole. O come un angelo caduto nel posto sbagliato, stufo delle misere debolezze della carne.

Un angelo nero deciso a lasciarmi sola, nell'inferno che lui stesso aveva creato.

Non sono degna di lui.

Non è degno di me.

Tutti e due, divisi tra la perduta gente.

Entrambi, nell'eterno dolore.

21. Holy Blood

Dante

"Lascia che ti aiuti."

Mi abbassai, incurante del terreno smosso e dei sassolini che mi ferivano le ginocchia già sbucciate. Mio fratello, per tutta risposta, si rannicchiò ancora di più e trascinò le gambe al petto.

"Vattene via!" urlò tra le lacrime.

Il naso di Sam colava sangue e non capivo perché. L'unica cosa che sapevo era che non ero stato io a fargli male. Scavai nelle tasche dei calzoncini alla ricerca di un fazzoletto, ne avevo sempre almeno uno di scorta per pulire gli occhiali. "Fammi vedere almeno cosa ti sei fatto."

Si ritrasse come un cane ferito, e mi puntò in faccia gli stessi occhi spaventati che avrebbe avuto un animale preso in gabbia. Provai ad avvicinarmi di nuovo a lui, con la stessa cautela che avevo tutte le volte che Bernardo, lo stalliere, mi lasciava avvicinare a un puledro appena nato. "Non hai mica provato di nuovo a montare da solo, vero?"

Sei anni erano pochi per poter salire su un cavallo, e di certo non da soli, ma Samael non vedeva l'ora di farlo e molto spesso aveva eluso la sorveglianza di papà, Virgil e gli altri. Si era beccato non poche sgridate.

"No," sbottò e scansò il fazzoletto che gli avevo porto, pulendosi la faccia con le mani. Mi accorsi che una guancia era gonfia e viola. "Vattene via, ti ho detto!"

"Perché non mi vuoi dire che è successo? Magari ti aiuto a..."

Mi diede uno spintone che mi fece finire gambe all'aria. "Ma cosa sei, Dante? Una femminuccia, per caso? Non fai altro che dire ti aiuto, ti aiuto," mi scimmiottò, arrabbiato. "Non puoi aiutare nessuno, nemmeno te stesso!"

Non capivo le sue parole. Io non avevo bisogno di aiuto. Quello che stava male, sempre, era lui. Una volta un litigio tra bambini, una volta uno spintone, una volta era stato messo in ginocchio dietro la lavagna dalla maestra, un'altra era stato lasciato fuori dalla classe per un'ora intera, con la faccia al muro.

Faceva il bullo a scuola con i suoi amici, ma subiva anche ed era sempre qualche sopruso fisico, mentre per me il problema era diverso. Gli altri bambini si limitavano a prendermi in giro a parole, a offendermi, a dirmi cose sporche che nemmeno comprendevo.

Non sapevo difendermi.

Ero stato così cattivo da uccidere addirittura la mamma con la mia nascita, come raccontava sempre papà, eppure non ero in grado di proteggermi dalla cattiveria degli altri. Ci pensava Samael, a difendermi con le maniere forti, e dire che avrebbe dovuto avercela con me più di tutti quanti, proprio perché avevo privato entrambi della mamma con la mia semplice esistenza.

Io allentavo la frustrazione per le cattiverie altrui mettendomi a piangere.

Lui no. Samael non piangeva. Mai.

Ma quel giorno sì. Piangeva, col naso che sanguinava e i segni di uno schiaffo forte. L'impronta di una mano molto più grande della sua faccia.

Volevo solo ricambiare il suo aiuto, per una volta, con quel poco che avevo a disposizione. "Chi è stato a picchiarti, Sam?"

Non rispose. Per la rabbia, si voltò e prese a dare calci e pugni al tronco dell'albero. Mi accorsi che aveva la maglietta strappata sulla schiena, sporca di sangue, come se si fosse messo a correre tra le sterpaglie attorno alla villa e ne fosse uscito pieno di ferite.

"Perché non lo dici a Gil?" insistetti. Nostro fratello aveva già vent'anni allora, era un adulto ed ero certo che avrebbe dato una lezione a chiunque.

"Proprio come tu gli hai detto che ti prendono in giro, scommetto!" mi punse sul vivo, perché aveva ragione. Non avevo detto nulla a Virgil di quello che accadeva a scuola. Mai.

Annuii con convinzione. "Se vuoi glielo dico io."

Sam si voltò di nuovo verso di me, gli occhi colmi di lacrime divennero due pezzi di vetro trasparente. "Te la ricordi quella donna che ci portava sempre i marshmallow colorati? Eh?"

La donna dagli occhi gentili. Da quando aveva litigato con papà e lui le aveva fatto male non si era più vista.

"Ha disobbedito a papà." Sbarrai gli occhi. Come faceva a saperlo? Forse c'era anche lui, quando... "Ed è morta, proprio come succede a tutti quelli che lo fanno!"

"Non è vero!"

Mi balzò addosso e mi afferrò per le spalle, me le strinse e mi fece male.

"I grandi non ti proteggeranno mai da niente, Dante. Mai! Sono cattivi, tutti quanti, anche Virgil... Quando una persona cresce diventa un mostro, e questa cosa tu la devi imparare. Mi hai capito? Devi imparare a difenderti da solo!" Mi scrollò forte, ma non fu per quello che mi venne voglia di piangere. Era l'ombra nera apparsa dietro di lui. Divenne altissima, così grande e paurosa che sbarrai gli occhi. Tra le lunghissime dita rinsecchite, l'ombra stringeva una cinghia insanguinata.

La fece oscillare qua e là, come un pendolo di cui sentivo persino il rintocco.

"No, no! No!" urlai. "Lasciaci stare!"

Ricordo che Sam si voltò di scatto, all'erta come una lepre selvatica che si prepara a fuggire ma, non trovando nulla alle sue spalle, tornò a guardare me ancora più arrabbiato.

"Mi stai ascoltando, razza di femminuccia?!" Il naso riprese a colargli sangue e lo trasformò in un demone ai miei occhi atterriti. "Stai. Lontano. Dai. Mostri."

C'erano tante cose che non ricordavo della mia infanzia, Virgil aveva ragione, e quel poco che ricordavo era sempre sfocato e inframezzato alle mie visioni, quindi non sapevo mai se si trattasse di realtà oppure no.

Toccai una narice e il polpastrello divenne purpureo. Strofinai la goccia di sangue residuo tra pollice e medio, perdendo lo sguardo sul movimento delle dita.

Persino in quello eravamo uguali, solo che lui prendeva schiaffi da papà, io me li davo da solo con la droga.

Charon mi porse un fazzoletto, lo presi al volo senza dire niente. Sarebbe finita, come ogni volta, avevo solo bisogno di tempo per riprendermi.

Tempo che diventava sempre meno, divorato pezzo dopo pezzo dai miei doveri di vicecapo. E dai mostri, quelli da cui Samael voleva proteggermi quando eravamo bambini.

Il peggiore tra tutti si era insinuato nelle vene e nel cervello, da anni, visto che non avevo mai smesso di pensarci. Avevo goduto del modo in cui si era data piacere per me. L'avevo tenuta tra le braccia tutta la notte e, con un semplice, maledetto bacio, avevo permesso che si facesse strada tra le crepe del mio cuore.

Che stupido.

"Mi dispiace averti disturbato mentre eri con l'uccellino in gabbia. Ma come vedi, si tratta di una questione urgente."

Ero diventato un libro aperto persino per Charon, o forse lo ero sempre stato.

"Mi domando perché tu sia tornato qui, se a Firenze era tutto migliore."

Cercai di togliermi Triss dalla testa, anche soltanto per un secondo, per spostare il focus sul mio dovere. L'unico vero motivo per cui ero stato costretto a tornare, in fin dei conti.

L'uomo seduto davanti a noi piagnucolò.

"Don Santacroce." Sapevo che si trattava di un soldato di Michele Accardi solo perché me l'aveva detto Charon, nel messaggio stringato che avevo trovato al mio risveglio. "Hanno fatto una carneficina stanotte, davanti a tutti. Non abbiamo più uomini e tutti gireranno al largo da quella piazza, adesso!"

"Perché sei venuto a disturbare me, invece di risolvere la questione col tuo capo?"

La risposta la immaginavo già. Era troppo presto per una vendetta dei De Gregorio e, comunque sia, Simon aveva mille difetti ma non era stupido. Rivalersi su una delle tante bande di strada che spacciavano la droga della cosca non avrebbe avuto il minimo senso.

"Perché ne hanno lasciato in vita uno solo, e si sono portati via le sue gambe," sibilò tra i denti.

La firma della famiglia Argenti. Quel maledetto voleva che sapessimo che ci stava osservando ed era pronto a sferrare il vero attacco decisivo? Perché era palese che né quello, né l'attentato contro di me, lo erano stati. Due mosse molto stupide, oserei dire da novellini.

Perché c'era qualcosa che non mi tornava? Stavo per chiedere a Charon di convocare anche Virgil, ma prese la parola ancor prima che muovessi un dito.

"Se posso esprimermi, Don Santacroce." Trovai strano che la sua voce suonasse priva di scherno nel sottolineare quell'appellativo. "Credo che gli uomini di Accardi si trovino in una situazione difficile, negli ultimi tempi. Occorre una presa di posizione forte da parte vostra."

Quel bastardo mi aveva letto nella mente un'altra volta? Anche lui era convinto, come mio fratello, che avessi le carte in regola per comandare la famiglia al posto del mio vecchio senza l'appoggio di nessuno?

"Quando una persona cresce diventa un mostro, e questa cosa tu la devi imparare. Mi hai capito? Devi imparare a difenderti da solo!"

"Conosciamo l'ubicazione locale del clan Argenti?"

L'uomo aggrottò le sopracciglia e deglutì. "Sì. A sud, nel distretto finanziario."

Mi si accese una lampadina. "Dove sorge l'ospedale pubblico?"

Lì c'è la zona residenziale in costruzione che appartiene alla società Accardi. Dove è stato rinvenuto il cadavere attribuito a Sam.

L'uomo annuì. "Quei maledetti sono un tutt'uno con la polizia e il procuratore," si lasciò sfuggire. "Lo sanno tutti che sono stati loro a..."

S'interruppe, pentito di aver dato fiato alla bocca.

"A fare cosa?" lo incalzai. "A tradire il tuo capo e a farlo finire in prigione con la falsa accusa dell'omicidio di mio fratello?"

Charon non riuscì a sopprimere un ghigno e l'uomo abbassò il capo. Il coinvolgimento di Vito non era un segreto per loro, come non lo era nemmeno la sua fine incresciosa.

"Sono stati gli Argenti a mettere zizzania nella famiglia. A cominciare da quel cadavere, sì. Siamo sicuri che ce l'abbiano messo loro, aiutati da qualcuno."

Aiutati da qualcuno. Costello, De Gregorio, magari anche Santonastaso... Avevo l'imbarazzo della scelta. La lista delle persone che avevano qualcosa contro di noi era lunga, ma non necessariamente doveva essere cercata al di fuori della cosca. E se Vito Accardi era stato capace di tradire suo fratello, sangue del suo sangue, uno come Giuseppe De Gregorio si sarebbe fatto ben pochi scrupoli a piantarci un coltello nella schiena.

Io ero già pronto al contrattacco per il matrimonio saltato tra Simon e Triss, dopotutto.

"Se ci vendichiamo apertamente, ci ritroveremo Jude Minos addosso, che non vede l'ora di tagliarci la testa," ragionai sull'ovvio, perché quel bastardo di un poliziotto ce l'aveva con noi da anni ed era verosimile si fosse alleato addirittura con un clan rivale, pur di raderci al suolo.

"E anche la chiesa, purtroppo." L'uomo mi sollevò gli occhi in faccia. "Hanno tra le loro fila addirittura il vescovo della zona!"

Sogghignai. "Noi abbiamo un cardinale, dalla nostra." Rivolsi un'occhiata a Charon. "Chi è più importante tra i due?"

Charon inarcò le sopracciglia. "Il cardinale? Chiederemo a Virgil, nel dubbio."

"Giusto." Tornai a guardare il soldato. "Tra noi e la chiesa c'è un accordo di vecchia data, che sarà onorato a partire da stasera. La nostra vendetta contro Argenti sarà silenziosa, ma inesorabile."

L'uomo abbassò di nuovo gli occhi e mi accorsi soltanto dopo che l'aveva fatto per nascondere le lacrime. "Sapevo che venire da lei era la decisione giusta. Io..." mi stupì, inginocchiandosi ai miei piedi. "Uno dei ragazzi morti stanotte era mio figlio. Aveva soltanto quindici anni."

Mi prese una mano, come se fossi il Papa, e baciò l'anello col simbolo del giglio fiorentino. Mio padre ne aveva uno uguale, un altro apparteneva a Samael ed era stato rinvenuto sul cadavere. Mi chiesi se Jude Minos se lo fosse tenuto come cimelio o l'avesse restituito a Elia.

Serrai la mascella. "Vendicheremo tuo figlio con il sangue degli Argenti," gli garantii.

***

Quell'incontro e la sua strana conclusione mi avevano lasciato con un misto di sensazioni addosso difficile da smaltire. Il down non mi aiutava. La nuova droga di papà era parecchio forte, diversa da tutte le altre. Credo si trattasse in realtà di uno strano mix. I tizi che ce la fornivano avevano deciso di metterci del colorante per renderla distinguibile dalla coca altrui, così l'effetto novità era garantito. Occorreva andarci pianissimo con le dosi, però.

Holy Blood, la chiamavamo. Molto cara, destinata a un pubblico facoltoso, e ancora piuttosto introvabile. Capivo bene perché i boss delle altre famiglie, Argenti in testa, volessero metterci le mani.

Tirai fuori dal taschino della giacca l'ultimo grammo rimasto. Mi passò per la testa di prenderlo e poi... andare da Triss. Gettarmi con le mie stesse mani nella sua trappola malefica e costringerla a marcirci dentro insieme a me.

Non ero stato io a renderla prigioniera dei miei capricci, a chiuderla in trappola, come l'uccellino che Charon sosteneva lei fosse. Aveva deciso lei, col suo dannato veleno, come uccidermi.

Lentamente, un goccio alla volta, come la Holy Blood. Una piccola crepa che diventava sempre più larga. La poesia che avevo scritto, l'unica che avesse mai avuto un vero senso nel mio continuo vomitare parole su carta, era per lei e lo sapeva.

L'aveva sempre saputo. Nonostante tutto, aveva consentito a mio fratello di avvicinarsi, di sporcarla, di fare di lei un'ulteriore vittima per costringermi a guardare in faccia la realtà.

Nessuno può difendermi.

I ricordi sepolti in un angolo buio della mia mente si riaffacciavano a sprazzi, assieme a tutti i sentimenti che avevo provato per lei, ed erano una prova del suo effetto su di me.

Avrei potuto cacciarla via, rimandarla da suo padre e costringerla a sposare Simon. Ci avrebbe pensato lui ad annientarla.

Ma l'unico modo che avevo per costringerla a spegnere l'eco disperato che mi causava, ogni fottuta volta, era distruggerla io. Con le mie mani.

Nessun altro può salvarmi.

Rigirai la bustina rosa tra le dita. Bastava prenderlo tutto, quel fottuto grammo. La morte sarebbe stata una misericordiosa via di fuga per me, una volta che avessi portato a termine tutto ciò che dovevo. Ma lei? Cosa ne sarebbe stato di Triss, una volta rimasta sola?

"Dove diavolo eri finito?"

Il tono furente di mio fratello mi trascinò coi piedi per terra. La bustina sparì nella tasca.

"E dove altro, sennò?" Non sembrava essere a conoscenza dell'incontro che avevo appena avuto e decisi di non dirglielo. "Ti sei svegliato col piede storto anche oggi, vedo. Il tempo di astinenza che ti concedi tra una scopata e l'altra è troppo lungo, lasciatelo dire."

"Il tempo che invece tu fai passare tra una cazzata e l'altra è diventato inesistente," ringhiò. Mi afferrò per il collo della camicia, lasciandomi così esterrefatto che non ebbi la lucidità necessaria a divincolarmi. Mi mollò un manrovescio.

"Questo è per ciò che hai fatto a De Gregorio stanotte." Mi aspettavo uno scoppio d'ira da parte sua, ma non per quel motivo. "Sei uno stupido."

"Corri a dirlo a papà, mi raccomando. Così come hai fatto per la storia del sicario, e come fai sempre." Mi passai il dorso della mano sotto al naso e sorrisi alla vista del sangue. "Toglimi una curiosità, fratellino. Perché volevi sapere cosa ho ricordato, la sera che quello stronzo mi ha sparato?"

Virgil aggrottò le sopracciglia. "Perché hai un'amnesia dissociativa e la droga c'entra fino a un certo punto."

Il sorriso divenne una vera e propria risata di scherno. "La tua donna ti ha contagiato con le sue velleità da psicologa? Cristo santo, Gil. Non sai nemmeno cosa c'è nella tua, di testa."

"Hai rimosso eventi traumatici per proteggerti. Anche la morte di Gemma è uno di questi." La calma che mostrava fu più irritante del fatto che l'avesse anche solo nominata. "Voglio soltanto aiutarti, Dante. Voglio che ritrovi la serenità che hai perso."

"Ho ricordato che la puttana preferita di papà era una donna bellissima. E che tu ti eri preso una bella cotta per lei." Volevo ferirlo e mi augurai di scalfire il suo cuore di pietra. "Papà vi ha sorpresi a letto e le ha dato così tante cinghiate da ammazzarla. Magari avrebbe fatto la stessa cosa con te, se non avesse avuto dei piani ben più grandi per il tuo futuro. Non trovi?"

Virgil mise le mani in tasca e rilassò le spalle. Chiuse gli occhi per un attimo e tirò un respiro profondo, come per una sorta di meditazione. "Non è andata proprio così, ma… sì. Elia ucciderebbe anche i suoi stessi figli, se gli convenisse."

Nostro padre aveva creato il suo regno sul sangue e non era un segreto per nessuno.

"Ti aspetti che mi comporti come un Santacroce, no? Lo sto facendo, ma sarò un capo infinitamente più misericordioso di Elia. Simon è ancora vivo, mi risulta. Ti pare poco?"

Virgil serrò la mascella. "Ti comporti come un bambino capriccioso. C'erano mille modi più consoni per prenderti Triss. Cosa che hai già fatto, mi pare."

Si stava riferendo alla sua presunta verginità, elemento sufficiente affinché la reclamassi come mia davanti a tutti. Non persi tempo a spiegargli la situazione esistente tra me e lei, anche perché della sua opinione a riguardo me ne fregava ben poco.

"Gil," sospirai, "lo sai anche tu che quel matrimonio sarebbe stato un attacco alla leadership di Elia, e quindi alla mia. Ho soltanto tutelato i miei interessi. Ora che Vito è stato spedito all'altro mondo e Michele ha più da perdere che da guadagnare, non permetterò ad alcuna delle Accardi di sposare un caporegime. Almeno finché non avrò il potere ben saldo tra le mani."

"Questa è soltanto una scusa per sentirti libero di fare quello che vuoi alla luce del sole," mi rimbeccò. "Vuoi sapere quello che otterrai sul serio, invece? Dividerai la famiglia in due fazioni. Accardi, Santonastaso e Costello avrebbero voluto Samael al tuo posto. Dopo quello che è successo, resterai completamente solo. De Gregorio sarebbe stato un alleato importante."

"Io non ho bisogno di nessuno, Gil." Nemmeno di te. "Samael è fuori dai giochi e molto presto le due fazioni di cui parli saranno una sola. La mia. E, quando accadrà, sarò io a decidere chi vive e chi muore."

Sogghignò, ma nei suoi occhi passò un'ombra di sconforto. "Hai bisogno di restare coi piedi a terra, Dante. Uccidere quell'uomo ti ha fatto perdere il contatto con la realtà. Hai dato inizio a una guerra che andrà ben oltre i confini della famiglia... E ancora non te ne sei reso conto."

Non posso lasciare Triss da sola.

Non posso lasciarla nelle mani di Elia.

Non posso farle fare la fine della puttana dagli occhi gentili.

Dovrò portarla all'inferno con me.

Gli voltai le spalle. "Fossi in te, mi occuperei di compiacere il cardinal Gaetani, alla festa. Lui sì che mi serve come alleato." Immaginai con facilità la sua espressione sbigottita, perché non gli avevo mai fatto mistero di detestarlo. "Chissà, magari potrei decidere di realizzare finalmente il tuo sogno ecclesiastico, quando sarò il capo."

Mi allontanai senza attendere la replica.

Samael voleva tenere i mostri lontani da noi, e forse era per questo che aveva perso il suo posto in famiglia.

Tutti avevano un prezzo, persino Virgil. E non serviva a nulla scappare dai mostri, se li si poteva ingannare e sedurre con le loro stesse armi, fino a renderli schiavi.

Tutti possono essere schiavi di qualcosa o qualcuno.

Anche Triss.

22. Chained in Flames

Triss

VIII CERCHIO - MALEBOLGE
Luogo è in inferno detto Malebolge,
tutto di pietra di color ferrigno,
come la cerchia che dintorno il volge.

"Quindi, è vero che hanno minacciato di farti del male? Dio mio, Triss!"

Lo sguardo di Lucy lasciava trasparire preoccupazione sincera, ma ormai non mi fidavo più di nessuno.

"Abbassa la voce," la ammonii, lanciando un'occhiata nei dintorni e alla mia scorta, costituita da Charon e Nico. Tenevano d'occhio l'intera strada, parcheggiati di fronte al bar dove io e Lucy eravamo sedute.

Dante aveva detto che potevo uscire purché scortata, no? Bene, l'avevo preso in parola. Tra l'altro, erano un paio di giorni che non lo vedevo. Non era neppure tornato a dormire con me. Aveva perso sangue dal naso e anche l'ultima volta che era sparito aveva mostrato tutti i sintomi di qualcuno che sta male.

Mi augurai che non fosse nulla di grave. La cosa certa era che stavo male anche io, ma solo perché la sua mancanza bruciava come la peggiore delle astinenze.

Sospirai, smisi di giocherellare con la cannuccia e mi decisi a bere il succo di frutta. Avevo voluto incontrare mia cugina in un posto che ritenevo tranquillo, dove spesso andavamo tutte e tre prima che le nostre vite prendessero una piega diversa. Quella di andare a fare shopping era stata solo una scusa.

"Scusami, è che davvero non riesco a capacitarmi di tutto quello che è successo," si schermì. "Prima tuo padre, adesso il mio."

L'unica cosa che sapevo era che mi avevano lasciata sola, quando ero stata io ad avere problemi. Ma mi ero sentita in colpa con lei, tanto che non ero stata capace di ripagarla con la stessa moneta quando mi aveva chiamata, per l'ennesima volta, pregandomi di incontrarci.

"Avete avuto notizie?"
Scosse il capo. "Papà è partito per l'estero con urgenza." Stessa cosa che mi aveva detto mio padre. "La società rischia di chiudere per bancarotta, così ci hanno riferito. Secondo mamma, invece, è scappato con la sua amante. Dicono che viva nel New England e che abbiano addirittura un figlio insieme."
Non replicai. Sorrise, ma gli occhi le divennero lucidi. "Ci ha lasciate sole e col rischio di restare senza un soldo. Mia madre, in tutto questo, spera soltanto che io e mia sorella ci sposiamo presto in modo da metterci al sicuro."
Non che io fossi messa meglio di loro, a voler essere obiettive. Strinsi le labbra. "E Rachel?"
Lucy fece spallucce. "Non le interessa nulla, pensa soltanto a se stessa. A casa non c'è mai, sempre a qualche evento mondano, nonostante la situazione."
Lì per lì quella frase mi fece tirare un sospiro di sollievo perché non l'avevo più vista a villa Santacroce, ma Lucy arrossì, come se si fosse accorta di aver parlato troppo.
"Tu, piuttosto! Nonostante sia un po' sciupata, ti vedo luminosa," cambiò umore e ostentò un finto entusiasmo. "Come va con Dante? È... gentile, con te?"
Mi andò il succo di traverso e, quando smisi di tossire, la guardai in tralice. Non mi aspettavo di certo una domanda simile.
"Non volevo metterti in imbarazzo," alzò le mani. "Mi chiedevo solo se fosse vero quello che si è sempre detto sulla loro famiglia. Se siano davvero uomini spietati, soprattutto con le donne."
Mi tornarono alla mente i momenti vissuti con lui e sentii l'aria mancare. "Sono tutti molto gentili," cercai di dissimulare. "La gente si inventa parecchie storie su chiunque, Lucy, specie nel nostro ambiente."
Lei scrollò le spalle. "Hai ragione," convenne. "Dopotutto, sei fidanzata con De Gregorio. Dubito Don Elia permetterebbe qualcosa di sconveniente."
"Ho appena annullato la tua promessa matrimoniale."
Abbassai lo sguardo. "Non più, a quanto pare. Sembra che Simon non voglia più sposarmi."
Le sue labbra formarono una O ma non ne uscì alcun suono, neppure una parvenza di stupore reale. Forse era vero che in giro si dicevano le cose peggiori anche di me.
Persino Costello aveva definito la mia relazione con Samael

Santacroce al liceo "disdicevole", per quanto potesse essere definita una relazione quella.

Lucy lanciò uno sguardo in direzione della Mercedes grigia che mi attendeva fuori. "Ma che mi dici invece di Charon? L'autista dei Santacroce."

Ha preso in parola i desideri di sua madre e si è messa anche lei a caccia di un uomo?

La disinvoltura con cui passava da un argomento all'altro mi spiazzò. Non sapevo se ridere o fingermi scandalizzata. "Ti piace?"

"Oh, è affascinante, ma avrà almeno quarant'anni, Triss. Potrei essere sua figlia!" arrossì di nuovo. "E poi, è solo un autista. Non ha un cognome importante come quello di..."

Come quello di Dante.

Mi si gelò il sangue nelle vene. Virgil aveva accennato al party organizzato per il cardinal Gaetani, il sindaco e i principali esponenti politici della città ma, oltre a essermi passato di mente concentrata com'ero sulla situazione tra me e Dante, avevo dimenticato che ci sarebbero state anche lei e Rachel.

E se mia cugina non avesse abbandonato le speranze di ufficializzare il suo legame con Dante, come sosteneva Don Elia?

Del resto, quando gli avevo chiesto se anche con Rachel avesse usato un gioiello erotico, non mi aveva risposto. Non sapevo nulla di loro due. Il gelo divenne fuoco nelle mie vene.

Guardai per l'ennesima volta Charon in cerca di appiglio e l'autista mi restituì una via di fuga telepatica con uno dei suoi soliti ghigni di traverso.

"Devo proprio rientrare adesso, Lucy," la congedai forse troppo bruscamente, ma sul momento non me ne resi conto. "Ci vediamo alla festa, quindi?"

Lei restò interdetta per un istante, poi fece cenno di sì con la testa. "Certo."

Pagai per entrambe e scappai come una codarda, senza voltarmi nemmeno una volta.

***

Non ero mai stata a una serata di gala organizzata dai Santacroce, anche se sapevo ce n'erano state di grandiose negli anni passati. Un po' perché ero troppo giovane, un po' perché mia madre non aveva mai voluto. Mi chiesi per un attimo cosa ne pensasse davvero della mia permanenza lì, oltre quello che aveva detto mio padre. Era preoccupata sul serio o non gliene fregava niente, specie ora che la mia reputazione era rovinata e che Simon non mi avrebbe più sposata?

Avevo deciso di non perdermi più in quei pensieri, dopo l'incontro con Lucy. All'interno di quelle mura ci doveva essere una specie di forza demoniaca, come una maledizione, capace di infettare coloro che vi abitavano e di renderli una versione completamente diversa da ciò che sarebbero stati al di fuori.

Una forza che stava cambiando inesorabilmente anche me. Rendeva cupi e lussuriosi i miei incubi e li faceva finire tutti nella ricerca di un piacere solitario che mi bastava sempre meno. E mi riempiva di sensi di colpa e di vergogna al tempo stesso.

Era una forza tetra e cupa che sentivo particolarmente intensa tutte le volte che mi trovavo nei pressi del ritratto di Bella, la madre di Dante e Sam.

"Era splendida, l'ho sempre pensato." Una voce femminile mi fece sussultare. Una donna mora, simile a una tenebrosa ma affascinante dama ottocentesca, sorrise e mi tese la mano. "Lamia. E tu devi essere la famosa Beatrice."

Arrossii di colpo. "Famosa?"

Lei mi squadrò da capo a piedi e un qualcosa di osceno le balenò nello sguardo per una frazione di secondo: temetti che si fosse resa conto che indossavo il giglio di diamanti sotto il vestito da sera. Le labbra rosse si piegarono in un sorriso ferino, come quello che avrebbe avuto un predatore davanti a un pasto succulento.

Prese una ciocca dei miei capelli e se la rigirò tra le dita, mettendomi ancora più a disagio. "Non faccio alcuna fatica a credere che ogni uomo presente farebbe carte false pur di avere la tua compagnia. Inclusi i membri del clero, naturalmente," ammiccò e, davanti alla mia espressione stupita, si mise a ridere. "Scherzo. Impossibile non sapere chi è Beatrice Accardi, la pronipote del cardinale Gaetani."

"Oh," dissimulai, e mi aprii in un sorriso tirato. "Lei deve essere l'organizzatrice del party."

"Sì, sono una specie di event planner, diciamo così." La sua risata cristallina riecheggiò e si fuse con la melodia proveniente dalla sala adiacente. "Ma dammi del tu, ti prego, anche se non sono giovane e pura come te."

L'aggettivo fu pronunciato con una tale malizia che sentii

di arrossire nuovamente. Avevo due pinze diamantate strette attorno ai capezzoli, dono di un uomo che sapeva farmi godere e soffrire con la stessa intensità e che non vedevo l'ora di incontrare di nuovo: mi sentivo tutt'altro che pura.

"Andiamo." Lamia mi lesse nel pensiero e mi prese sottobraccio come se fossimo amiche da sempre. "Voglio mostrarti il pezzo forte della serata."

La sala dove si concentrava la maggior parte degli invitati era forse la più grande di tutta la villa. Ricca e pomposa, in linea col resto, piena di specchi e cristalli che rendevano l'atmosfera ancor più lussuosa e sfacciata del solito.

Tutto, dalle decorazioni, al cibo, agli ospiti presenti gridava all'ostentazione sfrenata. Con una piccola e forse un po' ipocrita stretta al cuore, mi resi conto che gli emissari di Dio in terra erano molto lontani dal concetto di povertà, morigeratezza e rigore. E di castità...

Intravvidi Virgil assieme al mio prozio. Quest'ultimo non si accorse neppure della mia presenza, mentre non potei fare a meno di notare lo sguardo che Virgil dedicò a Lamia. Ne fotografò ogni dettaglio, quasi fosse una cosa di sua proprietà. Lei lo ricambiò con un sorriso sfuggevole, ribaltando i ruoli in un secondo.

"Il sindaco Lawrence." Lamia riprese la mia attenzione con un sussurro all'orecchio, indicando un tipo basso e panciuto, in compagnia di due belle donne. Un altro uomo, dal naso lungo, i capelli e la barba bianchi, e un sacerdote erano con loro. "L'arcivescovo Rogers e il conte Gerald Hughes, suo ospite. Quest'ultimo sembra voglia concorrere alla carica di governatore."

Lo disse con tono pettegolo, come se fosse un segreto di cui stava mettendo a parte solo me. Non conoscevo quasi nessuno degli ospiti anche se, con tutta probabilità, avrei dovuto. "Conosci i nomi di tutte queste persone?"

Mi rivolse un sogghigno compiaciuto. "Non soltanto i nomi. Conosco tutte le loro virtù e i vizi che nascondono sotto quegli abiti di lusso. Vieni." Senza attendere replica, mi prese per mano e mi condusse verso il punto della sala in cui il vociare si faceva più fitto. "Hai mai giocato?"

Mi guardai attorno e per un attimo pensai di essere finita a Las Vegas: in una zona della sala, recintata da un paio di paraventi colorati, alcune persone puntavano cifre più o meno alte alla roulette, al blackjack e a poker.

"No, mai," ammisi, "però sono entrata qualche volta in un casinò. Per curiosità."

Era una bugia, ma non volevo passare da totale sprovveduta davanti a lei. Gli uomini, ma anche le donne, la guardavano con una tale cupidigia che ne restai disorientata: in un certo qual modo, era riuscita ad ammaliare anche me con la sua bellezza e i modi suadenti e sicuri.

Fermò uno dei camerieri, prese dal suo vassoio due calici di prosecco e ne porse uno a me.

"I vincitori doneranno le somme incassate alle associazioni benefiche di loro scelta," spiegò. Gli occhi le scintillarono quando si spostarono in fondo al tavolo del poker. "Il padrone di casa ha scelto proprio l'ente che si sta occupando della costruzione dell'ospedale pediatrico. Direi che è il caso tu faccia il tifo per lui."

Il suo sguardo si fermò su Dante, proprio nell'istante in cui lui calava sul tavolo le ultime carte, quelle vincenti. La camicia purpurea che indossava fu l'unica macchia di colore che i miei occhi percepirono. Non so perché il rosso scuro, su di lui, mi facesse quell'effetto. Forse perché mi ricordava il mantello che indossava al mio compleanno. I foulard con cui mi aveva legata… O il sangue che aveva contaminato il nostro bacio.

I capezzoli costretti nelle pinze si inturgidirono e mi fecero male, mentre la mia intimità rispose subito alla sollecitazione nervosa. Il sorriso che lo illuminò, però, mi ferì inaspettatamente, quasi quanto l'accorgermi che accanto a lui era seduta Rachel, avvinghiata al suo braccio come una piovra.

Quando si voltò verso di lei per baciarla, i nostri occhi si incrociarono e io smisi di respirare. Lui continuò a tenerli su di me perfino quando poggiò le labbra su quelle di mia cugina e approfondì il bacio davanti a tutti, tirandosi dietro esclamazioni di stupore.

Mi sentii al centro dell'attenzione dell'intera sala e gli occhi mi bruciarono.

"Scusami," mormorai a Lamia, che corrugò la fronte. "Vado a prendere un po' d'aria."

Tamponai le lacrime con un dito prima che cadessero, sperando di non sciogliere la matita nera con cui avevo contornato gli occhi con cura, nella sciocca speranza di sembrargli più attraente. Più sensuale. E invece stavo fuggendo via dalla sala, umiliata come se mi avesse schiaffeggiata davanti a tutti.

Nell'atrio scorsi Lucy, appoggiata contro il muro, e Charon

che provava a impressionarla con qualche battuta in un italiano improbabile. Mia cugina sorrideva, la stessa espressione ammaliata che aveva sua sorella quando guardava Dante. Gli circondò il collo con le braccia e si lasciarono andare a un bacio che non aveva nulla di casto, proprio come quello che Dante aveva dato a Rachel.

"Hai mai provato, in tutta la tua miserabile vita, un qualcosa di così intenso, violento e totalizzante da poter essere definito amore?"

Se quello che stavo provando lo era, non lo volevo.
Non desideravo un sentimento così doloroso, che mettesse radici nel mio cuore e lo consumasse fino a farlo avvizzire. Attraversai anche l'altra sala, quella da ballo, dove molte coppie erano spalmate una sull'altra, alcune più discrete, altre più sfacciate. Voltai lo sguardo alle scene disdicevoli che mio malgrado mi si pararono davanti, con l'illusione di sentire delle risate di scherno indirizzate a me.
Beatrice Accardi, la figlia di un caporegime caduto in disgrazia, fidanzata ripudiata di un altro futuro capo che aveva tutte le intenzioni di prendersi il controllo sulla città, passando sul cadavere dei propri nemici. Schiava del vicecapo della cosca e suo giocattolo personale.
Rabbrividii per una folata di aria gelida. Mi ritrovai in una specie di studio, dove non ero mai stata prima: era decorato da piccole riproduzioni di statue elleniche, quadri rinascimentali e tanti volumi antichi finemente rilegati. Tutt'attorno, varie candele creavano punti di luce, fioca ma intima.
Una grande scrivania di marmo nero campeggiava al centro e, in un angolo, un camino puramente decorativo dava sfoggio di sé. La parete opposta all'ingresso aveva una enorme porta di vetro lavorato che dava sulla sala da ballo, come se avessi girato in tondo e fossi tornata nello stesso inquietante punto.
In mezzo a quella gente, dove mi sentivo un'estranea.
Restai a contemplarli per non so quanto tempo, proprio come quando sei davanti a una vetrina di cose che non puoi permetterti neppure di sognare.
Dante e Rachel.
Avrei voluto scappare, avere il potere di cancellare la memoria in modo da dimenticare ciò che avevo visto. Il loro bacio

appassionato, le mani di lei che gli circondavano il collo. Volevo dimenticare tutto fin dal momento in cui avevo messo piede in quella casa, ma così facendo avrei cancellato anche ciò che avevo vissuto con lui.

"Perché sei venuta a nasconderti qui?"

Avrei riconosciuto la sua voce anche in mezzo a una folla urlante. Lo vidi incombere dietro di me da uno degli specchi. Mi venne la pelle d'oca, ma non mi voltai verso di lui.

Distolsi lo sguardo dal suo riflesso, tornando a rivolgere la mia attenzione oltre la porta di vetro, verso la folla danzante. "Ho notato con piacere che la storia tra te e Rachel è una cosa seria."

Mi occorse uno sforzo inaudito per far suonare il mio tono fermo e indifferente, e non so se ci riuscii. Forse no, perché lo sentii sogghignare. Uno, due, tre, quattro passi resero la sua voce più vicina.

"Con piacere?" mi canzonò, senza smentirmi.

"Sì," insistetti, il cuore che batteva sempre più veloce. "È mia cugina, le voglio bene. Se è felice lei, lo sono anche..."

La frase mi restò in gola, annientata dalle sue labbra che mi si posarono sul collo per lasciarmi un bacio.

"Bugiarda." Il suo sussurro risvegliò le poche cellule del mio corpo che non erano ancora pronte per lui. "Se lo fossi sul serio, non tremeresti in questo modo tutte le volte che siamo vicini."

Mi maledissi, perché non avevo un briciolo di forza per respingerlo, per mettere la giusta distanza tra noi, specie dopo ciò che avevo visto.

Maledissi il mio corpo, che reagiva a ogni suo singolo respiro sulla pelle.

"Se hai intenzione di stare con lei..." chiusi gli occhi per frenare le lacrime e la mia voce si incrinò. "Perché mi tieni ancora qui? Perché non mi lasci sposare Simon?"

Dante mi cinse i fianchi, raggiunse lo spacco dell'abito e lo sollevò. Mi accarezzò la gamba e raggiunse il pizzo degli slip sul fianco. Ne percorse la sgambatura lungo il gluteo e si fermò proprio a pochi centimetri dal mio sesso, che si contrasse dolorosamente per il bisogno di sentirlo.

"Perché non ti ecciteresti mai in questo modo per lui," esalò. "Perché appartieni a me."

Dio solo sa se, dentro di me, non baluginò il desiderio di spingerlo via, di oppormi alla conturbante tortura tra corpo e anima che Dante era in grado di impormi. Ma mi abbandonai contro il suo torace, vinta da un desiderio mai sperimentato prima e che aveva tutti i contorni di una pericolosa dipendenza.

La verità era che lui stava tirando fuori con maestria un lato di me che neppure sapevo di nascondere. Lo stava plasmando, accarezzando, cesellando finemente, allo scopo di distruggerlo, per ricomporlo a suo piacimento. La sua capacità di farmi sentire viva, e allo stesso tempo sbagliata, era il mio personale girone infernale. Quello dove ero l'unica dannata.

Io ero il suo giocattolo.

Lui, la mia condanna eterna.

"Guardali, Triss. Osserva il modo in cui questa brulicante umanità si affanna a perpetuare il ciclo vizioso che osa definire vita." Mi forzai ad aprire gli occhi su suo comando. Figure sfocate si muovevano oltre la porta, filtrate dagli intarsi decorati incisi nel vetro traslucido. Corpi senza più forma, avvinti ai più infimi peccati causati da denaro, lusso, vizi. Non avrei mai più guardato a quegli uomini e quelle donne nello stesso modo. "Sono un guscio vuoto. Gemiti, sussurri, rumori di anime schiave, ognuna di qualcosa. Anime già morte."

Sentii la zip dell'abito scorrermi lungo la schiena, producendo un fruscio delicato, seguito dallo schiocco di un bacio alla base del collo e un altro più giù, tra le scapole. Lo guardai attraverso lo specchio. C'era qualcosa di estremamente oscuro ed eccitante nel vederlo così, dietro di me.

Forse perché il mio corpo sapeva già che, da lui, avrei dovuto aspettarmi qualsiasi cosa. L'avrei accettata, semplicemente perché non potevo farne a meno.

L'abito scivolò lungo le spalle, lasciandomi i seni nudi e mostrandogli il gioiello che avevo indosso. Le iridi del suo riflesso scintillarono, più dei diamanti. Avevo obbedito ai suoi ordini, e l'avevo fatto perché aveva maledettamente ragione: io appartenevo a lui.

"E tu?" chiesi, con un filo di voce, incoraggiata dal compiacimento che riuscivo a leggere in lui. "La tua anima è schiava di qualcosa?"

"Oh, sì. Sono schiavo di tante cose. Tutte velenose." Il suo mormorio roco assunse i contorni di un ringhio animale. "Tu sei la peggiore."

Mi accarezzò il collo, la gola, e avvicinò due dita alle mie labbra. Profumavano di qualcosa di dolce, forse fragola, e provai il bisogno bruciante di leccarle.

"Hai detto che sono l'unico veleno che non puoi concederti..."

Un altro bacio, sulla spalla nuda, regalò alla mia pelle l'ennesima sferzata di piacere. Passò le dita sul mio labbro inferiore e lasciai che me le spingesse in bocca, come aveva fatto la notte in cui mi aveva marchiata.

"Ma sei anche l'unico veleno di cui voglio morire."

Il profumo era delizioso, ma il sapore amarognolo che si sciolse in bocca mi indusse a collegare suoni, colori. Immagini.

Il litigio di papà al telefono, le minacce di Simon. I traffici della cosca.

Il Chianti che avevo bevuto, i colori che danzavano attorno a me nell'oscurità creata dalla benda sugli occhi.

La percezione amplificata. Gli incubi. Il suo pallore, gli occhi arrossati. Il sangue.

La droga. Era questo, il veleno di cui Dante stava parlando?

Posò una mano alla base della mia schiena e mi indusse a piegarmi in avanti. Lo feci senza opporre resistenza e il contatto tra i seni e il marmo freddo della scrivania mi strappò un gemito di piacere, nonostante la costrizione delle pinze. La testa mi girò.

Lo sentii armeggiare con qualcosa, una luce attraversò lo specchio, rapida, come quella di una fiamma. "Ti farà male."

Udii appena la frase. Una sensazione di calore, puntiforme, dapprima leggera poi via via più intensa, si fece strada sulla pelle fino a diventare bruciante.

La luce che avevo visto era la fiamma di una candela e quella era... cera bollente?

Urlai e inarcai la schiena, per sottrarmi al dolore più intenso mai provato fino a quel momento.

Dante mi prese per il collo e mi costrinse e restare giù, tenendomi una guancia premuta contro il marmo. "Stai ferma," mi ammonì, il tono autoritario sporcato dall'eccitazione mi diede una scarica che finì dritta tra le gambe e mi paralizzò i muscoli. "Ti ci abituerai."

"No! Ti prego!" mi ribellai, col solo risultato di sentirgli serrare la presa.

Un'altra scia sottile e rovente disegnò qualcosa sulla mia pelle. Urlai di nuovo, le orecchie mi fischiarono e mi sentii come se tutte le persone al di là del vetro ci puntassero gli occhi addosso. Singhiozzai.

"Vuoi che smetta?"

Sì.

Mi sollevò l'abito, scoprendomi i glutei. Passò un dito sotto l'intimo per spostarlo di lato e mi accarezzò con una lentezza tale che credetti di morire per la necessità che si spingesse dentro di me. "No... non smettere."

Il mondo iniziò a colorarsi di mille luci danzanti. Dante mi afferrò per i fianchi e mi voltò, la sua bocca a un soffio dalla mia.

"Mi ucciderai, angelo."

Mi aggrappai al collo della sua camicia. "Morirei insieme a te, piuttosto."

L'ombra di una vistosa cicatrice sul suo petto fece capolino dai bottoni slacciati e calamitò tutta la mia attenzione residua. Provai a sfiorarla, ma Dante non me lo permise e mi spinse a distendermi con la schiena sul marmo.

Il mio corpo inerme si riflesse in un altro specchio, quello delle sue iridi.

La cera colò sotto forma di piccole gocce rosse sui seni, seguendo il tortuoso percorso tracciato dal pavé, e terminò sulla pancia, per girare attorno all'ombelico. Mi contorsi, urlai tra le lacrime e gemetti senza ritegno. Piacere e dolore si rincorsero ferocemente dentro di me, ingaggiando una battaglia senza nessun vincitore.

Mi inarcai e, sottosopra, mi apparvero di nuovo le figure contorte e demoniache della sala da ballo. Sperai che Rachel ci stesse guardando. Volevo che sapesse che Dante era mio.

E che io appartenevo a lui.

Mi afferrò le cosce tremanti e si chinò su di me, le labbra seguirono lo stesso percorso doloroso della cera dandomi sollievo con una scia di baci, unico balsamo per le ferite della mia anima. Scese ancora, oltrepassò l'ombelico e scostò di nuovo gli slip da un lato.

L'eco dell'orgasmo imminente risuonò ancora prima che la sua lingua cercasse e trovasse il punto più dolente del mio corpo e si ubriacasse dei miei umori. "Dante..."

Dei forti rumori, provenienti dall'esterno, spezzarono il maleficio in cui la sua tortura erotica mi aveva gettata. Mille forme colorate tornarono a danzare solo nella mia testa, in una sfilata psichedelica e impazzita.

Forse era tutto quanto effetto della droga?

Mi sembrò addirittura di sentire le voci di Virgil e Charon, concitate, richiamare l'attenzione di Dante.

"Vai in camera nostra." Mi prese per le spalle e mi tirò seduta, con un gesto altrettanto rapido mi richiuse la zip sulla schiena. "E aspettami. Non ho ancora finito, con te."

Camera nostra.

Come prima, i piedi si mossero in automatico nonostante il mondo continuasse a girarmi vorticosamente attorno, tanto che dovetti reggermi a qualcosa di cui non compresi subito l'uso, forse una balaustra. Attraversai il grande corridoio dove sapevo esserci il quadro della mamma di Dante, ora silenzioso e completamente deserto, e cercai di dirigermi verso la dependance.

Nel buio, gli artigli di una bestia mi afferrarono un braccio.

"Dove vai così di fretta, piccola?"

Il fiato caldo che mi lambì fu davvero simile a quello di una bestia feroce, come il ringhio brutale che mi assalì, così diverso da quello sensuale dell'uomo che desideravo con ogni fibra del mio essere.

Sbarrai gli occhi, un secondo dopo mi ritrovai al muro con il corpo possente e muscoloso di Jack Costello schiacciato contro il mio.

"Le donne eccitate hanno un odore speciale," ansimò, annusandomi il collo. Il tanfo alcolico del suo alito mi investì in pieno. "Il tuo è delizioso."

Mi ribellai alle sue mani che frugavano sotto l'abito, con la forza della disperazione, ma non potei evitare che mi agganciasse gli slip e me li strappasse. Il suono della stoffa lacerata si fuse a una voce familiare che tuonò nel vuoto del corridoio.

"Ti sembra il caso di comportati come una bestia in casa mia, Jack?" Costello si irrigidì. "Per di più con un'ospite simile? Hai lasciato le buone maniere sul fondo della bottiglia di rum, a quanto vedo."

Dante sembrava appena uscito dai miei sogni per farsi largo e salvarmi dai miei incubi.

La camicia, da rossa, era diventata bianca. La cicatrice sul petto era sparita, sostituita da un laccio nero con un ciondolo di metallo a forma di giglio che non gli avevo mai visto. Le sue iridi avevano assunto le screziature scure dell'oceano profondo, ma il sogghigno crudele era lo stesso di pochi istanti prima.

"Ciao, Triss."

Il mondo attorno a me piombò nel buio.

Samael?

23. Hubris of Death

Dante

"Devi tornare con me a Manhattan, e subito. La famiglia ha bisogno di te."

"Non ho più una famiglia a Manhattan, Gil, da almeno sette anni. Anzi, non ce l'ho mai avuta."

"Lo sai che non è vero. Hai me, tanto per cominciare… e tutto ciò che comporta l'essere un Santacroce."

"Alla persona con cui sto non interessa il mio cognome. La mia famiglia è lei, adesso."

"Dante! Quella donna è una drogata, ti ha portato sulla strada della cocaina e ti sta distogliendo dai tuoi doveri. Ti ha allontanato da noi. Questa è l'unica cosa che so e che conta."

"Pensa che invece lei sostiene che devo riappacificarmi con voi. Sono io che non voglio tornare a casa! Gemma mi ama. Se soltanto tu accettassi di conoscerla, vedresti che sono felice qui con lei."

"Mi stai invitando?"

"Be', ormai sei in Italia, no? Io vorrei conoscere la donna di cui mio fratello si è innamorato. Tra l'altro io e Gemma potremmo avere voglia di condividere una cosa bella con te."

"Non dirmi che…"

"Ti aspettiamo a cena. Se non verrai, cancellerò anche te dalla lista dei fratelli."

Gemma, i segni attorno al collo, il cuore fermo e il respiro spezzato.

Il fuoco.

Non ricordavo molto altro. Erano mesi che cercavo di rimettere assieme i tasselli di quella notte, senza successo. La

Holy Blood, in verità, stava aiutando ma non potevo essere sicuro che non fossero allucinazioni o falsi ricordi. Il mio presente vedeva soltanto me e Triss, chiusi nel nostro perverso limbo senza via di salvezza. La stavo trascinando nel mio inferno, lo stesso in cui Gemma aveva trovato la morte.

"Quella donna ti sta distogliendo dai tuoi doveri."

I miei doveri non erano distesi sulla scrivania di mio padre, vibranti per il desiderio del mio tocco, non avevano i segni eccitanti lasciati dalla cera bollente sulla pelle, né supplicavano di ricevere l'estasi di un orgasmo senza bisogno di chiederlo a parole.

I miei doveri non sospiravano il mio nome. Lo urlavano.

"Dante! Che fine avevi fatto? Ti ho cercato ovunque! Perché sei corso dietro a mia cugina lasciandomi al tavolo? Mi hai fatto fare una figuraccia. Ti sembra questo il modo di..."

La voce insistente di Rachel si fece più seccante a ogni passo che mi separava da loro. Dai miei fottutissimi doveri, reali o immaginari che fossero, che mi avevano costretto a lasciare per l'ennesima volta il reale centro del mio mondo.

Triss.

L'eccitazione, la droga, la rabbia, il malessere e la paura si fusero tutti insieme e mi pomparono nelle tempie, rendendo il cervello una batteria sovraccarica sul punto di esplodere.

"Chiudi il becco," le afferrai un braccio senza curarmi di dosare la forza. Le feci parecchio male, a giudicare dall'urlo che lanciò. "Nessuna di queste cose è e sarà mai affare tuo."

Fu brava a soffocare la sorpresa e il dolore per la mia reazione, devo ammetterlo. Rachel aveva in sé tutte le migliori caratteristiche della famiglia Accardi: era astuta, intelligente e capace di modellarsi in base alla persona che aveva davanti.

"Hai ragione, scusami," deglutì. "Mi sono soltanto preoccupata. C'erano delle urla in sala e ho avuto paura che ti fosse successo qual..."

Serrai di più la stretta. "A te interessa soltanto che scopi te invece di tua cugina," ringhiai. "Credi che non sarei capace di farti del male? Magari perché sei una donna, o perché ritieni di poter avanzare una qualche pretesa su di me dopo mezza notte di sesso. Non è così?"

Sgranò gli occhi, il fiato corto e una serie infinita di parole tra cui si mise a frugare nel tentativo di ribattere, col risultato di incastrarsele in gola in un patetico balbettio.

Nel copione che aveva studiato per quella serata non doveva esserci margine di improvvisazione. Rachel era brava a mentire e sembrare una ragazzina innocente.

Ma Triss lo era più di lei.

E, nonostante sapessi che erano fatte della stessa pasta, l'unica cosa che desideravo era che una voragine si aprisse per inghiottire il mondo intero, lasciandomi libero di tornare tra le braccia dell'ossessione che mi stava aspettando in camera.

Volevo nutrirmi soltanto della sua pelle, del suo profumo, della sua voce. Mi sarebbe bastato.

Ma ero un maledetto Santacroce, strappato all'amore e alla felicità già una volta e riportato con la forza in una famiglia, in un ruolo, che detestavo.

E anche Rachel era una delle ancore che mi ricordavano i miei doveri.

"Raccatta tua sorella e chiudetevi nell'altra sala assieme agli ospiti." La spinsi via e le voltai le spalle per raggiungere Virgil. "Non ti voglio tra i piedi fino a quando non avrò finito."

Non so cosa fece, se disse qualcosa o se obbedì agli ordini che le avevo inveito contro, perché non me ne fregava nulla.

Mio fratello aveva assistito alla scena, ma non fiatò. Il suo sguardo parlò per lui.

"Abbiamo ricevuto un regalo. Appena recapitato, con tanto di bigliettino d'auguri." Fu Charon, appena arrivato, a diradare le nubi del silenzio tra noi.

Il motivo del panico che in breve aveva travolto una gran quantità di invitati era in effetti un grosso pacco. Virgil mi porse il biglietto, serigrafato con il logo di una nota azienda florovivaistica della città, che conoscevo piuttosto bene.

Che questo dono possa sancire l'inizio di una nuova era, priva di incomprensioni, per la triade.

La scatola bianca era priva di nastri e decorazioni, segno che la servitù l'aveva già aperta, trovando tra gigli e rose anche il macabro contenuto: una testa di cavallo mozzata. Altre urla tutt'attorno spezzarono il senso di nausea che aveva colto persino me, a quella vista.

Si trattava di uno dei nostri, Ulisse, uno stallone nero purosangue di cui mio padre andava particolarmente fiero.

"Maria! Agatha... Marcello! Congedate tutti gli ospiti!" Elia era fuori di sé, a ben donde. "E allertate la sicurezza."

"È arrivato in un furgone con lo stesso logo," spiegò Virgil. "Gli autisti sono stati fermati prima che lasciassero la strada e perquisiti. Non c'entrano niente, naturalmente. Non erano a conoscenza del contenuto."

Mio padre ringhiò come un cane rabbioso. "Dovevate tagliargli la testa comunque e recapitargliela indietro!"

"A chi? De Gregorio o Accardi?"

La mia fu una provocazione. Il riferimento alla triade lasciava presupporre che la minaccia provenisse da uno dei due, e conoscevamo tutti quanti il significato di un gesto simile.

Charon e Virgil si guardarono di sottecchi, ben sapendo che, nonostante la maggioranza degli invitati fosse stata sgomberata, eravamo ancora attorniati da alcuni dei nostri e qualche membro del clero.

"La testa di un animale equivale a un messaggio di morte e il cavallo significa che il bersaglio sarà il capo," l'arcivescovo Rogers ribadì il concetto come una litania appena sussurrata, ma stonata. Conosceva bene anche lui il linguaggio della mafia, non era un segreto per nessuno.

"Non credo che Giuseppe o Michele si sarebbero mai azzardati a fare una cosa del genere. Così plateale," obiettò Santonastaso. "Per ottenere cosa, poi?"

La risatina ironica di Charon riempì il silenzio. Non seppi dire nemmeno io se John cadesse sul serio dalle nuvole o se anche la sua fosse una parte studiata al dettaglio.

"Eccetto Michele, per i motivi che sappiamo, Giuseppe e Simon De Gregorio erano gli unici non presenti stasera, nonostante l'invito," confermò Gaetani. "Mi è parso molto strano. Inutile dire che io sono dalla parte di mio nipote. Dopo quanto accaduto, sarebbe stato davvero un gesto sciocco da parte sua."

"Le sembra sciocco vendicare la morte di uno dei suoi nipoti? Per quanto mi riguarda, potrebbe essere stata anche la chiesa!" Mio padre gli inveì contro, senza curarsi dell'ammissione dell'omicidio di Vito davanti ai pochi che non erano presenti alla sua esecuzione. Nell'occhiata che rivolse a me, invece, lessi la stessa rabbia che aveva infiammato Virgil alla scoperta di ciò che avevo fatto a Simon. "A me sembra così chiaro che ci arriverebbe persino un bambino."

Lo sapeva. Mio padre era a conoscenza del matrimonio saltato. Ovvio che il colpevole fosse uno dei suoi due più stretti alleati, a quel punto. Eppure...

"Non potrebbe trattarsi della vendetta del clan Argenti?" insinuò Santonastaso, poi provò a spiegare scarnamente ai presenti. "Si tratterebbe della seconda minaccia diretta alla famiglia Santacroce nel giro di pochi giorni."

La terza, includendo la rappresaglia verso la banda di strada che rispondeva agli ordini degli Accardi, ma di quella nessuno era a conoscenza tranne me. Calò tra noi un silenzio pesante, che fu rotto cautamente da Virgil. "Non è da escludere. Ma l'accesso alle nostre stalle non è così semplice, per chi viene da fuori."

Ce ne saremmo accorti, per questo Elia aveva allertato la sicurezza. Restringere il cerchio già soltanto visionando i filmati delle telecamere sarebbe stato facile. Peccato che, per quelli, la sicurezza non serviva a granché. Avrebbe dovuto chiederli a me e lo stava facendo con lo sguardo.

"Cosa hanno fatto le figlie di Vito durante la festa?" tuonò. "Con chi?"

"Rachel Accardi è stata tutto il tempo al tavolo da gioco, l'hanno vista in molti." Charon si prese una minuscola pausa per schiarirsi la voce. "Lucy ha passato la serata con me, non ha visto né parlato con nessun altro. Spero che basti, come testimonianza."

Charon deglutì a vuoto, perché dire altro avrebbe significato ammettere che la verginità della piccola Lucy era soltanto un ricordo e svelare anzitempo le carte, ma non fu necessario. A mio padre non interessava, al momento.

Il cardinale Gaetani sbiancò. "Don Elia, non crederà sul serio che le mie nipoti possano aver..."

Mio padre lo ignorò completamente e tenne lo sguardo sull'autista. Il labbro inferiore gli tremò per la rabbia. "Fai in modo che quelle due ragazze non lascino la villa, per nessun motivo."

"Don Elia..."

"Muoviti!" sbatté la testa del bastone sul grande tavolo attorno al quale eravamo seduti. "E, se sono già andate via, corri a riprenderle. Mi hai capito?"

"Sì, signore." Charon abbassò lo sguardo e si dileguò.
Il cardinale trattenne il respiro fino a diventare quasi cianotico, ma ci pensò Virgil a recuperare in corner, come al solito. "Eminenza, le ragazze della famiglia Accardi sono sotto la nostra tutela. Nessuno sta sospettando di loro, Don Elia vuole soltanto tenerle al sicuro."
Mi chiesi se credeva lui stesso a una fandonia del genere, per suonare così rassicurante nel tono.
"E Beatrice?" Gli occhi di papà saettarono di nuovo nella mia direzione. "Dov'è?"
Serrai la mascella. "Sotto la mia tutela, naturalmente." Non potei evitare di fare il verso a Virgil, ma il mio tono suonò perentorio almeno quanto quello di mio padre.
"Questa festa doveva essere l'occasione per mettere a tacere ogni illazione criminale!" sbottò il sindaco, rosso in viso. "E invece il risultato è stato l'opposto!"
Elia non degnò nemmeno lui della minima attenzione, mentre io lo bruciai con un'occhiataccia.
"Illazione criminale?" calcai sulla seconda parola. "Come osa utilizzare in casa nostra quel tono, sindaco? I soldi che questa famiglia criminale le elargisce copiosamente le fanno schifo?"
"Non era questo che intendevo," ritrattò immediatamente, alla prospettiva di perdere i nostri favori. "Ma è evidente che ci siano questioni interne, tra voi. Affari che non c'entrano con noi o con la chiesa. Problemi che potremmo definire... familiari."
"Oh, sì," la voce impastata di Costello provenne dal fondo e si fece più vicina. "I Santacroce hanno enormi problemi familiari da risolvere. Quanto prima!"
Voltammo tutti lo sguardo verso di lui. Il volto segnato da graffi insanguinati, ubriaco lercio, la camicia sbottonata da cui facevano capolino le innumerevoli medagliette e croci d'oro che indossava crearono un grottesco e blasfemo contrasto col paio di uomini in abito talare presenti. Fino a quel momento nemmeno io avevo notato la sua assenza.
"I problemi dei Santacroce sono anche i nostri, Jack," puntualizzò Santonastaso. "Ma... cos'hai fatto, per ridurti in questo stato?"
Costello, malfermo sulle gambe, gli puntò un dito contro. "Le puttane dei Santacroce sono un loro problema e, come dice il signor sindaco qui presente," una risata sguaiata interrup-

pe il suo discorso, “è un affare che non c’entra con la chiesa, né con noi. Si tratta di mera gelosia amorosa.”

I graffi e il suo aspetto trasandato assunsero un nuovo senso ai miei occhi. Dov’era Triss?

Trasalii, con la consapevolezza di non poter abbandonare quella riunione improvvisata ma con la voglia di farlo quanto prima. Fu per questo che non identificai immediatamente la sagoma che apparve dietro di lui. E che parlò. “La questione si riassume in una enorme mancanza di rispetto. Sia da parte di Jack verso i nostri ospiti, sia di quella testa. Povero Ulisse. Gran bel cavallo, eccezionale già da puledro.”

Il silenzio che calò nella sala dopo quelle parole gelò lo sguardo di mio padre. La gente per lui aveva perso nuovamente attrattiva, la sua totale attenzione era calamitata dall’aura oscura, velenosa e al tempo stesso sfolgorante emanata da due ali d’angelo che la Holy Blood mi fece visualizzare con chiarezza estrema.

Quelle del mio gemello.

“Chiudete ogni singola porta della villa,” ordinò Elia. “Per stanotte, nessuno di voi uscirà da qua dentro.”

***

“Se fossi un fantasma, forse avresti fatto una faccia diversa nel rivedermi, fratellino.”

Davanti al suo ghigno divertito, mi limitai a stringere i pugni senza proferire parola. L’insieme di sentimenti che stavo provando in quel momento, dopotutto, non era definibile in alcun modo.

Sapevo soltanto che il momento in cui mi ero ritrovato Samael davanti non era stato affatto come l’avevo immaginato. E, a giudicare dagli occhi nei quali mi stavo ritrovando a scavare come un dannato, doveva essere lo stesso per lui.

Era turbato quanto me.

Lo sapevo, lo sentivo.

Samael era soltanto più bravo a nascondersi dietro il muro di strafottente superiorità tipico dei Santacroce.

Ma ero nella sua testa, e lui era nella mia. Non avevamo bisogno di parlare.

Il cuore martellava contro le costole così forte da salire di nuovo alle tempie. Riflettersi in quel genere di specchio è una cosa incomprensibile anche al sangue del proprio sangue, in fin dei conti.

"Non ti chiederò come hai fatto a entrare." Papà aveva finalmente deciso di mettere fine al suo andirivieni, prima di scavare un solco sul pavimento. "Voglio soltanto sapere perché sei tornato."

Virgil teneva i pugni serrati dietro la schiena, non li vedevo ma sapevo che era così.

Per la prima volta dopo sette anni, in quello studio, c'eravamo soltanto noi quattro. Le maschere che eravamo soliti portare davanti a tutti erano superflue.

"Non sono tornato, papà. Stai tranquillo," rispose Samael, senza scomporsi più di tanto. "Mi è giunta voce dei malintesi che circolano riguardo alla mia persona e sono venuto in città per smentirli. Ho pensato che fosse una buona idea fare un salto al tuo party esclusivo, in memoria dei tempi in cui ero seduto io, su quella poltrona. Ammetto che non immaginavo di trovarla già occupata, ma era da mettere in conto."

"Hai intenzione di parlare con Minos?" Virgil non diede spago all'insinuazione e andò dritto al punto.

Samael spostò lo sguardo su papà. "No. Essermi fatto vedere alla festa mi basta, per ora. Voglio che la città sappia che sono vivo e vegeto. Che male c'è?"

Papà mandò alle ortiche il buonsenso residuo e lo afferrò per il collo della camicia, arrivandogli a pochi centimetri dal naso.

"C'è che non consentirò mai a un traditore di parlare ancora una volta con un poliziotto, nemmeno per sbaglio," ringhiò. "Piuttosto, ti seppellirò con le mie mani, stavolta."

"Si tratta di questo, dunque," mormorai. Alzai gli occhi su entrambi. "Sei diventato un collaboratore dei federali?"

Samael si liberò dalla stretta di papà con un semplice gesto, come se non fosse lo stesso uomo che, da bambino, gli aveva stampato più volte le cinque dita sulla faccia. "È ciò che ti hanno raccontato papà e Gil, per convincerti a tornare in America, vero?"

Zittii Virgil, come sempre pronto a strapparmi la parola, incenerendolo con lo sguardo. "Nessuno mi ha detto niente. Sono tornato e basta."

Il mio gemello si mise a ridere. "Bell'affare, fratellino, non c'è che dire! Io sarei rimasto in Italia piuttosto che prendermi un regno che cola a picco." Fissò di nuovo gli occhi nei miei, il sorriso sparì con la stessa rapidità con cui era arrivato. "Ma se era l'unico modo per scoparti finalmente Triss, allora hai fatto bene. A proposito, è ancora più bella di quanto ricordassi, sai? Ho impedito a quel verme di Costello di sciupartela troppo, tranquillo."

Strinsi di nuovo i pugni e stavolta la presa di Virgil sul mio braccio bloccò sul nascere l'impulso di saltargli addosso.

Papà si frappose tra noi. "Troverò il modo di risolvere il problema alla radice."

Mi chiesi per tutto il resto della notte se quella frase sibillina stesse a significare che papà avrebbe fatto sparire Samael dalla faccia della terra una volta per tutte, o se si riferisse a Triss, responsabile secondo lui dei nostri diverbi fin dal liceo.

Le parole si accavallarono nella mia testa insieme alle immagini della festa, di lei sotto di me con il gioiello che luccicava a ogni movimento dei seni, della testa sanguinante tra i fiori, del mio gemello che mi sorrideva, per trascinarmi di nuovo nella spirale che ci aveva abbracciati sin dal maledetto istante in cui eravamo stati concepiti.

Immagini mentali che a loro volta si sovrapposero a quelle delle telecamere che stavo analizzando.

Il cortile attorno alla villa deserto. I cavalli chiusi nella stalla, senza nessuno che si aggirasse nei dintorni. Le sale pullulanti di gente, corpi aggrovigliati in ogni angolo. Signore che tiravano strisce di coca servite su vassoi dorati. Preti col capo all'indietro, accecati e travolti da un paio di pompini.

Triss che vagava nel corridoio buio, spaventata e sola.

Una figura alle sue spalle, forse proprio Jack Costello, che la ghermiva e la sbatteva contro un muro. Le sue luride mani addosso a ciò che mi apparteneva, mani che avrei tagliato alla prima occasione utile. Il sangue che mi offuscava il cervello e mi gorgogliava nel petto, alla vista di lei che si dibatteva tra le sue braccia e lo graffiava, mentre io… dov'ero?

Ero con sua cugina, e poi con il resto della mia famiglia, a cercare un ulteriore senso a quell'orribile intimidazione che, in realtà, ne aveva uno soltanto.

Il prossimo a morire non sarà Elia.

Altre immagini. Samael che appariva dall'oscurità, come un angelo salvatore, a strappare Triss dalla violenza di Costello. Il mio gemello che lo spingeva via e trascinava Triss lontano, tenendola per un braccio.

Lei che barcollava. Lei che cadeva rovinosamente al suolo.

Lui che la prendeva in braccio e la portava via, lontana dalla folla, dal caos. Lontana da me.

Loro due nel dehors, soli, con l'unica compagnia delle luci che attorniavano la piscina. Triss che si accasciava su se stessa, che stava male. Che piangeva.

Samael che la teneva di nuovo tra le braccia e la conduceva su uno dei lettini.

Triss che cedeva, fino a smettere di muoversi, la misericordia del sonno scesa su di lei a cancellare ogni altra cosa.

E poi immagini di me, visto da fuori come se una telecamera aleggiasse anche sopra la mia testa.

Io a diciott'anni, dietro il muro di una palestra, che li guardavo avvinghiati l'uno all'altra.

E sette anni dopo, in una situazione analoga.

Le frustate di papà.

La testa di Ulisse.

Il sangue.

I gigli fiorentini.

Il prossimo a morire non sarà Elia. Sarò io.

Il mondo tornò a vorticare impazzito.

Spensi lo schermo del cellulare e lo gettai in un angolo, mandandolo in mille pezzi. Il tonfo che emise rimbombò nel buio, ma non fu sufficiente a svegliarla. Triss si mosse appena, sul lettino dove il mio gemello l'aveva lasciata. Un sospiro profondo, poi il silenzio.

Quello della Holy Blood non era un vero sonno ristoratore. Era un'illusione che non concedeva alcun sollievo. La droga di Elia era un killer, silenzioso e letale, da cui non c'era modo di salvarsi.

Ma, nel momento in cui mi persi a guardarla mentre dormiva, mi fu chiaro che il vero salvatore di Triss, quella notte, non era stato Sam.

Era stata la droga, l'unico angelo a salvarle sul serio la vita, frapponendosi, come un dannato scudo.

Tra lei e la mia furia.

24. Wicked and Torn

Triss

È soltanto un sogno.

Anzi, un incubo, uno dei soliti a metà tra luce e ombra, tra erotismo e orrore.

Piacere e dolore.

Stavolta ne ero consapevole. Fin troppo. Stavolta si trattava di un sogno lucido ed ero quasi certa che c'entrasse quella strana sostanza profumata. Forse anche la cera rovente era stata solo un'illusione. Però la sensazione di calore, il dolore e anche il piacere che ne erano conseguiti mi sembravano così maledettamente reali.

Reale come lo era stato il bacio tra Dante e Rachel. I suoi occhi addosso a me, il loro abbraccio.

Come reale era stata la mia fuga, l'ombra che mi aveva afferrata nel buio e che aveva le fattezze di Costello. Reale era stata la puzza di alcol che lo accompagnava e il suo tramutarsi ai miei occhi in un vero, mostruoso, cane a tre teste. Lo chiamavano Cerberus non a caso, dopotutto.

Un cane nero, enorme, che emetteva latrati osceni e da cui avevo cercato di sfuggire. Se non fosse stato per Samael, probabilmente mi avrebbe divorata.

Anche lui era stato uno scherzo della mia mente? Il suo profumo era così diverso da quello che aveva al liceo, la sua pelle, persino la sua voce… Era così difficile distinguerlo dal mio Dante. Non poteva essere la stessa persona che mi aveva quasi stuprata.

Perché poi avrebbe dovuto salvarmi da un altro mostro, in fin dei conti?

"Perché sei qui?"

Aveva ridacchiato alla mia domanda biascicata, mentre mi teneva in braccio. Ricordo di essere inciampata nei tacchi e di essermi storta una caviglia. "Forse dovrei chiederti la stessa cosa."

Anche il sorriso era lo stesso. Avevamo raggiunto la piscina e, quando mi sistemò su uno dei lettini del dehors, la cura che ebbe nei miei confronti andò in feroce contrasto con un flash precedente, dove ero riversa sulla scrivania a contorcermi sotto le torture.

Avevano lo stesso volto, ma non potevano essere la stessa persona.

È soltanto un sogno. Anzi, un incubo.

Un tremore incontrollabile mi scosse, il cuore sembrò voler esplodere nel petto. Era come se i polmoni stessero inesorabilmente collassando. Non riuscii a frenare le lacrime.

Tornai di nuovo con la mente a quello studio, circondata da miriadi di candele.

"Stai ferma..."

"No! Ti prego!"

Le sue iridi cerulee riflettevano persino le fiamme. "Vuoi che smetta?"

Volevo smettere di provare dolore ma, allo stesso tempo, ne desideravo ancora. Non volevo che mi abbandonasse lì, pasto di un mostro a tre teste, per tornarsene da mia cugina. Volevo che mi amasse, che andasse fino in fondo e mi facesse a pezzi il cuore. In modo da non sentire più niente.

Voglio svegliarmi.

"Non lasciarmi mai più!" non so se lo dissi sul serio o se mi limitai a urlare dentro di me. "Resta con me."

I contorni dell'uomo seduto accanto a me, Samael o Dante che fosse, divennero più evanescenti. La sua mano, grande e calda, mi scostò i capelli dal viso e mi si posò sulla fronte. "Che diavolo hai preso, Triss? Cocaina?" chiese, ma non riuscii a rispondere.

I movimenti del mio corpo divennero frenetici, incontrollabili. Mi prese di nuovo tra le braccia, ma per arrestare i tremori, come se volesse infondermi calma.

Il respiro si accorciò ancora di più, l'aria smise di fluire nei polmoni e credetti di annegare. Forse annegai sul serio, perché scivolai in un limbo nero e silenzioso.

Smisi di lottare e mi lasciai andare per dissolvermi nel nulla, ma la percezione delle mie membra non sparì. Fu Samael a svanire.

Ero rimasta sola. Di nuovo.

Non so quanto tempo trascorse, ma restai in quello stato di torpore che non era sonno, né quiete, fino a credere sul serio di essere morta.

Non dovrebbe essere così.

Dicono tutti che, da morti, si smette di soffrire: perché la solitudine fa ancora più male?

Qualcuno dal cielo ascoltò la mia preghiera e decise di accogliermi tra le sue braccia, in Paradiso, anche se sentivo di non meritarlo affatto. Mi sentivo la peccatrice peggiore di tutte, inferiore persino a quelle pagate per intrattenere gli uomini di chiesa che Dante mi aveva costretta a guardare.

"Anime schiave e già morte," le aveva definite.

Passai dal buio alla luce, anche se non distinsi che poche sagome sfocate davanti a me. La sensazione che mi restò più impressa fu il calore che mi avvolse. Fu proprio come essere stata per tanto tempo sul fondo del mare e poi essere costretta a risalire a galla. Anche i miei polmoni ripresero gradualmente a incamerare aria.

Acqua calda mi scivolò addosso e mi scoprii nuda, inerme, tra le stesse mani che mi avevano sorretta fino a quel momento. Mani che mi detersero dalla cera residua e lavarono via i miei peccati più oscuri, donandomi una nuova essenza.

Il gioiello che stabiliva la mia appartenenza a Dante mi era stato portato via e me ne sentii orfana, anche se il mio corpo provò un sollievo immediato.

I nodi dei miei capelli furono districati con dolcezza e i segni sulla pelle leniti da carezze e attenzioni che fino a quel momento avevo soltanto sognato.

Le percezioni, da ovattate che erano, divennero sempre più nitide. Il velo che mi appannava gli occhi si squarciò e mi restituì le stesse iridi cristalline che riflettevano ancora le fiamme.

Cercai di metterle a fuoco, sbattendo le palpebre.

Non ero ancora ascesa al Paradiso, se quelle erano fiamme infernali.

Del resto, prima di poter godere della beatitudine eterna, occorre attraversare le oscure penitenze del Purgatorio.

L'oceano scuro che mi aveva inghiottita prima era sparito,

al suo posto i marmi screziati di una vasca. I miei peccati lasciati lì, sul fondo, l'abbraccio profumato di un telo da bagno avvolto attorno a me come ali d'angelo.

Un bacio tra i capelli, un altro che cancellò una lacrima. Sperai che la mia punizione fosse stata scontata. Perché assieme ai peccati erano scorsi via anche il senso di abbandono e il dolore.

Due braccia ferme mi sollevarono da terra e mi ritrovai adagiata sul letto. Mi sentii inspiegabilmente a casa.

Non ero più sola, non avevo più freddo. Non tremavo più.

Non dormivo più.

Ero sveglia, presente. Viva.

Gli gettai le braccia al collo, incurante del fatto che potesse ritrarsi come al solito. Non me ne importava nulla, non gli avrei permesso di abbandonarmi un'altra volta.

"Resta con me, Dante," ripetei come un mantra, "non lasciarmi mai più. Mai più, ti prego."

Non si allontanò da me, ma lo sentii irrigidirsi. Mi prese il viso tra le mani e mi scrutò, come se volesse sincerarsi delle mie condizioni... o della veridicità delle mie parole.

"Si sono introdotti in casa, hanno ucciso uno dei nostri cavalli e ci hanno minacciati di morte." Il suo mormorio basso, profondo, era capace di regalare scosse alla mia intimità anche pronunciando parole terribili come quelle. "Non ho alcuna intenzione di lasciarti, angelo. A nessuno di loro. Se ti accadesse qualcosa... ne morirei."

Le sue mani scesero dalle guance ad accarezzarmi il collo, le spalle, le braccia. Poi una risalì, affondò tra i capelli e li strinse sulla nuca, come se volesse analizzare ogni centimetro visibile di me.

"Cosa ti ha fatto, quel verme?" la sua voce vibrò di rabbia e io vibrai insieme a lui, ma di desiderio.

Non capii se si riferiva a Costello, a Samael o a entrambi, ma almeno mi resi conto che non avevo immaginato nulla di ciò che era successo. "Niente." Imitai le sue carezze ma al contrario, partendo dai capelli, passando sul collo e finendo sul suo petto. "Non voglio essere toccata da nessun altro uomo."

Slacciai i bottoni della camicia scarlatta e la vista della cicatrice mi colpì come un raggio di luce che ferisce lo sguardo dopo una lunga oscurità. La percorsi con la punta delle dita e il suo batticuore crescente mi spinse a tracciarne i contorni anche con le labbra. Mi fermò a mezz'aria, prendendomi per le spalle prima che potessi baciarlo sul serio, forse più stupito che arrabbiato. "Perché non mi chiedi anche tu come me la sono procurata?"

Mi si velarono gli occhi di lacrime, non ne capii il motivo neppure io. Forse perché l'unica cosa che mi interessava era che quella cicatrice mi dava la certezza che fosse proprio lui.

Che fosse sul serio lì con me, che avessimo davvero vissuto quel momento nello studio, e tutti gli altri prima. Che Dante non fosse soltanto frutto di una mia fantasia disperata.

"Perché questo sei tu," sussurrai, "con le tue ombre, le tue crepe e le mille altre cose che non comprendo di te. Sei tu, senza bisogno di droghe che anestetizzino il dolore che ti porti dentro. Sei tu... e io ti voglio. Così come sei. Completamente."

Serrò la presa attorno alle braccia con rabbia, ma non provai nemmeno una minima parte del dolore che mi causarono i suoi occhi.

"Ti sei fatta toccare da mio fratello, ancora una volta." Con un ringhio animale, il suo respiro mi bruciò sulle labbra. "Come posso essere sicuro che non pensi a lui, quando guardi me?"

Per questo mi aveva bendata la prima volta, per questo mi aveva costretta a restare di spalle, mentre mi toccavo per lui. Per questo mi impediva di avvicinarmi, tanto da sfiorargli l'anima.

Altre lacrime scesero, incuranti dei miei sforzi per trattenerle.

"Non puoi. Ma puoi ascoltare il tuo cuore, come faccio io. Tutti gli altri uomini sono costretti a usare la forza per avere il mio corpo." Compreso Samael. "Il cuore nessuno potrà toccarlo, eccetto te... che ne sei diventato il padrone."

Le sue pupille, a quella parola, divennero due neri puntini minuscoli, affogati in un mare così profondo e gelido da spezzarmi il fiato. Con un gesto brusco mi voltò e finii sul materasso a pancia sotto. Inondai il cuscino di lacrime mute al suono inconfondibile della fibbia della sua cintura, che frusciò nei passanti con una rapidità agghiacciante.

Ma ciò che davvero mi fece paura era il fatto che mi stesse, ancora una volta, impedendo di guardarlo: nessuna punizione sarebbe mai stata peggiore di quella.

Il crepitio del cuoio tra le sue mani cristallizzò il tempo, facendolo dilatare a dismisura.

"Il cuore, tu, me l'hai distrutto anni fa. Nel momento stesso in cui Samael si è preso le ultime briciole di ciò che doveva essere mio," sibilò, poi la sua voce assunse un tono ironico che mi incendiò le viscere. "E ora osi sostenere che appartieni solo a me, Triss? Davvero?"

Feci in tempo soltanto ad annuire. La cintura schioccò dritta sulle natiche, che bruciarono insopportabilmente pochissimi istanti dopo il colpo, come il boato che segue a un fulmine. Soffocai un urlo nel cuscino. Le tempie batterono sempre più velocemente, tanto che credetti di perdere di nuovo i sensi.

Il silenzio che calò su di noi fu rotto solo dai miei singhiozzi. Il cuoio scricchiolò ancora e provai a incamerare aria per prepararmi al colpo successivo, perché sapevo che sarebbe stato ancora più violento.

Ma non arrivò.

Nessun fulmine, nessun boato.

Niente, eccetto il terremoto che avvertii dentro di me nell'udire il suo respiro farsi sempre più corto e irregolare.

Era disorientato, eccitato, furioso. Ferito.

Puntai i gomiti sul letto e lo guardai da sopra la spalla. "Dante..?"

In ginocchio sul materasso, i capelli corvini sul volto a farmi da ulteriore barriera contro il suo sguardo, il torace che si muoveva convulsamente come se fosse in debito di ossigeno. Si toccò il solco obliquo tra i pettorali.

"È stato Elia." Il suo mormorio parve provenire da un'altra dimensione, buia e lontana nel tempo. "Colpiva Sam, ancora e ancora... proprio come aveva fatto con la donna dagli occhi gentili. Ma quella volta si è trovato me davanti."

Elia Santacroce picchiava i suoi figli e Dante sembrava essersene ricordato solo in quel momento.

Grazie a me? Al bisogno di punirmi per ciò che, secondo lui, gli avevo fatto?

Se frustarmi poteva aiutarlo a uscire da quel tunnel e, al tempo stesso, mondare le mie colpe, l'avrei lasciato fare. Era tutto sbagliato, lo era stato fin dal primo istante tra noi, quando eravamo entrambi due ragazzini, ma fuggire e mettersi in salvo non era più possibile. Per nessuno dei due.

Crollai di nuovo sul cuscino, pateticamente sottomessa ma, per la prima volta, priva di vergogna.

Minuti interminabili mi divisero da lui, dai suoi pensieri e dal tormento della sua anima.

Ma, proprio nell'istante in cui la mia mente vacillò e finì sul punto di estraniarsi da tutto, per sopravvivere al dolore, non fu la cintura ad abbattersi sul mio corpo.

Furono le labbra di Dante a darmi il colpo di grazia.

Tanti piccoli baci percorsero il segno sicuramente violaceo di quell'unica, dolorosa cinghiata che aveva creato una voragine tra noi. Una barriera che adesso lui stesso stava annientando.

Senza rendermene pienamente conto, contrassi i muscoli del ventre e inarcai il bacino verso l'alto, donandomi alla sua bocca, alle sue mani, alla sua lingua. Gemetti, mentre l'eccitazione che mi si annidava dentro si trasformava di nuovo in un lago caldo tra le gambe, proprio come era accaduto sotto i ghirigori che aveva creato con la cera infuocata.

"*Vuoi che smetta?*"

Stavolta fui certa di averle soltanto immaginate, quelle parole.

"Non smettere," esalai comunque, con la paura dell'abbandono che tornava a pungermi tra le costole. Mi scoprii così bagnata da superare qualsiasi fantasia avessi mai avuto fino a quel momento, nonostante le natiche bruciassero ancora tremendamente. "Non smettere, Dante… non lasciarmi mai più."

Lui ringhiò contro il mio sesso, quasi gli costasse una fatica immensa lottare contro i propri desideri, che oscillavano tra il continuare ad accanirsi con violenza su di me, a punirmi per qualcosa di contorto che gli stava divorando l'anima, e il lasciarsi andare.

Il punto più grave di tutti era che, a me, sarebbe andato bene tutto ciò che lui avesse voluto. Ero così eccitata che mi avrebbe condotto all'estasi in ogni caso.

Piacere e dolore. Quanto sottile può essere il confine tra i due?

Mi afferrò per i fianchi e mi tirò verso di sé, costringendomi a piegare le ginocchia e cercando tra le pieghe della mia intimità il punto preciso dove fermarsi e indugiare. Il centro del mio desiderio, turgido a causa sua e pronto a esplodere al minimo tocco. Lo mordicchiò appena e temetti di crollare.

Non esplosi, in realtà. Dante sapeva come portarmi sull'orlo del precipizio senza concedermi il piacere, con un'abilità che io, da sola, non ero stata capace di raggiungere.

Perché troppo impaziente, come aveva detto lui. Perché sporca e perversa.

Il bisogno di allargare le gambe e lasciargli libero accesso divenne un'urgenza che mi annodò lo stomaco ma lui serrò la presa attorno alle cosce, tenendole chiuse.

Strinsi i cuscini fino a farmi male alle dita. Provai a respirare, regolare, come mi aveva insegnato. Provai a resistere agli assalti della sua lingua che si insinuava dentro di me, che si nutriva dei miei umori succhiandoli lentamente, con calma, come una fiera lasciata a digiuno per giorni ma intenzionata a gustarsi un pasto a lungo desiderato.

"Sei deliziosa."

Il mio sesso pulsò e fu travolto da tante piccole contrazioni, sempre più ravvicinate tra loro. Rischiai di perdere il controllo e Dante se ne accorse.

"Sssh." La punta di un dito sostituì la lingua per un istante, tracciando dei larghi cerchi tutt'attorno, come avrebbe fatto nell'accarezzare i petali di un fiore. "Non venire."

Si sollevò sulle ginocchia e il suono della stoffa dei pantaloni che gli scivolavano sui fianchi attutì la sofferenza per l'abbandono momentaneo. Poggiò la sua erezione tra le mie natiche e il respiro mi morì in gola. Scivolò più giù e la guidò con una mano, la punta riprese la medesima tortura che mi stava donando la sua lingua prima.

Immaginai, e sperai, che il tenue rumore prodotto dai nostri sessi finalmente a contatto piacesse anche a lui, tanto quanto piaceva a me.

Soffocai un gemito. Anche l'insofferenza si fuse con il resto delle sensazioni che si stavano accavallando dentro di me e mi sentii come mi ero sentita nello studio: nelle sue mani, sull'orlo di un burrone con lui a tenermi sospesa nel vuoto.

Volevo di più. Volevo che si spingesse oltre, ma non era intenzionato a farlo.

"Non venire, angelo," ripeté e stavolta il suo ordine fu più deciso, la voce sporca, tesa, come se dalla mia obbedienza dipendesse tutto. I suoi ricordi, i demoni che si nutrivano di lui, le cicatrici nel corpo e nell'anima, quelle di cui era consapevole e quelle su cui non avrebbe mai vinto.

Mi irrigidii e contrassi ogni più piccolo muscolo, fino allo stremo, per spegnere l'orgasmo che voleva impossessarsi di me, con la stessa forza che avrei avuto nel contrastare un veleno letale e con la medesima impotenza che avrei provato dinanzi al diavolo in persona.

Perché era questo ciò che sentivo per Dante: un sentimento grande, violento, indesiderato ma allo stesso tempo così forte da non poter essere combattuto senza il rischio di uscirne devastati.

Se mi avesse chiesto di nuovo se avevo mai provato nella vita qualcosa di così totalizzante, gli avrei risposto di sì. E che, sì, ciò che provavo per lui era amore.

Anche se non avrei mai pensato che l'amore potesse essere tanto sbagliato.

Il piacere finì in uno strano stand-by, come se il mio corpo avesse naturalmente assecondato i suoi ordini.

"Brava ragazza," mi vezzeggiò con un sussurro in cui ravvisai una nota di compiacimento, simile a quella che aveva attraversato il suo sguardo alla vista del gioiello di diamanti nascosto dal corpetto dell'abito.

Mi premiò prendendomi ancora per i fianchi. Mi voltò e finii di nuovo con la schiena contro il materasso. Mi concesse di guardarlo e di annegare finalmente nell'oceano in tempesta delle sue iridi, che mi trafissero come una miriade di spine.

Prese la cintura con cui mi aveva frustata e mi avvolse i polsi, assicurandoli alla testata del letto. Mi imprigionò sotto il suo corpo che divenne una gabbia da cui, mai come in quel momento, desideravo di non essere liberata mai più.

Compresi appieno l'altra metafora del suo dono di compleanno: io ero la sua rosa rossa, lui il diamante acuminato pronto a trafiggermi.

La sua erezione si insinuò di nuovo tra le gambe e mi apparve in quel momento ingestibile, impossibile da contenere. Il cuore perse un battito.

"Dimmelo ancora, Triss," sussurrò affondando il viso tra i miei capelli, il suo torace contro i miei seni. "Ripeti. Di nuovo. Il mio nome."

Per un istinto così naturale da non rendermene conto, gli intrecciai le gambe attorno ai fianchi.

"Dante..." riuscii a bisbigliare prima che, con un colpo secco e violento del bacino, mandasse in frantumi ciò che restava della mia purezza, un baluardo meramente fisico. Cedetti sotto la sua intrusione e qualcosa dentro di me si strappò. Soffocò l'urlo che mi salì alla gola con un bacio, la sua lingua diede sollievo alla mia e il corpo si risvegliò, scoprendosi vivo e vibrante soltanto grazie al dolore che mi infliggeva.

Come ogni volta.

Perché il mio cuore, ormai da tempo, Dante l'aveva già irrimediabilmente profanato.

25. Ripped Memories

Dante

Una delle poche certezze che avevo avuto, negli ultimi vent'anni, era che io e Samael non eravamo mai stati uniti al di fuori del grembo materno. Non ricordavo giochi con lui, marachelle, esperienze o tutte quelle cose che si suppone condividano due gemelli. Non avevamo mai avuto una madre che ci vestisse nello stesso modo, che giocasse con noi a trovare quelle piccole differenze che ci avrebbero resi riconoscibili solo a lei.

Avevamo avuto un padre, che ci aveva divisi e differenziati ulteriormente, fomentando dentro di me un odio che in realtà non era contro di lui, ma verso me stesso per il fatto di essere due gocce d'acqua.

Papà riversava su di lui tutta la sua rabbia, soltanto perché voleva forgiarlo a prendere il suo posto, un giorno. Aveva scelto lui.

Io ero quello in più, il figlio doppio, che forse gli serviva proprio da eventuale rimpiazzo.

La verità era che Elia non voleva un successore, voleva soltanto qualcuno che fosse uguale a lui. Samael era sempre stato ribelle, forse proprio per la pressione che sentiva sulle spalle, ed ero certo che mi odiasse anche lui in fin dei conti.

"Stupido," mi diceva. "Credi che qualcuno ti dirà mai grazie per qualcosa? Non lo farà nessuno!"

Nessuno.

Nella mafia, come nella vita del resto, i deboli soccombono.

Hai ucciso tua madre.

Quelle parole erano state il mantra ossessivo di Elia per tutta la prima parte della mia vita. Samael non l'aveva mai pensato, almeno credo, anche perché io e lui non parlavamo mai della mamma. Lo avevo odiato lo stesso, semplicemente perché lo avevo sempre visto come una proiezione di me.

E odiavo Triss perché, secondo la visione alterata degli eventi che avevano costellato la mia vita, aveva scelto lui.

"Puoi ascoltare il tuo cuore, come faccio io. Tutti gli altri uomini sono costretti a usare la forza per avere il mio corpo."

Triss aveva ragione e, in fondo, l'avevo sempre saputo. Gli uomini d'onore erano questo, un ammasso di violenza e follia, di predominio e sopraffazione. Samael, Simon, Costello. E anche io non ero diverso. Ero pur sempre un Santacroce.

Mi resi conto troppo tardi che la genetica non è una cosa di poco conto. Quando quella cintura era già calata sui suoi glutei, immacolati e puri. Come lei.

I ricordi di me bambino, colpito per sbaglio da Elia con una delle cinghiate destinate a Sam, e delle urla del mio gemello, che mi si era gettato addosso per difendermi, furono un pugno nello stomaco. Immagini nitide e chiare, come se non fossero accadute vent'anni prima.

"Dante...?" la voce affranta di Triss mi strappò agli incubi e mi fece ripiombare al presente con una ferocia tale che smisi di respirare. Il segno violaceo che le avevo lasciato era lì, a sbattermi in faccia la realtà. Mi aveva supplicato di restare con lei, di non lasciarla più, solo pochi istanti prima.

E io? La stavo ripagando diventando peggiore di Elia. Sarei stato un sostituto ottimo, una volta che il suo regno fosse finito nelle mie mani. Un capo degno della famiglia e padrone non soltanto della città, ma anche del cuore dell'unica donna che avessi mai davvero amato in tutta la mia vita. Una donna che, proprio come la cosca, stavo distruggendo.

Il mio angelo.

Sarebbe stata mai capace di perdonare tutto ciò che le avevo fatto, e quello che le avrei fatto da lì in avanti?

Baciai la pelle segnata dalla cinghiata, mi persi nel suo dolce profumo, nei suoi umori, come un maledetto tossico a cui una dose non basta più. I suoi gemiti di piacere, i fremiti, il mio nome esalato dalle sue labbra erano una droga mortale e io ero stanco di combatterne il veleno.

"Sei deliziosa."

E sei mia.

Avevo bisogno di possederla, di piegarla e di sottometterla, renderla una sorta di catarsi per la mia anima marcia e corrotta. Dovevo corrompere anche lei, strapparle via le ali sul serio, per renderla di nuovo perfetta.

Perché da quella voragine oscura, ormai, non saremmo più usciti.

Succhiai avidamente stille di desiderio bollenti e me ne ubriacai.

Piccolo angelo impaziente, non venire ancora.

Obbedì al mio comando e il piacere che si spense nel suo ventre passò dritto a me, convogliandosi nello stomaco. "Brava ragazza."

Perfetta per me.

La voltai sulla schiena e sprofondai nei suoi occhi. Sapevo che non ci sarebbe stata nessuna salvezza da quelli, nemmeno l'istinto di afferrarle i polsi e bloccarli alla testata del letto. Non avevo mai voluto guardarla mentre veniva, né avevo voluto che guardasse me, perché temevo di trovarci di nuovo dentro il mio gemello.

Il mio riflesso. Fu l'unica cosa che scorsi nelle sue iridi chiare, e forse era proprio ciò da cui ero scappato per anni, raccontandomi una falsa verità a cui mi ero aggrappato con le unghie e con i denti.

Per orgoglio, per vigliaccheria. Perché ammettere di essere il primo per lei avrebbe polverizzato le mie già fragili fondamenta.

"Dimmelo ancora, Triss." La imprigionai sotto di me e la resi giaciglio per la mia anima dannata. "Ripeti. Di nuovo. Il mio nome."

Ne ascoltai soltanto l'eco e bastò quello a spegnermi il cervello. Forzai un affondo brutale, incapace di controllarmi. Un dolore lancinante colpì anche me, come se una spada infuocata trapassasse entrambi, in un unico fendente, fino all'elsa. Nessuna delle donne con le quali ero stato mi aveva dato una briciola di ciò che stavo provando in quel momento.

Nemmeno Gemma.

Soffocai le sue urla in un bacio che forse non servì a darle sollievo, ma mi restituì l'eco di ciò che stava provando. E me ne lasciai travolgere, mi ubriacai delle sue lacrime, dello spazio inesistente tra il mio corpo e il suo, della nostra unione che potei visualizzare mentre ci avviluppava tra le sue spire oscure, rendendoci una cosa sola.

Gemiti, lacrime, sangue.

Una dipendenza da cui né io né lei saremmo più riusciti a disintossicarci. Per me non c'era mai stato modo di vivere il sesso diversamente e le strade sulle quali avevo condotto Triss erano le uniche che conosceva.

Era vergine e io l'avevo plasmata affinché fosse l'unica creatura sulla terra davvero perfetta per me. Oppure ero io, quello che stava scoprendo qualcosa di nuovo grazie a lei?

L'orgasmo bruciò nelle vene quando i miei occhi tornarono nei suoi e li scoprirono accesi d'estasi, nonostante le lacrime che li velavano. Le stavo strappando via l'ultimo barlume di innocenza, me ne stavo appropriando come un assetato con l'ultima goccia d'acqua e la cosa più importante non era quella, ma il fatto che mi stesse accogliendo per ciò che ero davvero.

Un mostro.

Puntai le mani sul materasso e mi sollevai, scoprendo il suo petto scosso dai singhiozzi e dal respiro irregolare. Afferrai la cintura per liberarla ma mi bloccai. C'era qualcosa di profondamente oscuro, eccitante e pericoloso nel vederla così. Indifesa. Prigioniera e sottomessa ai miei desideri. Mia.

Le sue gambe mi tenevano ancorato a sé, mentre mi rimettevo dritto sulle ginocchia e uscivo lentamente da lei, quasi non volesse essere abbandonata neppure in quel momento. Chiuse gli occhi e trattenne il respiro.

Le tracce di sangue mi accecarono e la voglia di farle ancora più male mi assalì, insieme alla necessità opposta di abbracciarla, baciarla, curare le ferite di entrambi, di unire i nostri cuori come aveva chiesto lei.

Fu una lotta feroce tra i due istinti, che si attorcigliò su se stessa senza lasciarmi il tempo di respirare. Le accarezzai il ventre, scesi più in basso e passai il pollice sul clitoride. Mugolò per l'eccessiva sensibilità e si contorse, avida, affamata di quell'orgasmo che le stavo ormai negando da troppo tempo.

Attesi che l'eccitazione tornasse a fluire dentro di lei, che il desiderio la rendesse di nuovo bagnata e agonizzante, che il suo respiro si accorciasse all'approssimarsi del culmine. La portai sull'orlo dell'abisso, un'altra volta, e tornai dentro di lei, facendole sentire soltanto la punta. I suoi muscoli si serrarono subito alla nuova intrusione, forse per paura di provare ancora dolore. E compresi che era proprio quella, oltre ogni cosa, a eccitarmi così tanto.

La sua paura.

Il piacere improvviso mi mozzò il fiato e la schiena si contrasse in uno spasmo per il controllo che dovetti esercitare su me stesso: volevo che godesse per prima, che si lasciasse andare senza freni.

Mi chinai su di lei, le labbra sulle sue a rubarle ossigeno. Mi spostai sul collo, lo leccai, lo morsi, l'accompagnai nel crescendo che la travolse e di cui volli gustarmi ogni singolo ansito.

"Sei bellissima mentre godi, angelo mio," tormentai un capezzolo turgido tra le dita. "Ma sei ancora più bella quando soffri."

Fu in quel momento che si trasfigurò ai miei occhi nella sua vera forma. Non più un angelo ammantato di virginale splendore, ma il demone lussurioso che da sempre divorava le mie fantasie e le rendeva schiave dell'ossessione. Della follia.

Avvinta, perversa, indecente. Mia.

Le afferrai il viso. "Guardami."

Spalancò gli occhi e mi lasciai schiaffeggiare dalla loro oscena bellezza. Ne volevo ancora di più. Volevo tutto.

Affondai dentro di lei e la torturai con stoccate violente, proprio nell'istante in cui l'orgasmo la travolse, in tutta la sua potenza. Non le diedi alcuna tregua, perché io non ne avevo mai avuta da parte di nessuno.

Nemmeno da lei.

Aveva tormentato i miei sogni, i miei incubi, ogni pensiero. Aveva avvelenato il mio cuore. E adesso l'unica cosa che desideravo, prima di morirne, era depredare tutto di lei, come avrei fatto su un campo di battaglia, affinché nessun altro potesse mai prendere il mio posto.

Né nella sua mente, né nel suo corpo, né nel suo cuore.

Non rallentai nemmeno quando la fiamma del suo piacere si esaurì e la lasciò stremata, distesa, piacevolmente inerme. Anzi. Mi accanii ulteriormente su di lei, come un dannato animale accecato dalla rabbia, dal desiderio, dal possesso.

Dalla gelosia. Dal dolore.

Le strinsi la gola e le tolsi l'aria. L'orgasmo mi scorse rovente nelle viscere fino al punto di perderne il controllo e lasciai che il mio piacere dirompesse dentro di lei, senza argini, offuscando il mondo intorno a me. Durò un istante, in cui il suo cuore pompò impazzito sotto le mie dita e poi si paralizzò.

Un istante in cui ebbi, di nuovo, la vita e la morte di un essere umano completamente nelle mie mani.

Un piacere più intenso di qualsiasi altro mai sperimentato.
Un piacere dannoso, pericoloso. Letale.

Allentai la presa e consentii all'ossigeno di circolare di nuovo, mentre gli ultimi spasmi si facevano beffe del mio corpo. Tossì, le labbra violacee e il petto scosso.

La mia presa si trasformò in una carezza. Le massaggiai il collo segnato, lo coprii di baci e la vita tornò finalmente a scorrere anche dentro di me.

Insieme a lei.

Non posso permettere che accada di nuovo.

***

La vita di Gemma mi era sfilata via dalle mani.

Avevamo riso per qualcosa di sciocco, come sempre, avevamo fatto sesso ed era stato… diverso. Qualche giorno prima le avevo presentato mio fratello che, nonostante la sua disapprovazione, ci aveva dato la sua benedizione e avevamo deciso di andare dritti per la nostra strada.

Festeggiavamo la nostra nuova vita insieme, eravamo felici. Io, almeno, credevo di esserlo. Triss non era altro che un'eco lontana di una vita che non mi era mai appartenuta, se non nei sogni da ragazzino.

Secondo Virgil, Gemma era andata in overdose dopo aver tirato qualche striscia di troppo, ma non era possibile. Non ricordavo molto di quella notte, ma se c'era una cosa di cui ero certo era che proprio quel giorno aveva deciso di smettere con la cocaina. Le sarei stato accanto, ne saremmo venuti fuori insieme.

Non era stata la droga. L'avevo soffocata mentre scopavamo, proprio come stavo per fare con Triss.

E se si fosse trattato anch'esso di un ricordo alterato? Esattamente come quello di sette anni prima, nella palestra della scuola?

Avevo la sensazione che ricordare sarebbe stato di vitale importanza per me e l'incapacità di farlo mi stava mandando in tilt. Se stavo ricostruendo pezzi del mio passato con Samael, seppur con fatica, perché non riuscivo a fare lo stesso con Gemma?

"Fai attenzione, finirai col romperlo."

Mi resi conto in quel momento che stavo stringendo il bicchiere così forte da averlo incrinato. Mi voltai, lo poggiai sulla scrivania e tornai a sedermi davanti a Virgil. Strinsi la radice del naso tra pollice e indice, sentendo le palpebre pesanti.

"Che è successo?" A mio fratello non sfuggiva nulla, specie se mi riguardava.

"Oltre alla testa di Ulisse in mezzo a fiori e nastrini, intendi? Direi che è sufficiente." D'altro canto, io non riuscivo mai a evitare il sarcasmo con lui. Sbuffai. "Dalle mie telecamere non risulta niente di importante. Le stalle erano chiuse, il furgone del fioraio sostava nella zona opposta, quella adibita alle merci. Chiunque sia stato ad avvicinare e uccidere il cavallo, non l'ha fatto ieri sera. E non è stato rilevato nemmeno all'ingresso. O si tratta di qualcuno che sa come aggirare il mio sistema di sicurezza, in modo da entrare e uscire come vuole, oppure è qualcuno che vive e lavora qui. Potrebbe essere stato persino Samael, per quello che..."

"Che cosa hai fatto a Triss?" La domanda mi colpì come se mi avesse dato un pugno sul naso. Avevo dimenticato di avergli appena mostrato le registrazioni della festa: aveva visto anche lui Triss e Sam appartati a bordo piscina.

La rabbia mi incendiò lo stomaco. "Non nominarla, Gil."

Se volevo restare concentrato sui problemi più imminenti, dovevo smettere di pensare a lei e alla notte che avevamo trascorso insieme.

Mio fratello tirò un respiro profondo e sconsolato. "Perché? Dovrei continuare a ignorare il fatto che la sua presenza sarà un ulteriore scossone tra te e Samael?"

Ridacchiai. "L'ospite indesiderato, in realtà, sarebbe proprio quest'ultimo," precisai. "Credevo che volessi farlo restare dov'era."

Virgil si protese in avanti e poggiò i gomiti sulla scrivania, piantandomi addosso gli occhi penetranti. "Magari è stato Simon De Gregorio, pronto a riprendersela e fartela pagare per quello che gli hai fatto al Hell's."

"Che venga pure a reclamarla, allora. Lo aspetto a braccia aperte," ringhiai. "Ma immagino tu abbia un'alternativa meno violenta. Giusto?"

"Rimandarla da suo padre e lasciare che sia lui a decidere il suo destino? Si tratta pur sempre della cosa più giusta." Il ghigno che gli si dipinse sul volto fu un'altra stilettata. "A meno che il tuo non sia un banale capriccio e te ne sia innamorato sul serio."

Serrai la mascella. Non c'era alcun bisogno di ribattere, quando Virgil entrava in modalità inquisizione.

"Quando ti consigliavo di andarci piano con lei, intendevo in ogni senso," cominciò il prevedibile sermone, "e mi ero illuso tu mi ascoltassi. Quella ragazza è pericolosa, Dante. Non soltanto per te o per Samael, ma per la famiglia intera."

"Sembra quasi un déjà-vu, fratellone. Non trovi?" ironizzai. "Quasi quattro mesi fa, in Italia, mi hai detto più o meno le stesse parole."

Virgil divenne inaspettatamente serio. "Sono due situazioni diverse."

"Solo perché Triss è una Accardi o perché c'è dell'altro, di importante, che devi dirmi?"

Corrugò la fronte. "Di cosa stai parlando?"

Avevo deciso di prenderlo di petto. Se c'era qualcuno che poteva aiutarmi, in fin dei conti, era proprio lui.

"Sto ricordando pezzi di passato, Gil." Slacciai due bottoni sul petto. "Ho ricordato come mi sono fatto questa, per esempio."

Fu mio fratello a irrigidire la mascella, stavolta, gli occhi velati di una nube polverosa che non compresi. "Avrei dovuto impedirlo," mormorò, dopo qualche istante. "Quel giorno mi sei sfuggito, ti ho cercato ovunque. Forse avevi percepito il dolore di Samael."

Sbarrai gli occhi. "Che vuol dire che ti sono sfuggito? Tu sapevi che papà abusava di Samael e non hai fatto niente per proteggerlo?"

Virgil si morse le labbra, come se stesse cercando le parole giuste.

"Ho fatto il possibile per proteggere entrambi, in verità. Solo che," accennò alla mia cicatrice con lo sguardo, "ho fallito."

Il cuore mi pompò nel torace e le orecchie mi fischiarono.

Le immagini di mio fratello da ragazzo mi tornarono davanti come fotogrammi disordinati di una pellicola deteriorata. Mi raccoglieva dal divano, dove crollavo addormentato sempre più di frequente, e mi portava a letto come un padre amorevole. Spesso mi chiudeva in camera anche da sveglio. Il pomeriggio, la mattina. Specie da quando si era reso conto che avevo visto papà frustare quella donna a sangue.

In nessuna di queste immagini c'era Samael. O forse ero stato io a cancellarlo dai miei ricordi? Magari era proprio lì, accanto a me, rannicchiato e in lacrime come quel giorno sotto l'albero di mele?

Virgil non era riuscito a mandare via i mostri.

Le sue iridi si appannarono. "Da quando vostra madre è morta, Elia è profondamente cambiato. La famiglia è quasi crollata. Non avrei voluto restare al suo fianco, ma c'eravate voi due. Tu e Sam. Se fossi tornato in seminario nessuno vi avrebbe protetti dalla sua furia."

Trasalii. "Stai dicendo che non hai seguito la tua vocazione per stare con noi?"

Il sorriso gli ammorbidì l'espressione tesa ma ebbe un retrogusto amaro. "Elia me lo ha impedito in ogni modo. E, in fin dei conti, credo l'abbia fatto perché era consapevole. Temeva di perdere il controllo e uccidere anche voi."

Quell'anche mi suggerì che non si stava riferendo alla donna dagli occhi gentili. Non so per quale motivo, ma qualcosa dentro di me mi diceva che era ancora viva, da qualche parte.

"Ed è per questo che non volevi che restassi in Italia con Gemma?" ero certo che l'unico a potermi dare delle risposte su di lei fosse proprio Virgil. "Così come mi stai suggerendo di mandare Triss da suo padre."

Il suo sorriso si trasformò in una smorfia. "Elia è schiavo delle ossessioni e dei desideri carnali. Ciò lo rende un uomo pericoloso. Come Samael, come me… e come te." Fece una pausa che dilatò il tempo. "Il sangue dei Santacroce è sangue che porta alla morte tutto ciò che tocchiamo. È bene imparare a usare questa maledizione nel modo giusto."

L'immagine di Triss e delle sue labbra violacee, della mia mano stretta attorno al suo collo, della vita in bilico mentre venivo dentro di lei, mi tornò davanti e annullò ogni mia volontà.

Avevo già condannato mia madre e Gemma. Non potevo permettere che accadesse di nuovo.

Dovevo imparare a usare la maledizione del sangue Santacroce nel modo giusto.

Serrai i pugni. "Voglio Jack Costello," sentenziai. "Ho un piccolo conto in sospeso con lui."

26. Revealing Truth

Triss

Non so per quanto tempo dormii, dopo quella che si era rivelata la notte più assurda di tutta la mia vita. Intuii, dalla quantità di luce presente e dai tenui rumori di sottofondo, che doveva essere pomeriggio.

Il mio non fu nemmeno un vero e proprio sonno, ma mi restituì lo stesso una sensazione piacevole al risveglio, come se avessi finalmente riposato sul serio. Nonostante l'indolenzimento alle braccia, i segni ancora rossi della cera, quello più doloroso della cinghiata sui glutei e soprattutto il bruciore che avvertivo nel più profondo della mia intimità.

In realtà quest'ultimo metteva in secondo piano tutto il resto, persino la consapevolezza di essermi svegliata sola.

Per l'ennesima volta.

In preda a una deliziosa spossatezza, mi ero rotolata tra le lenzuola, respirando il profumo di Dante e riempiendomene le narici, che già da tempo a dire il vero percepivano poco altro che lui, assieme a tutti gli altri sensi.

Lo sentivo ovunque tra quelle mura, nell'aria che respiravo, in ogni suono percepito che mi rimandava alla mente i suoi gemiti, la sfumatura compiaciuta nel suo sguardo quando aveva capito che ero vergine, seguita dalle fiamme della passione. La voce roca che gli veniva tutte le volte che mi chiamava "angelo", la sua erezione dentro di me, la sensazione delle sue mani addosso. Persino quando mi aveva stretto la gola e, per un attimo, la mia percezione si era spenta.

Avrei accettato tutto dalle sue mani. Le carezze, le punizioni, la cura. Forse anche la morte.

Perché lo amavo.

E, dopo quella notte, ero conscia che tutto, per me, ruotava attorno all'amore che provavo per lui. Qualsiasi altra ragazza sana di mente avrebbe lottato con tutte le sue forze pur di non diventare poco più che il gioco sessuale del vicecapo o, nel peggiore dei casi, uno strumento di vendetta dei Santacroce contro gli Accardi.

Dante avrebbe potuto sfruttare a suo vantaggio il fatto di avermi privata della verginità per gettare disonore su mio padre e impedirne l'alleanza con i De Gregorio. O addirittura per obbligarmi a sposarlo.

Ma io non ero affatto sana di mente e la sola idea di passare lì il resto della mia vita mi sembrava il destino migliore fra tutti.

Ero innamorata di lui, e l'unica assurda verità era che Dante e l'aura che lo permeava ai miei occhi erano quanto di più lontano esistesse dalla parola ragione. Forse lo amavo dai tempi della scuola, da quella sua bellissima poesia, o me ne ero innamorata lì, in quella gabbia conturbante e sensuale nella quale mi aveva sapientemente rinchiusa. Nel suo territorio, dove era il padrone indiscusso di tutto ciò che mi gravitava attorno.

Si era impossessato del mio corpo ma ancora prima del mio cuore.

Gliel'avevo persino detto. Senza vergogna, senza alcun pudore, pur ferita dal suo strano legame con mia cugina e sconvolta dal ritorno del suo gemello.

Samael.

Il cuore ebbe un tuffo indesiderato e talmente violento da spezzarmi il respiro.

Jack Costello mi aveva raggiunta e agguantata mentre vagavo per la villa e l'immagine di Samael nel mio cervello si era sovrapposta a quella di Dante, tanto da impedirmi di ricordare con chiarezza cosa fosse successo fino al momento in cui mi ero trovata nella dependance.

Avevo temuto il suo ritorno a lungo, per anni, eppure adesso mi aveva tratta da una situazione terribile.

La bolla di benessere in cui mi ero crogiolata fino a quel momento si era definitivamente incrinata.

Una risata profonda e familiare mi attirò. Mi voltai verso la piscina e vidi una sagoma statuaria uscire dall'acqua, simile a un'ombra attorniata dalle prime luci del tramonto. Il grande tatuaggio che gli decorava la schiena contribuì a renderlo ai miei occhi un demone uscito dalle coltri plumbee: nonostante la distanza, ricostruii il disegno creato dalle linee nere. Due ali d'angelo.

D'altronde, Samael portava il nome di un angelo che seduceva e distruggeva tutto ciò che toccava, crudele e foriero di morte. Una creatura maledetta da Dio.

Trovai la scelta appropriata, proprio come il rovo di spine sul braccio del fratello maggiore.

Mi occorse giusto qualche secondo per rendermi conto che Samael non era solo: Rachel e Lucy erano entrambe nel dehors, sdraiate all'ombra a godersi un aperitivo, bellissime e impeccabili. Più Rachel, in realtà, che mangiava Samael con gli occhi mentre rideva e scherzava col suo solito fare civettuolo. Lucy sembrava più pensierosa.

Con loro c'erano altre persone, una mezza dozzina in tutto. Figli di capi che conoscevo di vista e un paio di ragazze che invece non mi dicevano nulla. Dedussi fossero invitati alla festa della sera prima che, per qualche motivo, erano rimasti lì.

Ripensai a ciò che mi aveva detto Dante: i Santacroce avevano ricevuto una macabra minaccia di morte, la sera prima. Forse era per quello che la vita, lì dentro, sembrava essersi cristallizzata.

Potevo sbirciare l'esterno senza essere vista a mia volta, come avevo avuto modo di constatare nei giorni precedenti, ma ciò non impedì al mio stomaco di aggrovigliarsi.

Samael si girò verso la dependance ed ebbi la sensazione che i due frammenti di ghiaccio che portava al posto degli occhi bucassero il vetro per trafiggermi. Il respiro mi si fermò.

Forse, in fondo, avevo soltanto paura di scorgere tra loro Dante, ma così non fu. Nonostante fossero tutti figli di uomini d'onore, apparivano come un semplice gruppetto di ragazzi che si divertivano a bordo piscina.

Perché, allora, sentivo il peso schiacciante di qualcosa di incomprensibile? E se quella strana quiete fosse stata irreale, preludio di un'apocalisse imminente?

Dante...

Non so in preda a quale stupido impulso mi scrollai di dosso ogni genere di ritrosia. Mi diedi una sistemata e, con l'ultimo briciolo di pudore rimasto, raccolsi le lenzuola per portarle in lavanderia, nell'illusione che la servitù non ci facesse troppo caso.

Avevo sempre pensato che la verginità per una figlia di Cosa Nostra fosse più che altro un'ipocrita moneta di scambio, per cui cercai di gettarmi alle spalle l'imbarazzo. Dopotutto, non avevo intenzione di sposare Simon o qualsiasi altro buon partito mafioso, né adesso né mai. Si trattava soltanto di un dettaglio fisico.

Avevo già notato, tra la moltitudine di abiti comprati per me, una varietà di costumi da bagno che non avevo mai usato e scelsi un bikini nero dai ricami dorati, audace ma elegante, che mi fece sentire a mio agio.

Doveva essere l'immagine radiosa che lo specchio mi rimandò, a compiere la magia, proprio in virtù dei segni che Dante mi aveva lasciato addosso e che l'acqua non era riuscita a cancellare. Mi accarezzai il collo e mi colse una perversa vanità: mi faceva piacere che quei lividi si notassero.

Erano il simbolo della mia appartenenza e niente e nessuno me li avrebbe portati via.

Anche se...

Dante non era qui, al mio risveglio.

Scossi il capo per cacciare via la solita sensazione di abbandono e sollevai il mento, sfidando con lo sguardo il mio stesso riflesso.

Io non ero come tutte le altre, per lui. Doveva essere per forza così, altrimenti non sarei nemmeno stata lì in quel momento. Prigioniera ma anche padrona, pur senza sapere di che cosa.

Ravviai i capelli che caddero morbidi sulla schiena, fino alla vita. Indossai un filo di trucco. Annodai un pareo sui fianchi e uscii a testa alta, prima di pentirmene e tornare sui miei passi.

Il chiacchiericcio dei ragazzi si placò, lo sguardo di alcuni di loro mi seguì e persino le due cameriere che giravano tra i tavoli e le sdraio parvero stupite nel vedermi.

Puntai le mie cugine con lo sguardo e le salutai stirando un largo sorriso, falso come il sentimento che ormai provavo per entrambe. Lucy mi rispose illuminandosi, con un cenno della mano, ed ebbi la sensazione che volesse avvicinarsi a me, ma Rachel la fulminò con un'occhiata.

La stessa che rivolse a me e che mi ghiacciò il sangue nelle vene, facendomi sentire come un libro aperto con scritti dentro tutti gli oscuri peccati di cui mi ero macchiata quella notte.

Decisi di ignorare ciò che di certo albergava soltanto nella mia testa.

"Mi fa piacere vederti in gran forma." Fu proprio lei a rompere la tensione, probabilmente per salvare le apparenze davanti a tutti. "Non ci vediamo da settimane. Ti ho cercato in tutta la villa, ieri, dopo l'orribile vicenda."

Certo. Prima o dopo esserti incollata alla bocca di Dante?

La solita gelosia mi punse, feroce. Notai sul suo braccio il segno di un vistoso ematoma scuro che, contrariamente a me, aveva cercato di nascondere con uno scialle traforato. Una strana forma di tensione mi colse dietro la nuca. Cercai di pensare al fatto che, qualsiasi cosa fosse accaduta durante il lasso di tempo in cui ero stata incosciente a causa della droga, Dante era comunque tornato nella dependance e aveva fatto l'amore. Con me.

"Felice che stiate bene," mi limitai a sorridere e finsi noncuranza, indicando le persone attorno con un gesto della mano. "Ed è per questo che siete ancora tutti qui? Per l'orribile vicenda, intendo."

Lucy fece vagare lo sguardo e dischiuse le labbra, ma la sorella la precedette di nuovo. "Don Elia ha deciso così," liquidò la questione. Il suo sguardo si accese di una strana luce. "Si dice che il colpevole sia ancora qui! Dante era così preoccupato che... be', ha passato la notte senza chiudere occhio."

"Si tratta solo di una teoria e quella di Don Elia è stata una precauzione. Si spera che potremo tornare a casa stasera stessa." Lucy suonò ferma, forse perché sapeva anche lei che la frecciata della sorella era stata detta apposta per ferirmi. Quello che entrambe non sapevano, però, era che le sue parole mi erano scivolate addosso.

Una cameriera per fortuna ci interruppe. "Cosa le porto, signorina?"

"Qualsiasi cosa," ammisi, perché dovevo assolutamente nutrirmi, ma al contempo avevo lo stomaco chiuso. "Se dolce e analcolico, è meglio."

"Acqua tonica e arancia?"

Annuii, sollevata per aver avuto l'occasione di sfuggire alla discussione.

"Portane due. Anche io ho ancora un po' di sbornia da smaltire."

La cameriera annuì alla richiesta di Samael e sparì. Lui seguì il suo sedere con lo sguardo per un istante, poi la sua attenzione tornò a concentrarsi su di me. Ci allontanammo dalle mie cugine, ma avvertii lo sguardo di Rachel perforarmi la schiena.

"Non ero ubriaca," precisai, con un filo di voce, "ma grazie in ogni caso per avermi soccorsa."

Le labbra di Sam si arcuarono da un lato e gli fecero assumere lo stesso ghigno da mascalzone che aveva al liceo e che faceva perdere la testa a tutte quante.

"Intendi ieri sera," scoccò una breve occhiata alle mie cugine, "o adesso?"

"In entrambe le occasioni," ammisi, agguantando uno dei pasticcini che la cameriera ci aveva portato assieme a due calici.

Samael accarezzò con lo sguardo i lividi che avevo attorno al collo e il suo ghigno malizioso lasciò poco mistero sui pensieri che gli stavano passando per la testa. "Mio fratello imparerà a gestire dovere e piacere e a tenerli rigorosamente separati. Prima o poi."

Si passò una mano tra i capelli bagnati e li gettò indietro, prima di dare un lungo sorso alla sua bibita, e un meccanismo di difesa inconscia mi suggerì di non chiedergli cosa intendesse.

"Non dubito del fatto che quello che è successo abbia destato la preoccupazione di tutti," aggirai, "soprattutto di Dante. Lui, Virgil e Don Elia saranno parecchio scossi dall'accaduto."

"Se il tuo è un modo per sapere perché il mio gemello non è qui con noi, la risposta è scontata. Nemmeno al liceo era un festaiolo." Il suo sarcasmo, tagliente come allora, non fu sufficiente a distrarmi dai suoi occhi, che percorrevano lentamente la mia figura. Mi sentii proprio come sette anni prima, in balia di qualcosa più grande di me a cui il mio corpo rispose irrigidendosi. "Ma stai tranquilla. Conoscendo i suoi strani gusti, con ogni probabilità sarà nascosto da qualche parte a osservarci. Si diverte con poco."

Quella insinuazione, che pareva uno scherzo, si tramutò in una folata che scompaginò alcune tessere nella mia mente e le rimise a posto in un nuovo ordine.

Dante sapeva tante cose di me, specie da quando ero in quella villa. Spesso mi ero sentita osservata e sapevo già che non era una semplice sensazione. Sapeva di quella notte, la prima, in cui mi ero data piacere da sola. Sapeva di Samael al liceo e di quello che era accaduto… perché ci aveva visti? Magari anche la sera prima, in quello stesso posto. Per questo aveva creduto, da sempre, che preferissi Samael.

Mi sentii improvvisamente esposta agli occhi di quest'ultimo, troppo svestita. Vulnerabile.

"Come mai sei intervenuto ieri sera, con Costello? Non eri tenuto a farlo. Dopotutto, tra me e te non c'è mai stata neppure una vera amicizia. Anzi, se proprio vogliamo essere onesti sei l'ultima persona che mi aspettavo di trovare qui."

Avevo deciso di non cedere alle sensazioni del passato e nemmeno a quelle del presente, forte dei sentimenti che avevo capito di provare per entrambi. Se Samael era qualcuno che volevo dimenticare, Dante era colui di cui avevo accettato tutto, persino le ombre più oscure.

La famiglia Santacroce aveva fatto solo del male ai gemelli. Don Elia l'aveva fatto.

Samael era stato cacciato di casa e Dante era scivolato nell'inferno della droga. Se non potevo, né volevo, fare nulla per il primo, avrei dato la vita per salvare il secondo.

Samael restò con gli occhi nei miei a lungo. Lo sentii scavare così a fondo da penetrarmi i pensieri e, in un certo senso, riuscì a leggerli davvero.

"Credi sul serio che esista un Santacroce sulla faccia della terra che non sia un abile manipolatore, uno stratega, o semplicemente un pazzo psicopatico, privo della benché minima possibilità di scampo da un ruolo già scritto ancor prima della nascita?"

Schiusi le labbra, colpita dal contrasto tra la brutalità delle sue parole e il tono suadente che aveva usato.

Deglutii a fatica. "Quello che credo io non conta, Sam. Mio padre è stato accusato delle cose peggiori, mio zio è finito chissà dove e tutto ciò che la famiglia concede alle ragazze come me è..."

"Succhiarlo a quello che detiene il potere assoluto, e a lui soltanto?" mi interruppe, bruciandomi con un'occhiata che definire oscena era poco. "Vedo che ci sei arrivata anche tu, finalmente. E non si può dire che non abbia provato a fartelo capire con le buone, ai tempi della scuola."

Con le buone?

Mi aspettavo l'allusione, ma non che mi facesse così male. Strinsi i pugni. "Avrei resistito a Costello nello stesso modo in cui ho resistito a te."

La mia era una patetica menzogna perché, in entrambi i casi, ero stata salvata soltanto da un intervento esterno. Ma, in quel momento, avrei davvero scelto la morte piuttosto che farmi toccare di nuovo da un altro uomo.

Il pensiero dovette diventare così chiaro sul mio volto da

poter essere letto senza fatica, perché Samael sorrise. Si protese in avanti, prese una lunga ciocca dei miei capelli e se la portò alle labbra. Ne annusò il profumo come se stesse assaggiando la più prelibata tra le pietanze e bastò quel gesto a far riaffiorare di colpo ogni dettaglio di quel giorno in palestra: la sua bocca sul collo, le mani sui miei seni, le parole sporche che mi aveva sussurrato e che non avevano causato alcuna delle reazioni che mi regalava invece Dante.

Mi ritrassi, disgustata, e lui ridacchiò al gesto. Scoccò un'occhiata di sufficienza a una bionda che, me ne resi conto in quel momento, lo aspettava in piscina da chissà quanto, a giudicare dall'espressione parecchio scocciata.

Tornò a guardare me, come se fossi l'unica donna in tutta la villa. E nel resto del mondo.

"Non siamo partiti col piede giusto, quel giorno, è vero. Ma, sai, l'irruenza è sempre stata il mio difetto più grande da ragazzino." Non erano delle vere scuse e lo sapevamo entrambi, perché era evidente che non fosse cambiato di una virgola. "Ma ormai suppongo sia tardi per recuperare. Per quello che concerne Costello, qualcosa mi dice che non sarà più un problema per te. Così come non lo è più il tuo ex fidanzato."

Seguii la scia della sensazione che mi aveva fatta trasalire. "Cosa intendi?"

Mi regalò un altro dei suoi ghigni crudeli. "Quando dicevo che le ragazze come te devono succhiarlo solo al capo, intendevo letteralmente," guardò la bionda, che lo ricambiò con un sorriso malizioso. "Appartieni a mio fratello e, se c'è una cosa che accomuna i Santacroce, è la smania del possesso. Costello è stato davvero stupido... in casa nostra, poi."

Se mi avesse stuprata nello spogliatoio di una palestra al liceo, come aveva provato a fare lui, non sarebbe stato diverso. Avrebbe potuto comunque costringermi a sposarlo. Ora no, aveva osato troppo.

Perché adesso sono una proprietà di Dante. Un oggetto.

"Se si stancasse di me, mi butterebbe via come un giocattolo rotto." Mi accorsi troppo tardi che quelle parole non erano state soltanto un pensiero, una paura chiusa nel cuore.

"Sta a te fare in modo che non accada." Samael fece cenno alla bionda di avvicinarsi. Mi strizzò l'occhio. "Altrimenti, puoi sempre rischiare e cercare di mettere qualcun altro sul trono. Come ha provato a fare tua madre, anni fa."

Mia madre?

"Di cosa stai parlando?"

"Chiedilo a lei," la sua voce si ridusse a un sibilo feroce. Mi prese il mento e il gesto brusco mi fermò il respiro. "Ma sappi che, se mai dovesse passare anche a te per la testa la stupida idea di tradire un Santacroce, non esisterà angolo della terra nel quale potrai nasconderti perché io ti troverò. E ti garantisco che non sarai altrettanto fortunata da poterlo raccontare."

Tradire Dante? Perché mai avrei dovuto?

E mia madre aveva tradito i Santacroce? In che modo?

"Dimenticati di tutto, bambina mia, non è successo niente. Hai capito? Stai lontana dai gemelli Santacroce."

"Non fidarti di nessuno, neppure di coloro che sembrano alleati. È il primo passo per aver salva l'anima, quando verrà il momento. Sarei disposto a perdere la mia, pur di saperti al sicuro. Lo sai, vero?"

Il ricordo delle parole dei miei genitori mi fermò il cuore. Tutti i dubbi, le sensazioni negative, le ombre che mi facevano presumere ci fosse dietro qualcosa di molto più contorto, oscuro e terribile divennero spaventosamente grandi. Reali.

La bionda si avvicinò per reclamare l'attenzione di Samael e fui felice di interrompere il contatto. "Tutto bene, qui?"

Sentii lo sguardo di tutti addosso, oltre al suo e a quello delle mie cugine: a quanto pareva la nostra conversazione, seppur appartata, aveva attirato l'attenzione.

"Ho approfittato per salutare una vecchia amica." Samael le circondò i fianchi e se la tirò addosso. "Il poco tempo libero che mi resta lo dedicherò a te, tranquilla."

"Sei di passaggio, quindi?" non gli risparmiai il tono velenoso, che servì soltanto a mascherare lo shock che mi aveva appena provocato.

Samael si riappropriò della solita aria strafottente e mi rivolse un ultimo sorrisetto, prima di dedicarsi alla bambola gonfiabile che gli si era avvinghiata addosso.

"Mi tratterrò solo un paio di giorni, per alcuni affari. Mi ha fatto piacere rivederti, Triss, ma sai… l'aria infernale che c'è qui è ancora irrespirabile, per me."

27. Inner Circles

Triss

IX CERCHIO - TRADITORI
Per ch'io mi volsi, e vidimi davante
e sotto i piedi un lago che per gelo
avea di vetro e non d'acqua sembiante.

"Triss…"

Stavo cercando il modo di rintanarmi nella dependance e riflettere sulle parole di Samael, per la prima volta davvero desiderosa di restare da sola, quando Lucy mi fermò.

"Cos'altro c'è?"

Mi pentii subito di essere stata brusca. Se c'era una persona che non meritava il mio astio, era proprio lei.

Lucy sospirò. "Scusala." Si riferiva a sua sorella, su cui sembrava aver allentato la sorveglianza, giusto il tempo necessario ad avvicinarmi. "Ultimamente la comprendo poco anche io. Deve essere la situazione che abbiamo a casa a renderla così acida."

"O magari Rachel è stata sempre così." Le rivolsi l'ennesimo sorriso tirato. "Non importa, Lucy, davvero. Ho altro per la testa in questo momento."

"Cosa ti ha detto Samael?"

Che mia madre, chissà come e perché, ha un ruolo in qualcosa di grosso contro i Santacroce e, forse, questo c'entra persino con la mia presenza forzata qui.

Corrugai la fronte. "Niente," scossi il capo. "Credo sia meglio salutarci, adesso. Ho un gran mal di testa."

Lucy si morse le labbra. "Come preferisci," si arrese, col capo chino. "Volevo solo dirti che… nulla, si tratta di una sciocchezza. Hai ragione, meglio parlarne un'altra volta."

Ignorai la vocina insistente che mi diceva di trattenermi e ascoltarla.

"Ci vediamo presto."

Girai sui tacchi e mi allontanai da quel teatrino ipocrita

composto da ragazzi ricchi, viziati e ignavi, in un mondo che trasudava sangue da ogni poro.

Così come avevano fatto loro per gran parte della vita, anch'io mi coprii il volto con una maschera e divenni sorda alla richiesta di ascolto di quella che, fino a quel momento, era stata più di una sorella per me.

L'unica cosa che mi interessava era mettere assieme i pezzi mancanti del passato e capire cosa sarebbe accaduto da quel momento in avanti. Perché le mie sensazioni di solito non sbagliavano e, in quel momento, erano più lugubri che mai.

***

Avevo cenato e dormito da sola, quella notte. Anche la successiva. Dante non era tornato o, per lo meno, non l'aveva fatto per tutto il tempo in cui ero rimasta ad aspettarlo. La cosa certa era che mi ero svegliata da sola.

Forse Samael aveva ragione, ero diventata un oggetto di piacere da usare quando e come desiderava, ancor più ora che si era preso la mia verginità. Ero un trofeo conteso tra i due gemelli, fin dai tempi della scuola. Il problema era che avevo capito di essermi innamorata di uno dei due.

Ma, per quanto la mancanza di un confronto con Dante mi facesse male, quel giorno non ebbi il tempo di piangermi addosso.

"Perché ci siamo fermati qui?" chiesi a Charon, cercando di mascherare il panico. Villa Santacroce si trovava a Riverside Boulevard, casa mia nell'Upper East Side. Avevamo appena parcheggiato davanti a una chiesa, a nord.

L'autista mi scoccò un'occhiata attraverso lo specchietto. "È già tanto che ti abbiano consentito di uscire, principessina," scandì l'appellativo in italiano. "Il via libera di Don Elia valeva soltanto per gli ospiti della festa, mica per te."

Strinsi le labbra. "I miei genitori mi stanno aspettando," rivelai. "Avevo detto loro che sarei passata a trovarli. Non li vedo da un mese e..."

Il mio tentativo di buttarla sul patetico non lo scalfì di un millimetro. "L'appuntamento è stato spostato qui, nella chiesa," mi interruppe. "Hai trenta minuti. Superali anche solo di dieci secondi e verrò a riprenderti di peso per trascinarti di nuovo in gabbia, uccellino. Siamo intesi?"

Strinsi le labbra, un conato acido mi bruciò la gola. "Mi chiedo cosa ci trovi mia cugina in uno come te."

Mi sarei aspettata il solito ghigno sarcastico e strafottente con cui ero abituata a vederlo, invece nelle sue iridi grigie passò un'ombra strana che li fece apparire, per un attimo, cupi come la pece. "Me lo chiedo anch'io. Vai, non fare tardi."

Sperai che non si trattasse di una trappola.

Mi chiesi se Dante avesse pianificato anche quello, come le ultime settimane della mia vita, e mi risposi che doveva essere per forza così, seppure l'idea che mi stesse usando per colpire la mia famiglia fosse difficile da accettare.

Mi ero ripromessa di non dire né fare nulla che potesse aggravare la posizione di mio padre, per il senso di protezione che avevo sempre sentito nei suoi confronti, ma avevo bisogno di risposte. E poteva darmele soltanto la mamma.

La riconobbi dalla chioma mogano raccolta nel solito chignon e dal velo di macramè che aveva sulle spalle, inginocchiata a un confessionale. La chiesa era deserta.

Avanzai verso l'altare, fermandomi alla giusta distanza, feci il segno della croce e chinai il capo.

Dal confessionale uscì il cardinale Gaetani. Mi vide, gettò un'occhiata verso l'ingresso, come per assicurarsi che Charon fosse rimasto effettivamente lì, e a passo svelto si diresse nella sacrestia.

Trasalii. Non era stato Dante a orchestrare quell'incontro, ma Samael. Mi sentii ancora più osservata.

Mia madre mi fece cenno di avvicinarmi.

"Tesoro," mi salutò sottovoce, con due baci nell'aria come se fossimo estranee. Non c'era alcuna inflessione particolare nel tono che aveva usato e percepii distintamente una crepa aprirsi nel mio cuore.

"Dov'è papà?"

Scosse il capo. "A casa. Non esce da settimane, per ragioni di sicurezza."

Qualcosa mi suggerì di non replicare, perché conoscendola saremmo finite in una spirale di recriminazioni, e non volevo. Mi augurai soltanto che papà stesse bene.

"Non ho molto tempo," l'avvisai e non parve stupirsene, "ma ho bisogno di risposte... Tu sai a cosa mi riferisco, vero?"

Il labbro le tremò. "Al mio astio verso la famiglia Santacroce?" sorrise amaramente. "Non è mai stato un mistero. E non sai quanto mi pesi saperti nelle loro mani. Nelle mani di Elia..."

"Don Elia è sempre stato buono con me." Feci un'enorme fatica a dirlo, anche se a conti fatti con il boss avevo parlato sì e no in un paio di occasioni. I momenti di imbarazzo erano stati pochi, però li ricordavo bene. "Samael sostiene che tu hai cercato di..." mi morirono le parole in gola.

La mamma mi strinse una mano nella sua. Guardò il grande crocifisso che penzolava dalla cupola dell'abside, proprio sopra l'altare. "Qui dentro siamo al sicuro, è l'unico posto dove nessuno di quei mostri ci farebbe del male. Per questo ho voluto vederti qui."

Diedi una rapida occhiata al fondo della chiesa, verso l'auto parcheggiata. "Non ne sarei così sicura."

Gli occhi le si inumidirono, ma si schiarì la voce per nascondere le lacrime. "Non credere ai fratelli Santacroce, tesoro. Mai, in nessun caso. Sono soltanto un'estensione di Elia... la più crudele."

Mi si seccarono le labbra. "Ne parli come se lo conoscessi. Intendo personalmente, ben oltre il fatto che sia il capofamiglia."

Mamma tirò un lungo respiro a occhi chiusi, come per raccogliere le idee. Si lasciò andare con la schiena contro lo scranno dove ci eravamo sedute.

"Ci sono molte cose che non sai, tesoro. Per lo più si tratta di cose accadute molto prima che conoscessi Michele." Il suo tono si velò di dolce rammarico nel nominare papà. "Cose che sarebbe molto lungo e doloroso raccontarti, e che si riassumono tutte nel fatto che... sono stata anche io al tuo posto. Ma avevo solo diciassette anni."

Dischiusi le labbra, un sospetto orribile mi strisciò sottopelle fino a diventare una certezza, quando mi frantumai nei suoi occhi arrossati. "Perché...?"

Alzò una mano, come a chiedermi di tacere. "Mio padre aveva un debito. Troppo grosso per poter pensare di saldarlo con i soldi. L'alternativa, come immagini, era sempre la stessa. La morte."

Mi resi conto che, sebbene conoscessi tutti gli affari della famiglia Accardi, in realtà non sapevo praticamente nulla dei miei nonni materni. Lei mi aveva sempre detto che non aveva più rapporti con loro, ma il pensiero che fossero anche loro dei mafiosi, non so perché, non mi aveva mai sfiorata.

Deglutii, affamata d'aria. "Tuo padre ti ha venduta a Elia Santacroce?"
Le lacrime a lungo trattenute le rigarono le guance, quando annuì.
"Ho capito."
Le strinsi la mano per farle intendere che non c'era bisogno mi raccontasse dettagli che di certo aveva cercato di seppellire nei meandri più oscuri del suo cuore. Come quando aveva consigliato a me di dimenticare Samael e quello che aveva cercato di fare. Non c'era paragone, ma adesso riuscivo a comprendere il perché della sua reazione ai fiori e al gioiello che Dante mi aveva regalato al compleanno.
Era stata anche lei una schiava.
"Elia, al tempo, era da poco rimasto vedovo per la seconda volta," proseguì nei ricordi, monocorde, trattandoli come una sequenza sterile di eventi. "Non aveva eredi legittimi e aveva da poco portato a casa un ragazzo tedesco, che poi ha riconosciuto come figlio."
Virgil.
"La mia stanza era una soffitta, piena di polvere e stracci incartapecoriti. Il cibo mi veniva portato solo una volta al giorno, l'unico momento in cui mi concedevano di togliermi le catene."
Non ebbi il coraggio di interromperla, nonostante le lacrime che rischiavano di traboccare. Mi ritrovai a non fare alcuna fatica nell'immedesimarmi in lei, nonostante la mia prigione fosse una voluttuosa dependance, con la servitù e tutto il resto.
"Una volta è venuto quel ragazzo, Virgil, a occuparsi di me. E, anche se solo per qualche minuto, siamo riusciti a parlare. Era il figlio di Elia ma era solo, come me. Siamo diventati amici, in un certo senso, e in lui ho visto un'insperata via di fuga..."
Un calpestio fece trasalire entrambe. Ci voltammo. L'autista era sulla soglia, ma con sollievo mi resi conto che non avanzò oltre. Sogghignò, mise una mano nella tasca e si voltò per accendersi una sigaretta.
Ero sotto controllo, guardata a vista, ma qualcosa mi diceva che Charon non avrebbe mai messo in pratica le sue minacce. Tuttavia cercai di non approfittare della buona sorte.
"Mamma, cosa hai fatto a Don Elia?" la incalzai.
"Molto meno di quello che avrei voluto," strinse le labbra e tirò via le ultime lacrime col dorso della mano e un fremito di rabbia. "Ho finto, Triss. Ho finto che le sue attenzioni,

il suo corpo, le sue mani addosso non mi facessero schifo. Mi ha portato via tutto ciò che avevo di più prezioso. E l'ho fatto perché Virgil mi ha illusa che avrei potuto riscattarmi. Che Elia mi avrebbe sposata e sarei diventata la madre dei suoi figli legittimi… Che tutto sarebbe stato mio. E invece ha sposato la spocchiosa figlia di Don Abate, uno degli altri quattro capi di Manhattan. Gabriella."

La madre dei gemelli, quella donna angelo così incantevole. Mi si fermò il respiro.

Ormai vittime e carnefici, nella mia mente, si accavallavano l'uno sull'altro e persino la pena provata per mia madre svanì in un battito di ciglia. "Ti sei vendicata di lui?"

Una luce sinistra le attraversò lo sguardo. "Gli uomini diventano molto deboli quando hai in bocca quello che gli penzola tra le gambe, bambina mia," sibilò. "Ti raccontano cose che mai, da lucidi, direbbero. E io non ho fatto altro che far arrivare le notizie giuste agli altri capi, nell'unico modo che conoscevo. Ossia quello che mi aveva insegnato Elia. Un letto tra tutti? Quello di Phil Argenti."

Dopo tutto ciò che si era fatta andar bene pur di ottenere qualcosa, il matrimonio di Elia doveva aver dato il colpo di grazia al suo già fragile equilibrio mentale, se aveva sul serio pensato che un tradimento simile sarebbe mai stato perdonato dalla famiglia.

"Non me ne fregava nulla delle conseguenze." Mi lesse nel pensiero. "Prima o poi, in quella soffitta, ci sarei morta in ogni caso. Elia non ha mai tenuto le sue amanti in bella vista, specie quando aveva una moglie da esibire."

Mi tornarono in mente le parole del boss:

"Si è trattato di un incidente, in realtà. Il parto è stato indotto anzitempo, ahimè, e la poverina non ha retto. Era troppo giovane. Troppo fragile."

Mi augurai che la mamma non avesse una parte anche in questo. "Cosa è successo, dopo?"

"Appena Elia ha scoperto la tresca, ha dichiarato guerra ad Argenti." Il suo tono si abbassò, assieme al capo. "Durante una retata della polizia, sono riuscita a scappare a entrambi. Mio padre mi ha mandata a studiare in un'università pubblica, in totale anonimato, e poi… Be', poi ho conosciuto Michele. Ed è soltanto grazie a lui se sono tornata a New York senza temere conseguenze."

In poche parole, anche quello dei miei era stato un matrimonio combinato da uomini d'onore e con lo scopo di salvare la vita a mia madre.

Ormai mi era tutto spaventosamente chiaro. L'anima da avere salva, quando sarebbe venuto il giorno paventato da papà, non era la mia. Era la loro.

"Mi state usando per colpire i Santacroce?" la mia voce si incrinò. "Stai rischiando la mia vita solo per riuscire dove tu non sei stata in grado di arrivare..."

"Sssh," mamma mi prese il viso tra le mani. "Non dirlo, Triss. Sei la mia unica bambina, il mio tesoro più grande. Non speravo nemmeno di averti, sei stata un miracolo per me e tuo padre! I medici mi avevano detto che non saresti arrivata mai. Le conseguenze delle torture che quel mostro mi aveva..."

Mi ritrassi, come se mi avesse ustionato le guance. "Basta!"

La mamma mi guardò come se stentasse a riconoscermi. "I Santacroce mi hanno rovinato la vita. L'hanno rovinata a te, gettando vergogna sul tuo onore con il tentato stupro. Hanno fatto saltare il tuo matrimonio con Simon! Devono pagarla cara. Lo capisci, bambina mia... non è vero?"

L'unica cosa che capivo, e che sapevo, era che le nostre situazioni erano completamente diverse. Dante non era come Elia, non mi teneva rinchiusa contro la mia volontà, non mi aveva gettata in una soffitta né mi aveva stuprata, perché...

Perché tutto ciò che ho fatto con lui l'ho desiderato.

Bastava il mio amore a capovolgere la mia prospettiva e farmelo apparire davvero diverso? O la mia era soltanto una sciocca illusione?

Charon, dal fondo della chiesa, tossì per richiamare la mia attenzione. Il mio nocchiero pronto a riportarmi all'Inferno.

Ero sul serio così diversa da lei?

"Devo andare."

La mamma non fiatò. Non mi pregò di restare, né chiamò aiuto o fece qualsiasi altra cosa per impedire a sua figlia di tornare nell'inferno dal quale era fuggita lei stessa tempo prima. Si limitò ad annuire.

"Vai, tesoro. Sono contenta di averti vista e, ne sono certa, presto verranno tempi migliori per gli Accardi. E sarà soltanto grazie a te."

***

Restai in silenzio fino alla villa e Charon, per fortuna, non si poteva definire un uomo ciarliero. Credo che, in ogni caso, sapesse già sia la motivazione che mi aveva spinta a vedere mia madre sia il contenuto della nostra conversazione.

Probabilmente tutti, persino Dante, sapevano tutto. Tranne me.

Un groppo mi si accumulò nello stomaco fino a diventare così doloroso da darmi la nausea.

Nel passare per la sala grande, mi resi conto che non era deserta come al solito e che tutte le luci erano accese. Qualche cameriera si affaccendava con svariati coperti, almeno una decina. Sembrava tutto pronto per una cena importante.

"Certo che era da tempo che non si vedevano tutti i Santacroce per casa nello stesso momento."

"Già. Ci voleva la morte di quel povero cavallo! Dio, che cosa disgustosa."

Le due confabulavano animatamente, ignare della mia presenza. Non so perché, ma decisi di restare in disparte a origliare, come una ladra.

"Ma hai sentito che il padrone sospetta addirittura della vigilanza? Forse proprio di Nico, il figlio di Maria."

"Nico? Ma figuriamoci! È un così bravo ragazzo. Il padrone sta decisamente diventando paranoico."

Deglutii, cercando di ingoiare il nodo causato dalle immagini di Don Elia che faceva del male a mia madre.

"Vorrei vedere te, al suo posto. Un figlio strappato al convento, ma che non ha ancora messo la testa a posto… un altro con cui è arrivato ai ferri corti e che, chissà come mai, è tornato in città proprio adesso!"

"Secondo me è tornato per il gemello. I matrimoni sono un'occasione per cui val bene la pena di mettere da parte le piccole rivalità, no?"

"Uhm, a me quella lì non piace per niente! Si dà un sacco di arie. Le poche volte che è stata ospite non ha lesinato ordini a destra e a sinistra, come se fosse la padrona. Sua cugina invece è così dolce e educata."

"Sei soltanto gelosa, Agatha. Dovrai farti passare questa cotta, prima o poi!"

"Non ho nessuna cotta," si schermì. "Sono soltanto realista. E Rachel Accardi non è adatta a diventare la signora Santacroce."

L'altra rise di gusto. "Intanto la fidanzata del signor Dante è lei, mica tu."

Ebbi la percezione, netta e terribile, che il mio cuore si spaccasse a metà. Mi mancò l'aria.

"Signorina Beatrice!" Agatha si accorse di me e divenne rossa in volto.

L'altra le diede di gomito, imprecando, nel timore che avessi ascoltato il loro spettegolare. "Stiamo preparando la tavola per la cena di stasera, e..."

Le loro voci si trasformarono in un'eco lontana.

Arrivai alla dependance talmente in fretta che non mi resi neanche conto di essermi messa a correre. Mi chiusi la porta alle spalle appena in tempo, prima di perdere la vista a causa delle lacrime.

Capii solo in quel momento, troppo tardi, le parole di Samael, quando aveva sostenuto che Dante avrebbe presto imparato a tenere separati piacere e dovere.

Io ero il piacere.

E avrebbe sposato Rachel. Il dovere.

Come Elia aveva sposato un'altra donna, dopo aver reso schiava mia madre e aver fatto scempio della sua innocenza, fino a renderla una persona arida e senza cuore, disposta a sacrificare sua figlia pur di vendicarsi.

Seduta a terra con la schiena contro il muro, mi trascinai le ginocchia al petto e mi lasciai andare a un pianto disperato. Era riuscito a portarmi a letto, senza nemmeno troppa fatica e, nel frattempo, aveva promesso a mia cugina la fede al dito. Si era vendicato di me, di lei, degli Accardi e persino del suo gemello in un colpo solo.

Per che cosa, poi? Il potere ce l'aveva già.

Voleva farsi beffe di me, fin dalla patetica storia della poesia al liceo?

Del resto, era stato sincero. Aveva detto che le poesie sdolcinate gli erano sempre servite a ottenere sesso facile. Doveva essersi divertito parecchio, nel vedere la mia volontà andare in frantumi sotto le sue dita. Nel trasformarmi nel suo giocattolo.

"Conoscendo i suoi strani gusti, con ogni probabilità sarà nascosto da qualche parte a osservarci. Si diverte con poco."

Trasalii al ricordo delle sue parole, i singhiozzi mi si fermarono nel petto.

Mi alzai e mi trascinai verso la sala. Le luci ancora spente, l'ambiente rischiarato appena dall'illuminazione danzante della piscina. Mi guardai attorno, detestando ogni angolo di quel posto.

Mura, quadri, lampade, libri, lenzuola, cuscini. Tutto ancora saturo degli orgasmi che avevamo provato insieme solo un paio di notti prima.

"Mi stai guardando, stronzo? Eh?" urlai, attraversata da un fremito di rabbia così intenso da farmi scricchiolare le costole. "Spero che ti sia divertito abbastanza, finora!"

Ogni singolo atomo d'ossigeno mi parve fuoco vivo. Il fiato si accorciò come se avessi corso per miglia. Analizzai con lo sguardo ogni rilievo, sporgenza, qualsiasi stranezza che potesse ricordare una telecamera, un microfono o una cimice, anche se non avevo alcuna idea di cosa e dove cercare.

Brancolai nel buio, letteralmente.

"È così che mi spii quando mi tocco per te?!" sbottai, rivolta al vuoto. "Farai bene a metterti comodo e a goderti anche questo spettacolo... Perché ti giuro su Dio che sarà l'ultimo! Mi hai sentito?! Dante!"

Gridai fino a graffiarmi la gola. Il cuore mi martellò furioso contro le costole e fece male, un male atroce. Le tempie pulsarono quando mi aprii la camicetta, un bottone alla volta. La gettai nel buio, senza curarmi di dove finisse. Passai ai jeans, slacciai il bottone che li chiudeva e li lasciai cadere sui fianchi.

Strinsi i denti, la frustata sul sedere faceva ancora male, ma trovai che nessun dolore del corpo potesse eguagliare quello che stavo provando nell'anima.

Strappata. Ecco come mi sentivo.

Ma non avevo nessuna intenzione di diventare spietata e cinica come mia madre.

Io lo amavo, e mai come in quell'istante avrei voluto strapparmi quel sentimento via dal cuore.

Nuovi singhiozzi mi scossero, la voce si affievolì fino a diventare una specie di agonia.

"Guardami, Dante. E fallo sul serio, perché... sarà l'ultima volta."

Sganciai il reggiseno e lo feci cadere a terra. Mi circondai in un abbraccio solitario. Accarezzai le mie forme, lentamente, e scesi lungo i fianchi, infilando una mano negli slip.

Morii dentro, nonostante tutto, per il bisogno che avevo di sentire il suo tocco. Le sue mani.

Le stesse che mi circondarono la vita, languide, e mi ustionarono col loro calore, così come il sussurro che mi si posò nell'incavo del collo.

"Voglio guardarti adesso. E per sempre."

28. Death Rivers

Dante

La reclusione forzata che mio padre aveva imposto alla ventina di persone ancora presenti rasentava il ridicolo e, secondo me, l'avevano compreso tutti. Persino lui stesso.

Evitare Rachel non era stato possibile. Oltre a scusarmi per come mi ero comportato, avevo anche dovuto cercare di fugare ogni astio verso Triss tenendola lontana da lei e dedicandole parte del mio tempo. Tempo di per sé già rosicchiato abbastanza dai restanti Santacroce.

"Triss sa dei tuoi piani con la cugina?"

Ero rimasto alla finestra, a vederla salire in macchina con Lucy, quasi volessi sincerarmi che se ne andasse sul serio. Mi voltai: Samael era seduto al pianoforte da non so quanto tempo, in silenzio, tanto che avevo dimenticato la sua presenza. "Quali piani?"

"Lascia che si innamori di te. Soltanto quando si ama, disperatamente, si soffre davvero."

Mio fratello si riferiva ai piani che mi avevano animato prima che mi rendessi conto di essere ancora io, quello che aveva sempre sofferto per un amore disperato. Ridacchiò alla domanda retorica.

"Ah, fratellino," continuò a passare le dita sui tasti del pianoforte con la stessa languida lussuria che avrebbe usato sulla schiena di una ragazza, ma senza lasciarli emettere alcun suono. "Gliel'ho detto io, tranquillo. Saprà comprendere e restare al suo posto, se non vuole correre rischi inutili. Non è mai stata una ragazzina stupida, dopotutto."

La mia capacità di ascolto si era fermata alle prime sillabe. "Cosa le hai detto?"

"Le ho detto che saprai come tenere separati dovere e piacere, perché del resto è così che hanno sempre fatto i Santacroce." Mi alzò finalmente gli occhi in faccia. "Ed è proprio per questo che i capi siamo sempre stati noi."

"Non parlare al plurale," lo redarguii, per ignorare il fuoco che mi stava risalendo per l'esofago. "Tu non comandi un bel niente."

Sogghignò di nuovo. "Non esiste solo questa famiglia, Dante. E non esiste solo New York."

"Allora è vero che hai tradito papà." Affilai lo sguardo. "Con chi? Phil Argenti?"

La sua divenne una risata divertita. "E tu credi che mi metterei contro uno come papà per finire schiavo di un'altra bolgia infernale, e per giunta mal organizzata? Stai scherzando, spero."

In effetti gli Argenti non erano migliori di noi, come non lo era nessuna delle altre famiglie.

"E allora che cosa hai fatto?"

"Ricordi che mi ha sempre definito un ribelle?" mi rivolse un sorrisetto di sbieco. "Se proprio devo rivoltarmi contro di lui, lo faccio per bene e attorniato dalla gente giusta."

Samael non sarebbe mai diventato un galoppino al soldo di un'altra famiglia. Non era uno stupido e la sua sete di potere non era mai stata un mistero: semplicemente, uno come lui voleva tenerlo tutto nelle proprie mani.

Per questo persino Virgil voleva tenerlo fuori dai giochi.

Mi chiesi perché, invece, uno come me dava a tutti quanti l'impressione di farsi facilmente manovrare come un burattino. Doveva essere perché non mi ero mai davvero interessato agli affari. In ogni caso, non c'era bisogno che il mio gemello rispondesse alla domanda. Avevo già capito con chi si era messo in combutta.

"Virgil avrà un'amara sorpresa quando capirà che sei uguale a me." Lesse i miei pensieri.

Anche su questo Lamia aveva ragione.

Io ero nella mente di Samael, e lui era nella mia. Avevo sempre saputo che non era mai andato fino in fondo con Triss, eppure mi ero aggrappato a quell'idea con ostinazione, proprio come mi ero convinto, giorno dopo giorno per sette lunghissimi anni, che lui fosse il nemico da combattere.

Quando il mio unico, vero, nemico ero io.

"Sai che papà non te la farà passare liscia quando scoprirà che te la fai coi messicani, vero?"

"Honduregni, per la precisione. Mi ha confinato lui laggiù, anche se l'ha fatto perché sperava che mi facessero fuori. E invece!" Allargò le braccia, il suo sguardo fiammeggiò. La stessa bruciante sensazione che, troppo spesso, mi davano gli occhi di Virgil.

Deglutii, la gola secca come se avessi appena masticato un pugno di terra.

"Non siamo uguali, Sam. Tu arriveresti a rischiare la vita pur di creare un regno tutto tuo, certo, ma mai a sposare una donna soltanto per vendicarti di un'altra."

"Ne sei tanto sicuro?" Inclinò il capo da un lato, scrutandomi beffardo, poi si rispose da solo. "Sì, ne sei sicuro. Perché sai che io andrei dritto al sodo senza girarci attorno, come ho sempre fatto. Mi prenderei il gioiello raro, invece della sua imitazione. E le farei vivere l'inferno in terra."

Ingoiai bile e il sorriso che gli rivolsi fu amaro. "Chi ti dice che non stia accadendo già?"

"Me lo dice il fatto che l'hai sempre amata." Non mi sfuggì il lieve tremito che gli sporcò la voce, perché si trattava di qualcosa che purtroppo conoscevo molto bene. La gelosia. "Nonostante sapessi anche tu, come me, che Triss è la figlia di Magdalena."

La madre di Triss era stata una delle tante ragazze di Cosa Nostra cadute in disgrazia e trattate come merce di scambio per le colpe di suo padre. Michele Accardi l'aveva sposata per riscattarne l'onore ma, purtroppo per Elia, il danno era stato già fatto: la sua ex schiava era diventata nel frattempo l'amante di Argenti e, a causa sua, i Santacroce avevano rischiato la pelle così tante volte da perderne il conto. Narcotraffico, gioco, riciclaggio, edilizia, un mare di merda così vasto da pagarne le conseguenze ancora adesso, proprio con la storia del cadavere trovato nel loro complesso in costruzione.

Avevo sempre conosciuto quella storia, naturalmente nella versione di mio padre.

Ma Triss non aveva alcuna colpa, come non l'aveva neppure per essere figlia di Accardi. E in ogni caso, anche se diceva il contrario, nemmeno a Sam era mai importato più di tanto.

"Anche tu l'hai sempre amata." La mia fu una constatazione amara, ma sterile. "Nonostante sia la figlia della donna che detesti di più al mondo."

Lui digrignò i denti. "Le ho detto che, se pensa di comportarsi allo stesso modo di sua madre, la troverò e la farò pentire di essersi messa sulla nostra strada. Se non fosse stato per quella puttana, avremmo ancora una madre!"

Il fatto che mio fratello non smentisse i suoi sentimenti per Triss, nonostante le minacce, mi fece più male del previsto. A causa di ciò che provava, detestava sia lei che se stesso. Come me, del resto. "La mamma è morta di parto, Sam."

"Questo è quello che il vecchio ti fa credere da venticinque anni!" sbottò. "E gioca sui tuoi, i nostri, sensi di colpa da sempre. La mamma sarebbe ancora viva se papà non si fosse messo in casa una puttana traditrice!"

"Ci sono dei referti medici," obiettai. "Confermano che tu sei nato naturalmente, io no. La mamma è morta per l'emorragia dovuta all'intervento... necessario a salvare me."

I suoi occhi scintillarono di rabbia. E frustrazione. "Il lavaggio del cervello che ti ha fatto da bambino è irreversibile, vedo," sibilò. "Se tu avessi letto sul serio i referti, sapresti che viviamo nelle bugie da sempre. La mamma è caduta per le scale, Dante, e il parto prematuro è stata una conseguenza."

***

Le ultime parole di Samael continuarono a rimbombarmi nella testa per ore. Lo stavano facendo persino in quel momento, mentre ci dirigevamo assieme nelle stalle. Le tempie mi pulsavano, avrei voluto urlare ma mi restò tutto bloccato nel petto, assieme ai sintomi dell'astinenza.

Mio fratello era abituato ad attaccare per non essere attaccato, a trincerarsi dietro tonnellate di cattiveria, a dire bugie alla gente per averne il controllo.

Però, nonostante tutto, ero certo che non avrebbe mai mentito su nulla che riguardasse la mamma. Era sempre stata una ferita aperta anche per lui, e forse l'unica cosa che davvero ci accomunava. Averla perduta ancor prima di conoscerla era, per noi, una forma di dolore talmente atavico che nessuno, nemmeno Virgil, l'avrebbe mai compreso sul serio.

Era quello il vero motivo che aveva spinto papà a cacciarlo di casa: Samael aveva scoperto la verità sulla morte della mamma e, forse, aveva voluto farle giustizia. Doveva aver provato a denunciarlo, per questo papà temeva un suo ulteriore incontro con il procuratore Minos.

Sam mi aveva bucato il cervello con quel tarlo, consapevole che sarei andato in fondo alla questione, ma che l'avrei fatto da solo. Non mi avrebbe accompagnato in una discesa oscura che lui stesso aveva compiuto in solitaria durante i sette anni che ci avevano visti separati. E nemmeno l'avrei preteso.

Non la vidi quindi come una delle sue manipolazioni, quanto piuttosto come l'ultimo atto di protezione, come tutte le volte in cui si era preso carico della violenza di papà, pur sapendo di non poter fare più nulla per me.

Nel suo sguardo albergava lo stesso sentimento di quel giorno, quando mi ero preso la cinghiata destinata a lui: il senso di impotenza.

Dalla stalla proveniva un odore che non aveva nulla a che vedere con quello degli animali e che ci investì già a qualche metro di distanza. Assieme allo sterco creava un mix nauseante ma me ne compiacqui, perché ne immaginai la causa. Lo stesso perverso piacere passò sul volto del mio gemello.

"Mi dispiace che Gil si perda lo spettacolo."

Sam diede un calcio al portellone di legno, che cigolò e si aprì quel tanto da consentirci di avanzare all'interno.

Un sorriso amaro sfiorò le mie labbra. "Serve qualcuno che preghi per le nostre anime, no? Lasciamolo fare a lui, che è bravo in questo."

Jack Costello era chiuso in mezzo ai cavalli, a occhio e croce, da almeno ventiquattr'ore. Era appeso a un grosso tronco di legno che fungeva da pilastro per il tetto, a torso nudo, le braccia sopra la testa e la schiena lacerata da frustate ancora fresche, le gambe molli per il peso.

Il capo gli penzolava da un lato ma, dai lamenti che emetteva, mi resi conto che era ancora vivo.

"I due… fratellini?" Ebbe addirittura la forza di ridacchiare, impastato, quando ci mise a fuoco. "Forse… finirò in un posto migliore…"

Samael si mise a ridere. "Te l'ho già detto, Jack. Non morirai. Almeno per il momento."

"Peccato."

Lo scambio di battute non mi sfiorò neppure. L'unica cosa che vedevo davanti a me era un lurido maiale, ingozzatosi a scapito nostro per anni. Era arrivato il momento di tagliargli la gola, prima che divorasse anche noi.

Mi resi conto di essermi avvicinato fin troppo a lui soltanto quando Samael mi fermò, afferrandomi un braccio. "Stai calmo."

Mi divincolai, la rabbia mi gorgogliò in gola. "Ha osato toccare Triss."

"Allora... dovrebbe morire anche lui." Costello indicò mio fratello con un gesto stanco del capo. "E De Gregorio. E tanti... tanti altri... magari anche Elia. È una puttanella in calore. Tale madre..."

Gli chiusi quella fogna che si trovava al posto della bocca con un pugno.

Avevo pensato per anni la stessa cosa di Triss, era vero. Il mio odio per lei e per l'immagine distorta che mi ero tanto impegnato a creare nella mia mente si era alimentato fino a distruggermi la lucidità.

Ma ero appena stato con lei, dentro di lei.

La sola idea che qualcun altro l'avesse sfiorata, anche per sbaglio, mi era più insopportabile del bisogno disperato di sprofondare di nuovo tra le sue braccia.

E l'astinenza da lei era peggiore di quella della Holy Blood.

Triss era la mia droga e io ero l'unico che l'aveva assaggiata sul serio. Doveva continuare a essere così.

Simon De Gregorio aveva troppa paura che rivelassi i suoi sporchi segreti, se ne sarebbe stato buono finché gli fosse convenuto. Costello no. Aveva al suo soldo un sacco di gente pericolosa e potente ed era tronfio come pochi altri uomini al mondo. Lasciare libero uno come lui non era un'opzione percorribile e, in fondo, lo sapeva anche Sam.

Afferrai un machete che avevo intravisto abbandonato per terra. Presi Costello per i capelli e gli sollevai la testa, piazzandogli la lama sotto il mento.

"Dammi un motivo. Solo uno," ringhiai, rivolto a mio fratello, "per il quale dovrei risparmiare la vita a questo cane."

Samael si aprì in un sorriso perverso, come se non stesse aspettando altro che quello.

"Oh, ne ho tanti in realtà." Le sue iridi si schiarirono ancora di più, per un qualche strano gioco della mia mente. "Ma se ne vuoi uno così, su due piedi, te lo do subito: è stato lui a uccidere il cavallo."

Aggrottai le sopracciglia e lo guardai come se fosse impazzito.

"Be', non tecnicamente," si corresse. "L'ha fatto su commissione. Solo che non vuole sputare il nome del mandante, per questo deve vivere ancora un po'. Mi sa che è quella, la parte interessante."

Lo fulminai e premetti la lama contro la gola di Costello, tanto da veder uscire un filo di sangue. "Cos'è questa storia?"

Costello mugugnò per il dolore, ma serrò le labbra e irrigidì la mascella in segno di sfregio.

"Dai, Jack." Samael suonò sarcastico e conciliante al tempo stesso, come se parlasse a un bambino capriccioso. "Non farti pregare." Gli diede una pacca sul bicipite martoriato dalle torture. Credo avesse le spalle slogate, perché emise un ringhio di dolore malcelato, che strappò una risata crudele a lui e un fremito di piacere a me.

"Sei soltanto... un... traditore..."

"Ah-ah!" Sam lo zittì con un calcio all'altezza delle ginocchia. "Sssh. Non mi piace quella parola. Detta da te, ancor meno. Ti sono bastate, quante? Due, tre frustate? E hai ceduto. Sei patetico."

"E tu sei un..."

Gli tirai i capelli e gli diedi uno strattone che quasi gli spezzò il collo.

"È meglio se questo lo tengo io." Samael mi sfilò il machete di mano per evitare che gli tagliassi la testa troppo in fretta. "In Honduras ho visto gente usarlo in modi più creativi di quanto faresti mai tu, fratellino, credimi."

Voleva divertirsi un po', il bastardo, l'avevo capito e potevo anche comprenderlo. Ma io, d'altro canto, volevo soltanto fargliela pagare per quello che aveva fatto a Triss.

A partire dalla prima volta in cui l'aveva minacciata, osando presentarsi a casa sua, per poi seguirla fino a Villa Santacroce. La mia vista si era oscurata di un velo rosso sangue che mi faceva perdere interesse in tutto il resto.

Samael fece roteare la lama e tranciò le corde di netto. Costello crollò riverso al suolo con un tonfo sordo. Mi chinai sulle ginocchia e mi ripresi la sua attenzione prima che svenisse, mollandogli un ceffone.

"Ascoltami bene, Cerberus. Lui ti vuole vivo, per me sei già morto. Ti offro la possibilità di tirare le cuoia in fretta e senza soffrire, se sputi il rospo nel giro di tre minuti. Altrimenti," sollevai lo sguardo incontrando gli occhi divertiti di Sam, "io me ne tornerò da Beatrice. E lascerò che il mio gemello si diverta con i tuoi muscoli, i tendini e le ossa."

Costello strabuzzò gli occhi verso di lui.

"Tanto Giovanni Abate ucciderà tutti... come bestie," biascicò, "prima i Santacroce... e poi gli Accardi."

"Devi morire. E Accardi morirà con te."

Le ultime parole del sicario che avevo strangolato mi esplosero nelle orecchie, come se il suo cadavere fosse improvvisamente fuoriuscito dalla terra, apertasi tra me e Costello.

Non c'era soltanto Phil Argenti dietro quello sparo, ma anche la mano di un altro boss. Giovanni Abate, il capo del clan d'origine della mamma e uno dei cinque capifamiglia della città.

Mio nonno materno.

Samael aveva ragione. L'intricata e violenta relazione che era intercorsa tra Elia e la madre di Triss aveva creato un precedente molto pericoloso. Forse Magdalena aveva sul serio avuto una parte nella morte della mamma per cui, per estensione, Giovanni Abate aveva nel mirino tutti gli Accardi, da sempre. Poi i Santacroce, colpevoli quanto lei della morte di sua figlia.

E ovviamente nel pacchetto eravamo inclusi io e Samael. Poco importava che fossimo suoi nipoti, due bambini che non aveva mai conosciuto: per lui, avevamo sangue Santacroce nelle vene e tanto bastava a cancellare ogni legame.

C'era Giovanni Abate dietro qualsiasi cosa accaduta fino a quel momento, e credo che nessuno di noi l'avesse mai preventivato. Nemmeno Samael, che sbarrò gli occhi alla rivelazione e seguì il mio ragionamento simultaneo.

Mi salì il sangue alla testa e vorticò producendo un ronzio che mi spaccò i timpani.

Samael, con un ringhio a metà tra la disperazione e la furia, piantò il machete al suolo e allargò il buco creato nel terreno, usando la larga lama come pala.

Sfogò la rabbia nell'operazione di cui, sulle prime, non compresi il senso, perso com'ero nel guardare il ghigno sanguinolento apparso sulla faccia gonfia e deformata di Costello.

Ci lessi dentro una linea contorta, ma finalmente chiara, che univa tutti gli eventi, gli scontri degli ultimi decenni, i tradimenti, le alleanze e le stragi tra famiglie che avevano reso New York un tetro e macabro universo a sé stante.

"Noi dominiamo. Non siamo stati creati per fare ammenda davanti agli altri. Siamo qui affinché siano loro a prostrarsi a noi, a seguirci, idolatrarci, dipendere da noi. Siamo stati noi a creare questa città dolente, e tutto ciò che c'è dentro di essa."

Samael prese Costello per i capelli. Con un urlo, provò a trascinarlo di peso, ma glieli strappò nella foga.

L'istinto guidò i miei gesti: lo tirai per le braccia, spingendo il suo corpo muscoloso e pesante fino alla piccola buca scavata da mio fratello. Lui gli ficcò la testa dentro, a faccia in giù.

Non c'era bisogno che parlasse, avevo compreso le sue intenzioni.

L'adrenalina data dalla furia omicida, che ormai avevo imparato a distinguere, tornò a scorrermi nelle vene proprio come quando mi ero trovato davanti il sicario, già torturato a dovere da Charon.

Riempii la buca con il terreno smosso, mentre Sam gli strattonava le braccia dietro la schiena e gliele teneva ferme, sedendovisi sopra. "Mordi la polvere, cane."

Il caporegime sussultò e si mosse sotto il peso di Samael, con forza sempre maggiore, per mancanza d'aria. Provò a disarcionarlo, ma il mio gemello si tramutò in un blocco di cemento.

Io continuai a seppellire la sua testa finché non sparì sotto terra.

Finché non smise di dibattersi.

Finché non si trasfigurò ai miei occhi in una delle ombre che mi avevano sempre tormentato. Un'ombra che si frantumò in mille pezzi.

Non eravamo mai riusciti a tenere i mostri lontani.

Ma scoprii quel giorno che potevamo fare molto di più. Potevamo ucciderli.

***

Vegliammo sul cadavere di Costello per ore, senza dirci una parola. Del suo destino non ci preoccupammo, qualcuno sarebbe venuto a ripulire il casino fatto dai gemelli Santacroce, dopotutto. Com'era sempre stato, persino la notte in cui era morta Gemma.

Non so per quale motivo, ma mi resi conto che i contorni del suo viso stavano sparendo dalla mia mente. Me ne sentii in colpa, ma diversamente dal solito non feci alcuno sforzo per ricordare. Mi feci bastare il caos che altro genere di ricordi, e le rivelazioni di quella sera, avevano generato nella mia testa.

"Stai male e si vede. Perché non prendi un po' di coca?" la voce stanca di Samael ruppe il silenzio in cui ci eravamo trincerati anche ora che ci eravamo lasciati quel macabro patibolo alle spalle.

"Perché voglio smettere."

Non emise il risolino sarcastico che mi sarei aspettato. Non mi chiesi come mai, e non mi posi domande nemmeno su come avesse fatto a intuire i miei problemi di dipendenza, perché immaginai di averli scritti in faccia.

Eravamo in prossimità della sala, le luci sfavillanti dell'interno illuminavano anche l'angolo buio del giardino dove ci eravamo fermati.

"Dovremmo dirglielo?" allusi a papà e ai piani di Giovanni Abate.

Samael scrollò le spalle, come a dire che non era una decisione che spettava a lui. Gli bastava che ne fossi al corrente io. "Me ne vado, Dante. Stasera."

Strinsi la mascella. Alla luce di quello che avevamo compreso entrambi, restare in città non era più sicuro per lui e, d'altronde, non sembrava avere alcuna intenzione di riprendersi il posto di vicecapo.

Il problema era che non volevo che mio fratello mi lasciasse di nuovo, e proprio in quel momento.

Infilò le mani nelle tasche. "Te la caverai."

"Smettila di leggermi nella mente."

Samael ridacchiò. "Non potrei nemmeno se volessi." Emise un sospiro che terminò in uno sbuffo. Guardò di nuovo in direzione della sala. "Non ho voglia di sedermi a tavola con tutti gli altri per festeggiare il tuo fidanzamento ufficiale. E non vuoi farlo nemmeno tu."

"Si tratta di una riunione con i capiregime," spiegai, poi inclinai il capo in direzione delle stalle. "Quelli ancora vivi."

Restò in silenzio per qualche secondo, assorto in chissà quali sordidi pensieri.

“Anche questa è una farsa, e ti servirebbe ben più di una dose di coca per reggerla,” la sua voce si abbassò a un sussurro. Mi voltò le spalle. “Hai detto che vuoi smettere, giusto? Vai da Triss, allora. E poni fine a questa assurda pagliacciata.”

Non seppi mai se si riferisse al matrimonio o alla mia carica di vicecapo, o a entrambe le cose, perché quella fu l’ultima volta che vidi il mio gemello. Per molto tempo.

Pensai a tutto ciò che ci aveva portati fino a quel punto, a partire dalla nostra infanzia, le violenze subite, il rapporto con Virgil, fino alla gelosia per la stessa ragazza che ci aveva divisi.

Avevamo sangue Abate, oltre che Santacroce, e doveva essere per quello che nemmeno la lunga doccia bollente che mi concessi servì a lavare lo sporco che mi si era attaccato a ogni singola cellula.

Era il mio sangue a essere sempre stato contaminato da una lotta che durava da decenni, fin dai tempi del padre di Elia, Francesco Santacroce, ucciso a sangue freddo. Andai indietro nel tempo e il mio cervello si perse nella ricostruzione di eventi e situazioni esistite prima ancora della mia nascita.

Provai a farmi strada tra le coltri create da pezzi ancora scomposti e frammenti della mia coscienza, tanto che non riuscii più a distinguere la verità dalle menzogne che mi ero costruito da solo.

Un vociare immaginario mi tormentò fino a quando fu un urlo reale, nel buio della dependance, a spezzare il suo turbinio sconclusionato.

“Mi stai guardando, stronzo? Eh?!”

Il respiro mi si fermò nei polmoni. L’aura di Triss, come sempre, stava scendendo su di me a salvarmi dalla dannazione?

“Spero che ti sia divertito abbastanza, finora!”

La sua sagoma avanzò nella sala, simile a una farfalla che danza a lume di candela.

“È così che mi spii quando mi tocco per te?!” I singhiozzi la scossero. “Farai bene a metterti comodo e a goderti anche questo spettacolo… perché ti giuro su Dio che sarà l’ultimo! Mi hai sentito? Dante!”

Volteggiò davanti a me, senza vedermi.

Si fermò. Con un sospiro stanco, sofferente, vibrante, si slacciò la camicia e se la fece scivolare di dosso. Come le lacrime, il dolore e le umiliazioni che le stavo infliggendo da quando era tornata nella mia vita.

"Guardami, Dante. E fallo sul serio, perché... sarà l'ultima volta."

Restò in biancheria e lasciò cadere anche il reggiseno. Infilò una mano negli slip.

Un demonio tentatore.

Le deboli luci dell'esterno le passarono tra i capelli, trasformando le sue ciocche in fiamme infuocate e rendendo me il più debole, l'ultimo, infimo essere umano sulla faccia della terra.

Schiavo della passione, della carne, del bisogno estremo di seppellire ogni mio dolore dentro di lei. Di sporcarla ancora, con la stessa intensità con la quale lei stava divorando brandelli di me.

"Voglio guardarti adesso. E per sempre."

Temetti di nuovo che si tramutasse in polvere di fata per volare via. Non l'avrei sopportato.

Lasciai morire le labbra sulla pelle delicata del suo collo. La sentii sciogliersi al mio tocco. Ne approfittai e l'afferrai per i fianchi, senza darle modo di divincolarsi. La sollevai e l'appoggiai sul tavolo, senza concederle spazio alcuno, imprigionandola nella gabbia creata dalle mie braccia.

"Perché?" esalò, affranta come poche altre volte l'avevo vista. Solo che, stavolta, il suo dolore non mi arrecava alcun piacere. "Perché vuoi sposare Rachel... Perché?"

Il respiro mi si fermò di nuovo.

Perché l'amore non perdona.

Non fa sconti, non ha pietà.

Perché l'amore è il peggior inferno che potessi concepire e disegnare.

Per tutti e due.

29. Pleasure and Pain

Triss

Il piano ultimo di Dante prese la sua forma definitiva e mi si palesò davanti, nei suoi dettagli più tetri, non appena mi schiantai contro le sue iridi di cristallo. Lasciai che i loro frammenti mi investissero e si conficcassero nella mia carne, e pensai che non esistesse tortura più deliziosa, ma allo stesso tempo crudele, di quella. Eccetto il suo respiro, concitato e bollente, a fior di labbra.

Piacere e dovere.

Dante voleva che imparassi a conviverci, perché mai mi avrebbe donato l'esclusiva nel suo cuore. Né nel suo letto.

Avrebbe avuto una vita, un futuro, una famiglia. Dei figli legittimi, come suo padre prima di lui. Ma niente di tutto questo sarebbe accaduto con me.

Io ero la sua puttana. Nulla di più.

"Perché vuoi sposarla?" ansimai, di nuovo, il suo viso tra le mani per cercare di oltrepassare le nubi che si stavano addensando nel suo sguardo. E, ancora, non ebbi risposta se non quella delle sue labbra che lambivano le mie in un dialogo muto e pregno della mia stessa sofferenza.

Con la medesima frenesia che aveva avuto lui nel prendermi, gli aprii la camicia e gliela lasciai cadere lungo le braccia. Nulla mi parve più familiare della sua cicatrice.

Là sotto, dietro anni di violenze e abusi, ci doveva pur essere lo stesso cuore di quel ragazzo con gli occhiali… o anche quello era stato uno spregevole inganno?

Non volevo crederlo. Ma non volevo neppure pensare di essere così debole da non riuscire a respingere l'uomo che mi stava distruggendo.

La lotta impari tra bisogno e ragione terminò prima di iniziare. Mi abbandonai al bacio, con le lacrime bloccate in gola, e lasciai alla sua lingua il compito di strapparmi via l'ultimo atomo di ossigeno, l'esiguo brandello di volontà che mi era rimasto.

Non volevo restare a guardare mentre mia cugina si prendeva ciò che apparteneva a me ma, allo stesso tempo, sentivo che non avrei avuto la forza di fare l'unica cosa davvero giusta che mi fosse mai passata nella mente da quando ero lì: andarmene.

La sua pelle rovente, a contatto con la mia, sancì la mia condanna perpetua. Ancora una volta.

Agguantò un seno e una scarica mi attraversò con la stessa ferocia del desiderio che mi divampò nel ventre. La sua bocca non si staccò da me, preferendo compiere un lento tragitto fino al capezzolo, che morse.

"Sei stato con lei?" mi uscì fin troppo simile a un piagnucolio. "Hai fatto sesso con Rachel, dopo che...?"

Mi interruppe con un altro morso sul capezzolo, uno lungo il collo che risalì famelico, e un altro sul labbro, che succhiò subito dopo. "No," sussurrò, con il fremito insofferente di chi considera i discorsi superflui. "Ci sei soltanto tu, angelo."

Non riuscii a soffocare il fremito di piacere che mi provocarono quelle parole, che sapevo essere bugiarde, né l'eccitazione che mi bagnò gli slip.

No.

"Non è vero," mi ribellai, altre lacrime mi rigarono le guance. "Le tue sono soltanto bugie..."

Mi afferrò il viso e si infranse nei miei occhi. "Guardami," ringhiò e affondò le dita nelle guance. Uno di essi mi stuzzicò le labbra. "Hai fatto a pezzi la mia ragione e le ferite che mi porto dentro sono lo specchio di quello che provo per te. Sei la mia ossessione. L'unica ragione per cui ancora respiro."

I nostri ansiti vibrarono della medesima eccitazione.

Rabbia, desiderio. Gelosia.

"Cos'altro vuoi? Ti sei già preso tutto di me," mugolai. "Il mio corpo e il mio cuore. I miei pensieri e le speranze. Le lacrime, il dolore... Non ti bastano?"

"No," esalò sulla mia bocca. "Voglio tutto. Voglio il tuo amore. Voglio te."

Afferrò gli slip e ne lacerò la cucitura su un fianco, nella fretta di sfilarli. Le mie cosce si serrarono istintivamente ma lui le afferrò per tenerle divaricate e impedirmi di mettere un solo millimetro ulteriore di distanza tra noi.

"Vuoi sposare un'altra perché desideri farmi sentire cosa si prova ad amare disperatamente qualcuno che non avrai mai," realizzai, con un filo di voce. Un singhiozzo mi fece sussultare. "Volevi farmi soffrire come hai sofferto tu. Bene... ci sei riuscito!"

Nuda, eccitata oltre ogni limite, vulnerabile, inerme tra le sue mani e con il cuore in frantumi: così mi sentii in quell'istante.

Aveva vinto lui.

Mi prese una mano e se la poggiò proprio sulla cicatrice. Il cuore parve dimenticarsi del modo in cui battere per mantenermi in vita e si sincronizzò con quello irregolare di Dante.

"Credevo di volere tante cose," mi trafisse con un mormorio roco e sofferente, come se attraverso la mia carezza, guidata da lui stesso, gli stessi conficcando una lama nel petto. "Distruggerti, più di ogni altra. Credevo di sapere tutto. Credevo di aver ucciso mia madre. Credevo di conoscere i miei fratelli... E invece tutto ciò a cui mi ero aggrappato non esiste. L'unica cosa reale è un angelo, riemerso dal nulla, che svetta sulle macerie della mia vita. Voglio che sia il mio angelo a scegliere se restare a marcire con me in questa prigione o volare via, assieme a tutte le altre ombre."

Mi si spezzò il fiato. "Che cosa...?"

La sua voce si incrinò pericolosamente. "Hai la possibilità di andartene. Adesso. Se lo farai, ti supplico... non voltarti più indietro."

Nuove lacrime mi offuscarono gli occhi e mi impedirono di scorgere quelle che vidi brillare nei suoi.

"E se resto qui con te...?" le parole mi uscirono tremolanti ma piene di una sciocca speranza. "Sposerai comunque Rachel?"

Chiuse gli occhi per un istante, privandomi dell'unica fonte di luce che desiderassi davvero preservare in un mare destinato all'oblio.

"Non lo farò in ogni caso. Non potrei più." Ebbi paura del suono greve di quelle parole, nonostante fosse tutto ciò che volevo sentirmi dire. "Sono tuo da sempre, angelo. Ma ho bisogno di sapere che resti con me perché lo vuoi, perché scegli di essere mia. Perché accetti me... e tutto questo."

Staccò la mia mano dal petto e se la portò alle labbra. Leccò le dita, le succhiò una per una e poggiò di nuovo il palmo sul torace. Scese verso gli addominali. Il mio sesso pulsò in risposta e stillò desiderio bollente che colò tra le gambe, come mai mi era accaduto fino a quel momento.

Dante si aprì i pantaloni e condusse la mia mano a trovare la strada giusta. La sua erezione premeva con insistenza contro il tessuto dei boxer, così dura che feci fatica a liberarla. Non appena l'afferrai e venni a contatto con la sua pelle, un gemito cupo gli rimbombò nel petto.

"Dante..."

Posò il volto nell'incavo del mio collo. Affondò le dita tra i miei capelli, e lo baciò. "Non ho mai concesso a nessuna donna di toccarmi," mormorò, "perché ho sempre pensato che, in ogni caso, nulla sarebbe stato come le tue mani. Nulla si sarebbe avvicinato mai alla tua bocca. A te."

I brividi che lo percorsero mi divennero palesi, come se una raffica gelida l'avesse attraversato nonostante il suo corpo emanasse un calore crescente.

Il mio carnefice si stava mettendo nelle mie mani, in tutti i sensi possibili. Mi stava regalando le sue immense fragilità umane, in cambio del mio amore.

Lasciai che fosse il mio corpo a rispondergli. Lasciai che il mio desiderio si materializzasse tra noi e guidasse tutti i miei gesti. Incerti, tremanti, impacciati. Raccolsi il suo cuore annerito dal tempo e dal dolore e lo accolsi così com'era. Un tesoro prezioso, senza avere la pretesa o il potere di cambiarlo.

Potevo salvarlo da se stesso?

Una scarica di adrenalina mi bruciò nel ventre e mi sentii finalmente al suo stesso livello, capace di dargli il medesimo piacere che lui dava a me.

Feci scorrere la mano lentamente per tutta la lunghezza, più volte, e mi fermai sulla punta. Ringhiò, all'apice dell'eccitazione, e il suo respiro si fece corto e pesante, assieme ai muscoli che si tesero per il bisogno di controllo. Un controllo che Dante, nonostante le sue parole, non sembrava disposto a concedermi fino in fondo.

Insinuò una mano tra le mie gambe e mi strappò via ciò che restava degli slip. Tenendomi per la nuca, mi costrinse e stendermi sul tavolo.

I miei seni bruciarono per il distacco forzato dal suo petto, perché ormai nessuna cellula del mio corpo riusciva più a fare a meno di lui.

Afferrò l'erezione e mosse la mano su e giù per qualche secondo, come avevo fatto io. Così eccitato, per me, fu la cosa più sensuale mai vista.

Con le dita umide tracciò dei segni sui capezzoli, sul mio stomaco, sul ventre e tra le pieghe della mia carne. Un rituale erotico che distrusse la mia innocenza di nuovo, un pezzo alla volta, per consentirmi di rinascere come una nuova, perversa creatura.

Forgiata da lui.

"Ho scelto," esalai. "Anche io voglio tutto. Voglio te."

Lui sogghignò compiaciuto e fu allora che mi apparve nella sua reale veste, bellissimo e dannato come un angelo caduto, rinnegato e intenzionato a costituire il proprio mondo sulle ceneri del passato. Come Samael.

Non so per quale contorta fantasia, ma fu come lasciarsi possedere da due anime, uguali e distinte. Da due lati della stessa personalità, luce e buio.

Due uomini.

Fu come se tra noi ci fosse anche il suo gemello e la cosa, Dio solo sa se non me ne vergognai, mi piaceva.

Per Dante, però, il centro del mondo che era intenzionato a generare sarei stata io.

Doveva essere accaduto qualcosa tra tutti e due, in quelle ore. L'alone di morte che circondava il mio angelo caduto parlava per lui ma la sensazione che avesse fatto qualcosa per me, invece di inorridirmi, contribuiva ad acuire il vortice di lussuria che stavo provando.

Il piacere cresceva e si affievoliva in un'altalena repentina quanto il saettare dei miei pensieri, senza lasciarmi il tempo di seguire Dante in ciò che mi stava facendo. Immerse due dita dentro di me, con una lentezza deliziosa ed estenuante al tempo stesso, bagnandosi dei miei umori.

Mi inarcai, in tensione come se stesse manovrando delle corde invisibili che mi rendevano un burattino.

"Sono un assassino, Triss." Il suo cupo sussurro, suadente, accompagnò le dita che entravano e fuoriuscivano da me, alla ricerca del culmine. "Ho tolto la vita a delle persone e ne ho calpestate altre. Vuoi sul serio restare con un uomo che non è capace di fare a meno della maledizione che gli scorre nelle vene?"

"Sì..." riuscii a dire a stento, tra i gemiti. "Voglio tutto. Voglio i tuoi demoni. Anche se farà male."

Le sue mani tremarono di una lieve incertezza, o forse era soltanto il piacere folle che mi stava procurando a farmene desiderare sempre di più.

Si toccò di nuovo, i miei umori sparsi su di lui, ormai al limite. Mi sollevò una gamba e si poggiò la caviglia sulle spalle, gli occhi nei miei. La sua erezione, diventata poderosa, sfregò tra le labbra e poi scese più giù, inesorabile, tra la piega delle natiche dove si fermò.

Sussultai. Un dito tornò a immergersi nel mio sesso e il pollice a massaggiarmi il clitoride, per tenere alto il piacere e giocherellare con l'orgasmo che bussava, sempre più insistente. "Lo vuoi sul serio?"

Firmai la mia condanna, con le lacrime agli occhi, ma assolutamente sicura. "Sì."

"Trattieni il respiro."

Se già la prima volta mi era parso impossibile riuscire ad accoglierlo, stavolta la paura di quello che era intenzionato a infliggermi mi attanagliò il petto ma, allo stesso tempo, il desiderio che lo facesse sul serio mi portò a un passo dalla follia.

Forzò l'ingresso e fece male, più di quanto pensassi, ma ciò che ne conseguì fu la fusione tra dolore e godimento più intensa che avessi mai immaginato di provare.

Ne sarei diventata dipendente. Probabilmente lo ero già, senza saperlo.

Scossa dal piacere più potente che potessi concepire, piena di lui, esplosi gridando il suo nome.

Dante si chinò su di me e soffocò i miei gemiti con un bacio, il contrasto tra la dolcezza e la brutalità con cui mi possedeva mi catapultò sul serio tra due anime, due mondi, due realtà. Entrambe appartenenti allo stesso, incredibile uomo.

Sostenendosi sulle braccia, fuoriuscì ed entrò ancora, stavolta nella mia intimità, con spinte profonde e fluide per godersi i miei ultimi tremiti, i sussulti, i singhiozzi che cancellarono ogni volontà residua.

Ebbi la chiara percezione di venire due volte, una dietro l'altra, e forse fu davvero così o, magari, si trattò soltanto di un'eco.

Quello che so è che si accasciò su di me, tremante, e la tetra melodia dei nostri respiri ci cullò entrambi nella dannazione eterna.

***

Come già accaduto più volte, quando eravamo insieme, non ebbi più cognizione del tempo trascorso. Avrei potuto restare così, stesa sul letto e con il capo poggiato sul suo torace ad ascoltarne il cuore, per tutta la vita.

Aveva un ritmo cadenzato e regolare, quasi ipnotico, mentre il mio non voleva saperne di calmarsi. Il suo respiro era profondo ma mi resi conto che, nonostante tutto, nemmeno lui riusciva ad abbandonarsi alla quiete del sonno.

"Come stai?" Mi accarezzò un gluteo alludendo al modo in cui mi aveva presa poco prima.

Rabbrividii. "Bene." Nonostante il dolore ancora vivo, fu tutto ciò che riuscii a dire, semplicemente perché era la verità.

Il suo corpo emanava un calore intenso e crescente, come se...

"Credo che tu abbia la febbre, Dante." Mi ritrovai con la mano sulla sua fronte a constatarne le condizioni.

"Non è niente. Mi passerà." La prese con la sua e se la portò alle labbra, baciandomi il palmo. Mi avvolse tra le sue braccia, come se fossi la sola e unica fonte di sollievo a disposizione.

Mi augurai che gli bastasse.

Mi accarezzò il collo, ancora provato dai segni che mi aveva lasciato durante la nostra prima volta. "Mi ero ripromesso che non sarebbe più accaduto." La sua voce si incrinò di nuovo, come preda di un atroce rimorso.

Mi si spezzò il fiato. Si era pentito di ciò che era appena successo tra noi?

"Cosa intendi?" osai chiedere, con un filo di voce.

Deglutì a fatica, la gola arida. "Mi ero ripromesso che non avrei più rischiato con te ciò che è accaduto con Gemma."

Mi si aprì una crepa nel petto, pur senza sapere a cosa si riferisse. "Chi è Gemma?"

Innpirò piano i miei capelli, affamato d'aria, o forse soltanto di un attimo di pace dal turbinare incessante della sua mente. "Era la mia ragazza, a Firenze."

Non so se mi ferì di più il venire a sapere che aveva sul serio lasciato un affetto importante laggiù, o il fatto che parlasse al passato con quel tono greve. "Vi siete lasciati?"

Fece di no col capo. "Gemma è morta." Lo disse come se fosse una sua colpa. "Sono tornato a New York subito dopo."

Per elaborare il lutto, cosa che a quanto sembrava non era riuscito ancora a fare. Un inquietante e sordido istinto di protezione, o forse semplice viltà, mi impedì di chiedere i dettagli della sua morte. Me li avrebbe detti se e quando l'avesse ritenuto opportuno.

Poggiai la mano sul suo petto e me la portai sotto la guancia, per non fargli percepire le lacrime. Ripensai al nostro bacio, a quando mi aveva chiesto se avessi una pallida idea di cosa volesse dire amare qualcuno.

"Ne eri innamorato?"

Mi pentii della domanda stupida. Dante ne sorrise, amaro. "Credo che anche lei sapesse, in fondo, che il mio cuore è sempre stato tuo."

I sensi di colpa che avevo percepito in lui divennero ancor più evidenti. Mentre eravamo persi nel vortice della lussuria, mi aveva detto che ero la sua ossessione: ciò che Dante provava per me gli aveva sempre causato dolore, e me ne resi conto davvero soltanto in quel momento.

La sua ossessione per me era l'unica certezza che gli era rimasta, in un deserto consunto fatto soltanto di macerie.

"Hai detto che credevi di aver ucciso tua madre." Mi ritrovai a bisbigliare, senza nemmeno sapere perché la mia mente avesse deciso di soffermarsi su quel punto, tra tutti. Intuii che Gemma e sua madre, chissà per quale oscuro motivo, avessero tra loro un collegamento profondo, per lui. "Nutri dei sensi di colpa perché è morta dando alla luce te e Samael?"

"Perché è quello che mi è sempre stato detto." Il suo sussurro nell'oscurità fu appena udibile. "Mio padre non ha mai lesinato sui dettagli, nei racconti della buonanotte."

Il lieve tono sarcastico mi riportò alla mente le parole di Don Elia, la sera che eravamo rimasti soli. Mi aveva detto che sua moglie Bella aveva avuto un incidente e non aveva retto al parto prematuro, assieme alla raccomandazione di non farne parola con i suoi figli.

Ebbi paura di ferirlo ulteriormente, così ci girai attorno. "Però hai detto che è una delle tue convinzioni crollate. Hai scoperto qualcosa?"

Lo sentii irrigidirsi e mi pentii di essermi intrufolata tra le minuscole crepe che il fare l'amore aveva creato in lui. La sua mano mi percorse il braccio fino alla spalla e trovò rifugio ancora sulla mia nuca, affondando tra i capelli. Stavolta la sua fu una presa calda e sensuale, possessiva, ma non dolorosa.

"Ho scoperto che il male mi scorre nelle vene sin dalla nascita, angelo." Il suo tono trasudò una sofferenza che mi trapassò il cuore. Mi strofinò il pollice sulla guancia e la sua divenne una carezza. "Mia madre è stata soltanto una delle vittime in un gioco deciso a tavolino da qualcuno più potente di noi. E la mia unica colpa, forse, è proprio quella di non essere capace di rinunciare ai più bassi istinti umani. Sono figlio dei Santacroce e degli Abate, due cognomi in guerra. E nessuno potrà mai cambiare questa realtà."

Feci leva su un gomito e mi sollevai per guardarlo. I suoi occhi chiari mi schiaffeggiarono e mi accarezzarono allo stesso tempo, come se in lui continuassero a coesistere due istinti diversi. Respingermi e aggrapparsi a me come a un'ancora.

Non c'era distanza fisica tra i nostri corpi, ma il terreno sotto le nostre anime traballò pronto a far emergere il muro di ghiaccio che ci aveva sempre divisi.

Gli passai le dita tra le ciocche corvine, per far sì che restasse con me. "So quello che ha fatto mia madre," rivelai, con un filo di voce. "So tutto. So della sua schiavitù ma so anche di tutte le nefandezze di cui si è macchiata per vendicarsi. Anche io avevo un mucchio di false credenze, Dante... Si sono sgretolate tutte quante dal momento in cui sono arrivata qua. Nessuno può capirti più di me."

I suoi occhi divennero lucidi. Mi attirò a sé per posare la bocca sulla mia e anche quel bacio, come tutti gli altri, fu diverso. Mi sarei fatta carico della sua sofferenza, oltre la mia, se fosse servito a farlo stare meglio.

Sperai che, prima o poi, lo capisse. Che uscisse dal bozzolo in cui si era rinchiuso per anni e che, in ogni caso, non era servito a proteggerlo dal male della sua famiglia.

Parve leggermi nella mente. Mi passò il pollice sulle labbra. "Per quale assurdo motivo sei ancora qui, angelo? Perché non sei fuggita dai demoni che permeano queste mura, che hanno reso folle già tua madre prima di te, quando ti ho dato l'opportunità di farlo?"

Il cuore fece una capriola. Gli sorrisi. "Perché io, al contrario di lei... l'ho scelto."

Perché ti amo, e accetterò tutto quanto vorrai donarmi.

Un'ombra spaventosa gli attraversò gli occhi, come se quelle parole le avessi pronunciate sul serio. Mi si ghiacciò il sangue nelle vene ma, immediatamente dopo, capii che quella reazione non era stata causata da me.

Dante si contorse come se avesse appena ricevuto un pugno in pieno stomaco. Si tirò bruscamente a sedere e tossì, raggomitolandosi su se stesso.

Fu come se i conati violenti, dolorosi e improduttivi del suo stomaco li stessi provando io.

Un velo di impotenza mi bruciò gli occhi. La paura mi attanagliò le viscere e fu diversa da quella provata poche ore prima tra le sue braccia. Fu assoluta e nera come la pece.

Cercai di sorreggerlo come meglio potei. "Vattene!" provò disperatamente a scacciarmi, ma non glielo consentii.

Gli scostai i capelli dal viso, madidi di sudore. Non servì a dargli sollievo, ma mi bastò per mantenere il contatto visivo con lui.

"Quando ti ho detto che voglio tutto di te, intendevo sul serio tutto. Anche questo." Anche la voragine in cui ti ha gettato la droga, perché voglio aiutarti a risalirla. "Non respingermi, ti prego."

Il respiro era diventato pesante e corto, difficile, come se i polmoni gli stessero collassando. Temetti potessero fermarsi da un momento all'altro e una cupa disperazione mi sfiorò.

Avrei dovuto chiamare aiuto? Un medico, forse. Avrei fatto in tempo?

Corsi in bagno alla ricerca di qualcosa che potesse aiutarmi a dargli sollievo. Rimediai degli asciugamani che bagnai sotto l'acqua gelida. Mi precipitai di nuovo accanto a lui, desiderando bloccare lo scorrere del tempo che sentivo gravare sul suo capo come una condanna a morte.

"Resta con me, Dante," lo baciai, con le lacrime a frapporsi tra le nostre labbra. "Guardami. Resta con me."

Lo tenni tra le braccia e lo strinsi con tutta la misera forza di cui fui capace. Cercai di fare in modo che si distendesse tra le lenzuola, senza lasciarlo neppure per un istante.

Chiusi gli occhi e mi feci giaciglio per lui, come se potessi avvilupparlo nella cassa toracica e tenerlo lì dentro, al sicuro da ogni male. Dentro al mio cuore, lontano da quella maledetta crisi d'astinenza che lo stava consumando.

Gli tenni il capo sul seno, il suo battito si fuse col mio e provai a dettarne il ritmo. I tremori divennero meno forti, i suoi muscoli si rilassarono. Scottava tantissimo, forse la febbre aveva raggiunto il suo picco massimo. O, almeno, lo sperai.

"Cosa succederà, adesso?"

Cercò di dare forza al proprio tono. "Non lo so, amore mio," sussurrò. "Non lo so..."

E non lo sapeva sul serio. Era la prima volta che Dante oltrepassava i propri limiti in quel modo, consapevole che avrebbe potuto incontrare la morte durante il viaggio per liberarsi dalla droga. E io volevo restargli accanto.

Strinsi le labbra, prima di sciogliermi nel pianto.

Pregai.

Pregai il Signore e qualsiasi altra divinità esistesse nel cielo, affinché volgesse il suo sguardo pietoso su di noi, anche se eravamo le creature più empie e corrotte del creato.

Pregai e sperai che l'amore che provavo per lui fosse sufficiente a salvarlo.

E attesi.

Attesi che il suo respiro si regolarizzasse. Che chiudesse gli occhi e trovasse rifugio nel sonno, come un bambino ammalatosi per il troppo giocare.

Sperai che fosse finita.

Anche se ebbi la terrificante sensazione che, in realtà, quello fosse soltanto l'inizio.

30. Dark Vengeance

Triss

"Sei la mia ossessione. L'unica ragione per cui ancora respiro."

I giorni che servirono a Dante per fronteggiare quella crisi scorsero lenti, appesi su una linea del tempo le cui regole mi erano sconosciute. Non me ne importava, sarei rimasta al suo fianco per sempre, se fosse stato necessario. Aveva davvero bisogno di respirare e feci in modo di essere il suo ossigeno.

Vagò in un limbo sospeso tra sonno e lucidità, allucinazioni, momenti di rabbia e infinita apatia, debolezza fisica e bisogno di quiete. E io ci nuotai dentro, insieme a lui.

Fu difficile, ma di quando in quando apparvero spiragli di luce.

Trovammo un contatto muto nel buio del suo malessere, così come preziosi momenti passati a parlare, quando i dolori iniziarono ad allentarsi fino a scomparire. Di cose accadute, ricordi spezzati, sogni che forse non si sarebbero mai avverati ma che era bello credere possibili.

Scoprii che non ricordava molto di quello che era successo la notte in cui era morta la sua ragazza, così come aveva rimosso parecchi pezzi della sua infanzia, recuperati a fatica. Mi raccontò che finire nel baratro delle droghe era stato sorprendentemente facile ma che, in fin dei conti, fantasmi e ombre avevano sempre fatto parte della sua vita fin da bambino.

"Non sono mai stata in Italia. Vorrei tanto vedere Firenze."

Mi sonnecchiava pigramente tra le braccia, nel silenzio del dehors alle prime luci dell'alba, quando glielo dissi. Lo sentii sorridere e, considerato quanto raramente era accaduto negli ultimi giorni, lo presi come un regalo prezioso da custodire nei ricordi.

"A me piacerebbe stare seduto in riva al Mediterraneo, invece. Con un calice di vino rosso, senza neppure bisogno di dirlo."

Ridacchiai. "Immagino già i versi che comporresti con un panorama del genere."

"Con te accanto, le poesie sono diventate un inutile orpello. Preferisco viverti."

Non permisi a nessuno di violare la bolla di quiete in cui ci eravamo rifugiati. Lasciai soltanto a Marcello e Maria la possibilità di portarci i pasti e tutto quanto poteva servire a far sì che Dante riprendesse le forze.

Mi lasciarono intendere che il resto della famiglia esigeva che il proprio vicecapo tornasse a sedersi su quella maledetta poltrona il prima possibile, ma non li ascoltai.

Dovevano essere stati giorni concitati, fatti di riunioni, cene, attimi di tensione che percepii dal momento in cui avevo saputo da Dante che Jack Costello aveva pagato per tutto il male che aveva commesso, incluso il fatto di essere una spia di Giovanni Abate.

Sentivo che la spietata esecuzione del caporegime era stata soltanto l'inizio di qualcosa di terribile, fuori dalla nostra prigione dorata: una guerra silenziosa, che dipingeva i suoi cupi contorni a pochi passi da noi, ma non volevo che l'alone di morte che aleggiava tutt'attorno lo sfiorasse.

Non mi interessava nulla. Volevo soltanto che il mio Dante stesse tranquillo e godesse di un briciolo di pace.

Mi illusi che quel nostro isolamento potesse durare per sempre, ma non fu così e, del resto, non era nemmeno giusto. Il mio, probabilmente, era soltanto un atto egoista perché non volevo vederlo volare via di nuovo. Non avrei tollerato di essere abbandonata per giorni come aveva fatto fino a quel momento.

Ma mi resi conto che avere il suo cuore comportava anche dover accettare i pericoli a cui eravamo entrambi esposti. Non mi avrebbe lasciata più: Dante era mio e ciò che stavamo vivendo insieme doveva pur condurci da qualche parte. E, se anche non fosse stato così, sarei rimasta accanto a lui oltre la guerra.

Attesi che si addormentasse e scivolai via dalle lenzuola.

Non era bastato cenare insieme, bere uno dei suoi vini prediletti e fare l'amore con la pigra lussuria di due persone che hanno una vita intera davanti, a cancellare l'alone plumbeo che ci veleggiava sul capo e che rovinava la nostra estasi.

Non volevo più che fosse soltanto un sogno. Volevo diventasse la nostra quotidianità. E conoscevo un solo, folle, modo per farlo: eliminare l'origine di tutti i nostri mali alla radice.

Rovistai tra i vestiti per prendere una vestaglia con cui coprirmi, e trovai il tagliacarte che credevo di aver perduto. Lo feci scivolare in una delle tasche.

Villa Santacroce, di notte, aveva sempre acuito il proprio aspetto spettrale e maligno e, mai come quella volta, passare davanti al ritratto angelicato di Bella Abate fu una conferma.

In quella villa erano accadute cose atroci, e non soltanto i contorti e perversi vizi sessuali di cui i Santacroce erano schiavi. C'era un'atmosfera cinerea che mi apparve davvero nella sua interezza soltanto quando scorsi Don Elia. La porta del suo studio era aperta e il boss era appoggiato, di spalle, sulla sua scrivania di marmo nero, la stessa dove Dante aveva steso me per torturarmi con candele, dolore e piacere.

Era stretto nelle spalle, la schiena curva in avanti, il fiato pesante. Mugolii e rumori inconfondibili che provenivano dal basso davanti a lui mi gelarono il sangue.

"Prendilo tutto fino in gola, razza di stupida," ringhiò, inferocito. "Sei una buona a nulla."

Sentii tossire e subito dopo singhiozzare. Don Elia strattonò i capelli della malcapitata in ginocchio e mi resi conto con orrore che si trattava di Juliette.

Soffocai un urlo, troppo tardi perché nessuno dei due mi notasse sulla porta.

"Guarda chi c'è." Gli occhi cerulei del boss si venarono di rosso e un ghigno sadico gli deformò la bocca. "Un uccellino bisognoso di essere sfamato."

Quest'uomo ha segregato e torturato la mamma. Elia Santacroce è l'origine di tutti i mali della mia famiglia. I miei. Quelli di Dante.

Distolsi lo sguardo dalla scena ma i miei piedi non ne vollero sapere di muoversi.

"Sparisci," intimò Don Elia a Juliette, che si affrettò a scappare via, in lacrime. Si richiuse i pantaloni alla bell'e meglio con un gesto stizzito e mi si avvicinò a grandi falcate.

Il tanfo di alcol era insopportabile e mi rimandò alla mente l'aggressione di Cerberus.

"Non era mia intenzione distur..."

"Ah, no?" mi interruppe. "Sai, tu e Dante vi siete persi delle grandi novità ma, data la vostra assenza, abbiamo preferito concordare tutto senza il vostro parere. Non che fosse necessario, s'intende. Tua cugina, però, ti vorrebbe come damigella d'onore."

Rabbrividii, un conato acido di rabbia si mescolò al disgusto. Avevo creduto a Dante, quando aveva detto che non avrebbe più sposato Rachel, ma l'idea era ancora capace di trapassarmi l'anima come una miriade di frecce.

"Rachel capirà se non accetto," mi limitai a dire, a capo chino, facendo buon viso a cattivo gioco. "Mio padre sarà felice di accompagnarla all'altare al posto dello zio Vito. Sposare un Santacroce sarà un onore per la nostra famiglia."

Il boss emise una grassa risata.

"Non stavo parlando del matrimonio di Dante. Nessuno dei miei figli sposerà mai una Accardi finché sarò vivo io." Le sue parole non furono un sollievo. Mi squadrò dall'alto in basso. "Parlavo di tua cugina Lucy. Ti sorprenderà sapere che Simon De Gregorio l'ha chiesta in sposa e, pare, la fanciulla è stata costretta ad accettare. Sai, c'è in gioco il nome dei De Gregorio e la vergogna che gli hai gettato addosso col tuo comportamento. Tua cugina Lucy sembra essere l'unica Accardi ancora vergine e, se Simon sarà insoddisfatto di quanto la sua sposa gli offrirà, be'..."

Don Elia lasciò cadere la frase. Lo shock fu così grande che le orecchie mi fischiarono. Era di questo che mia cugina voleva parlarmi? La stavano obbligando a sposare Simon per colpa mia? L'avevo vista con Charon, la sera della festa: e se fosse stata a letto con lui? Simon l'avrebbe scoperto la prima notte di nozze e...

Doveva trattarsi di un incubo.

Portai le mani dietro la schiena e mi assicurai di avere ancora il tagliacarte. Lo avevo rubato la notte della festa, proprio da quello stesso studio.

Avrei potuto usarlo per difendermi da Costello, lo so, ma la verità era che l'avevo preso... per proteggermi da Dante.

Forse me l'aveva trovato addosso quando mi aveva spogliata e immersa nella vasca, prima di fare l'amore con me. Lo aveva nascosto tra i miei vestiti, sicuro che lo ritrovassi.

Dante mi aveva lasciato un'arma, consapevole che avrei potuto usarla contro di lui. Voleva davvero che scegliessi se restare al suo fianco o no.

E lo stavo facendo di nuovo.

"Don Elia, Simon De Gregorio è un uomo privo di scrupoli. È stato lui a rifiutare me, e sono certa che voglia legarsi agli Accardi soltanto per attentare ai vertici della famiglia."

Il vecchio sbatté un pugno sul muro alle mie spalle, facendomi sobbalzare.

"Non hai il diritto di fare insinuazioni di questo tipo, dolce Beatrice. Non davanti a me. E non subito dopo la tua luna di miele non autorizzata!" mi ferì con un ringhio impastato e velato di un che di morboso. Mi percorse con lo sguardo fino a fermarsi sotto al seno. "A quest'ora, sarai già incinta."

Mi pietrificai sul posto, con gli occhi sbarrati. Ridacchiò, facendosi beffe della mia reazione.

"Be', sei la puttana di mio figlio da quanto? Tre settimane, un mese?" mi si avvicinò così tanto da sfiorarmi il collo con il naso e dovetti trattenere a stento il disgusto. "Credi che non abbia capito il tuo gioco? Che non sappia che stai cercando di farti ingravidare da uno qualsiasi dei miei figli, fin dai tempi della scuola? Sei uguale a Magdalena."

Sentirla nominare da lui in quei termini mi spezzò qualcosa dentro. Era pur sempre mia madre.

"Non ti lascerò partorire un bastardo. Proprio come non l'ho permesso a lei."

"Sei la mia unica bambina, il mio tesoro più grande. Non speravo nemmeno di averti, sei stata un miracolo per me e tuo padre! I medici mi avevano detto che non saresti arrivata mai. Le conseguenze delle torture che quel mostro mi aveva..."

L'aveva messa incinta e poi l'aveva costretta ad abortire, magari provocandole un incidente come aveva fatto con...

Strinsi il tagliacarte, la lama mi ferì il palmo. "Ha ucciso sua moglie Bella. Ha fatto in modo che sembrasse un incidente e poi ha dato la colpa a Dante. Perché?"

Il manrovescio che mi piombò addosso fu violento come un colpo di frusta. Rotolai a terra, il tagliacarte insieme a me. La guancia mi bruciò e i sensi si annebbiarono fino a farmi pensare che sarei svenuta. "La tua perspicacia è decisamente tarda."

Riversa a pancia in giù, Don Elia mi fu sulla schiena in un istante, come un lupo inferocito sul punto di sbranare la sua preda.

Provai a urlare ma lui afferrò il tagliacarte, imbrattato del mio sangue, e me lo premette contro la gola. "Sei in casa mia, ragazzina," ringhiò, frugando sotto i vari strati di vestaglia e camicia da notte, schiacciandomi col suo peso. "Credi che qualcuno correrebbe in tuo aiuto?"

No.

Non per salvarmi dal peggiore tra tutti i Santacroce.

Ma calde lacrime mi rigarono lo stesso le guance, mentre l'uomo più abbietto che avessi mai conosciuto faceva a brandelli la mia biancheria fino a graffiarmi una natica.

"No!" urlai con quanto fiato mi era rimasto.

Un altro ceffone, ancor più violento, finì proprio sul sedere e mi spezzò la voce. Il coltello abbandonò la gola e mi scese lungo la schiena, strappando la stoffa in due con frenesia.

Si fermò per un'istante, col respiro ansimante e rauco, come se stesse ammirando un'opera d'arte. Il suo tono divenne osceno. "Sei molto più bella di quanto lo fosse tua madre alla tua età." Il coltello passò di piatto sui miei glutei, finendo pericolosamente con la punta nel mezzo. "Chissà se sei anche sensibile quanto lo era lei..."

Quella leggera esitazione fu preziosa per me. Non so come feci, forse fu il pensiero di voler tornare da Dante il più presto possibile, a darmi una reattività insperata nonostante lo shock.

Con uno scatto all'indietro lo disarcionai quel tanto che bastò ad afferrargli il polso che stringeva il tagliacarte.

Serrò il pugno che divenne di pietra, inamovibile. Senza alcuna fatica ne riprese il controllo, pronto a scagliarmelo tra le costole. Usai tutta la forza di cui ero capace per contrastarlo e bloccare la lama.

Spinsi ferocemente, con disperazione, fino a rigirargli l'arma contro, ma ebbi la sensazione che stesse allentando la morsa apposta. Per giocare con me.

La punta del coltello gli sfiorò il basso ventre.

Esplose in una nuova risata. "Mi divertono le donne che lottano prima di cedere," sibilò. "Ma credo tu sia davvero troppo fragile per pensare di ammazzarmi, piccola Beatrice."

"Non farlo!"

La voce che tuonò nello studio lasciò un'eco che agghiacciò entrambi, persino Elia. Le sue pupille diventarono due minuscoli punti neri, scoprendo l'azzurro opaco dei suoi occhi segnati dall'età.

Virgil era in piedi sulla porta, le gambe larghe e una mano protesa in avanti, verso di me. "Non farlo, Beatrice," mi ripeté, con voce più bassa, come se stesse avvicinando una belva feroce. "Non ne vale la pena."

Non riuscii a staccare gli occhi dai suoi. Magnetici, fiammeggianti, bellissimi come quelli di un angelo benedetto sceso dal cielo pronto a salvarmi. Il crocifisso d'oro che indossava al collo brillò.

Mi resi conto che la camicia bianca di Don Elia era imbrattata di sangue. Lo avevo colpito, o si trattava del mio?

"È una puttanella selvatica," biascicò quello, "non le consentirò di generare altri Santacroce bastardi."

Lo sguardo di Virgil si spostò sul padre, all'apparenza le offese non lo toccarono. "Lasciala stare." La sua voce divenne ancora più cavernosa e ferma, modulata come se non fosse la prima volta che lo sorprendeva in quel modo. "Non è una delle tue serve. E non è nemmeno Magdalena, o Hilde."

Don Elia emise una risatina, meravigliato da tanto ardire. "Stai dando ordini a me? A me?!" scandì quelle sillabe con rabbia crescente, fino a far tremare le pareti.

Virgil non si smosse di un millimetro, il palmo in aria come a farsi scudo dalla furia di una bestia. "Getta via quel coltello, Elia." Un fremito incrinò il suo piglio. "Stuprare questa ragazza non ti servirà a nulla, se non a peggiorare la crisi con Dante. È questo che vuoi?"

Don Elia restò immobile per istanti che parvero eterni. Chinò il capo e mi osservò dall'alto, come una farfalla intrappolata sotto un bicchiere.

"Hai ragione, Virgil. Non sei del tutto inutile come ho sempre pensato. Mi hai appena fatto venire un'idea migliore."

Un colpo seguì le sue parole e, da quel momento in avanti, un manto nero avvolse il mondo attorno a me.

***

Mi risvegliai stesa in terra, dopo non so quanto tempo, e la prima percezione che ebbi fu una fitta, sorda e lancinante, alla nuca. Mi tirai a sedere e portai una mano dietro la testa d'istinto, avvertendo ancora più dolore. Mi venne da vomitare e quel poco che riuscii a rigettare finì nel buio attorno a me.

Non vedevo nulla, eccetto alcune fioche fiammelle in lontananza, come su piccole torce incassate in mura sporche e maleodoranti di muffa.

In lontananza mi parve di udire dei gemiti, non seppi dire se fossero umani, animali o soltanto immaginari, ma mi si ghiacciò il sangue come se fossi circondata da fantasmi.

Un suono costante e secco, una specie di gocciolio, riempiva un silenzio che mi faceva ronzare i timpani.

Dove diavolo sono finita?

Don Elia mi aveva aggredita, mi aveva colpita alla testa e poi...

Allungai le mani a gattoni e incontrai delle sbarre di metallo ruvide e bagnate. Sembrava una cella scavata in un anfratto roccioso. L'odore di putrido mi nauseò così tanto che iniziai a tossire, ricordandomi di avere persino una voce.

"Aiuto," sibilai, la gola così secca da sembrare piena di crepe, come le pareti di quel posto. "Qualcuno mi..."

"Ben svegliata, principessina."

La luce di una candela deformò il volto di Charon e lo rese simile a uno spettro.

Sobbalzai e soffocai un urlo. Mi sorrise, attraverso le sbarre. "Non avere paura di me. Non voglio farti del male e ti garantisco che, finché sarò io qua, non ti accadrà nulla."

Le sue parole, contrariamente al solito, non mi tranquillizzarono affatto. L'autista sembrava essere perfettamente a suo agio in quella specie di cella sotterranea che, a giudicare dai suoni che iniziavo a distinguere, non era l'unica.

Altre voci si erano accavallate tra loro: lamenti, urla, richieste di aiuto.

Deglutii, cercando di reprimere lacrime che scivolarono comunque giù. Mi gettai sulle sbarre cercando di avvicinarmi a lui il più possibile.

"Charon," supplicai, "cos'è questo posto? E perché mi trovo qua?"

Un urlo lancinante spaccò l'aria tra di noi e mi fece trasalire. Charon sogghignò e inclinò in capo a indicare qualcosa alla sua sinistra, senza staccare gli occhi da me.

"Rogers e Hughes, rispettivamente arcivescovo e conte, o almeno credo. Hanno provato a fottere Don Elia e, non contenti, si sono sputtanati a vicenda. Li abbiamo sbattuti nella stessa gabbia per questo," si mise a ridere. "Non mangiano da tre giorni, magari è la volta buona che si sbranano a vicenda. Sarebbe divertente e risparmierei il filo dei miei coltelli per qualcuno di più meritevole. A proposito, principessina... Pessima mossa quella di usare un tagliacarte. Spero di avere tempo e modo di insegnarti qualcosa sui coltelli veri."

Mi guardai istintivamente la mano, un taglio obliquo ne solcava il palmo, pieno di grumi di sangue ormai secchi. Spalancai gli occhi quando Charon, attraverso le sbarre, cercò di prendermi la mano, forse per ispezionare l'entità della ferita.

Mi ritrassi, terrorizzata.

Lui alzò le sue. "Ehi. Devi stare tranquilla, ti ho detto. Okay? Ti fidi di me, principessina?"

"Non chiamarmi così!" urlai. "Fammi uscire subito da qui! Dante..."

Scoppiai in un pianto disperato. Il ghigno perverso di Charon svanì per lasciare il posto a uno sguardo affranto e impotente. "Sei nelle segrete di Villa Santacroce," spiegò, con tono basso. "Prima che la costruissero, qua c'era una vecchia dimora coloniale dove i signori del tempo rinchiudevano gli schiavi. Quasi nessuno sa di questo posto, perché chi ci finisce di solito non ne esce più."

"Nessuno dei miei figli sposerà mai una Accardi. Credi che non abbia capito il tuo gioco? Sei uguale a tua madre."

Le parole impastate e sconnesse di Don Elia mi rimbombarono nel cervello. Altre lacrime mi annebbiarono la vista. "Perché non mi uccidi subito, allora?"

Tanto non rivedrò mai più l'uomo che amo.

L'avevo lasciato addormentato, finalmente sereno dopo giorni, nel nostro letto. Sperai che stesse bene e che non si stesse ritrovando a fronteggiare quel mostro di suo padre.

"Te lo ripeto. Non voglio farlo," ribatté, secco. "Me ne frego degli ordini del vecchio."

"Don Elia ti ha chiesto di torturarmi." La mia non fu una domanda, ma una realizzazione mesta. "E poi? Quale sarà il mio destino?"

Fece spallucce. "Non lo so. Ti terrà qui dentro almeno fino al matrimonio di tua cugina. Quel tuo zio cardinale ha già preparato ogni cosa. Poi, dopo la festa..."

Mi avrebbe fatta sparire.

Però, alla festa avrei di certo rivisto Dante. Come avrebbe giustificato, il boss, la mia assenza al figlio? E Virgil?

Approfittai del tono mesto di Charon e, con la forza della disperazione, cercai di aggirare la questione. "Dispiace anche a te che Lucy si sposi?"

Mise le mani nelle tasche dei jeans consumati e sbuffò dal

naso, con stizza malcelata. "Chi, io? Tua cugina può sposare chi cazzo vuole. Non me ne frega niente. Tanto io," serrò la mascella, "sono soltanto un autista."

"Mi sembra chiaro che sei molto più di questo," insinuai, guardandomi attorno. "Cosa fai? Torturi la gente che si mette contro i Santacroce e la uccidi?"

"Più o meno."

Cercai di evitare di immaginarlo mentre compiva abusi indicibili su mia madre. Non si sarebbe fatto tutti quegli scrupoli su di me, se fosse stato così. "Allora, potresti far sparire Simon quando vuoi, no? E avere Lucy tutta per te."

Restò un istante in silenzio, assorto. Poi qualcosa dentro di lui si spense, come un interruttore della luce. Si buttò sulle sbarre come un cane rabbioso, tanto che sussultai.

"Credi che sia così semplice, ragazzina? Eh?" ringhiò. Gli occhi baluginarono come metallo fuso. "Non sai quante volte avrei voluto tagliare la gola a tutti quanti, qua dentro. Compreso il tuo uomo. Smettila di provocarmi e di approfittare della mia estrema bontà nei tuoi confronti. Anche perché ti assicuro che-non-attacca."

Serrai le labbra e cercai di non lasciarmi intimorire. Inspirai a fondo.

"Abbiamo interessi comuni," azzardai. "Nessuno dei due vuole che Lucy sposi Simon, e io voglio scappare da qua. Possiamo trovare un punto d'incontro."

Charon serrò di nuovo la mascella e si tirò in piedi. Sputò in un angolo, sprezzante.

"Siete tutti uguali, voi ricchi," sibilò. "Luridi manipolatori del cazzo."

Fece per andarsene e io mi aggrappai di nuovo alle sbarre. "Charon! Non lasciarmi, ti prego… Io…"

Mi scoccò un'occhiata da sopra la spalla. "Sto andando soltanto a prenderti da mangiare," sbottò. "Ah, niente cucina sofisticata, ti accontenterai di un hot dog con le patatine, se ne trovo. E non ti azzardare a fare lo sciopero della fame. Intesi?"

Scese i due gradini che aveva fatto per tornare di nuovo a pochi centimetri da me.

"Qua sotto, in mezzo ai topi di fogna, comando io e Santacroce non conta un cazzo. Vedi di non farmi arrabbiare, principessina."

31. Heart in Chains

Dante

"La morte di Jack non può restare impunita. Occorre una presa di posizione forte da parte nostra, Argenti deve pagarla cara. Se è la guerra quello che desidera, l'avrà." Santonastaso parlò in tono duro e risoluto.

"Non abbiamo prove che siano stati gli uomini di Argenti a farlo fuori."

"L'hanno trovato ai margini del fiume, Giuseppe, proprio in uno dei suoi quartieri. Torturato e senza gambe. Un'esecuzione del tutto simile al suo modus operandi. Dinanzi a una cosa così plateale, quali altre prove ci servono?"

"Abbiamo molti nemici." Fu Michele, rimasto per gran parte del tempo in silenzio, a interrompere lo scambio di battute tra Santonastaso e De Gregorio. Puntò gli occhi su quest'ultimo. "Alcuni tra le nostre stesse fila."

"Che c'è, Michele? Ti dà fastidio che mio figlio voglia sposare tua nipote, invece della tua preziosissima bambina?"

Scese un silenzio teso, che servì soltanto a portare per l'ennesima volta i miei pensieri su Triss, proprio adesso che stavo cercando di concentrarmi sulla dannata, ennesima, riunione.

La crudeltà delle albe in cui si era svegliata da sola, senza il calore del mio abbraccio, mi era piombata addosso quell'unica volta in cui ero stato io ad aprire gli occhi senza trovarla al mio fianco. Ancora indebolito per i postumi della prima vera crisi d'astinenza mai sperimentata e superata, avevo persino pensato di essermi soltanto immaginato i momenti passati con lei. Ma il suo profumo era rimasto tra le lenzuola ancora tiepide e non potevo sul serio aver perso anche l'ultimo barlume di sanità mentale.

Avevo chiesto di lei alla servitù, giusto per vedere fino a che punto la gente era ancora convinta di riuscire a nascondermi qualcosa.

"La signorina Accardi ha lasciato la villa e ha fatto ritorno dai suoi genitori," mi era stato detto.

Ci avrei persino creduto, dal momento che le avevo offerto l'opportunità di andarsene. Non ero pronto a vederla sparire per sempre dalla mia vita, non lo sarei mai stato, ma l'avrei accettato se si fosse trattato della verità.

Il problema era che Triss aveva scelto di stare con me e, non fosse bastata la sincerità della sua pelle, dei suoi baci e delle parole che mi aveva detto a riguardo, al resto avevano pensato le mie telecamere.

L'avevano seguita fino allo studio di mio padre. Da cui non era più uscita.

Un fremito mi percorse.

"Il matrimonio di Simon e Lucy non è oggetto di discussione. Come non lo è nemmeno la morte di Jack Costello, per quello che mi riguarda. Un problema in meno." Mi accorsi di aver mantenuto l'attenzione su Elia fin troppo a lungo soltanto quando aprì bocca. Lo stomaco mi si era accartocciato in un groviglio di rabbia e frustrazione e, quando incrociò il mio sguardo, il solito ghigno che gli arcuò metà volto fu una conferma.

"Resta al tuo posto, Dante. Se vuoi che io rimanga al mio."

Irrigidii la mascella e sfogai la rabbia tormentando un paio di anelli per evitare di saltargli al collo davanti a tutti. La verità sulla morte della mamma era sempre stata lì, davanti ai miei occhi adombrati dalle bugie e dai sensi di colpa, manipolati dal più astuto e crudele dei Santacroce. La paura che avesse sfiorato Triss anche soltanto col pensiero mi rendeva cieco e mi avrebbe fatto fare una follia proprio lì, nella candida sala dove la cosca si stava spartendo la città, se non avessi avuto anche io sangue Santacroce nelle vene.

Per sua sfortuna, però, ne avevo anche di Abate. Era un istinto naturale raggirare il nemico nell'ombra, proprio come aveva fatto mio nonno materno fino a quel momento. "Concordo con Michele, abbiamo parecchi nemici tra le nostre fila," chiusi la questione. "Nessuno meglio di lui sa cosa vuol dire essere tradito dal proprio fratello, dopotutto. Il matrimonio di Simon De Gregorio con Lucy Accardi potrebbe essere la prima occasione utile per mostrare agli Argenti cosa vuol dire la parola fratellanza."

Virgil aggrottò la fronte e mi parve quasi di vedere il suo cuore accelerare i battiti al timore di uno dei miei soliti colpi di testa. Sapeva anche lui, del resto, dei miei biechi piani per rovinare la reputazione di tutte le Accardi.

Ovvio anche che la mia famiglia sapesse come era morto Costello e per mano di chi: far ricadere la colpa sul clan Argenti, dopotutto, doveva essere stata proprio un'idea del mio vecchio, per instillare nei capiregime restanti l'ennesimo pretesto per fomentare la guerra.

"E come?" Santonastaso cadde nella mia trappola con tutte le scarpe. "Mandandogli le partecipazioni?"

De Gregorio ridacchiò, ma fu il solo a farlo.

"Non sarà necessario arrivare a tanto. Basterà dare all'evento la giusta, sacra, importanza." Spostai lo sguardo su Michele Accardi, stretto nelle spalle. Non gli aveva fatto piacere né l'accenno a Vito né l'ennesimo insulto da Giuseppe De Gregorio, ma l'uomo che detestava di più ero io e mai come in quel momento glielo leggevo in faccia.

L'idea che sua figlia portasse la medesima onta di sua madre sulle spalle doveva essere difficile da digerire, eppure se l'era fatta andar bene pur di vendicarsi di Elia. L'aria dimessa che ostentava era falsa: il matrimonio di sua nipote conveniva anche a lui, per assicurarsi in ogni caso un vincolo con De Gregorio qualora la supremazia della cosca fosse crollata.

"Non credi che sia pericoloso dare il via libera al nemico?" contestò quest'ultimo, prevedibilmente. "Celebrare il matrimonio in cattedrale, ora come ora, significherebbe esporre il fianco."

"Significherebbe dimostrare a tutti che la famiglia Santacroce non ha paura di niente." Santonastaso, dopo un attimo in cui rimuginò sull'idea, mi diede manforte. "Disponiamo di tutte le misure di sicurezza necessarie, in caso. Conosciamo il nemico e sappiamo come agisce. Anticiparne le mosse sarà un gioco da ragazzi e a tuo figlio e alla sua futura moglie non accadrà nulla."

"La cattedrale è il luogo più sicuro al momento," anche Virgil fu costretto a darmi ragione. "Abbiamo il clero dalla nostra parte. Risulteremo coesi e inattaccabili agli occhi di tutti."

Non proprio tutti, spero.

"Cosa intendi fare sul serio, figliolo?" La maggioranza degli astanti era favorevole, mio padre fu il solo ad avanzare rimostranze. Il tono crudelmente mellifluo che aveva usato per definirmi mi fece tornare la voglia di sgozzarlo come un maiale sullo stesso tavolo sul quale si era accasciato Vito Accardi.

Gli sorrisi. "Sono il vicecapo, papà, e mi comporto come tale," lo freddai. "Voglio vendicare le vittime di questa guerra. Tutte."

***

"Almeno a me vuoi dire come stai sul serio?"

Virgil aveva atteso pazientemente che la riunione si sciogliesse, e che nostro padre fosse fuori dal mio mirino, per avvicinarmi. O, per meglio dire, trattenermi.

"Ho avuto giorni migliori. Ti sta bene come risposta?"

Ridacchiò. "No."

"Non mi faccio da quasi due settimane, se è quello che vuoi sapere." Mi resi conto che stavo ancora rigirando gli anelli compulsivamente, segno del nervosismo che mi attanagliava il cervello. "Non sto ancora bene del tutto e so che la strada per uscirne sarà lunga. Ma sono tornato ai miei doveri, come vedi. Privo di distrazioni, proprio come desiderava papà."

"Non direi," mi trapassò con uno sguardo glaciale. "La tua vera droga non è la Holy Blood, ma Beatrice e, senza di lei, sei diventato una scheggia impazzita. Cosa vuoi fare davvero con Argenti? Pretendo di esserne informato."

Pretendi?

Strinsi la mascella. "Triss ha deciso di andarsene via, proprio come ha fatto Samael. Una decisione saggia. Pensavo ne saresti stato felice, data la solerzia con cui hai sottolineato più volte quanto fossero pericolosi entrambi per la tua scalata… oh, scusa. La mia."

Al solito, l'ironia non lo ferì nemmeno di striscio.

"Sai bene che non se n'è andata di sua volontà. Esattamente come io so che hai tappezzato la villa di telecamere nascoste."

Mi avvicinai fino a mettere una distanza ridicola fra noi, trattenendo a stento l'impulso di prenderlo a pugni.

"Se hai qualcosa da dirmi, fallo adesso, Gil," ringhiai, "o ti giuro che farai la stessa fine che farò fare a papà, se solo l'ha sfiorata con un'unghia."

"Gli seppellirai la testa come hai fatto con Costello?" mi sfidò. "È proprio quello che voglio evitare."

Lo sbeffeggiai con un ghigno derisorio. "Davvero? Credevo odiassi il vecchio almeno quanto me e Sam. Come mai ci tieni così tanto alla sua salute, adesso? Ti ha promesso qualcosa? La tanto agognata successione, magari."

Virgil mantenne senza fatica la sua consueta calma, per non dire insensibilità. Mi chiesi se ci fosse mai stato un momento, in tutti i suoi quarant'anni, che l'avesse visto perdere sul serio le staffe. Nemmeno quando mi aveva schiaffeggiato, non molto tempo prima, la sua aura granitica era sfumata.

Forse era accaduto tanti anni prima, quando Elia aveva torturato Hilde, la cameriera dagli occhi gentili. Privo del velo mefitico della cocaina, adesso me la ricordavo benissimo: non era una prostituta, lavorava per noi. Accudiva sia me che Samael. E Virgil se ne era innamorato, anche se era costretta a dividere il letto con papà, come tutte le altre.

"Sai che il potere non mi interessa." Il ragazzo biondo e sorridente che ricordavo da bambino sparì e al suo posto tornò l'uomo d'acciaio senza cuore, a strapparmi via dagli unici ricordi belli che avessi. "E sai anche che l'idea di essere figlio di Elia mi fa schifo. Ci sono dei momenti in cui mi dispiace addirittura che non abbia fatto abortire anche mia madre."

La gola mi si seccò. Tra le nefandezze compiute da mio padre si diceva che persino la madre di Triss, quando era sua schiava, avesse subito un destino simile. Digrignai i denti. "Un uomo come lui non merita di vivere."

"Non voglio che tu lo uccida." Il tono di Virgil si fece imperioso. "Perché uccidere un genitore ti getterebbe in un inferno ancor peggiore di quello che stai già affrontando e, soprattutto, ti renderebbe sul serio uguale a lui."

Un filo sottile e immaginario brillò davanti ai miei occhi e poi si spezzò. "Cosa vuoi dire?"

Lessi chiaramente, lettera per lettera, la risposta nei suoi occhi prima che aprisse bocca. "Non esiste nessuna 'congiura dei tre', Dante. Si tratta soltanto dell'ennesima favoletta tramandata per anni. Francesco Santacroce non è stato tradito dai suoi collaboratori," abbassò la voce fino a ridurla un sibilo. "Ma da suo figlio."

Il filo spezzato si annodò di nuovo e acquistò vigore. Un Elia ventiduenne aveva ucciso suo padre Francesco, addossando abilmente la colpa a una fantomatica combutta tra capiregime.

Mio padre sarebbe stato capace di queste e altre bassezze, dopotutto, e mi venne quasi da ridere per una tale perversa ovvietà. Non mi chiesi più se fosse stata sul serio la povera Magdalena a spingere mia madre per le scale e se non ci fosse in realtà sempre lui dietro, perché a quel punto non aveva più importanza.

Al pensiero che Triss fosse nelle sue luride mani mi si piegò nuovamente lo stomaco. "Perché vuoi che un essere simile calchi ancora la terra? Un uomo che ha fatto soltanto del male a chiunque sia capitato sul suo cammino?"

Le spalle di Virgil persero la posa battagliera e si rilassarono, quando mise le mani in tasca come se fosse pronto a farsi schiaffeggiare da me. Nei suoi occhi apparve un qualcosa di indecifrabile.

"Perché l'odio per Elia ha macchiato persino una persona innocente come Beatrice. E perché a me interessa la salvezza della tua anima. Se non posso fare più nulla per quella di Sam, o per quella della donna che ami, voglio tentare ancora una volta con la tua."

Anche la voce ne fu sporcata al punto tale che lo riconobbi. Ciò che era apparso sul volto di Virgil era un sentimento che non provavo sulla mia pelle fin dal giorno in cui avevo ricevuto la cinghiata che mi avrebbe marchiato a vita. Pietà.

Spilli invisibili mi punsero gli occhi. "Non hai colpe per ciò che Elia ha fatto a Magdalena, o a Hilde. Persino ciò che ha fatto Samael non è dipeso da te. Né ciò che sono diventato io."

Chiuse gli occhi per un attimo e giurai di vedere una lacrima brillare sulle sue ciglia. "E invece sì, Dante," strinse le labbra. "Tu eri l'istinto. Io sarei dovuto essere, per te, la ragione. Ho fallito."

Una brezza di primavera ci aveva svegliati quel giorno. Ma nessuno dei due ne aveva goduto.

In verità, io e Gemma non godevamo più dell'alternarsi delle stagioni, dei giorni o delle ore, da quando la droga era diventata una costante delle nostre vite.

Io ero riuscito a laurearmi nonostante tutto, lei no. Passava le giornate a letto, volteggiando pennelli immaginari nell'aria, giacché quelli veri sembravano aver perso attrattiva. Non disegnava più, non parlava più con me. Non rideva più.

"Dovresti fare quello che dice tuo fratello," mi disse un giorno. "Non puoi restare qua a marcire con una come me, quando potresti avere tutto."

Io mi ero perso nella sua stessa agonia, velenosa come il crack che ormai si faceva sempre più spesso. Solo che la mia, non so per quale assurdo motivo, era colorata, divertente. Felice.

Volevamo sposarci, stavamo persino arredando casa, ci crogiolavamo nella passione sfrenata per ore. Lei era radiosa e bellissima. Eravamo felici.

Ma non era la realtà. La cocaina ne aveva creato una nuova, nella mia mente.

"Ti voglio al mio fianco per tutta la vita," l'abbracciai, quella mattina di primavera in cui tutto mi sembrava possibile. "Ti amo, Gemma."

Lei scosse il capo e cominciò a piangere. "Non ami me. Ti sei innamorato di una vita che non esiste. Di qualcosa che ti sta divorando un pezzo alla volta... la stessa cosa che sta divorando me."

La testa rimbombò e tanti punti luminosi mi danzarono negli occhi, come spesso accadeva quando i fumi della coca, di durata sempre più breve, iniziavano a svanire. "Puoi smettere. Possiamo smettere, insieme."

Sospirò e si abbandonò con la testa contro il mio torace. Mi accarezzò la cicatrice. "Non ricordi come te la sei fatta, giusto?"

"Giusto," mi venne da sorridere. "So solo che ce l'ho fin da bambino. Perché mai dovrei avere voglia di tornare in un posto dove ho conosciuto soltanto dolore?"

"Perché è da quel posto che stai scappando, amore mio." Altre lacrime le fecero tirare su col naso. "Ed è in quel posto che troverai tutte le risposte che cerchi. Non qui con me."

"E se volessi trovarle assieme a te?" Le affondai le dita tra i riccioli scuri e li strinsi. Adoravo i suoi capelli e perdermi nel loro profumo. Un profumo che ormai da tempo non riuscivo più a percepire.

"Non meriti una tossica accanto. Meriti una donna che abbia vissuto ciò che hai vissuto tu, che comprenda il tuo mondo come non sono mai riuscita a fare io. Meriti una persona che ti ami... come la ragazzina del primo anno. Il tuo grande amore."

Il malessere dato dalla coca si mescolò a quello suscitato dal ricordo di qualcosa che stavo cercando di seppellire da tempo. Non avrei permesso a nessuno, nemmeno a Gemma, di riportarmi Triss alla mente dopo tutti quegli anni in cui mi ero illuso di poter essere felice.

"Ti ho detto che amo te, perché è così difficile da capire?" ribadii e le presi il viso tra le mani. Asciugai le lacrime coi pollici,

scoprendo il suo bellissimo viso irrimediabilmente segnato. Scorsi soltanto in quel momento tutti i lividi, le occhiaie, il nero che le aveva infettato l'anima. La vidi tutta d'un botto, la dipendenza mortale che stava mostrando, ostinatamente, ai miei occhi ciechi.

E che ero io a non voler accettare.

"Non ci riesco, Dante," il suo divenne un vero pianto. "I dolori sono sempre più forti, ho bisogno della droga. Ho paura che se non la prendo più, poi non riuscirò a..."

"Ce la farai, ti aiuterò io," la rassicurai. Le sfilai il test di gravidanza che stringeva convulsamente in mano, con un sorriso che sperai l'aiutasse a sdrammatizzare la paura che, in realtà, stavamo provando entrambi. "Mi sa che sono passati più di tre minuti, ormai. Che ne dici di vedere il risultato?"

"Dante..."

"Dante!" la voce che mi chiamava e mi rimbombava nelle orecchie era tornata a essere quella di mio fratello. Mi teneva per le spalle mentre io, non so nemmeno perché e come, ero ripiegato su me stesso.

"Gil..." Lo stomaco si ribellò e mi risalì l'ennesimo conato.

"Ehi, fratellino. Sono qua." Il paio di pacche che mi diede sulla guancia mi aiutarono a metterlo a fuoco. "Fatti forza, sta passando."

Sperai si riferisse alla crisi, perché i ricordi che stavano finalmente affiorando li rivolevo indietro. Tutti quanti. Non mi importava quanto male mi avrebbero fatto.

"Basta!" lo spinsi via e lo fulminai con lo sguardo, nell'illusoria speranza di incenerirlo. "L'unica cosa che tutti avete fatto, da sempre, è stato riempirmi il cervello di puttanate! Sono un Santacroce e non sarà un cadavere in meno sulla coscienza a cambiare l'origine del mio sangue."

Virgil mi guardò, affranto. O semplicemente gli occorreva più tempo per riprendere la sua maschera di freddezza e si stava rendendo conto che non gliene avrei più lasciata nemmeno una briciola. "Tu non sei come Elia. Sei migliore, persino del tuo gemello. E di me."

Bugie, soltanto bugie.

Lasciai che la rabbia mi scorresse libera dal cuore fino a invadere ogni singola arteria, senza consentire al cervello di bloccare più alcuno dei miei gesti. Lo afferrai per la gola. "Sono quello che gli somiglia di più invece," ringhiai. "Proprio come lui, ucciderò mio padre. Perché, come lui… ho ucciso mio figlio."

Virgil sbarrò gli occhi, ma non per la mancanza d'aria. Mi afferrò il polso e me lo torse con la medesima forza che stavo usando io.

"Se stai recuperando la memoria," sbottò, liberandosi dalla morsa, "vedi di farlo come si deve e di smetterla di darti colpe che non hai."

Fiacco per l'astinenza, abbandonai l'idea di sopraffarlo. Mi passai il dorso della mano sotto al naso, scoprendo meno sangue di quello che mi sarei aspettato.

"Sta passando, vedi?" ribadì, leggendomi nel pensiero. "Ti stai lasciando la droga alle spalle. Stai recuperando pezzi e, molto presto, ricorderai tutto. Anche quella notte."

Gemma era incinta e io l'avevo strangolata mentre me la scopavo, perché ero così fatto da aver rimosso persino una cosa importante come quella. Una cosa che avrebbe cambiato la vita di entrambi e che non ero stato capace di proteggere.

Che altro c'era da ricordare? Il modo subdolo in cui Virgil aveva insabbiato la sua morte, distrutto tutte le prove della mia colpevolezza col fuoco e poi convinto me a tornare a casa, facendo leva sul mio dolore?

Lo sentivo farsi largo tra le sinapsi e le vene. Strinsi le palpebre e scossi il capo, con la paura che le tempie mi scoppiassero.

"Esci dalla mia testa, cazzo!" sbottai. Aprii gli occhi e glieli puntai in faccia, vomitandogli addosso tutta la mia sofferenza. "E non metterti mai più tra me e Triss. Né tra me ed Elia."

Vidi il suo pomo d'Adamo andare su e giù.

"Sono venuto a cercarti proprio per impedire una tragedia annunciata. Elia vuole vendere Beatrice a Giovanni Abate, come pegno di pace."

Sbarrai gli occhi. Mio nonno aveva perso una figlia; mio padre gliene avrebbe data un'altra in dono.

Il cuore smise di battere. "Abate la ucciderà."

Virgil annuì. "So dove si trova. Posso fare in modo di farvi lasciare la città insieme." Lo guardai come avrebbe fatto un condannato a morte davanti a un'insperata via di fuga. "Ma lo farò soltanto a patto che mi riveli, nel dettaglio, i tuoi piani per il matrimonio di Lucy e Simon."

32. Angel of Regret

Triss

Non avevo toccato niente di quello che Charon mi aveva portato.

Il sacchetto del fast-food profumava tremendamente ed era stato capace di coprire il tanfo di umidità di quel posto orribile ma, nonostante lo stomaco borbottasse in maniera altrettanto intensa, restai seduta nel mio angolo per non so quanto tempo.

"Hai intenzione sul serio di fare lo sciopero della fame, principessa?" il ringhio dell'autista si confuse col ronzio nella mia testa, causato dalla fame e dalla debolezza.

"Non mangio con te seduto qua davanti che mi guardi come se fossi una bestia chiusa in uno zoo."

Charon gettò la sigaretta che stava fumando a terra e la calpestò con stizza. Il gesto dovette bastare a calmarlo, perché rilassò le spalle e sbuffò.

"A me non frega un cazzo se mangi oppure no. Il problema a monte è che, se ti succede qualcosa prima del tempo, se la prenderanno con me, e non ho voglia di crepare per colpa tua."

Emisi un risolino isterico. "Ma come? Don Elia non ti ha imposto di torturarmi? Non ti sto nemmeno facendo fare fatica. So farlo benissimo da me."

Rise, sinceramente divertito. "Oh, me ne sono accorto da quando hai messo piede qua. Sei perfettamente in grado di farti del male da sola. Ma non mi sto riferendo al vecchio. Per quanto ti sia difficile crederlo," lanciò un'occhiata all'esterno, "c'è chi gli tiene testa e lo supera."

Tacque, quando un calpestio minaccioso e cadenzato si fece sempre più vicino.

Rabbrividii e strinsi gli occhi, non so nemmeno perché, dal

momento che non sarebbe bastato fingere di essere altrove e non guardare: il mio destino era segnato.

"Controlla l'altro ingresso e assicurati che sia sgombro."

L'ordine imperioso mi fece spalancare gli occhi, perché non proveniva da Don Elia. Virgil era davanti alla mia cella, con un mazzo di chiavi in mano e l'aria di chi doveva risolvere l'ennesimo impiccio.

Charon mi rivolse un'ultima occhiata di commiserazione prima di sparire nel buio. "Mi dispiace, principessa."

Caddi nella disperazione più totale. Nonostante la situazione, mi ero sempre sentita al sicuro in presenza di Charon. Schietto, brutale, sfacciato e volgare, ma anche sicuro di sé, sempre presente e solido, mi aveva trasmesso tranquillità fin da quando mi aveva sottratta alla furia di Simon.

Don Elia mi aveva gettata in quelle segrete dove lui era il boia, incaricato di estorcere informazioni ai poveri malcapitati, ma fintanto che c'era stato Charon sapevo che sarei sopravvissuta.

Dell'uomo possente, bello come un dio ma oscuro come il demonio che si apprestava a entrare nella mia cella, invece, cosa potevo dire?

Che mi aveva inquietata fin dal primo momento? Che quel rovo di spine che gli decorava il braccio lo sentivo attorcigliarsi attorno alla mia gola?

Il clangore che emisero le chiavi nella toppa fu così assordante che dovetti tapparmi le orecchie. Mi rannicchiai nel mio angolo, con la voglia cocente di vedere la terra aprirsi per inghiottirmi.

Virgil mi fu addosso in una falcata. Mi coprii per ripararmi, ma lui si limitò ad afferrare la rozza catena che mi stringeva i polsi.

"Come se potessi scappare," constatò, con un sogghigno. "A Charon piace da morire essere teatrale. Perdonalo."

Le aprì e le tolse con inaspettata delicatezza, ma nonostante tutto la pelle martoriata dei polsi bruciò. Cercai di reprimere un gemito. Schiacciai la schiena contro il muro. "Lasciami stare!"

Lui si chinò sulle ginocchia e fissò gli occhi nei miei, la mano protesa in avanti a mostrarmi il palmo, come aveva fatto mentre Don Elia mi stava addosso, quasi fossi un animale a cui farlo annusare. "Non voglio farti del male."

I miei occhi erano secchi, svuotati dai pianti inutili delle ultime ore, e mi bruciavano più dei polsi. "Vuoi portarmi da tuo padre? Così che termini quello che ha iniziato?"

Un'ombra di compatimento gli attraversò gli occhi, altrimenti tersi come il cielo di primavera.

"Se avessi voluto lasciarti nelle sue mani, lo avrei fatto in quello studio." La sua voce suonò bassa e conciliante. "Come è accaduto milioni di altre volte."

Il fiato si affievolì fino a spegnersi. Mi tirai le ginocchia al petto nel tentativo di mettere distanza fra noi. "Come quando c'era mia madre al mio posto? Anche lì hai distolto lo sguardo, dopo averle fatto pensare di esserle amico. Perché dovrei crederti?"

Le sue iridi cambiarono colore, tramutandosi in una coltre nuvolosa. Strinse le labbra, poi avvicinò pollice e indice alla radice del naso, colto da chissà quale profondo rimorso. Tornò a guardarmi. "Non pretendo che tu mi creda, soprattutto alla luce di ciò che ti sta accadendo. Ma sappi che volevo bene a Magdalena."

Un groppo mi chiuse la gola a quelle parole. Il petto iniziò a tremare e sussultare per singhiozzi convulsi che non riuscivano a sfociare in un vero pianto, lasciandomi così in un limbo di terrore e angoscia logoranti.

Virgil mi tese le braccia. "Vieni con me."

Mi lasciai avvolgere come un cucciolo impaurito, troppo stanca per oppormi ulteriormente e troppo bisognosa di calore.

La luce che percepii a un certo punto fu scarsa, ma comunque più intensa del buio in cui ero stata immersa per ore. Il dondolio dei passi di Virgil mi cullò per un tempo altrettanto lungo e nascosi il viso contro il suo torace, con un piacevole intorpidimento.

Non mi importava dove mi avrebbe portata. Nessun posto sarebbe stato peggiore di quella cella. Di quella villa, dove morte e sgomento avevano ormai permeato le mura e tutti i suoi occupanti in modo inesorabile.

Mi augurai che Dante stesse bene. "Dov'è?"

Non so perché Virgil non mi rispose quando glielo chiesi, forse perché credetti di rimanere cosciente fino a destinazione, ma in verità mi addormentai non appena sentii dei sedili sotto di me, e la mia domanda rimase soltanto un pensiero.

Il sonno fu breve, travagliato e oscuro. Ebbe fine quando

passai di braccia in braccia e fui avvolta da un profumo avvolgente, caldo. Familiare.

Spalancai gli occhi, troppo esterrefatta per credere che quelli cerulei che avevo davanti non fossero frutto di una crudele fantasia.

"Dante..." non so se lo dissi sul serio. Ma so che, finalmente, mi sciolsi in un pianto di gioia.

***

Il posto in cui Virgil ci aveva portati era modesto, ma aveva tutto ciò di cui necessitavamo. Soltanto quando ne uscii compresi che in realtà ci trovavamo a poche miglia da villa Santacroce, ma nonostante ciò riuscimmo a trascorrere un paio di giorni al sicuro e protetti da pochi uomini fidati di Dante, come se l'ombra di Don Elia non potesse arrivare fino a lì.

Era soltanto un'illusione, ma sul momento me la feci bastare.

"Quando ho saputo che Elia ti avrebbe venduta ad Abate sono impazzito." Le labbra di Dante percorsero i miei polsi ancora lividi, come avevano fatto mille altre volte in quei giorni. "Avrei fatto l'impossibile per evitare ogni singola cosa che ti è accaduta da quando hai messo piede fuori dalla dependance. Ti giuro che mio padre pagherà per ciò che ha fatto. A te, a tua madre e alla mia, al mio gemello... a Virgil. Fosse l'ultimo scopo che mi resta, fintanto che avrò vita."

Il suo sguardo vagò in un punto indefinito e un fremito di rabbia lo attraversò, quando lo disse. Gli passai le dita tra i capelli, come avevo fatto quando i demoni contorti della cocaina gli annebbiavano la mente, per riportarlo da me.

"L'unica cosa che dovrai fare finché vivrai, è amarmi," gli sussurrai sulle labbra, prima di chiudergliele con un bacio che celasse le lacrime che mi avevano provocato le sue parole.

Temevo che i propositi di vendetta di Dante lo avrebbero allontanato da me più di qualsiasi droga, fino a condurlo a morte certa. Non sarei riuscita a sopravvivere, se così fosse stato.

Dovette leggermi nella mente.

"Amarti, per me, include possederti." Con la punta delle dita percorse il collo, la clavicola e il seno, fermandosi sul capezzolo con la voglia a forma di cuore, che si chinò a succhiare, regalandomi brividi che ero certa non avrei più provato da quella notte terribile. "E non soltanto nel corpo. Elia ha macchiato la tua anima, i tuoi pensieri. Lo cancellerò dai tuoi ricordi… perché più nessuno deve osare contaminare ciò che mi appartiene."

Mi abbandonai alle sue mani fameliche e ai baci voraci che si tramutarono in morsi, come se volesse soppiantare i lividi causati da suo padre con i suoi. Mugolai per il dolore, ma in fin dei conti era tutto ciò che desideravo da lui.

Il suo marchio, l'unico che riconoscevo sul serio.

Puntò un gomito sul materasso e fece leva, imprigionandomi sotto il suo corpo. Con ferrea dolcezza, prese di nuovo i miei polsi e li portò in alto.

"Sta' ferma. Non voglio legarti," alluse alle ferite delle catene. "Almeno fino a quando non spariranno quei lividi."

Quelli causati da Charon e, quindi, da Don Elia.

Il mio corpo si risvegliò, proprio come avrebbe fatto al suono di una melodia incantatrice e ancestrale. Obbedii e mi aggrappai alla testata del letto.

"Sei bellissima," gli occhi brucianti di desiderio incatenati ai miei. "Mi appartieni, Triss?"

"Sì…"

Chiusi gli occhi e, per una frazione di secondo che durò fin troppo, vidi fiotti immaginari di sangue coprirgli le braccia, il collo, il volto. I suoi occhi divennero due pozze nere, vuote. Morte.

Sbattei le palpebre e scossi il capo, col fiato corto, per mandare via quella tetra visione.

"Angelo," si riprese la mia attenzione, suadente, con un bacio che si spense sul mio collo. "Guardami."

Gli artigliai le spalle, col cuore che parve voler scoppiare da un momento all'altro. "Lasciamo la città, come ci ha detto Virgil," un singulto mi incrinò la voce. "Ti prego, Dante… ho paura."

Non volevo dar retta ai miei presentimenti, ma il cuore gonfio d'angoscia non ne voleva sapere di cedere all'oblio della passione, nonostante il mio corpo fosse ormai plasmato e modellato secondo le sue voglie.

Secondo i suoi ordini.

Perché avevo la terrificante sensazione che, da quel momento, le nostre vite sarebbero cambiate per sempre?

Dio sa quanto mi pesasse ammetterlo, ma ero disposta persino a lasciare che Lucy sposasse Simon se questo voleva dire poter ricominciare con Dante da un'altra parte.

"Io no. Con te accanto nessun mostro mi fa più paura," si prese l'esiguo spazio rimasto tra noi. Mosse il bacino e la sua erezione sfregò contro di me, regalandomi fitte di piacere così forti da mozzarmi il fiato. "E farò in modo che, da oggi in avanti, tu abbia paura soltanto di me."

Si sciolse dal mio abbraccio e riprese il suo tragitto, scivolando con le labbra tra i seni e mettendo fine a ogni mia rimostranza.

Ingoiai le lacrime quando i suoi baci percorsero una lunga e sensuale scia fino al ventre, che si contrasse in risposta. Mi afferrò le cosce per prenderne il controllo e rubò lo spazio necessario a raggiungere il mio sesso, ormai così gonfio da pulsare incontrollato a ogni suo respiro.

Baciò, leccò, si prese tutto il tempo per giocare con la mia carne e farne ciò che desiderava, come se avessimo sul serio tutta una vita davanti. Mentre io sentivo il tempo scivolarmi tra le dita come granelli di sabbia.

Le gambe mi tremarono e serrai i muscoli, troppo sensibile per sopportare ancora gli assalti della sua lingua senza perdere il controllo. Sapevo che Dante non mi avrebbe permesso di raggiungere il culmine così in fretta senza il suo permesso, e il fatto che l'istinto mi stesse conducendo ad assecondarlo senza bisogno di parole gli fu evidente.

"Sei brava, angelo," lo sentii sorridere. "Ma adesso voglio che tu goda per me. E voglio sentire il tuo sapore, mentre vieni."

Bloccò le mie cosce affinché non potessi richiuderle e sfuggire così alle sue torture.

Avrei voluto che non avessero mai fine. Che escogitasse sempre nuovi modi per farmi sua e che avessimo sul serio tutto il tempo del mondo per essere felici insieme.

"E se fosse l'ultima volta che...?"

Dante si fermò per un attimo, piantando gli occhi nei miei. "È sempre la nostra ultima volta."

Ed era sempre così che lui l'avrebbe vissuta.

Doveva essere proprio il senso di ineluttabilità a rendere i momenti insieme a lui così intensi.

Con le lacrime agli occhi, mi abbandonai alla sua bocca e l'orgasmo mi inondò come un fiume in piena, lasciandomi in un tale debito d'ossigeno da vedere soltanto un manto nero interrotto da piccole stelle lontane.

L'aria me la restituì lo stesso uomo che me l'aveva tolta, più volte. Risalì famelico sul mio corpo e mi donò un bacio lungo, dolce e allo stesso tempo malato.

"Ti amo," singhiozzai, travolta dalle mie stesse sensazioni, nel timore che non avrei mai più avuto un'altra occasione per dirglielo.

Dante si fece largo dentro di me, invadendomi con una stoccata intensa. Gli intrecciai le gambe intorno per tenerlo così, il più a lungo possibile. Tornammo a essere una cosa sola. Come avrebbe sempre dovuto essere e come sperai saremmo stati per sempre.

Nella vita e nella morte.

"Ti amo anch'io, angelo."

***

Cercai di godermi quei brevi momenti di quiete al meglio, perché sapevo che dal matrimonio di mia cugina in avanti le cose sarebbero cambiate in modo irreversibile. Non avevo paura per me, perché l'ombra di Don Elia pendeva su di me fin dal primo momento che ero entrata a villa Santacroce. Era il capo della famiglia, troppo potente per non essersi accorto della mia fuga né del fatto che, dietro di essa, ci fossero i suoi figli.

Pensai che non avrebbe osato fare gesti inconsulti alla presenza di mio padre che, in fin dei conti, aveva pur sempre il gravoso compito di portare Lucy all'altare. Non tanto perché avesse abbandonato i suoi propositi di vendetta contro me e mia madre, quanto perché era un uomo troppo intelligente per mettersi contro il favore della propria cosca pubblicamente.

Avevo paura per Dante. Volevo stargli accanto, non mi importava che lui avesse predisposto di tenermi chiusa in casa per tutta la durata di quella messinscena patetica.

Provai a chiedere a Charon di portarmi alla cerimonia e lui, sorprendentemente, non si fece pregare più di tanto, a patto che restassi a vista, sua e del resto della vigilanza.

Appena giunti sul sagrato vidi Dante, accanto a suo fratello, entrambi di una bellezza oserei dire sfacciata.

Il cuore sussultò quando i nostri occhi si incrociarono. L'uomo oscuro e corrotto che mi aveva instradata alla passione sfrenata e all'amore più disperato era, ormai, un libro aperto per me: riuscii a leggervi dentro stupore, ammirazione, lussuria, possesso, ma anche timore e preoccupazione.

Soltanto quando si rese conto che suo padre era a vista, diametralmente opposto a dove mi trovavo io, e che accanto a me c'erano Charon e Nico, impettiti come due guardie del corpo, parve riprendere un minimo di controllo su di sé. Non potevamo stare fianco a fianco come una coppia, davanti a tutti, ma mi sentii come se chiunque in quella cattedrale sapesse che gli appartenevo. Persino mia cugina Rachel, che mi fulminò con lo sguardo appena mi vide arrivare. Le sorrisi di rimando, falsa e cordiale come la situazione imponeva.

Non seppi interpretare invece l'umore dell'autista all'idea che quel matrimonio fosse ormai una realtà e, di certo, parlare di questo con lui non sarebbe comunque stato possibile. Non in quel frangente.

Mi augurai in cuor mio che tra lui e Lucy non ci fosse stato nulla di importante, soprattutto perché continuavo a temere le sorti di mia cugina nelle mani di un uomo terribile come Simon De Gregorio.

La mia fu una speranza sciocca che si infranse subito: mi bastò notare il cambiamento negli occhi altrimenti inespressivi di Charon, quando vide la sposa varcare la soglia della cattedrale, aggrappata al braccio di mio padre. Era bellissima e luminosa in un abito che definire principesco era poco, ma anche lei aveva lo sguardo più spento di una bambola di pezza.

Simon in compenso mi diede i brividi. L'accolse con un largo sorriso e una luce trionfale sul volto, la medesima che aveva la sera del mio compleanno, quando aveva annunciato le nostre nozze al pari della conquista di un ambito trofeo, ma subito dopo rivolse a Dante uno sguardo così tagliente che potei percepirlo come una lama che mi si conficcava nel petto, lenta e inesorabile.

Dante gli rispose con un ghigno, ma il mio cuore invece cominciò a battere all'impazzata. Simon voleva vendicarsi di lui e, con tutta probabilità, Lucy era solamente la prima pedina sulla sua contorta scacchiera.

La cerimonia religiosa iniziò e il silenzio scese sugli astanti.

Don Elia era in prima fila accanto ai caporegime più importanti e riuscii a evitare il suo sguardo maligno solo per pochi secondi: quando si conficcò brutalmente nel mio, fu come se la terra sotto di me si aprisse per lasciar emergere il diavolo in persona, pronto a divorarmi.

Finii rinchiusa in una bolla di tensione crescente. Avevo

creduto di essere più forte e di reggere la situazione molto meglio, ma la verità era che non sarei mai sopravvissuta in quel mondo senza Dante al mio fianco.

"Lucy Maria Anna Accardi," la voce di Simon scoccò secca, nella navata e nella mia testa. "Vuoi unire la tua vita alla mia, nel Signore che ci ha creati e redenti?"

Mia cugina tentennò. Il senso di colpa nei suoi confronti mi contorse le viscere.

"Scusatemi," mormorai alle mie guardie del corpo, da brava vigliacca quale ero. "Ho bisogno di un po' d'aria."

Charon strinse la mascella. Si guardò attorno e poi fece un gesto col capo a Nico per dargli a intendere di dovermi scortare fuori.

"Posso andare da sola," mi schermii, non volendo dar loro più pensieri di quanto non ne avessero già. "Mi servono soltanto due minuti."

Charon mi afferrò per un gomito. "Forse non hai ancora compreso fino in fondo cosa c'è in gioco, principessa," sibilò al mio orecchio. "Ma non ho tempo, né voglia, di darti delle ripetizioni. Ho il tremendo bisogno di fumare, però. I matrimoni mi annoiano."

Strinse il mio braccio per comunicarmi di seguirlo e ci confondemmo tra la folla. Tesa come una corda di violino, rivolsi sorrisi tirati e di circostanza a tutti quelli che incrociavano il mio sguardo e tornai a respirare solo quando fui di nuovo sul sagrato.

L'autista tirò fuori una sigaretta dal taschino e se l'accese con noncuranza.

"Perché stai accettando passivamente che Lucy sposi quel mostro?" Non riuscii a fare a meno di sfogare in quel modo puerile la mia angoscia, pur sapendo che Charon non avrebbe avuto alcun potere nemmeno se avesse voluto.

Allargò le narici e soffiò una nuvola di fumo, come un toro che vede rosso. "Perché, qualora tu non te ne fossi ancora accorta, siamo tutti quanti delle pedine, dolcezza. Degli oggetti. Dei fantocci manovrati da un sadico burattinaio." Usò la sigaretta per indicare il cielo, "che se ne sta là sopra, seduto sul suo fottuto trono dorato, considerandoci poco più che insetti. Dobbiamo sperare di divertirlo, quantomeno, altrimenti non è certo che vedremo la prossima alba."

Non seppi se si riferisse a Don Elia, agli altri capi della città o addirittura a Dio in persona, e non fu importante. L'aria cambiò, attraversandomi con una immaginaria folata glaciale che mi intorpidì i piedi, fino a risalire su per le gambe.

Charon fu scosso dalla stessa sensazione perché smise improvvisamente di aspirare fumo. Non lasciò il mio fianco, guardingo. Gettò la sigaretta a terra e la pestò.

Mi fulminò con lo sguardo. "Torniamo dentro, principessa, e in fretta. Ho il brutto presentimento che, tra pochi minuti, si apriranno le porte dell'inferno."

Proprio in quel momento giunsero delle auto dai vetri oscurati in gran velocità. Si fermarono davanti alla chiesa con un forte stridio di gomme. Restai a bocca aperta nel rendermi conto che, dalle nostre auto parcheggiate a guardia fuoriuscirono di corsa uomini armati fino ai denti, con tutta l'aria di chi è sul punto di cominciare una guerra.

"Charon!" riuscii a urlare quando l'autista mi si parò addosso, facendomi scudo e oscurando la luce del sole in un battito di ciglia.

E scivolai in un lago ghiacciato che mi privò della sensibilità alle gambe. Alle braccia.

Al cuore.

33. Hell of Ice

Dante

Fosse stato per me, avrei chiuso Triss in una cella ben peggiore di quella ordita da mio padre.

In un certo senso, l'avevo fatto fin da quando l'avevo attirata nella mia trappola, manipolandola con la scusa della protezione da Costello e De Gregorio e facendo leva sull'affetto che soltanto una figlia ignara avrebbe potuto nutrire verso un uomo senza scrupoli come Michele Accardi.

L'avevo rinchiusa, avevo violato la sua fragile intimità prima con le telecamere e poi prendendomi da lei tutto ciò che potevo. La sua verginità, il suo piacere, la sua mente e infine il cuore.

La prigionia psicologica che le avevo imposto, tuttavia, non l'aveva salvata da quella di Elia.

Mio padre l'aveva fatta rinchiudere nelle segrete di villa Santacroce per torturarla e in seguito venderla a Giovanni Abate, sulla scia di un sussulto lucido e folle che soltanto un capo, uno stratega, un vile bastardo come lui sarebbe mai stato capace di seguire.

La colpevolezza per la morte di mia madre risiedeva tutta in quelle intenzioni: Elia Santacroce credeva che, così facendo, avrebbe lavato con altro sangue l'onta arrecata agli Abate, senza considerare che mio nonno, in fin dei conti, poteva essere ben peggiore di lui.

Un boss potente, capace di attendere nell'ombra per ben venticinque anni, non si sarebbe mai accontentato della vita di una ragazzina senza nessuna colpa oggettiva, la cui morte avrebbe fatto soffrire soltanto i suoi genitori. E me.

L'obbiettivo di Giovanni Abate era uno, il più banale ma importante possibile. La disfatta totale dei Santacroce, negli affari e non. Fintanto che uno solo di noi avesse ancora calcato la terra, non si sarebbe fermato.

Io lo sapevo e, in fondo, pure Virgil ne era consapevole, ma consegnare la cosca intera nelle mani di Abate non era certo nelle sue intenzioni primarie.

Fu per questo che, quando gli rivelai i miei piani, mio fratello dovette cedere e provvedere a onorare la sua promessa: la libertà di Triss.

Una libertà che avrei voluto tarpare di nuovo, confinandola in quella casa dove eravamo stati insieme e dove volevo illudermi non potesse accaderle nulla.

"La scelta di venire in cattedrale scortata da Charon non è stata una cattiva idea." Virgil parlò sottovoce, tenendo gli occhi puntati verso l'altare e, per la precisione, su Simon De Gregorio. Quell'omuncolo viscido, violento, disgustoso e senza un briciolo di vera spina dorsale se ne stava lì ad attendere Lucy con un sorrisetto idiota dipinto in faccia. "Se Beatrice non fosse stata presente al matrimonio di sua cugina, avremmo destato troppi sospetti. Non credi?"

Strinsi la mascella, convenendo dentro di me a malincuore. "Spero soltanto che Minos faccia ciò che deve e lo faccia presto."

Lo vidi deglutire. "Speriamo di avere il tempo di goderci almeno questa stupida cerimonia."

Era preoccupato per la nostra sorte e non gliene davo torto, ma denunciare papà era l'unica decisione percorribile che includesse l'eventualità di lasciarlo in vita, come desiderava lui. Ci saremmo finiti di mezzo anche noi, vicecapo e consigliere? Forse sì ma, se tutto fosse andato come doveva, ce la saremmo cavata con poco.

Non gli dissi mai che gran parte del merito, in ogni caso, sarebbe stato di Samael.

Il mio gemello aveva lasciato la città e non mi era dato sapere dove si trovasse in quel momento, ma avevamo mantenuto i contatti giusto il tempo necessario a stabilire un piano che avrebbe mandato il vecchio gambe all'aria. Ne aveva raccolto parecchio di materiale contro di lui, negli anni in cui era stato vicecapo, e aveva già provato a usarlo contro di lui dopo aver scoperto com'era morta davvero la mamma.

Non c'era riuscito. Papà l'aveva scoperto e l'aveva cacciato, mandandolo di forza in mezzo agli honduregni da cui si faceva mandare la Holy Blood, tagliandolo fuori dagli altri affari e facendogli terra bruciata attorno, nella speranza che qualcuno di loro lo uccidesse. Ne sarebbe uscito pulito e avrebbe pianto la sua morte davanti alla famiglia intera.

Ma aveva fatto male i propri calcoli, semplicemente perché non aveva aggiunto all'equazione l'eventualità, così remota da stupire persino me, che io e il mio gemello avremmo deciso di camminare fianco a fianco nell'opera di distruzione iniziata tanto tempo prima. Dallo stesso Virgil.

Sulla scrivania del procuratore Jude Minos sarebbero presto arrivate tonnellate di prove di reati, falsi in bilancio, transazioni, riprese video, sparizioni e insabbiamenti che avrebbero messo dentro tre quarti di cosca e i loro affiliati.

Elia Santacroce sarebbe stato tradito dal sangue del proprio sangue, come si meritava. Come aveva fatto lui in passato.

Voltai lo sguardo verso Triss, arrivata da poco assieme a Charon e Nico e seduta nella navata laterale, di fronte a noi.

In quel luogo santo e al contempo profano a causa dei suoi perversi occupanti, mi sembrò sul serio un angelo tentatore, candido ma lussurioso e seducente, come soltanto la donna che mi aveva devastato il cuore avrebbe mai potuto essere.

Avevo amato anche Gemma, con tutto me stesso, ma non nel medesimo modo: lei era stata il punto più alto di libertà mai assaggiato fino a quel momento, per poi trasformarsi nel senso di colpa più terrificante, dopo quello della morte di mia madre.

Sentimenti illusori e malati, tutti.

Gemma si era rivelata essere la voragine più profonda che avessi mai sperimentato. Perché creata con le mie stesse mani, e soltanto per fuggire da Triss e dall'amore che provavo per lei.

Glielo avevo sussurrato la notte precedente, mentre la facevo mia: ma cos'era che amavo sul serio, in lei? L'immagine irreale e sacra che ne avevo costruito da ragazzo e da cui ero fuggito per anni, o quella umana, viva e reale, che vibrava tra le mie braccia tutte le notti?

Non l'avrei mai saputo e pensai che, dopotutto, una risposta non esisteva.

L'amavo, al di là di qualsiasi forma di ragione.

Ed ero perduto per sempre.

"I nostri uomini sono già pronti," Virgil interruppe il turbinare dei miei pensieri. Mi scoccò un'occhiata severa. "Auguriamoci che questa deviazione non porti conseguenze."

"Te l'ho già detto, fratellone. Non posso partire senza chiudere i conti con questa città," spostai lo sguardo su Michele. Con la sposa sottobraccio era ormai giunto all'altare, sulle note di Wagner.

Anche tu la pagherai cara, finalmente.

Avrei portato Triss lontana da New York il più possibile, dopo la cerimonia e la retata che speravo ne sarebbe conseguita. Incarcerare tutti, suo padre incluso, e costringere la donna che amavo a seguirmi in una prigione peggiore di quella di Elia, ossia una latitanza senza fine?

Senza più un nome, o un futuro certo davanti a noi?

Sperai che Dio mi perdonasse, ma sì. L'avrei fatto senza alcun rimpianto.

Liberi dai nostri cognomi, dall'ombra dei nostri genitori, magari, avremmo condotto una vita modesta ma serena. Come quella che, almeno me lo augurai, stava conducendo il mio gemello.

Il cardinale Gaetani accese un grande cero, il simbolo del battesimo e della nascita di una nuova famiglia cristiana.

Mille fiammelle di altre candele danzarono tutt'attorno. Immagini di me e lei, nello studio di mio padre con altro genere di candele, mi si dipinsero davanti agli occhi. I suoi capezzoli stretti nel gioiello di diamanti, il corpo segnato dalla cera bollente, invitante come le sue urla, gli ansiti di piacere che portavano tutti al mio maledetto nome.

Un'altra fiamma, più intensa, bruciò quel ricordo come avrebbe fatto con una pellicola fotografica. Al suo posto apparve Gemma, riversa sul letto. Potei percepire persino il cambiamento dell'odore della fiamma: quella di Triss aveva un aroma floreale e dolce, quella di Gemma aveva il sentore acre e pungente del crack.

Gli occhi di Triss erano chiusi, persi nell'estasi dell'orgasmo. Quelli di Gemma girati verso l'alto, la bocca aperta e un rivolo bianco. Percepii addosso i suoi tremiti, gli stessi che mi avevano addirittura svegliato quella notte. Le convulsioni che aveva avuto tra le mie braccia, troppo deboli e fiaccate dalla cocaina per poterla sorreggere.

Un abbraccio arrivato troppo tardi.

Il calore delle fiamme immaginarie si fece cocente e doloroso. L'aria mi mancò e dovetti allentare il nodo della cravatta. Strinsi le palpebre e cercai di scacciare le immagini che mi stavano trascinando a un passato recente che, mai come in quel momento, avrei voluto cancellare. Per poter guardare al futuro.

"Dante," Virgil mi richiamò, preoccupato. "Tutto bene?"

Annuii, riprendendo fiato.

Simon De Gregorio si prese la scena recitando il rito del perfetto futuro sposo. "Lucy Maria Anna Accardi, vuoi unire la tua vita alla mia, nel Signore che ci ha creati e redenti?"

Cercai Triss tra la folla con lo sguardo e scorsi soltanto Nico.

Mi si ghiacciò il sangue nelle vene. Lo fulminai con un'occhiata interrogativa e lui serrò le labbra, compiendo un cenno impercettibile del capo verso il sagrato.

Doveva essersi allontanata con Charon. In condizioni normali sarei stato tranquillo nel saperla con lui, ma in quel momento fu come se il mio passato con Gemma si tramutasse in un qualcosa di tangibile e reale. Un'ombra demoniaca enorme, nera e putrida che aleggiò sulla cattedrale e passò silenziosa sul capo degli astanti.

L'ombra si fermò sui due sposi e li guardò, affranta, emettendo urla disumane ma mute, che potei udire soltanto io. Si levò nell'aria e poi puntò verso l'uscita. Si scagliò contro il sagrato dove si infranse e svanì, liberando nell'aria una pioggia di cenere.

Triss.

"Dante!" le urla con cui Virgil mi chiamò fecero tremare il terreno, ma ero già lontano. Il brusio della cattedrale intera mi assordò e poi svanì, come se avessi improvvisamente perso il dono dell'udito.

Una pioggia di proiettili aveva crivellato persino le enormi e pesanti porte d'ingresso, assieme a una moltitudine indistinta di automobili.

Corpi a terra, puzza di piombo e urla provenienti da punti indefinibili. L'alone di morte che aleggiava era atroce.

"Triss…" vagai in ogni direzione senza individuarla. Ignorai il suono terrificante dei kalashnikov che rimbombarono alle mie spalle, all'interno della chiesa, dove un commando di chissà quale maledetta famiglia stava facendo strage. Abate? Argenti?

Con gli occhi velati dal fumo, o dalle lacrime, scorsi una sagoma candida a terra. Charon accasciato accanto a lei, ferito a una spalla, che cercava di trascinare entrambi verso la sua auto, scudo umano contro la furia cieca della guerra che imperversava su di noi.

Mi lanciai verso di loro con un urlo disperato e il mondo perse qualsiasi colore, incluso quello del sangue. Un mondo grigio che fu avvolto dalle fiamme. Alte, rumorose, roventi. Maligne. Distruttive.

Qualcosa di sporco e dall'odore acre mi svegliò, quella notte. Il materasso tremava in modo incontrollato e, a un certo punto, si fermò. Sbarrai gli occhi e, nell'oscurità della nostra camera e della cocaina residua che mi velava gli occhi, scorsi la sagoma di Gemma, completamente immobile. Il capo riverso da un lato, i capelli sporchi di vomito.

"Gemma..." la presi tra le braccia, col cuore che mi batteva così forte da sentirlo bloccato in gola.

Aspettava un bambino, forse aveva bisogno di aiuto e...

Strizzai gli occhi per riprendere il controllo di me, riuscendoci soltanto in parte.

Un fumo denso e nero emanò dal suo corpo e mi avvolse, confondendo la mia già scarsa lucidità e facendomi credere che si stesse trasformando in uno di quei mostri neri da cui io e Samael fuggivamo da bambini.

"Gemma," la chiamai ancora, con più forza. Le presi il mento *per girarle il capo verso di me. Per affondare ancora nelle sue iridi castane e aggrapparmi alla convinzione che fosse tutto a posto. Che si sarebbe svegliata, come sempre, e avrebbe riso di me e della mia preoccupazione.*

Il bianco delle sclere, invece, mi sbatté in faccia l'amara realtà che il suo sguardo dolce, da quel momento in avanti, sarebbe stato soltanto un ricordo.

"Non respira, cazzo. Non. Respira," blaterai. "Respira, Gemma. Ti prego, torna a respirare."

Allungai una mano verso il comodino, dove giaceva un cellulare.

Scorsi febbrilmente la rubrica, mio fratello era a Firenze da qualche giorno e sarebbe rimasto in albergo fin quando ne avessi avuto bisogno, aveva detto. Nonostante l'avessi cacciato di casa, non appena era venuto a conoscere Gemma e mi aveva detto che creare una famiglia con lei era una sciocchezza.

"Pronto?"

"Vieni qui, Gil... ti scongiuro."

"Che succede?"

"Non respira... Gemma non respira."

"Cazzo. Arrivo subito."

Restai col suo corpo stretto al petto per secondi, minuti infini-

ti. Era calda ma immobile, la vita ancora appesa a un filo, ne ero certo.

Il fumo divenne sempre più nero, forte e acre. Mi girò la testa. Mi coprii la bocca con la mano per non respirarlo ma tossii comunque. Una strana luce rossastra baluginò nelle tenebre, come una fiamma.

I miei occhi, da offuscati che erano, misero improvvisamente tutto a fuoco con una chiarezza che fece male, come un pezzo di vetro piantato nel torace. Proprio lungo la cicatrice, dove la testa esanime di Gemma riposava.

La fiamma proveniva dalla candela, ancora accesa, che aveva usato per scaldare quell'ultima dose mortale. Lingue di fuoco corsero tutt'attorno, veloci come saette, a incendiare la carta sparsa sul pavimento, le lenzuola, i vestiti.

I suoi disegni, i miei libri. Le gambe del tavolo, quelle del letto. E...

"Dante!" Con un tonfo la porta crollò e Virgil ne apparve dalle ombre, un braccio davanti al volto per coprirsi dal fumo. Un paio di figure che non riconobbi invasero la casa, la stanza.

La nostra intimità.

Il nostro personale inferno, quello che ci stavamo meritando entrambi per le colpe di cui ci eravamo macchiati.

"Non la toccate!" urlai, stringendo il cadavere di Gemma a me. Mani nere e troppo forti per contrastarle mi strattonarono e mi strapparono via da lei.

"È morta," constatò una delle voci.

"Cristo santo, hai fatto proprio un bel casino, fratellino, eh?"

Scossi il capo. "No!" Riuscii a malapena a gridare che il fumo mi inondò i polmoni, soffocandomi.

"Portate Dante in un posto sicuro. E ripulite questo schifo."

Gli occhi di Gemma e quelli del bambino che aveva in grembo mi sorrisero, finalmente sereni, per poi sparire nelle tenebre. Un fiume di pece nera mi travolse.

Mi lasciai andare, sperando di morire lì, in quell'istante.

Ma non morii.

L'auto dai vetri oscurati, le luci simili a puntini bianchi intermittenti, il freddo che mi faceva venire la pelle d'oca. La voce di mio fratello che risuonava nell'abitacolo.

"Ti prometto che ti salverò anche da questo. Fosse l'ultima cosa che faccio."

***

Avevo ancora la camicia sporca di sangue.

Non avevo voluto ripulirmi, nonostante mi avessero offerto aiuto e cure milioni di volte in quelle ore. Non volevo togliermi il sangue del mio angelo di dosso. Volevo che mi bruciasse sul corpo e nell'anima, che mi consumasse e mi annientasse il cuore, come era accaduto quando avevamo fatto l'amore la prima volta.

Perché non ero riuscito a impedirlo, perché non l'avevo protetta.

Perché non ero accanto a lei, quando quei proiettili la colpivano.

Rimasi lì per ore, in attesa di vedere le luci della sala operatoria d'urgenza spegnersi, ma non accadde. Virgil, alla fine, si arrese all'idea di vedermi cementato fuori da quella porta e mi rimase accanto per tutto il tempo necessario.

Gli uomini che avevano aperto il fuoco fuori e dentro la cattedrale, uccidendo più della metà dei presenti, inclusi i capiregime e molti dei nostri affiliati, potevano provenire da Abate, da Argenti o dagli altri capi. Tutti avevano interesse nel decimare la cosca Santacroce. Si trattava di una strage annunciata in verità, la testa del cavallo mozzata veniva dall'interno, da Costello, dopotutto.

E, in fin dei conti, le rimostranze avanzate da De Gregorio si erano rivelate giuste.

In tutta onestà, non mi interessai al destino di nessuno eccetto quello di Charon, che aveva rischiato la vita per proteggere Triss.

"Se la caverà." Virgil mi lesse nel pensiero, con l'ennesimo caffè tra le mani e l'aria sfatta. "Ha la pelle dura il nocchiero, come lo chiami tu."

Anche mio fratello era scampato alla strage per un soffio e soltanto perché molti dei nostri uomini, coordinati da Nico, erano rimasti all'interno, preparati a ogni evenienza. Uomini che, però, avevano salvato anche Elia.

"Lui dov'è?" chiesi, atono.

"In un posto sicuro," un sogghigno ironico gli arcuò le labbra. "Un bunker sottoterra, immagino."

Serrai la mascella. "L'unico posto sottoterra che lo dividerà da me sarà una bara."

"O Jude Minos. La polizia si sta muovendo," mi assicurò. Sperai lo trovasse e lo facesse marcire in una cella tra atroci sofferenze. Virgil mi poggiò una mano sulla spalla e mi si avvicinò all'orecchio, con aria guardinga. "Questo posto non è più sicuro, Dante. Devi andartene."

Perché, se mio padre aveva le conoscenze giuste per sparire e non farsi beccare dalla polizia tanto in fretta, avrebbe anche raso la città al suolo pur di rintracciarmi per farmela pagare. E per togliermi Triss.

Il pensiero tornò a lei e l'aria smise di uscire dai polmoni. Gli occhi mi si velarono. "Senza di lei non vado da nessuna parte, Gil. Non ti permetterò di portarmi via dall'inferno dove si trova, come è accaduto con Gemma."

Perché stavolta voglio morire assieme a lei.

Virgil mi strinse la spalla, in una presa che volle suonare di conforto. "Hai ricordato tutto?"

Mi sentii come se un enorme peso, presente sulle mie spalle da tempo immemore, svanisse in un battito di ciglia.

Solo che, ormai, ero disabituato a respirare senza e mi sembrò di soffocare comunque. Annuii.

"Non è stata colpa tua." Virgil assunse il tono del prete che ti assolve dai peccati e, mai come in quel momento, sentii che era l'unica cosa di cui avevo bisogno.

"Non voglio che accada di nuovo, Gil. Non posso perdere anche Triss. Ne morirei."

"Non la perderai." Un sorriso incerto gli si dipinse sul viso, lo sguardo fisso verso la porta che ci separava da lei. "Ed è per questo che vi ho portati qui."

La clinica dove ci trovavamo era di nostra proprietà, un fiore all'occhiello della sanità privata, guidata dai più grandi luminari della chirurgia. Un posto inaccessibile alla maggior parte delle persone, il rifugio perfetto per delle anime dannate. E in fuga.

"Signor Santacroce?" L'infermiera che ci venne incontro era bionda, aveva gli occhi gentili e lo stesso dolce sorriso che aveva Hilde nei miei ricordi.

"La signorina Accardi ha appena ripreso conoscenza ed è fuori pericolo. Ha chiesto di lei."

Through the Climb

Epilogo

Si dice che non ci si renda conto davvero della misura in cui si ha bisogno di qualcosa, finché non si rischi di perderla.

Questo non valeva per Triss.

Era sempre stata il centro del mio mondo, dai tempi della scuola e per tutti i sette anni che avevo trascorso lontano da lei.

Il mio angelo, l'unica ragione per la quale riuscivo ancora a respirare.

Vederle muovere con fatica i piedi, poi le gambe, e infine i primi piccoli passi incerti dopo la sparatoria avvenuta qualche mese prima, con la paura che non sarebbe più potuta tornare a essere quella di prima, fu commovente.

Ogni traguardo che raggiunse in quel periodo, ogni suo sorriso, ogni lacrima versata furono i miei.

Non aveva che me, dopotutto. Suo padre era morto nella strage e, con tutta probabilità, anche sua madre aveva subito la fine più giusta per lei e i suoi peccati.

Delle sue cugine non avemmo notizie, o meglio feci in modo che più nulla la turbasse, dal giorno in cui aveva riaperto gli occhi e mi aveva regalato il sorriso più dolce e pieno di vita che avessi mai visto.

Era viva, era mia, e soltanto quello mi importava.

Mi raggiunse nel patio e si sedette accanto a me, con un sospiro esausto.

"Non devi stancarti così tanto, angelo," la rimproverai, lanciando un'occhiata di sbieco alle domestiche in lontananza che fecero spallucce, mortificate.

Triss sorrise, con un'espressione birichina sul viso. A modo suo sapeva essere testarda e l'amavo anche per quello.

"Non la pensavi così, stanotte." Rubò un croissant dal mio piatto, lo addentò e si ripulì lo zucchero dalle labbra con la lingua, assumendo un broncio malizioso che mi rimescolò il sangue nelle vene.

"È diverso," la rimbeccai, quando riuscii a staccare lo sguardo dalla sua bocca per tornare ad affogare nelle sue iridi fatate. "In quel caso, ho il controllo."

Del suo dolore e del suo piacere.

Ciò che le era accaduto, invece, mi aveva gettato nello sconforto più nero, alla possibilità di perderla per sempre. E lo sapeva.

Il suo sorriso divenne più dolce. Diverso.

"Credevo saresti stato felice di vedermi senza stampelle," mi stuzzicò.

"Lo sono." E Dio solo sa quanto. "Ma non voglio che tu faccia eccessivi sforzi. Dobbiamo affrontare un lungo viaggio."

Un'ombra le attraversò lo sguardo ma durò soltanto un'istante. "Siamo stati bene, qui, nonostante tutto."

Lì, in una vecchia dimora fortificata che Virgil ci aveva trovato fuori città, tra i boschi, pieno di personale medico e non. Un posto inesistente per Cosa Nostra.

Il luogo dove avevo trascorso un paio di settimane subito dopo la morte di Gemma, in stato catatonico, alternando crisi d'astinenza a momenti di ripresa, ma di cui mi ero ricordato soltanto quando ci avevo rimesso piede con Triss per affrontare la sua riabilitazione.

I vecchi demoni che avevo lasciato tra quelle mura si erano volatilizzati non appena il mio angelo salvifico aveva mosso i suoi primi incerti passi. Ma non gliene avevo fatto parola.

Triss non sapeva che pochi dettagli del mio passato in Italia e di ciò che era accaduto a Gemma. Non mi aveva chiesto nulla, dopotutto, attendendo pazientemente che mi aprissi.

L'unica certezza che mi era rimasta era che Triss avrebbe comunque continuato a curare i miei demoni, senza fare nulla di particolare.

Semplicemente esistendo sulla terra. Al mio fianco.

Triss era la mia seconda possibilità. Il riscatto che mi sarei preso contro i Santacroce. Contro i dolori e gli errori del passato.

Contro la morte.

"Già," convenni, con un groppo in gola. "Siamo stati felici."

I suoi occhi si velarono e divennero lucidi, pieni di domande mute che conoscevo bene e a cui, forse, un giorno avrei risposto.

Con un altro sorriso, frenò una lacrima inopportuna.

Mi afferrò una mano. "Dai," mi invitò ad alzarmi, "se dobbiamo partire a breve sarà ora che facciamo i bagagli. Devo mettere via un sacco di vestiti e… devo prendere una cosa che ho lasciato in camera da letto, e che voglio tu veda assolutamente."

Risi e mi lasciai trascinare dalla sua dolce euforia. Le circondai i fianchi, allo scopo di sostenerla nel camminare.

"Non ti serviranno tutti quei vestiti pesanti sul Mediterraneo," la presi in giro. "Senza tenere conto del fatto che l'unica cosa che voglio vederti indosso è il pavé di diamanti."

Arrossì e si mise a ridere.

"Be', meglio così," mi prese la mano che le circondava la vita e se la portò sul ventre. "Quantomeno non dovrò comprare dei vestiti larghi nei prossimi mesi."

Intrecciò le dita alle mie e il mio cuore si fermò, assieme al passo.

"Sei…?"

Interruppe il mio farfugliare con un bacio a fior di labbra. "Andiamo a scoprirlo."

E quindi uscimmo a riveder le stelle.

"E dimmi, com'è andato il viaggio? La nuova casa? Problemi con la servitù?"

Mio fratello, dall'altro capo del telefono e del globo, ridacchiò. "Ti hanno mai detto che sei una fastidiosa chioccia, Gil?"

Sorrisi. "Mi hai dato epiteti coloriti nel corso degli anni, fratellino, e tutti fanno riferimento alla chiesa. Questo credo manchi alla lista."

Lo sentii distendersi.

Era raro vederlo tranquillo, forse non lo era mai stato nemmeno da bambino. Tuttavia, da quando era insieme a Beatrice e mettevano sempre più miglia di distanza da New York, Dante era più rilassato. Lo capivo dal tono della voce, ormai.

"Stiamo bene, Gil. L'Italia è accogliente, la casa sul mare è stupenda e Triss non farà alcuna fatica ad ambientarsi. Ha bisogno di un po' di riposo in più," fece una strana pausa di cui non mi stupii, giacché ne intuii la causa. "Non credo torneremo tanto presto. Stavolta sono intenzionato a proteggere la mia famiglia."

Annuii.

Era giusto così, dopotutto, ed ero felice per loro.

"Mi hai promesso che saresti venuto a riprenderti ciò che ti spetta quando la situazione sarà sistemata, però." Lasciai trapelare un sorriso che addolcì il mio tono, per non fargli percepire più di quanto non immaginasse già. "Ricordatelo."

"E tu mi hai promesso che, per l'appunto, avresti sistemato la situazione."

Si stava riferendo a Elia, e sì. Gli avevo giurato su Beatrice che, quando avessero deciso di fare ritorno a New York, il boss non sarebbe più stato un problema per loro. Né per ciò che restava della nostra cosca, ormai ridotta al minimo.

E non ero mai stato uno spergiuro.

Accarezzai la croce d'oro che portavo al collo e la portai alle labbra. "Sarà fatto."

"Tienimi aggiornato sulle mosse delle altre famiglie."

Quello non gliel'avevo mai garantito. "Salutami Beatrice. A presto, fratellino."

A ben pensarci, sapere che Dante e Samael erano lontani centinaia di miglia, tra di loro e da Villa Santacroce, non era poi così male.

Se ci voleva tempo per scalare e distruggere un regno potente come quello di Elia, ce ne sarebbe voluto ancora di più per ricostruirlo da zero.

E a me era sempre piaciuto fare le cose con calma e precisione. Ne occorreva tanta, se volevo preparare per i miei fratelli qualcosa di più che un mucchio di cenere.

"Scusa se ti disturbo, Don Santacroce," la voce roca di Charon mi colse prevedibilmente distratto. "È urgente."

Sorrisi. "Non sono un Don, razza di becero nocchiero infernale."

Mi regalò una grassa risata in risposta. "Com'è che si chiamano i preti? Don? Reverendo? Padre? Scusa, non ci ho mai capito granché di queste cose."

Scossi il capo, sconsolato. La sua ironia, e la sua lealtà, avrebbero reso di certo il mio compito più facile. "Cosa vuoi?"

"Mi rincresce, ma non si tratta di una bella donna incatenata alla tua scrivania, in attesa di essere sculacciata," emise un lungo sospiro derisorio. "Ma è qualcuno di altrettanto eccitante. E altrettanto Don, direi."

Compresi immediatamente. "Chi ci ha mandato?"

Charon schioccò la lingua contro il palato. "Ah-ah! Questa è la cosa curiosa. Nessuno. È venuto lui in persona."

Per scomodarsi tanto, era venuto a chiedere il conto della carneficina organizzata durante il matrimonio di De Gregorio e Accardi. Non avrei mai permesso a Jude Minos di arrivare per primo e prendersi una vendetta che spettava a noi. Peccato avessimo mancato il vero bersaglio, però.

"Ti giuro che, quando tu e Beatrice tornerete, Elia non sarà più un problema. Per nessuno."

Non ero mai venuto meno a un giuramento, non avrei certo iniziato ora.

Alzai lo sguardo verso il mio autista, il mio torturatore di fiducia, colui che mi aveva sempre aiutato a dare ai peccatori che mi attorniavano la giusta penitenza. Uomini o donne che fossero.

Il migliore amico che avessi mai avuto.

Poggiai i gomiti sul tavolo e intrecciai le mani davanti al viso. "Lascialo entrare."

Ringraziamenti

Mai avrei pensato, nel momento in cui è arrivata la scintilla creativa che ha portato alla scrittura di questo retelling, di arrivare tra le vostre mani.

In tanti sono stati parte fondamentale di questo percorso, che mi ha portata molto lontano, in posti che nemmeno immaginavo tre anni fa, e tutt'ora stento a credere a quanto di bello mi sta accadendo.

Grazie alla mia famiglia, i due uomini della mia vita, mio figlio e mio marito. Grazie al loro amore e agli sforzi che fanno per starmi accanto (che non sono pochi!).

Grazie ai miei genitori e ai miei fratelli, sempre presenti nonostante la distanza geografica che ci separa.

Grazie a Laura Del Prete, diventata in questi anni un supporto fondamentale per l'editing dei miei romanzi, ma anche la confidente, destinataria dei miei audio deliranti (e di meme di dubbissimo gusto sui Santacroce!) .

A lei si è aggiunta Valentina Riva, editor della versione di *Inferno* che avete appena letto e che ha saputo rendere la storia dei Dantriss ancora più bella.

Grazie ad Arianna, e non soltanto come beta o alfa che dir si voglia, ma come amica. Lungo tutta la scrittura della serie sei stata una specie di ancora che mi ha aiutata a restare focalizzata su quello che stavo facendo e sulla direzione presa, nonostante i mille problemi che ti hanno afflitta in questi ultimi anni: ti voglio bene!

Grazie infinite alle mie beta readers, che sono state un importante punto di riferimento, la squad ormai consolidata Moira, Rosanna, Chiara e Wanda. A loro si sono aggiunte le blogger del mio review tour, tutte quante dalla prima all'ultima, e in particolar modo alle ragazze di Romance a tutto tondo (soprattutto Francesca), la Vitty, Giulilo, Viviana, Melania, Camilla, Miriax, Angy e la mia dolce, adorata, Bibi. In un modo o nell'altro, voi ci siete state dal giorno zero per la City, e per me… e sono cose che non dimentico. Vi amo.

Un grazie dal più profondo del cuore va al prof. Claudio Casaburi, il mio Caronte.

Ovunque sia in questo momento (di certo in un paradiso fantastico) spero veda e sappia che la sua studentessa timida e piagnucolosa di undici anni è diventata una scrittrice, come lui desiderava.

Infine, il grazie più sentito è per Voi.

Voi lettori, che siete arrivati fin qua. Grazie per l'affetto, i sorrisi e gli abbracci che mi regalate negli eventi dal vivo, perché sono la parte che amo di più del mio rapporto con voi. Siete davvero speciali!

Ricordate sempre che l'amore muove il sole e le altre stelle e che noi, in un modo o nell'altro, ci rincontreremo.

Sempre vostra,
Maria Antonietta